Varianti

Esther Singer Kreitman

L'uomo che vendeva diamanti

Romanzo

Traduzione di Marina Morpurgo

Bollati Boringhieri

Prima edizione aprile 2016

Pubblicato per la prima volta in Yiddish da W&G Foyle, London 1944
Edizione pubblicata in accordo con David Paul, London, dalla traduzione inglese

Titolo originale *Diamonds*

Torino, corso Vittorio Emanuele II, 86
Gruppo editoriale Mauri Spagnol
ISBN 978-88-339-2762-6

www.bollatiboringhieri.it

Stampato in Italia da Grafica Veneta S.p.A. di Trebaseleghe (PD)

Anno				Edizione					
2019	2018	2017	2016	2	3	4	5	6	7

L’uomo che vendeva diamanti

NOTA DELL'AUTRICE

Tutti i personaggi di questo romanzo sono completamente fittizi.

1.

Quel giorno nessuno dei lavoranti di Berman si presentò nell'ufficio di Pelikanstraat. Davanti alla porta di vetro smerigliato che dal corridoio lungo e buio portava al *sancta sanctorum* di Berman non c'era nessuno che esibisse sorrisi suadenti tenendo ben stretto il proprio cartoccio di diamanti. L'ufficio era chiuso.

Nelle case dei tagliatori di diamanti, le macchine erano ferme e silenziose, coperte come cadaveri avvolti nei sudari. Le donne ci avevano gettato sopra tende o grembiuli, in modo che i loro occhi non si posassero su quei congegni freddi e funzionali. Nei momenti di grande lavoro le macchine succhiavano la linfa vitale di mariti e figli, e provocavano terribili tensioni nei momenti di morta, quando sulle stanze aleggiavano gli spettri della fame e della miseria.

Berman camminava avanti e indietro per casa, come un matto, parlando da solo. Era sempre così. Se nel bel mezzo della settimana cadeva qualche festività, finiva preda di un umore tetro e furibondo, che non riusciva a scrollarsi di dosso. Berman detestava le festività, specie quelle cristiane, che non lo riguardavano affatto. Era così affezionato ai riti della quotidianità. Al mattino presto Anneke, la domestica, gli portava la solita medicina rossa e viscosa, e dopo averla presa Berman si leccava le labbra, neanche avesse bevuto un vino pregiato. Poi, dopo aver recitato devotamente le preghiere del mattino, si stiracchiava raddrizzando la schiena, faceva scrocchiare le dita curate e olivastre e si rimirava nel lustro specchio a figura piena appeso tra le due finestre. Era un bell'uomo, con la barba ben pettinata e spartita con cura, i baffi folti e setosi, gli occhi neri dallo sguardo intelligente e penetrante. Anneke lo aspettava in corridoio, armata di spazzola, pronta a rimuovere un'inesistente lanugine dal suo soprabito migliore, quello con l'elegante collo di velluto; nell'atrio spazioso Berman si dava un'ultima controllata nello specchio dell'appendiabiti. Poi usciva dalla porta principale, bianca e tirata a lustro, che Anneke gli teneva aperta, e s'incamminava per andare al lavoro.

Ogni mattina è la stessa storia: non appena Berman apre la porta dell'anticamera dell'ufficio, un paio di dozzine di ruffiani lo circondano sfoderando sorrisi melensi e falsamente umili, rubandosi di bocca il «buongiorno», in modo da essere ricevuti per primi.

Berman sa benissimo che tutti quanti lo odiano come la peste, ma nonostante questo affida i lavori migliori a coloro che esibiscono i sorrisi più smaglianti. "I poveri non possono permettersi il lusso dell'orgoglio" si dice. Però nel profondo del cuore ce l'ha con se stesso, perché pur non sopportando gli ebrei galiziani, i diamanti migliori li affida sempre a loro. Cerca di giustificarsi dicendosi: "Odio i poveri che si danno delle arie!" La parola «poveri» la sputa proprio, e comincia a rimestare con le pinze tra i mucchietti di diamanti appena arrivati, che sembrano dei grumi di fango rinsecchito.

Berman continua a frugare finché i cuori degli uomini non cominciano a battere più forte per l'angoscia, e tale è il nervosismo che le guance si coprono di chiazze. Poi comincia a studiare le pietre; le scruta, le fissa, e se non ci trova difetti, se il tagliatore non ha sbagliato a dare la forma, allora le pesa sulla bilancia. Bene, non hanno perso molto peso. Le spinge da parte. A volte da tanti piccoli mucchi ne ricava uno solo. A volte tiene distanziati i mucchietti, come lui si tiene a distanza dai proletari. E finalmente infila manciate di diamanti grezzi nei piccoli *brivkes*, o cartocci. Mette in guardia d'ufficio i tagliatori, che non si sognino di tagliare in eccesso, sprecando. Poi porge in direzione della folla un cartoccio e i presenti si scaraventano tutti in avanti come galline quando il contadino getta manate di briciole. Berman però non permette a nessuno di arraffare il cartoccio. Gli occhi neri e ridenti lampeggiano, mentre chiama a voce alta: «Friedman!»

Il piccolo Friedman scatta così veloce che per poco non atterra sulla scrivania di Berman. Gli altri restano lì con le mani protese. Alla fine tornano in massa nel corridoietto, sentendosi più leggeri, hanno un peso in meno sulle spalle. «Grazie a Dio, c'è dall'altro lavoro!» dicono con sollievo, pur sapendo perfettamente che domani, e poi anche dopodomani, tutta questa procedura andrà ripetuta. Ma è inevitabile, e loro ormai ci hanno fatto il callo.

Dopo essersi liberato della manovalanza, Berman si prepara ad accogliere gli agenti, che ha spedito in giro con la merce – i diamanti lavorati. Si frega le mani compiaciuto. Quelli si presentano l'uno dopo l'altro. Berman li riceve individualmente, e per ognuno ha parole diverse, speciali:

«Si accomodi, Herr Rosenbaum! *Nu*, come state, Herr Rosenbaum?», oppure: «Allora, avete avuto fortuna? No? Come, niente ancora? Vi prego, Hatskelevitsh, non fate il furbo con me. Come? Dite davvero? Sapete quanto ci tengo!»

A Berman piace ascoltare i discorsi infiorati con cui gli agenti cercano di persuaderlo ad abbassare il prezzo, in modo da rendere più vendibili le merci. Esibisce un'espressione pensierosa, il lungo naso risplende e gli occhi neri sorridono, e si pettina la barba con le dita. Gli agenti che non hanno avuto fortuna giurano, giurano sulle proprie barbe e sui cernecchi, sulle teste di mogli e figli, su Dio in persona, ma Berman li interrompe bruscamente, dicendo che non se ne parla proprio, e richiama Rosenbaum: «Ditemi, Herr Rosenbaum, voi avete già venduto qualcosa, vero? Magnifico! È quello che voglio sentire. Cosa?! E *questo* me lo chiamate un buon prezzo?»

«Sentite, Herr Berman, se la cosa non vi sta bene mi riprenderò la merce. Tanto non erano così ansiosi di averla».

Berman è colto di sorpresa ma lo nasconde con un sorrisetto ironico sulle labbra rosse, e parlando con apparente distacco: «State semplicemente cercando scuse, Herr Rosenbaum! Con la merce che offro io non ho certo bisogno di implorare, per l'amor di Dio».

E si infila il soprabito per far vedere che deve correre subito alla Borsa dei Diamanti, e non ha tempo da perdere in sciocchezze. Rosenbaum lo accompagna. Per tutta la strada gesticola nel tentativo di convincere Berman che se non accetta il prezzo che gli è stato offerto, l'occasione non si ripresenterà mai più.

«Uh!» ribatte Berman.

In Borsa c'è un gran chiasso, e agitazione.

«Herr Berman, un cartoccio di bianchi eccezionali?»

«Ho alcune belle pietre per voi, Herr Berman, roba come non ne avete mai vista. Merce pregiata, eh? Magari avessi io questa fortuna!»

«Herr Berman!»

Però Berman non alza lo sguardo. Anche qui resta seduto e armeggia con le pinzette. È talmente assorto nel suo compito da farti pensare che gli occorrerebbero giornate di almeno ventisei ore solo per dividere i mucchi di diamanti di sua proprietà.

Questo è il tran-tran quotidiano di Berman. E adesso,

così all'improvviso, una festività! E che razza di festività, per giunta! *Oy oy*!

Ogni anno, in quella occasione, il popolo fiammingo si riversava nelle strade, all'aria aperta, per la tradizionale *kermis*. La festa nazionale era osservata in ogni cittadina, in ogni villaggio, anche nei più remoti, ma ad Anversa era più sentita che altrove. La gente partiva dai villaggi dei dintorni e s'incamminava per i campi piatti e battuti dal sole. Vestiti con gli abiti della festa, gruppi spensierati sciamavano lungo le strade maestre e quelle secondarie; sull'erba profumata dei prati falciati di fresco, nella luce chiara del sole, passando accanto ai covoni dorati di grano e a mucchi di fieno ancora umido. Le nonne dondolavano sui loro carretti, le facce rugose baciate dal sole, e ogni ruga era un sorriso. I giovani entravano in città letteralmente danzando.

A casa non restava quasi nessuno, a parte i decrepiti e gli ammalati. E se una donna di casa di Anversa era stata un po' troppo lenta e non aveva ancora finito di sfregare le lastre in pietra grigia davanti a casa, scopava via in fretta e furia l'acqua saponata con lo spazzolone, e rovesciava le ultime secchiate, di gran corsa, con gli zoccoli di legno che sguazzavano nel bagnato, come barchette, battendo a terra il piede a ritmo con i colpi di spazzolone. Mezz'ora dopo era in strada, vestita a festa per l'occasione.

Uomini e donne corpulenti e dalle facce arrossate, di mezza età o anziani, si godevano un bicchiere di birra spumeggiante, sulle seggiole di vimini dei caffè che avevano piazzato all'aperto tavolini dipinti di verde. Contagiati dall'allegria dei giovani, si univano al coro del popolare canto fiammingo: *Oo-la-la!/In het park van de Nachtegaal/Ooooo-laaaa-laaaa!**

* Canzone osé del periodo, si riferisce al Nachtegaalenpark di Anversa, un tempo nella periferia sud della città e oggi quartiere residenziale.

Gli abiti sgargianti delle ragazze abbagliavano la vista, e le loro risate argentine deliziavano l'orecchio. Scoccavano sguardi audaci e civettuoli, e sorrisi con le fossette, intercettando abilmente l'attenzione dei giovanotti, che ricambiavano le occhiate. I maschi ballavano, suonavano l'armonica, passeggiavano tra le automobili lustre, abbracciando e baciando le ragazze che capitavano a tiro. Le bandiere sventolavano, c'erano fiumane di coccarde rosse, nere e gialle.

Erano chiusi, in onore della festività, perfino la Borsa e il Circolo dei Diamanti. I ricchi mercanti ebrei erano partiti per le stazioni termali all'estero. I borghesi erano andati a Spa, e i commercianti e gli agenti meno abbienti, che trattavano la polvere e le schegge di diamanti, la festa la passavano ad Anversa.

Berman era l'unico essere umano totalmente disinteressato alla festa. I canti nelle strade lo infastidivano quanto il ronzio di una mosca molesta. Se si copriva le orecchie con le mani, quel rumore soffocato gli dava ancor più sui nervi. Camminava avanti e indietro sul tappeto blu scuro della sala da pranzo, che attutiva i passi e non lasciava trapelare nulla. Ma la sua faccia era estremamente eloquente. Ogni ruga raccontava una storia.

All'improvviso si fermò, e osservò il mobilio, come se lo vedesse per la prima volta. L'argenteria massiccia sulla credenza di quercia gli ammiccò, con un luccichio. Dall'orologio del nonno, nell'angolo, arrivava un tic-tac tranquillo e regolare. Le seggiole imbottite e foderate in cuoio se ne stavano attorno al tavolo massiccio, salde e rilassate. Il velo di una ragnatela, che in una stanza così immacolata avresti notato solo in una giornata di sole particolarmente luminosa, partiva dalla finestra e arrivava allo specchio appeso sopra la bianca mensola marmorea del camino. Quella stanza parlava di ricchezza, di pace, di armonia.

"Ah! Ho sprecato i miei soldi con quel buono a nulla di mio figlio! È stato inutile farlo studiare... pensare che dovesse farsi un'istruzione... che fosse meglio metterlo in grado di fare qualcosa di proficuo. E con quale risultato? Zero! Ma perché ho tirato su questi demoni di figli? Avrei dovuto seppellirli alla nascita!" A quanto pareva Berman si era scordato che solo *uno* dei suoi due figli, Dovid, era un «demonio». "Avevo pensato di portarlo con me in Borsa. Lo avrei presentato ai mercanti; avrebbe cominciato a lavorare come agente, si sarebbe fatto strada, infine avrebbe fatto un buon matrimonio con una ragazza ricca, e così via. Non era logico aspettarselo? È un bel giovanotto, e istruito. E sposare un Berman è una bella fortuna! E con la dote che avrebbe avuto, saremmo potuti entrare in società, e ingrandire l'azienda. Non si può affidare una fortuna a un principiante". Sulla faccia di Berman si allargò un sorriso, e si allargarono anche le mani, come a dare la misura dello spazio che la dote avrebbe occupato.

Avrebbero comperato le partite di diamanti più cospicue; la merce migliore. Le pietre più grosse sarebbero finite nelle loro mani. I commercianti più noti si sarebbero sentiti onorati qualora la ditta Berman avesse sottoposto alla loro attenzione una partita di diamanti bianchi eccezionali. E Berman non avrebbe degnato di uno sguardo i pesci piccoli.

All'improvviso si rese conto che erano tutte fantasticherie; la rabbia e la vergogna gli rabbuiarono il viso. Perché diamine indulgeva in quei castelli in aria?

"Ma lo faccio a pezzi, quel buono a nulla! Lo caccerò di casa come un cane. Sciò, non lo voglio più vedere!"

L'idea di cacciare via il figlio gli distese un poco i nervi. Camminò avanti e indietro per la sala con più calma, concentrandosi per tenere a bada la collera e impedirle di rimontare.

2.

Bussarono alla porta e Berman fu strappato a quei pensieri cupi. Si precipitò a raddrizzare le sedie attorno al tavolo, anche se erano già perfettamente parallele. Si lisciò lo zucchetto di seta squadrato, si pettinò la barba con le dita, e gridò in francese: «*Entrez*!»

«Ah, siete voi, Herr Shapiro! Che piacere vedervi!» disse, parlando un tedesco forbito come sempre faceva con i soci in affari. Scostò una delle pesanti sedie coperte di cuoio per fare accomodare l'ospite, e prese posto a capotavola.

«Come state, Herr Shapiro? Sono felicissimo di questa visita!»

Shapiro era un ometto grassoccio, con la barba nera e tonda, tagliata con cura. Il pallore della faccia paffuta faceva sembrare ancora più nera la barba. Si sedette, tirò fuori gli occhiali, li sfregò con una pezzuola di pelle scamosciata gialla, li sollevò esaminandoli attentamente, per controllare che fossero puliti a dovere. Poi se li piazzò sul naso con la mano bianca e grassotella. Gli occhi svegli assorbirono ogni dettaglio della stanza, e Shapiro ci mise ben poco a rendersi conto che Berman non era di buon umore. "A-ha! Deve aver di nuovo litigato con quel suo figliolo. Si illude che nessuno si renda conto di quel che sta succedendo. Aspetta solo che io gli riferisca la notizia, sarà la goccia che farà traboccare il vaso!" Si sistemò gli occhiali e attese che Berman parlasse per primo.

«Bene, come vanno le cose, Herr Shapiro?»

«Non c'è male, grazie. Si tira avanti, Dio sia lodato! E voi, Herr Berman? State facendo buoni affari?»

Berman lanciò uno sguardo tagliente a Shapiro e sospirò piano. «No, sfortunatamente non ho concluso neppure uno straccio di affare! Com'è possibile fare affari, quando sono partiti tutti. Maledette festività!»

«Avete perfettamente ragione» gli fece eco Shapiro, aggiungendo con un sorrisetto astuto: «Herr Berman, avete saputo le ultime notizie?»

«Quali ultime notizie? No, non ho sentito proprio nulla».

«Oh, non avete saputo che Tsvaygnboym ha trovato moglie al figlio?»

Berman tremò, e impallidì leggermente. Shapiro lo guardò al di sopra degli occhiali, godendo di quel disagio.

«*Azoy*? Con la figlia di Lieberman?» Nell'agitazione Berman parlò in yiddish, invece che in tedesco.

«Sì, proprio così. E *dicono* che la sposa valga un milione di franchi. Però non ci credo molto» disse Shapiro, consolante.

Berman non rispose, ma una voce interiore gli disse che se Dovid fosse comparso in quel momento lo avrebbe arrostito vivo. Cominciò a tirare le frange della lussuosa tovaglia rossa, poi picchiettò il tavolo con l'indice; ma poiché la tovaglia attutiva il suono, riprese a tormentare le frange.

«Ma pensa un po'!» riattaccò Shapiro. «Bel colpo di fortuna per Tsvaygnboym. D'ora in poi non dovrà più affannarsi a trovare i soldi per comperare i diamanti. Eh, eh, eh!» E fece una risatina che accoltellò Berman, ferendogli le orecchie e segandogli i nervi. Gli sarebbe piaciuto immensamente afferrare quell'ometto tracagnotto e scaraventarlo giù dalle scale.

«Però badate, dicono che la sposa...» esordì Berman, che stava per ricordare a Shapiro che la figlia di Lieberman soffriva di una lieve deformità fisica. Però Shapiro non lo lasciò finire.

«*Ach*, la gente è capace di dire di tutto, quando è spinta dall'invidia. È sempre la solita storia!»

Berman sapeva che se la pantomima fosse durata ancora un po' avrebbe finito per fare una figuraccia. Per soffocare la rabbia, che adesso era rivolta più contro Shapiro che contro Dovid, gridò alla moglie: «Rosa, fai servire dei rinfreschi».

Sua moglie Rochl, che veniva chiamata Rosa solo in presenza di visitatori importanti, si levò il grembiule, abbassò il gas del forno, in cui stava arrostendo una mezza pancia di vitello, ed entrò in sala da pranzo, rossa in faccia.

«La cameriera è uscita. Queste feste sono una seccatura terribile!» disse, scusandosi con Shapiro per essersi presentata di persona a servire i rinfreschi.

Shapiro si alzò cavallerescamente, da gentiluomo qual era, e si esibì in uno strano inchino: «*Guten Tag*, Madame Berman!»

«*A gutn tog, a gut yor!*» rispose Rochl, parlando in yiddish per l'agitazione. Si sedette a tavola con loro, allisciandosi la parrucca, che era stata sottoposta a una messa in piega in vista della festa. Non sapeva bene cosa dovesse fare, adesso. Notò che il marito stava fremendo di rabbia repressa, situazione che le era assai familiare, e le venne il batticuore. Pregò in silenzio, implorando l'Altissimo che le risparmiasse qualunque imbarazzo, costringendo Berman a tenere a bada la collera finché Shapiro non se ne fosse andato.

«Servitevi, Herr Shapiro!»

«*Ach*, non era *affatto* necessario. Non avreste dovuto disturbarvi» disse Shapiro, con occhi che saettarono a individuare il grappolo migliore in mezzo all'uva nera e succosa disposta sul piatto. Spilluzzicò l'uva e raccontò anche a Rochl le notizie del fidanzamento. La donna sbiancò. Lanciò un'occhiata al marito e le prese un colpo al cuore. Gli occhi di Shapiro brillavano. Puntò il suo sguardo ardente su Berman, che era come inchiodato alla sedia, e fissava un vuoto lontano. Le sopracciglia folte e nere lo facevano sembrare un pazzo. Pareva ipnotizzato, e con la manona si strattonava le pelle del collo.

Finalmente Shapiro si alzò per prendere congedo.

«Allora, non vi dimenticate, Herr Berman, che ho della merce per voi!»

Questo ridestò Berman dall'inebetimento. Si alzò, si sforzò di sorridere, chiese a Shapiro come mai andasse così di fretta, e nel mentre continuò a pensare che quel farabutto ungherese tornando a casa si sarebbe ben meritato di cadere spaccandosi braccia e gambe.

La gelosia e la rabbia suscitate dalla notizia del fidanzamento, unite alla vergogna per la debolezza mostrata nel lasciarle trapelare di fronte a Shapiro, fecero venire a Berman voglia di sfogare la frustrazione su qualcuno. Si guardò attorno alla ricerca di Rochl, ma la moglie era scesa con Shapiro, e poi era uscita di casa. Era andata nel negozio di fronte a comprare una cosa che non le serviva affatto. Quando si rese conto che non c'era modo di evitare la tempesta, Rochl rientrò furtiva, senza fare rumore. Sbirciò attraverso il buco della serratura della sala da pranzo, con il cuore che batteva forte. Ma gli occhi le si illuminarono di fronte a ciò che vide; faticò a credere di aver avuto tanta fortuna: Berman era seduto con la testa posata sul tavolo, le braccia conserte sotto la barba, e russava.

«Dio sia lodato!» sospirò sollevata, e andò in cucina. Quando aprì il pesante portello di ghisa del forno, un soffio di calore le arrossò la faccia, e alle narici le arrivò un profumino delizioso. La carne aveva cominciato a bruciacchiare da una parte sola, e il resto era ben cotto e succulento. "*Alcuni* ricavano soddisfazioni dai figli" pensò, mentre spolverava i piatti e preparava tutto per la cena, ricordando che il marito si sarebbe probabilmente svegliato di lì a poco, e che in caso contrario sarebbe toccato a lei chiamarlo per farlo mangiare. "Se solo non gli fosse venuta quest'idea folle di dare quel mostriciattolo in sposa a Dovid! Un bel ragazzo come il mio Dovid con una storpia, che Dio mi perdoni per averlo detto! E adesso quel don Giovanni ungherese, quello Shapiro, si presenta qui a crearmi altri problemi. Giovani o vecchie non si fa tanti problemi, e ci sono alcune zitellone che se lo prenderebbero".

Dall'atrio venne un canto: *Oo-la-la!/In het park van de Natchegaal/Oooo-laaa-laaaaa!* La figlia Jeannette salì di corsa le scale, tre gradini alla volta.

"Oh mioddio, adesso sveglierà suo padre". Rochl avrebbe voluto che il marito continuasse a dormire, ma il canto di Jeannette in effetti lo svegliò. Berman si alzò, fece un largo sbadiglio, si massaggiò la gamba destra che si era intorpidita durante il sonnellino, si stiracchiò e poi andò in cucina, rimanendo immobile per qualche istante davanti alla porta. Poi si riscosse, varcò la soglia, si lavò le mani e la faccia, si asciugò con una salvietta bianca, e si guardò nello specchio sopra il lavello. Rochl sorvegliò ogni sua mossa e alla fine si azzardò a chiedere:

«Mangiamo, Gedaliah?»

Lui non rispose. Era il segnale che si doveva apparecchiare la tavola.

«Jeannette, tesoro, dammi una mano, fai un salto in sala da pranzo e metti le posate».

Jeannette fece una smorfia ma poi si arrese, prese tra le dita un lembo della gonna ed entrò saltellando in sala da pranzo.

Il tintinnare di posate cadute a terra e il suono di una risata fanciullesca portarono un po' di vita in quella casa. Jeannette tornò in cucina, si gettò sulla poltrona semisfondata e continuò a ridacchiare. Le posate cadute le aveva lasciate sul pavimento della sala da pranzo, e Rochl andò a raccoglierle, chinandosi con un sospiro.

I tre si sedettero a tavola, giocherellando con coltelli e forchette. Nessuno di loro aprì bocca. Jeannette sapeva che suo padre non voleva che a tavola si parlasse. «Niente conversazioni all'ora dei pasti» dichiarava sempre. Finito di mangiare, Jeannette si avvicinò al padre e gli prese la testa tra le mani delicate. Berman tremò. Il morbido calore di quelle mani di ragazza gli fece bene. La figlia gli baciò la barba, i baffi, e le guance pelose.

«Mi prometti di non arrabbiarti, paparino caro, se la mamma viene con me fino alla Keyserlei? Io ci vado comunque e sarebbe bello se venisse anche lei. Non ti spiace, vero? In realtà dovresti partecipare anche tu, è divertentissimo. Perfino gli *chassidim* più devoti oggi escono, e fanno l'occhiolino alle ragazze. Dài, vieni a vedere».

«Ma senti questa! Non sa quel che dice. I *chassidim* che fanno l'occhiolino alle ragazze? Ma che bei *chassidim*!»

«Ma cosa volete che ne sappia, lei? È convinta che tutti quelli che hanno la barba siano *chassidim*» disse Rochl.

«E chi sarebbero questi tuoi *chassidim*, allora?» chiese distrattamente Berman.

«Lo vedi, mamma, lo sapevo che papà avrebbe detto sì. È un *tesoro* di papà. *Carissimo* papà!» E Jeannette ricompensò suo padre con un sorriso abbagliante, come faceva con i giovani ammiratori».

«Gedaliah, cosa dici, ci vado?»

«Oh insomma, immagino che anche i vecchi ronzini abbiano diritto a un po' di vacanza!»

Questo significava che Rochl aveva il permesso.

Jeannette scese le scale di corsa. Sua madre, reggendosi alla balaustra, la seguì più lentamente. Lanciò uno sguardo furtivo alla propria immagine riflessa nello specchio dell'appendiabiti, e il cuore accelerò nel pensare di sfuggita al don Giovanni d'Ungheria.

Il figlio più piccolo, il dodicenne Jacques, arrivò mentre le due stavano uscendo di casa.

«Jacques, puoi mangiare in cucina, hai capito? Non disturbare tuo padre, è un po' nervoso. E per l'amor del cielo, non fare chiasso. Mi hai sentita?»

«Sì, va bene, ho capito». Jacques corse su per le scale come un leprotto.

La Keyserlei era ancora in pieno fermento. Nei caffè non si trovava una sola sedia libera, nemmeno per tutto l'oro del mondo. Il sole era implacabile, e nel giro di un paio d'ore, le donne con gli abiti scollati esibirono pezzi di pelle rossa e bruciacchiata. L'aria odorava di maiale arrosto, birra e patate al forno. Per le gole assetate erano scesi oceani di birra. I giovanotti cantavano canzonacce oscene e le ragazze si lanciavano tra le loro braccia. Danzavano sui marciapiedi e in mezzo alla strada. I più anziani, seduti ai tavolini, tenevano il tempo battendo i boccali di birra vuoti sui vassoi di latta, e una volta brilli trovavano il coraggio di unirsi ai cori, cantando con voce roca: *Ooo-laaaa-laaaa!*

Le donne ebree, tutte vestite a festa e con le parrucche migliori, si mantennero sobrie, ma si unirono al divertimento collettivo, ridendo alle spalle degli ubriachi. Giovanotti e ragazze ebrei passeggiavano tenendosi sfacciatamente a braccetto sotto gli occhi di tutte le riccone di Anversa, infischiandosene di eventuali pettegolezzi.

Rochl continuava a incontrare conoscenti. «Allora, che ne pensate di quegli *shnorrer,* perdonatemi l'espressione! Quegli Tsvaygnboym, e la figlia di Lieberman. Che cosa inaudita – ma per loro una bella fortuna!» Le chiacchiere delle donne proiettarono un'ombra sulla giornata di Rochl. E allo stesso tempo si ricordò che Dovid non si era ancora visto. La molla principale che l'aveva spinta a uscire era stata la speranza di incontrarlo; altrimenti, si disse, avrebbe preferito andarsene a letto. A quel punto erano tre o quattro giorni che il figlio non si faceva né vedere né sentire, nonostante Rochl lo avesse cercato ovunque. Dio solo sapeva che fine avesse fatto. E le fiamme dell'inferno erano niente, a paragone con l'atmosfera che regnava a casa.

«Ma davvero, Frau Berman, gente migliore degli Tsvaygnboym non si vergognerebbe di un colpo di fortuna come questo!»

«Ma davvero» sospirarono le madri di figli cresciuti: «E va bene, speriamo almeno che abbiano fortuna!» Scossero le teste con le parrucche acconciate di fresco, e, dimentiche di essere in strade affollate per la festa, furono costrette a disperdersi come galline quando ragazzotti ubriachi che si facevano larga tra la calca le spinsero via a gomitate.

Un ragazzetto dall'aria sudicia afferrò Rochl per la vita. Quando la baciò sulle labbra, lei per poco non morì per lo schifo. «Pfui! Pfui!» e cercò di sputare il saporaccio di birra e carne di porco che quello le aveva lasciato in bocca. «Brrr!» Rochl rabbrividì, e non riuscì a capire perché proprio in quel momento le fosse balenata in mente l'immagine di quel farabutto ungherese, Shapiro.

3.

In Somersstraat, sopra un negozio di biciclette usate, una cristiana con la parrucca bionda se ne stava lì seduta tutto il giorno a grattarsi la testa pelata con uno spiedino e a lanciare maledizioni all'indirizzo degli «idioti» del secondo piano, una giovane coppia di ebrei originari dello stesso *shtetl* polacco dei Berman.

I due erano arrivati ad Anversa ognuno per conto proprio, e per ragioni assai diverse. Il giovanotto, Leybesh Bruckner, che in Polonia si manteneva fabbricando spazzole, era un tipo alto, forte e muscoloso, con i capelli biondi e scompigliati come quelli di un *goy*, occhi chiari grigioazzurri e la faccia lentigginosa. Nello *shtetl* gli altri ebrei non lo avevano mai visto di buon occhio. Per quanto Leybesh sorridesse affabilmente, c'era sempre qualcuno che attraversava la strada pur di evitarlo. Non rispondevano ai suoi «buongiorno», perché sapevano che la polizia lo teneva d'occhio. Il motivo esatto di questa sorveglianza non era noto. Sapevano solo che era più semplice non avere a che fare con lui.

«Avete sentito che hanno arrestato il "profeta" ieri?" si dicevano scherzando gli altri ebrei. «Quello è un fallito, un vero mestatore».

«Ma certo, ho saputo» rispondevano gli altri, aggiungendo, comprensivi: «È una vergogna, per sua madre. Quella poveretta è vedova, si regge tutto il giorno sui piedi gonfi, si brucia la faccia a furia di stare davanti al forno, si trascina al mercato per vendere i suoi biscotti, e tutto questo solo per permettere a quel delinquente buono a nulla di un figlio di riempirsi la pancia, e spendere i *groschen* guadagnati con tanta fatica. A volte penso che al vecchio Meyer Aaron sia andata meglio che non alla moglie, Dio la conservi a lungo!»

«*Ach!* Meyer Aaron non era tanto meglio, che il defunto mi perdoni per quel che dico. Lasciava che sua moglie si ammazzasse di lavoro e tutto quel che si limitava a fare, così dicono, era starsene lì seduto a leggere libri mondani. E ha fatto di suo figlio un operaio, e invece di studiare il Talmud, leggevano insieme solo la Bibbia. Un bel figlio gli è venuto fuori. Non credete?»

«E la povera Feyge-Tsirl ogni volta che lo mettono in prigione piange quel figlio come fosse morto. Quella sì che è una madre come si deve».

«Ci patisce più lei di lui. Quel buono a nulla torna a casa sano come un pesce; è un mezzo demonio».

«Ma in ogni caso i nostri figli andrebbero protetti» dicevano padri e madri, senza rendersi conto che i loro figli erano già sulla stessa strada, perché ormai erano discepoli di Leybesh.

Reb Elyhou Kornhendler, l'ebreo più ricco dello *shtetl*, prese la faccenda con serietà maggiore rispetto a chiunque altro. «Badate a quel che vi dico» ammonì, puntando l'indice, e chiudendo a pugno le altre dita: «Si dice, ed è vero, che Satana non fa visita solo a casa del vicino. Quella canaglia estenderà la sua influenza, Dio ce ne scampi! È una *mitzvah*, una buona azione, denunciarlo. Facciamo sì che lo spediscano in Siberia una volta per tutte. Se non ce lo spediscono, per noi saranno guai. A denunciarlo ci penso io. E se io parlerò con la polizia, andrà a vantaggio di tutti quanti – sarà una *mitzvah*, sì!»

«Come se gli ebrei non avessero già guai a sufficienza» dissero in coro i *chassidim* della piccola sinagoga. E ognuno di loro era assai contento che a parlare con la polizia ci andasse reb Elyohu Kornhendler, esonerando gli altri dall'incombenza.

Reb Elyohu Kornhendler mantenne fede ai propri propositi, oh sì, ma la cosa gli si ritorse contro. Anche sua figlia Gitele, una bella ragazza in età da marito, si considerava una mezza socialista, pur non essendo riuscita a venire a capo dei testi di Karl Marx; non le riusciva proprio di digerirlo, Marx, pur essendo una fanciulla intelligente. Né le riusciva di capire i vari manifesti politici che si sforzava di leggere la sera, a letto; in genere li restituiva a Leybesh intonsi. Ma era comunque una frequentatrice abituale della cucina di Feyge-Tsirl. Amava quell'atmosfera accogliente, i rapporti liberi e informali tra compagni, e i canti tra un bicchiere e l'altro di tè annacquato. Ogni sera coprivano la finestra della cucina con una vecchia trapunta stracciata, per mettere la sordina alle discussioni e agli inni rivoluzionari. I ragazzi e le ragazze si davano del «tu», erano come un'unica, grande famiglia. A Gitele in particolare piaceva il modo in cui condividevano libri, sigarette, cibo, e amava soprattutto il calore delle loro emozioni. Sebbene Feyge-Tsirl non prendesse parte alle loro attività, neppure le ostacolava, però spesso ammoniva Gitele, la figlia del riccone, dicendole che avrebbe fatto meglio a non venire.

«Per voi non va bene» diceva. «Questi sono figli di povera gente; lasciamo pure che facciano queste stupidaggini. Ma voi che ci fate qui in mezzo? Se vostro padre lo verrà a sapere si infurierà, e io sarò fortunata a uscirne viva».

Gitele si rendeva conto che quell'ambiente non era adatto a una ragazza ebrea di buona famiglia, e che in ogni caso c'era il rischio di essere presi, ma il significato esatto dell'essere «presi» non le era del tutto chiaro. Una sera, però, mentre cenavano, sentì suo padre dire alla madre che l'indomani con l'aiuto di Dio si sarebbero liberati di quel mascalzone (e Gitele sapeva bene di chi stesse parlando), e solo in quel momento si rese conto della pericolosità della faccenda. Questo rese la cucina di Feyge-Tsirl ancora più attraente, e Gitele abbandonò il pasto a metà per correre da Leybesh a riferirgli parola per parola quel che il padre aveva detto.

«Tuo padre è un idiota» scherzò Leybesh, però quella sera uscì di soppiatto dalla finestra della cucina e riparò a Varsavia e da lì ad Anversa.

Poi una tragedia si abbatté sulla famiglia di Gitele. Sua madre si ammalò all'improvviso, e ben presto fu «ghermita e portata via» - per usare le parole delle anziane che rifornivano la casa di polli e di pesci. Gitele si aggirava per le stanze eleganti e vuote, che adesso parevano così fredde e solitarie. La madre le mancava immensamente. Cominciò a rimpiangere il calore delle serate passate insieme ai compagni in quel cucinino da poveracci, e a poco a poco si convinse di essere innamorata di Leybesh. Di notte, a letto, all'improvviso scoppiava a piangere per la mamma morta, ma sapeva che in realtà la persona di cui aveva nostalgia era Leybesh. La seta fresca della trapunta pesante di piumino, e il lino liscio e fine delle lenzuola e del cuscino le davano i brividi. Sentiva che l'unico posto adatto a lei sarebbe stata quella cucina con i muri anneriti e sgretolati e le facce vivaci dei giovani compagni, per i quali l'adoperarsi in vista di un mondo migliore era una sorta di religione. Infondeva in loro un calore e un amore che sarebbero riusciti a far squagliare una pietra. Karl Marx era il loro dio, e Leybesh il loro semplice e ingenuo leader, anche lui era una figura vagamente divina.

E il nomignolo sarcastico – «il profeta» – che i concittadini gli avevano affibbiato, a Gitele diventò assai caro. Le sembrava adatto a Leybesh. Come operaio produttore di spazzole non aveva mai trovato lavoro, e per temperamento non era portato per quel genere di impegno. Andava sempre in giro a mani vuote, e i suoi occhi erano pieni di spiritualità, come quelli di un sant'uomo.

Le sofferenze di Gitele aumentarono. Per prima cosa, sentiva la mancanza della madre, che con il suo grembiulone e il vocione autoritario aveva riempito tutte le stanze della casa. Adesso quelle stanze eleganti erano attraversate da un vento gelido, e Gitele non riusciva a trovare un riparo. Seconda cosa, reb Elyohu Kornhendler decise che un ebreo non potesse stare senza moglie. Dietro ogni angolo erano appostate tentazioni maligne, la casa era vuota, la figlia si aggirava per le stanze come un'estranea, il denaro scompariva con velocità molto maggiore rispetto a quando era viva la moglie, che Dio accogliesse l'anima sua, e la notte Elyhou giaceva insonne nel letto per ore e ore. Aveva la testa ingombra di strani pensieri che non ne volevano sapere di uscire, e così non riusciva a dormire. E allora andò a parlare con il *rebbe*, che gli consigliò di risposarsi.

Gitele detestava apertamente la matrigna. Non tollerava l'idea che avesse preso il posto di sua madre a casa loro, e ogni volta che sentiva il macellaio o il pescivendolo chiamare la matrigna «madame Kornhendler», si copriva le orecchie con le mani. Le si spezzava il cuore nel vedere la nuova moglie di suo padre indossare i gioielli appartenuti un tempo alla madre. Sul collo della matrigna, le perle parevano a Gitele lacrime calde, bollenti. Suo padre aveva comprato alla moglie altri ciondoli, anelli e braccialetti, e continuava ad accarezzarla e a fare lo svenevole.

Gitele e la matrigna litigavano spesso. Un giorno, dopo un bisticcio particolarmente acceso, Gitele decise di porre fine alla situazione. Non ne poteva più, punto e basta. E per suo padre era la stessa cosa. Elyohu diede ascolto alle lamentele della moglie sul conto di Gitele. In un profluvio di parole e di lacrime la donna gli riferì che la figlia ce l'aveva con lei, che non le perdonava il ruolo di seconda moglie, e non faceva che ripetere cose tipo:«Oh mamma, perché mi hai fatto questo? Perché hai permesso a una sconosciuta, una nemica, di diventare la padrona in casa tua?»

«Me ne vado» piagnucolò la nuova moglie. «La tua defunta consorte mi spaventa. Non voglio restare qui». E nel parlare con voce rotta e ansimante, scuoté gli orecchini, e agitò le dita grasse facendo lampeggiare i diamanti, giocherellò con le perle sul collo bianco e grassottello e singhiozzò: «Elyohu, ho paura». E per accentuare l'effetto, cominciò a levarsi i gioielli. Reb Elyohu rimase scioccato e impallidì per la rabbia. Afferrò la moglie per le braccia.

«No!» gridò con voce roca. «Sono i *tuoi* gioielli, te li ho regalati. Li porterai fino alla fine dei tuoi giorni, e in piena salute».

Disse a bassa voce alla figlia: «Se non ti sta bene, sei libera di andartene».

Dopo aver pianto una notte intera, Gitele decise di lasciare tutto nelle mani della matrigna, e all'alba, quando la servitù ancora dormiva, si alzò e preparò una borsa mettendoci dentro i gioielli che appartenevano a lei personalmente: le collane, i braccialetti e gli anelli che i suoi genitori, e vari zii e zie erano solite regalarle a ogni compleanno. Prese anche venti rubli dai suoi risparmi, e partì per Anversa, per raggiungere Leybesh.

Poiché la madre l'aveva viziata, Gitele all'inizio alloggiò in un bell'albergo e visse nell'agio, finché all'improvviso non si rese conto di aver impegnato quasi tutti i gioielli.

Quando Gitele disse a Leybesh che lei i ricchi li odiava, e giurò sulla testa della mamma morta di non volere più avere nulla a che fare con suo padre, e che l'unico al quale si sentiva vicina era proprio Leybesh, il giovanotto si sgomentò. Cosa diamine doveva fare con quella ragazza? Stava praticamente morendo di fame. Non si fidava molto dell'odio di Gitele nei confronti dei ricchi. Però ormai era lì, quindi non c'era molto altro da fare. Le diede il suo letto e si mise a dormire sul pavimento. Poi finirono per comprare insieme un paio di mobili da pochi soldi, e prima ancora di rendersene conto erano già amanti.

4.

Leybesh ora faceva il tagliatore di diamanti, ma non aveva mai lavoro e passava intere giornate vagando con le mani in mano, proprio come aveva fatto nello *shtetl*. C'era sempre qualcosa che non andava nel suo operato; a volte sbagliava nel tagliare le pietre, a volte le tagliava troppo, eppure gente ancora più incompetente di lui il lavoro riusciva a tenerselo. Il fatto era che ai capi Leybesh non andava a genio. Non se lo sentivano amico. E Leybesh aveva un'altra «virtù»: si rifiutava di tentare di ingraziarsi i capi, o di cedere, quando questi lo criticavano ingiustamente, e s'incaponiva a dimostrare di avere ragione. Alla fine il capo si arrendeva a Leybesh, però al contempo gli comunicava che purtroppo al momento non aveva altro lavoro da commissionargli – magari più avanti. Ma anche più avanti il lavoro per lui non saltava fuori. E così a Leybesh non restava che stringere la cinghia. Non se ne dava troppo pensiero perché ci era avvezzo. Un giorno di digiuno forzato per lui era normale, e anzi si stupiva davvero nelle rare occasioni in cui riusciva a riempirsi la pancia e a non sentire i familiari morsi della fame. Fu solo dopo l'arrivo di Gitele che queste cose cominciarono a turbarlo.

Quando i Berman vennero a sapere che la figlia di reb Elyhou Kornhendler era ad Anversa, Berman padre cominciò a chiedere informazioni in proposito, in Borsa e al Circolo. Rochl la cercò al Giardino Zoologico e nei grandi magazzini, finché un giorno con sua somma contentezza s'imbatté casualmente in Gitele in Pelikaanstraat.

«Come assomigli a tua madre!» disse.

«Pace all'anima sua» disse Gitele.

Rochl rimase sconvolta dalla notizia. Chiese a Gitele tutti i dettagli e la invitò a casa loro.

E fu così che Dovid Berman divenne un ospite abituale dei Bruckner. A poco a poco si abituò alle stanze buie, e un pasto consumato sul tavolo malfermo e coperto da una vecchia tela cerata per lui divenne un banchetto. All'inizio il cibo gli si piantava nella strozza, e masticava sempre con grande cautela per timore di ingoiare qualcosa di disgustoso, ma ben presto cambiò atteggiamento. Smise di guardarsi attorno alla perenne ricerca di un tovagliolo, quando si rese conto che a casa di Gitele certe cose non esistevano. Capì che in realtà era tutto pulitissimo, e che l'aspetto sciatto di quell'appartamento era dato solo dalla vecchiezza dei mobili di seconda mano, messi insieme alla rinfusa. A poco a poco imparò ad amare la povera casa dei Bruckner, e non appena varcava la soglia veniva travolto da una sensazione di calore, un calore che lo calmava e lo faceva sentire appagato. E così continuò ad andarci.

Per giorni e giorni si aggirò per casa seguendo avidamente ogni mossa di Gitele, mentre lei era indaffarata nei mestieri. La osservava quando lei si arrotolava le maniche sopra i gomiti e cominciava a fare il bucato. Questo lo eccitava. A Dovid parevano stranamente attraenti quelle braccia sottili, bianche, dall'aria fragile. Gli era capitato di vedere parecchie donne mezze nude, in estate sulle spiagge o d'inverno ai balli, donne con le braccia levigate, pallide, tornite, incipriate, ma nulla lo aveva mai incantato quanto il tremolio della pelle delle braccia di Gitele quando era china sul lavandino. Con il suo sesto senso femminile, Gitele se ne accorse ben presto, e cominciò ad arrossire pudicamente, e a sorridere compiaciuta. Il suo cuore cominciò a danzare. A volte lavorando si ritrovò a cantare, e le trecce bionde, l'unica eredità rimastale dalla casa di un tempo, si fecero più setose e lucide. Cominciò a spazzolarsi i capelli più spesso del solito, e quando si chinava sul bucato le trecce le ricadevano in avanti sopra le spallucce magre, fin quasi a coprirle i seni minuscoli che si muovevano dolcemente.

E con lo svilupparsi di questa tacita intimità tra i due giovani, Leybesh divenne sempre più un impiccio. Gitele ormai non vedeva più in lui il pensatore profondo, che la povertà aveva nobilitato ai suoi occhi di ragazza, accrescendo l'alone di mistero che lo circondava. Ora lo considerava niente di più di uno sciocco irresponsabile, di un pezzente e un buono a nulla, incapace perfino di comprendere la gravità della situazione in cui versavano. Ed era andata a gettarsi tra le braccia di uno così!

Dovid veniva a casa loro quasi ogni giorno. Pur trovandosi perennemente in uno stato di ansia e agitazione, e pur essendo annoiato a morte dalla propria esistenza, riusciva sempre a presentarsi sbarbato e in ordine. Non portava mai il cappello, e gli abiti erano immancabilmente di buon taglio; il pince-nez dorato era appollaiato sul naso allungato. La faccia era liscia e bruna, le unghie perfettamente curate. Sopra le scarpe costose portava ghette di un bianco splendente. La camicia era di seta finissima, con un grosso papillon nero, alla moda degli attori fiamminghi. E per di più era un intellettuale, un ex studente, e possedeva due abbonamenti stagionali, uno per l'opera fiamminga e uno per l'opera francese. Si portava appresso sovente tomi di Spinoza o Darwin. E gli occhi: occhi scuri e profondi che cominciavano a sorridere nel momento in cui varcavano la soglia di

Gitele. La tristezza di Dovid spariva all'istante, nel vedere la ragazza. E Gitele fu sopraffatta dai sentimenti; quando lui la toccava, lei perdeva ogni difesa. E così divennero amanti, e Gitele mise al mondo una figlioletta.

A Leybesh non sfuggì il fatto che nel momento in cui Dovid entrava in casa loro la faccia di Gitele si illuminava e gli occhi le splendevano, ma questo non lo stupì. Si disse che era perfettamente naturale, giacché entrambi provenivano da famiglie benestanti e solo il caso li aveva portati in quel misero abituro: l'una mossa da curiosità e da un capriccio, l'altro dall'indolenza e dalla sfortuna. Si erano riconosciuti, perché dopo tutto appartenevano alla stessa stirpe! Nonostante queste riflessioni Leybesh ci rimase alquanto male e cominciò a sospettare di nutrire nei confronti di Gitele un sentimento più profondo rispetto a prima. Però scacciò questi pensieri cupi. In ogni caso non aveva tempo per certe futilità che a volte si insinuano nella testa di una persona in ansia per qualche motivo.

Leybesh aveva già fondato un «circolo» ad Anversa. Stava cercando di organizzare un sindacato, e la prima mossa fu la costituzione di una biblioteca di letteratura socialista, con testi che arrivavano dalla Svizzera. Ad Anversa era facile fare propaganda. La cosa non dava noia a nessuno, e aveva già trovato una sede per le riunioni dei compagni. Da più di un anno aveva affittato una stanza sopra una piccola sinagoga. Rideva ancora nel ricordare come fosse entrato in possesso di quella stanza. Un giovedì sera stava camminando lungo Kievitstraat. Passando davanti a una casa aveva sentito gli strilli forsennati di una vecchia. Accanto alla donna c'era un uomo con una redingote sudicia e verdognola con il bavero rammendato e i polsini sfilacciati e uno zucchetto bisunto piantato sulla testa. Il tizio stava sventolando in aria, come una spada, un fazzolettone rosso, e strillava ancor più forte della donna.

«Te lo dico una volta per tutte: mai di giovedì!»

Leybesh fu incuriosito dalla strana coppia, e tentò di farsi dire da qualcuno dei passanti che cosa stesse succedendo, ma nessuno gli rispose a modo. La gente stava lì, celiava e rideva. Alla fine qualcuno lo illuminò.

«Vedete, quella povera vecchia è costretta a spaccarsi la schiena per un tozzo di pane. Recita preghiere per l'intera città, povera anima, se qualcuno la paga per farlo. Non è una *shnorrer* ed è grata a Dio quando ha del lavoro e non è costretta a mendicare. Sale in quella stanza sopra la sinagoga e prega con ardore, come se stesse pregando per sé. Quando ha molte richieste, sgobba parecchio e non è costretta a girare da una casa all'altra chiedendo la carità – non *vuole* vivere di elemosine. A volte ci sono donne tirchie che non vogliono spendere e pregano per conto proprio, ma lei non si angustia per questo, anche se le tolgono il pane di bocca. Però se la passa davvero male quando in città nessuno si ammala gravemente e quindi non c'è richiesta di preghiere. In qualche modo deve sopravvivere, comunque, e allora gira per i ristoranti degli ebrei, cercando di vendere lacci da scarpe o cioccolato, e ogni tanto qualcuno si impietosisce e le dà qualcosa. Non è una cattiva donna».

«Ma perché strilla? E cosa vuole quell'uomo?» chiese Leybesh, tuttora perplesso.

«Insomma, negli ultimi tempi quello ha preso l'abitudine di chiudere a chiave la sinagoga, il giovedì, e non permette alla donna di entrarci. Il resto della settimana va bene, dice, ma il giovedì non se ne parla. È una vergogna, ecco» disse la spia di Leybesh, una donna pallida e macilenta, che parlava con voce bassa e accorata.

Alla fine la vecchia si abbottonò il soprabito sudicio, raddrizzò la parrucca che si era messa di traverso, e trascinando il corpo grasso e informe si allontanò lungo il marciapiede con passi malfermi, senza smettere di inveire e singhiozzare. La folla si disperse, e il vecchio si asciugò il sudore dalla faccia, con il fazzoletto sporco che aveva in tasca. Leybesh ebbe un'idea. Prese da parte il vecchio e gli chiese se la stanzetta di giovedì non la potesse per caso affittare a *lui*.

All'inizio il tizio lo scrutò sospettoso, si grattò i favoriti unti ed entrò nel cortile per andare in sinagoga ad accendere una candela alla memoria. Ma quando Leybesh fissò su di lui gli occhi seri e disse: «Signore, io parlavo di affari», l'uomo lo guardò di nuovo e disse: «Non qui: andiamo in sinagoga!»

Leybesh scoprì dunque che l'uomo aveva affittato la stanza a un gruppo di giovani che vi si riunivano ogni giovedì; a quale scopo, il vecchio non lo sapeva. Leybesh offrì due franchi in più alla settimana, e così ebbe inizio il suo tentativo di diffondere in Anversa il verbo socialista.

Ogni giovedì Leybesh si trascinava appresso un pesante valigione pieno di pubblicazioni, che distribuiva ai pochi giovani, uomini e donne, che si riunivano in quella stanza, e il venerdì la valigia se la riportava a casa. Nel piccolo locale si chiacchierava, si fumava, si discuteva, e a volte si organizzavano feste in onore di un compagno o di una compagna che in viaggio verso l'America faceva tappa ad Anversa.

Leybesh si diede parecchio da fare. Non fu una cosa semplice, perché la maggioranza dei giovani che arrivavano ad Anversa era costituita da *chassidim* desiderosi di sfuggire alla leva nell'esercito, e che sapevano che in quella città vivevano parecchi ebrei osservanti. Leybesh si rese conto dell'inutilità di ogni tentativo di influenzarli. Erano nati vecchi, con idee rigide ereditate dai padri, dai nonni e dai bisnonni. Quella era gente che una volta finito di lavorare passava l'intera serata a studiare in minuscole sinagoghe. Si dice che senza la paglia non si fabbricano i mattoni, ma Leybesh era un ottimista, e non si lasciò abbattere. Gli amici lo burlavano dicendo che anche se non avesse avuto neppure un compagno, avrebbe formato un movimento politico con un unico militante.

Quindi cercò di trovare il modo di organizzare i lavoratori ebrei di Anversa. Tentò di stabilire un contatto con i dirigenti del sindacato non ebraico per discutere con loro della depravazione dei padroni e dell'oppressione del lavoratore ebreo: ogni parassita perseguitava e sfruttava il proletario ebreo, lo annientava e lo umiliava, da servile sicofante qual era lo denigrava, e aveva cura di distruggerne il corpo e l'anima. E dopo, quando ogni linfa era stata succhiata via e il lavoratore era come un fiore dopo il passaggio di un'ape, l'oppressore non gli dava neppure quello che l'ape dà al fiore. No, il padrone a quel punto semplicemente sostituiva l'operaio con un operaio più giovane, che assai spesso era il figlio dell'uomo ormai consunto. Leybesh cercò di spiegare questa cosa al segretario del sindacato.

Mentre parlava con il cuore in mano, dipingendo con grande serietà la condizione del proletario ebreo, il segretario se ne stava comodamente adagiato nella poltroncina girevole, fumava un sigaro pregiato, ascoltando con attenzione e sorridendo educatamente dietro i baffi biondi. Non interruppe Leybesh, ma lo lasciò andare avanti finché non ebbe detto tutto quello che questi voleva dire. E finito il discorso, il segretario offrì a Leybesh un sigaro e gli disse in tono assai amichevole che sfortunatamente non gli era possibile ammettere un ebreo nel sindacato. Leybesh gliene chiese il motivo, ma da vero diplomatico il segretario si scusò dicendo che sempre sfortunatamente non era in condizioni di renderne nota la ragione. Leybesh però non si lasciò scoraggiare. Pensò che se solo fosse riuscito a spiegarsi un po' meglio con quell'imbecille di segretario avrebbe potuto dimostrargli che naturalmente gli ebrei potevano essere ammessi nel sindacato. Quello era un paese civile, e doveva essere possibile avere la meglio su segretari stupidi e compiaciuti. Si trattava solo di essere determinati. E così Leybesh decise di studiare il fiammingo come si deve, perché se non parli disinvoltamente la lingua di un paese non riesci a combinare nulla. Molto spesso, perfino mentre era profondamente immerso nei pensieri sul suo lavoro di agitatore, gli balenavano in testa, Leybesh non ne capiva la ragione, immagini di Gitele e Dovid, insieme in quella stanzetta al secondo piano.

Tra tutti i commercianti di diamanti di Anversa, Berman era il massimo esperto nella persecuzione dei lavoratori, e in particolare nella persecuzione di Leybesh. Non aveva alcun rispetto nei confronti dei lavoratori manuali, che disprezzava ancor più dei commerciantucoli di diamanti che si affannavano attorno alla Borsa. Se non altro i commercianti stavano cercando di migliorarsi.

I primi tempi, quando Gitele era appena arrivata ad Anversa, e ancora se ne andava in giro abbigliata in modo consono a una figlia di Kornhendler, con le collane, gli anelli e le spille che avevano profondamente colpito Berman (che pure nuotava tutto il giorno nei diamanti), Berman la rispettava ancora. Ma non appena seppe della convivenza con Leybesh, dal rispetto passò al disprezzo. Il prestigio che si era portata appresso dal paese natìo svanì, come il sole dietro una nuvola. Berman smise di dare lavoro a Leybesh, e finse di voler parlare con Gitele, e non con lui.

«Mandatemi vostra moglie. Sarebbe un peccato farvi sprecare il vostro tempo». E quando Berman scoprì che Leybesh l'aveva preso in parola e che aveva cominciato a mandargli la moglie, e che Gitele non si imbarazzava neanche più, perché la fame era tormentosa, e lei aveva bisogno di fare latte per la bambina, allora cominciò a cercare scuse. Si infuriò con lei, trattandola da *shnorrer*, e ignorando del tutto il fatto che fosse la figlia di un ricco.

«No, purtroppo, ho appena assegnato l'ultima partita che mi era rimasta. Che peccato, se solo foste venuta un'ora prima». Berman aveva sempre una scusa, e non solo non dava a Gitele il lavoro, ma le versava pure del sale sulle ferite, chiedendole in continuazione notizie di suo padre, e come stava, e che cosa le aveva scritto.

«*Ach*, è sempre stato il mio migliore amico».

Alla fine Gitele non ne poté più di questo giochetto; le ribollì il sangue e un giorno uscì dall'ufficio di Berman sbattendo la porta. Da quel momento diventarono ancora più poveri.

Leybesh cominciò a uscire parecchio, e Gitele certo non se ne lamentava. Per quanto tardi potesse rientrare, Gitele non gli diceva mai male parole, perché Dovid aveva preso l'abitudine di arrivare con la cena, e loro due mangiavano insieme. E dopo mangiato, quando Gitele allattava la bambina, Dovid era al settimo cielo. Sarebbe rimasto lì per ore a guardare la piccola che succhiava, che afferrava il seno della mamma con la mano minuscola, strizzando così forte con quei ditini che Gitele doveva mordersi il labbro. Dovid vedeva come quello scricciolo si aggrappava al petto della mamma, con tutte le sue forze, come se temesse di poter essere di nuovo portata via. La bimba suggeva avidamente, le piccole vene risaltavano nette sulle tempie, come se qualcuno ci avesse intessuto un pizzo blu. Dovid scoppiava di gioia quando vedeva gli occhi azzurri di Gitele, china sulla piccola, sorridere con tenerezza materna, felice di avere ancora latte e di essere ancora in grado di nutrirla. E Dovid cominciò a considerare quelle due creature come una famigliola che gli apparteneva, e Leybesh un rivale, o come minimo un ospite indesiderato che disturbava la loro intimità nella casina calda.

Leybesh intuì la verità eppure non riusciva a comprendere in pieno la situazione. Ogni volta che Dovid aveva uno dei tanti scontri con il padre, era Leybesh stesso a suggerire che venisse a stare da loro finché la tempesta non fosse passata.

In una di queste occasioni, la terza notte che si era fermato dai Bruckner, appena prima della *kermis*, Dovid arrivò a un punto di crisi. “Come andrà a finire?” si chiese, ma non riuscì a darsi una risposta. Di tornare a casa non se ne parlava proprio. Se n'era andato dopo una lite tanto furibonda da lasciare in lacrime sia sua madre sia Jeannette. Aveva solo gli abiti che indossava al momento, e ormai non mangiava da parecchi giorni. I pochi franchi che possedeva erano stati spesi; li aveva spesi per sfamare Gitele, dopo averle fatto credere che lui avesse già pranzato a casa di un amico. Gitele aveva capito tutto, ma vedendo la supplica negli occhi di Dovid, si era resa conto di dover accettare, senza fare domande. E così mangiò il cibo che Dovid aveva portato, anche se le si piantò in gola, e non disse nulla.

Adesso era notte. Dovid giaceva insonne sul letto malconcio. Faceva troppo caldo, c'era troppa luce; dalle veneziane lacere entrava un chiarore che disegnava strisce sul pavimento, sul tavolo, e sul suo letto. E oltre a questo David non poteva fare a meno di immaginare che Gitele stesse bisbigliando segreti a Leybesh, in camera da letto.

E mentre era lì disteso, in ascolto, Leybesh entrò in cucina, una figura alta e dalle spalle larghe, in mutande, con i piedi scalzi, i capelli arruffati e sulla faccia un pallore malsano. Camminava in punta di piedi, per non svegliare l'ospite. Dovid si mosse, aveva voglia di domandare qualcosa, ma non sapeva esattamente cosa.

«Shhh! Dormi! Mi spiace di averti disturbato». Leybesh fece un cenno con la mano e si avvicinò al fornello a gas.

«Che c'è?» chiese Dovid.

«Niente, niente, in realtà. Ma chi è stato colui che ha

detto che è difficile essere un ebreo? Io dico: è difficile essere un *padre*».

Leybesh accese il fornello. Dovid vide una fiamma azzurrina e udì il sibilo del gas. Leybesh stava scaldando un po' di acqua per la bambina, che aveva mal di pancia. Ed era Leybesh, scalzo e seminudo, che si era alzato a occuparsene.

Dovid fu sopraffatto dalla vergogna, e cominciò a sudare. La bambina cominciò a piangere e si sentì Gitele che le parlava: «Shhh! Shhh! Non piangere, tesoro mio!»

Dovid rimase tramortito. Lo annichilì la vergogna per essersi comportato così con l'amico, che stava tradendo in modo infame. Si sentì meschino e spregevole, avrebbe voluto che la terra si aprisse, inghiottendolo. Ancora un minuto, un minuto solo, pensò, e salterò giù da questo letto e uscirò gridando come un pazzo nella notte: "Ma guardalo, quell'idiota, se ne sta lì, lasciando che gli altri lo facciano fesso!"

Trovò rifugio in una crudeltà sprezzante. "Ma perché non capisce quel che sta succedendo? Perché è così cieco? Perché sopporta?"

«Torna a dormire. Non ti preoccupare» disse Leybesh.

I pensieri tormentosi stavano urlando nel cervello di Dovid, che si trovò in un bagno di sudore: «È difficile essere padre, ma ancora più difficile essere un lurido, infido, vile buono a nulla». La bambina strillò ancora più forte, e Dovid provò una grande pietà per la piccola e una strana rabbia nei confronti di Gitele. Non aveva alcun diritto, lei, di tradire Leybesh in quel modo. Quando questo pensiero gli balenò in mente, Dovid ebbe paura di se stesso, e una morsa soffocante gli serrò il petto.

Leybesh tornò in camera da letto. Gitele consolò la figlioletta e Dovid la sentì parlare con Leybesh. Dovid si guardò nell'anima, e coprendosi con la trapunta rattoppata, scoppiò in lacrime come un bambino.

5.

All'alba Dovid lasciò la casa, muovendosi piano, come un ladro, per non svegliare nessuno. Scese furtivo i gradini dopo il corridoietto, e si richiuse silenziosamente la porta alle spalle. I tormenti interiori lo avevano spossato; era affamato, e aveva un gran mal di testa, però il corpo era leggero. Camminando elegantemente vestito lungo quella strada di poveri pareva un attore ubriaco che avesse smarrito la strada e vagasse per il quartiere alla ricerca di un locale notturno.

La via riposava immersa nel sonno. Le case malandate con le imposte di legno chiuse erano già bagnate dalla luce del sole, vivida, pura, quasi argentea. Dietro le sudicie vetrinette dei negozi si vedevano mucchi disordinati di merci in vendita. Sui gradini davanti agli ingressi sonnecchiavano i gatti. Quel giorno non c'erano bidoni colmi d'immondizia, accanto ai canali di scolo. Di solito le donne di casa e i negozianti li mettevano lì, per farli portare via dagli spazzini. La loro assenza donava un aspetto leggermente più festoso al quartiere immiserito.

L'arrivo del lattaio portò un tocco di vita nella strada dormiente. Il suo carretto, decorato con ottoni luccicanti e pieno di bidoncini di latte, tintinnò allegramente nella via vuota. Si fermò a ogni porta, lasciando un bidoncino di latte e lanciando il grido familiare: «*Melkboer!*»* Percorse in fretta la via fino a Somersstraat, affannandosi perché voleva finire presto in modo da godersi la festa.

«*Dag menieër!*»** disse il lattaio a Dovid, come se si conoscessero da anni. «A quanto pare la *kermis* andrà benone, non siete d'accordo? Proprio una bella giornata, eh, *menieër*?»

«Sì, davvero. Pare proprio». Dovid alzò gli occhi sul cielo terso e si allontanò in fretta dalla strada.

Si incamminò in direzione di Borgerhout. Si vedevano in giro alcune donne. Avevano già lavato e sfregato il marciapiede e il pianterreno delle loro case, lucidato i batacchi di ottone, e rovesciato secchi d'acqua in quantità tale che ci si sarebbe potuto spegnere un incendio. Anche loro volevano finire alla svelta e godersi il giorno di festa. Dovid si levò ripetutamente il cappello in risposta ai *Dag menieër* di casalinghe sconosciute.

«Salve!» Qualcuno stava porgendo una mano morbida a Dovid, che fu felicissimo quando vide di chi si trattava.

«Jules! Che ci fai in giro così di buon'ora?»

«Che vorresti dire? Oggi c'è la *kermis*!»

«E perché vai così di fretta?»

«Potrei fare a *te* la stessa domanda, no?» lo rimbeccò Jules Tsvaygnboym, improvvisamente in imbarazzo per il tono familiare che stava usando. Si era rivolto a Dovid come se fosse stato un suo pari, come se qualcosa fosse cambiato nel loro rapporto, e questo lo disturbava.

«No, dicevo sul serio» proseguì Jules. «Ti pare possibile dormire in una mattinata come questa? C'è qualcosa che ti trascina giù dal letto e ti spinge in strada. Che giornata fantastica! Fors...» Jules fu lì lì per chiedere qualcosa a Dovid, ma esitò. Rifletté per qualche istante, lanciò un'occhiata a Dovid, e vedendo che questi era bianco come uno

* Lattaio.

** Buongiorno, signore.

spettro, si azzardò a proporre: «Forse potremmo festeggiare insieme questa *kermis*?»

Dovid non aveva nessunissima intenzione di festeggiare alcunché, quel giorno, contrariamente alle proprie abitudini. Si preparò a formulare il suo «no», ma Jules gli stava già camminando al fianco, chiacchierando, raccontando storielle e addirittura contagiando Dovid con le sue risate. E così tornarono in centro insieme.

Avevano già cominciato ad arrivare i carri dai villaggi, e le strade erano già piene di giovani. Il sole e il miscuglio di risatine fanciullesche e imprecazioni bonarie fecero nascere in Dovid un desiderio genuino di fare festa. Dimenticò la notte passata e disse: «D'accordo! Godiamocela!» e l'amico ne fu felicissimo. «Ma prima dobbiamo mangiare qualcosa» disse Jules, che come al solito si preoccupava molto per il proprio stomaco.

Dovid si ricordò di non avere in tasca neppure un centesimo. Anche lui aveva un bisogno disperato di mangiare, ma non voleva mettere al corrente Jules della situazione in cui versava.

«Che ne dici, Dovid?» disse Jules. «Il fatto è che prima di uscire non ho praticamente mangiato. Per colazione ho arraffato quel che ho trovato. A casa dormono tutti come sassi». Jules chiacchierava imperterrito. «E tu, Dovid, hai già fatto colazione?»

«No, in realtà non ho mangiato nulla. Però ti devo confessare una cosa, non ho in tasca neppure un soldo. Sono uscito con l'idea di fare due passi e mi sono dimenticato di prendere il portafoglio». Dovid parlò con enfasi per celare l'imbarazzo.

«E che importanza ha, offro io».

«No, non se ne parla neppure, domani ti ridarò i soldi». Ed entrarono in un ristorante.

«Ehi, da questa parte, *garçon*» gridò Jules con confidenza gioiosa. A Dovid parve che Jules si stesse rivolgendo al cameriere con arroganza eccessiva. Se ne risentì, come se al posto del cameriere ci fosse stato lui.

Il cameriere non si offese, però. Invece comparve immediatamente in risposta alla chiamata, era un ometto grasso con la faccia congesta, capelli lucidi e chiari e una redingote nera, e un tovagliolo a cavalcioni dell'avambraccio. Si inchinò e disse: «*Menieër?*»

Jules guardò l'orologio: «Oh, ma tu guarda, sono già le dieci, come vola il tempo! Ecco perché morivo di fame. Cosa facciamo, ordiniamo una sogliola?»

«Sì, va benissimo» disse Dovid, che non vedeva l'ora di avere del cibo in tavola, non gli importava quale.

Il cameriere arrivò con due porzioni abbondanti di pesce. Finito di mangiare, Jules si ripulì le labbra unte e discusse con Dovid il fatto che fosse permesso mangiare la sogliola; non era carne, dunque era *kasher*. Dovid si dichiarò d'accordo, secondo lui la sogliola era *kasher*. Jules si sfregò le guance e disse con tono noncurante:

«Che ne pensi di mio fratello?»

«Di che cosa stai parlando?»

«Ma come? Non hai saputo? Bernard si è fidanzato, e riceverà centomila franchi, e *anche* un orologio con certi diamanti grossi come nocciole».

«Non ne so nulla» disse Dovid, che sapeva anche troppo. Il fidanzamento di Bernard gli aveva già procurato un mucchio di guai.

«Davvero non ne hai sentito parlare? È sulla bocca di tutti, te lo garantisco. Diamanti grossi come nocciole, sputaci sopra! La sua fidanzata è la figlia di Lieberman».

«E tu che ne pensi?» chiese Dovid.

«Cosa ne dovrei pensare? Se hai voluto il letto, ora ti tocca dormirci; se si è dichiarato d'accordo, gli faccio i miei migliori auguri, questo è certo. E con grandissimo piacere!» e il corpaccione di Jules tremolò per l'ilarità: «Ah ah ah! Se hai voluto il letto ora ci passi la notte!»

Jules pagò il conto, ridendo e scherzando. Poiché nonostante fosse ancora mattina presto si era scolato un discreto numero di bicchieri di birra, era un po' brillo, e prese sottobraccio Dovid con affetto, come fosse stato una fanciulla. S'incamminarono verso la Schelda in un silenzio amichevole.

Il grande fiume luccicava allegro sotto il sole, danzando giocoso attorno alle barchette, piene di passeggeri, di colori, e di canti. Ogni cosa era in movimento. Alcuni passeggeri stavano sbarcando, e se ne stavano imbarcando di nuovi, diretti a Sint-Anneke. Lunghe file di operai, con le ossa scaldate dal sole e affamati di luce e aria fresca, di alberi verdi e canti di uccelli, erano in attesa di un posticino a bordo di una delle barche. Ingannavano il tempo intonando canti popolari, scherzando e sgridando i figli. E le onde si gonfiavano, si scontravano, l'una inghiottiva l'altra e poi la risputava fuori. I gabbiani volavano sopra le teste ad ali spiegate, schiamazzando per reclamare il cibo. Le barche tagliavano la luce dorata del sole. I raggi accarezzavano e scaldavano le imbarcazioni e le persone, rallegrando gli spiriti.

In lontananza Sint-Anneke appariva come un'immensa e colorata massa in moto. Le ragazze facevano le matte sull'erba del prato, baciando e abbracciando i loro innamorati. Tenendosi stretti, i giovani erano liberi di amoreggiare all'aria aperta, sotto gli occhi del mondo, sotto gli occhi degli uccelli canterini che svolazzavano da un albero all'altro, saltando di ramo in ramo. Gli uccelli imitavano i giovanotti e le ragazze, si baciavano anche loro, becchettavano briciole di pane prendendole dalle mani protese dei bambini, e si godevano la festa. Gli uomini baciavano e coccolavano le mogli, come se quello fosse stato il primo appuntamento. I bambini correvano nel prato, finendo tra i piedi della gente, e saltavano addosso ai genitori, ridendo come pazzi perché avevano beccato papà e mamma a fare le brutte cose.

Dovid e Jules erano appena scesi dalla barca, e prima che Dovid avesse il tempo di girarsi, si ritrovò tirato giù sull'erba umida della riva. Si rialzò e cercò di scusarsi con la ragazza bionda, che distesa a pancia in giù sull'erba continuava a ridacchiare. Ma non riuscì a dire nemmeno una parola, perché la bionda gli afferrò la gamba destra e lo attrasse a sé, così Dovid si ritrovò di nuovo sull'erba accanto a lei.

«Dio ci salvi!» strillò la ragazza e cominciò a ridere a crepapelle. Jules vide quel che stava succedendo e si gettò con tutto il peso sull'erba, rischiando di schiacciare a morte l'amica della ragazza, sdraiata lì accanto. Come se avessero già organizzato tutto e fossero amici di vecchia data, i quattro si alzarono e andarono a fare una passeggiata nei campi. Si diedero dei nomignoli: Zhaneke, Maneke, tutti i nomi che venivano loro in mente, tanto che importanza aveva? L'importante era divertirsi. Dovid si tuffò nell'umore festivo con ardore selvaggio. Si dimenticò tutti i problemi che il padre gli aveva scaraventato addosso. Si dimenticò di non avere un soldo in tasca. Dimenticò perfino il dolore straziante della notte prima, e la rabbia.

Al tramonto la Schelda era soffusa di rosso, e le onde parevano fiammelle danzanti. Le coppie con figli avevano cominciato a raccogliere le ceste, le caraffe, le bottiglie e le pentole vuote, che avevano ospitato latte e cibo. Il cielo si scurì, ma era ancora pieno di colori: rosso, viola, rosa, rame, con strie di azzurro cupo. Bambini stanchi viaggiavano a cavalluccio dei padri. I giovani cantavano ancora melodie languide con voci affaticate. Dovid, Jules e le due ragazze erano già rientrati in città. Affamati come lupi, entrarono in un ristorante, si accomodarono a un tavolo bagnato, disseminato di bottiglie di birra vuote e mozziconi di sigarette spenti sui piatti, e attesero che la cameriera esausta venisse a servirli. Questa non venne subito. Stava correndo da un tavolo all'altro come un animale braccato, eppure non riusciva ad accontentare tutti. I clienti strepitavano per essere serviti, si arrabbiavano, si lamentavano. Solo quei quattro avevano tempo, e niente fretta. Le ragazze ridevano istericamente alle battute di Jules, e Dovid canticchiava a bocca chiusa. Quando la cameriera finalmente arrivò da loro, Jules ordinò una cena così sontuosa che perfino lui ne fu saziato.

In città si guardarono attorno, e non vedendo in giro altri ebrei, cominciarono a baciare e stringere le ragazze, e dopo essersi ripromessi ulteriori incontri, tornarono a casa. Una spossatezza deliziosa invase i corpi dei due peccatori. «Dovid, sei ubriaco?» rise Jules, che a stento si reggeva in piedi.

I due amici vagabondarono per le viuzze della città vecchia, dove la povera gente si era riversata in strada in onore della festa.

Questi vicoli storti e bui restano vuoti e desolati tutto l'anno, e il silenzio racconta storie tristi. Nelle taverne, le ragazze siedono tutto il giorno dietro le tende scostate, fumando sigarette da due soldi, sferruzzando, e stando di vedetta nel caso si presentassero potenziali clienti. Ma se un marinaio passa per caso lì davanti, di solito è al verde. I calzoni di lino blu consunti, le guance smunte e gli sguardi spenti ne testimoniano la povertà. I suoi occhi si illuminano fugacemente nel vedere le ragazze, ma queste non interrompono neppure il lavoro a maglia. Il marinaio abbassa lo sguardo e le ragazze si rendono conto che l'uomo si vergogna. Non può neppure permettersi di entrare a bere un bicchiere di birra con loro, cosa che offrirebbe alle ragazze una breve fuga da quella veglia ininterrotta dietro la tenda scostata. A volte le ragazze sono mosse a pietà, ma in genere maledicono il marinaio e la sua povertà.

Alla sera c'è un po' più di allegria. Le tende si richiudono, e in strada filtra una luce verdognola che illumina le pietre nere e irregolari dei marciapiedi, talmente stretti che la gente è costretta a camminarci in fila. La domenica c'è più vita anche durante il giorno. E se c'è una festività, e in particolare la *kermis*, allora si fa davvero baldoria. I cartelli nelle vetrine, che annunciano *Si affittano stanze*, sono inutili perché non c'è un solo centimetro libero da affittare. Le ragazze che servono hanno le mani più che impegnate. Da ogni parte i clienti tentano di reclamarle al proprio tavolo: «Signorina, qui, da questa parte!»

Quel giorno c'era stato un viavai particolare. Fin dal primo mattino il sole aveva illuminato mansarde e scantinati, non consentendo a nessuno di dormire. Le scampagnate a Sint-Anneke erano cominciate prima del solito, e la gente era sciamata dai vicoli tortuosi, che confluivano l'uno nell'altro. Ora, di ritorno da Sint-Anneke, si diressero tutti nelle taverne, affollando le strade, zigzagando ebbri, in un turbine di vita, un ammasso; non come esseri umani dotati di una coscienza individuale. I poveri portuali consumati dal lavoro si riversarono nelle strade, come liberi cittadini, per celebrare la loro festa annuale. E persino i minuscoli fazzoletti di cielo visibili tra i tetti sembravano prigionieri, come loro. Proprio come quella gente continuava a parere sporca anche dopo aver fatto il bagno, il cielo qui era sempre scuro, perfino nelle notti più limpide, perfino in quella notte di festa, così luminosa.

Ma qualcuno lo stava forse guardando, il cielo? Giovani e anziani ballavano, si baciavano, si abbracciavano e piangevano, da ubriachi. C'erano imprecazioni bonarie, la gente si spintonava giù dai marciapiedi, scherzando e nitrendo come cavalli. Le donne cercavano di superare gli uomini e di superarsi tra loro in battute e spiritosaggini, i bambini facevano inciampare i passanti e venivano ricambiati con ceffoni che incassavano con filosofia, e poi continuavano a saltellare. Bambini con minori riserve di energia crollavano addormentati sui gradini davanti a casa o in mezzo alla strada, con il rischio di essere calpestati dalle madri ubriache. Alcuni scambi di battute amichevoli degenerarono e scoppiarono baruffe; qui e là un lavoratore abitualmente rispettabile e tranquillo veniva portato via per passare una notte in guardina, in mezzo a un accompagnamento di urli da ebbri, tra i pianti della moglie e le maledizioni lanciate ai poliziotti che l'avevano preso. Ma dopo un po' i presenti dimenticavano tutto quanto e cominciavano a cantare un misto di ariette sconce e di meravigliose canzoni popolari.

E così celebravano la *kermis*: il povero a modo suo e le classi più elevate a modo loro. Entrambi riempirono le tasche degli osti e resero la vita impossibile alle cameriere. La città puzzava di grasso di porco e di molluschi, di anguille, patate fritte, aceto di malto e sudore.

Dovid si fece largo tra la la folla degli ubriachi. Per lo meno era riuscito a dimenticare le liti con il padre, e canticchiando un motivetto festoso tornò alla casa paterna, si gettò sul letto completamente vestito, e un istante dopo stava già russando come un vero beone.

6.

Dopo che Rochl se ne fu andata in compagnia della figlia, Berman schiacciò un pisolino con la testa appoggiata sul tavolo, come era solito fare. Si svegliò convinto che fossero passati circa dieci minuti, solo per scoprire di essere rimasto seduto lì per ore. Si sentì stranamente solo. Stiracchiandosi e sbadigliando si guardò attorno. Non avendo trovato in quella stanza nessuno con cui arrabbiarsi, andò in cucina a prepararsi un tè. Nonostante il caldo, si sentì rabbrividire. Non sembrava affatto estate.

Quando varcò la soglia e vide Jacques alle prese con un piattone di patate, provò un sincero piacere.

«Quando sei arrivato?»

Jacques trasalì. Si posò una mano sul cuore e giurò: «Papà, ti do la mia parola che sono rientrato all'ora di pranzo. È la pura verità. Puoi chiederlo anche alla mamma». Con il cucchiaio a metà strada in direzione della bocca, Jacques continuò a protestare: «Te lo garantisco... sto dicendo la verità...»

«Va bene, va bene, ti credo, furfantello. Dài, mangia!»

Jacques non aveva un gran bisogno di essere incoraggiato. Aveva corso su e giù per la città e aveva una fame da lupo.

Il bollitore di rame lucido stava cantando in maniera confortante. Berman si preparò il tè e poi chiuse il gas.

Tirò giù un bicchiere dallo scaffale, lo pulì, lo sollevò tenendo il braccio teso verso la finestra illuminata dal sole, proprio come faceva con i diamanti quando ne voleva verificare la brillantezza. Si versò una tazza di tè. A quel punto Jacques stava mangiando la frutta cotta.

«Jacques, adesso non uscire di nuovo. Verrai con me in sinagoga per la preghiera serale, mi hai sentito?»

A Jacques per poco non andò di traverso la frutta cotta. Andare in sinagoga in un giorno di baldorie?! Aveva trangugiato le patate quando erano ancora bollenti, in modo da potersi precipitare di nuovo in strada, e adesso saltava fuori questa novità! Tentò di protestare, ma Berman si rifiutò di dargli retta. Prese il tè in sala da pranzo, lasciando in cucina un Jacques annichilito. Il ragazzino cominciò a scrivere con il dito sul vetro della finestra, e a pensare ad argomenti utilizzabili con il padre.

«*Ti prego*, papà. Se mi costringi a venire in sinagoga con te, a casa non mi ci vedi più. Tutti i miei amici oggi sono fuori». Però Berman quel giorno si sentiva abbandonato da tutti, e il trovare Jacques a casa gli era sembrato un mezzo miracolo. Non si sarebbe lasciato smuovere dalle suppliche del figlio. Il freddo nelle ossa di Berman non era stato scacciato dal tè bollente.

"Forse Dovid, Dio non volesse, si è ucciso". Berman rabbrividì quando questo pensiero gli balenò per la testa. "No! Questo no! Questo no!" continuò a ripetere una vocina interiore. Tenne il bicchiere di tè tra le mani, cercando di scaldarsi un pochino. Se Dovid fosse entrato ora, in quel preciso momento, il padre si sarebbe astenuto da commenti ostili. Ma bastò questo pensiero per fargli tornare la rabbia, e bevve il tè e gemette come fosse stato in preda a dolori. Verso sera andò in sinagoga, trascinandosi dietro Jacques.

In sinagoga quel giorno non mancava certo l'argomento di discussione; il nome di Tsvaygnboym era sulla bocca di tutti.

Giovanotti alti con rade barbe rosse, bionde o nere, vestiti con soprabiti neri o grigio scuro e pantaloni rigati, alcuni con un pince-nez appollaiato sul naso sottile, il cappello spinto indietro sulla fronte, si stavano affollando attorno a Tsvaygnboym, annuivano distrattamente, con sorrisi avidi sulle labbra, e gli stringevano la mano augurandogli *mazal tov*. Ciò che in realtà tutti avrebbero voluto chiedergli era di ricordarsi di loro il giorno in cui a Dio piacendo avrebbe ricevuto l'eredità. Alcuni glielo chiesero davvero, altri si morsero la lingua, rimandando all'indomani. C'erano alcuni uomini con barbe imponenti, i cui occhi ridenti circondati da una miriade di rughe e solchi nascondevano solo disperazione. I cappelli erano messi di sghembo e storte erano anche le teste, per via delle troppe preoccupazioni sull'acquisto e la vendita dei diamanti, e sul modo di procacciarsi i mezzi per onorare lo *Shabbes*.

Perfino ora, dopo quel colpo di fortuna, gli occhi di Tsvaygnboym non avevano perso la loro espressione perennemente preoccupata. Capì che non gli sarebbe rimasto un solo brandello di barba, e così cominciò a strappicchiarsela con le proprie mani, per salvarla dalle mani altrui. Ma gli ebrei erano pieni di risorse, e non essendo disponibile la barba restavano pur sempre bottoni e baveri. Un tizio quasi si strappò da solo la barba, che già in partenza era abbastanza misera. Risucchiò le guance scavate nella bocca sdentata, e supplicò Tsvaygnboym con tanta angoscia nel sorriso forzato che il cuore di Tsvaygnboym sanguinò per lui. Riconobbe la situazione in cui lui stesso si era trovato appena il giorno prima, e decise che avrebbe aiutato quell'uomo, se il fidanzamento si fosse davvero materializzato, e con esso la dote.

«C'è bisogno che io vi dica» proseguì il vecchio con

tono incalzante, «che il valore dei diamanti cresce da un minuto all'altro? Credo che lo sappiate meglio di me. Quindi vi sto consigliando, da vero amico, di investire in diamanti, in questo momento. Al giorno d'oggi quando compri una partita di pietre, hai in mano qualcosa di valore. E voi sapete che grazie a Dio ho accesso alle ditte più importanti. Mi conoscono bene e non si azzardano a ignorarmi. Sanno bene che ho parecchie bocche da sfamare. *Ach! ach! ach!*» L'uomo alzò gli occhi al soffitto, apparentemente alla ricerca dell'Unico che era in grado di aiutare, ma non sembrava intenzionato a farlo: il Signore dell'Universo.

«Vi giuro che non mi dimenticherò di nessuno!» Tsvaygnboym rassicurò la folla, come si fa quando incontri un rapinatore e cerchi di rabbonirlo, in modo da aver risparmiata la vita.

Quando vide Berman gli andò incontro per salutarlo.

In città Berman godeva fama di essere assai ricco. Tsvaygnboym gli riferì le ultime notizie sul fidanzamento, e lo invitò molto rispettosamente a presenziare alla firma del contratto.

«Buona sera, Herr Tsvaygnboym!» disse Berman, con un sorriso stampato sulla faccia. «Ho saputo, ho saputo la novità. E allora, tanti auguri».

«Sta già facendo comunella con i ricchi» borbottarono i nuovi amici di Tsvaygnboym, invidiandogli questo onore.

«E che faccia pure comunella» lo interruppe un giovanotto. «A me non spiacerebbe avere quei cinquantamila o nemmeno ventimila, che è convinto di prendere e non prenderà». Il giovanotto stava volando basso e aveva tolto ottantamila franchi alla dote promessa. «Li conoscete i trucchetti di Lieberman. Ha fatto la stessa cosa con la prima figlia: ha promesso centomila franchi e poi ne ha dati dieci. E naturalmente il genero si vergognava ad ammettere di essere stato così imbecille, e gli allocchi in Borsa hanno creduto che lui la dote l'avesse ricevuta e sono stati ben contenti di concedergli credito. E va bene, almeno la gente ha avuto qualcosa di cui parlare. E giacché l'imbroglio gli è riuscito una volta, certamente si appresta a ripeterlo con questo poveraccio. Lieberman gli darà un centinaio di migliaia di tormenti, non di franchi».

«Gli darà la figlia, è tutto dire» risero i giovanotti.

«Credetemi, quel tipo bruno laggiù» dissero indicando Berman, «ha più soldi lui nel taschino della giacca che non Lieberman nel mondo intero. Lieberman è solo chiacchiere. È convinto di poter fregare chiunque».

«Però non ha tutti i torti nemmeno lui» disse allegramente un tizio grassottello e perfettamente rasato con la faccia rossa e sorridente e tondi occhi neri da gufo.

Berman finì di congratularsi con Tsvaygnboym, augurò *mazal tov* anche allo sposo, e si fermò a chiacchierare con varie persone. Parlò poco, ma ascoltò parecchio, e quel che sentì gli fece assai piacere.

«Ma guarda! Centomila, eh?! È così che fa gli affari, quel furfante!»

E più calava l'ammontare della dote prevista, più calava la collera nei confronti di Dovid.

Accompagnò Tsvaygnboym a casa. Chiacchierarono di affari, e Berman buttò lì con apparente indifferenza una serie di domande sui dettagli della dote, e se per caso fosse già stata pagata. Queste domande non le faceva per impiccioneria, per l'amor di Dio, le faceva da buon amico. Centomila franchi, disse Berman, è una bella somma, e guardò Tsvaygnboym dritto negli occhi, crepando dalla voglia che lui smentisse la cifra. Ma Tsvaygnboym si limitò a concordare che sì, era una bella somma.

«Grazie a Dio, sia lodato il Suo nome, non ho proprio di che lamentarmi, per carità!» proseguì Tsvaygnboym, e

Berman si consolò pensando che quell'uomo era un vero gonzo, un ingenuo, un perdente nato. Saresti riuscito a fargli credere che un mucchietto di paglia fosse un piatto di tagliatelle.

Quando arrivò a casa, Berman subito chiese di Dovid. «Avete avuto notizie?» disse ansiosamente. «Dio ci salvi e ci protegga, spero che non sia successo niente!»

«È tornato! Non so dove sia stato, ma quando sono rientrata l'ho trovato che dormiva tutto vestito. Povero ragazzo, ha l'aria esausta. Ti prego, Gedaliah, non trattarlo duramente, non bisogna infierire sui figli».

Berman si spazientì. Si era preoccupato a morte, ed ecco che quella stupida donna gli dava addosso.

«Non trattarlo duramente? Ma sì, va bene, lo tratterò con i guanti!»

Però la cena fu più allegra del solito. Berman fece finta di essere di buon umore. In effetti si sentiva sollevato perché Dovid, Dio ne scampi, non aveva fatto nulla che potesse disonorare il nome di suo padre. In realtà si era genuinamente preoccupato. A quanto pareva da quel figlio Berman non era destinato a ricavare gioia. E va bene, pazienza. Il Signore, sia lodato il Suo Nome, probabilmente gli avrebbe dato gioia per mezzo degli altri due. Lanciò un'occhiata furtiva a Jeannette. "È una ragazza meravigliosa, *ken eynore*. Devo proteggerla come un diamante prezioso". Ciò non di meno c'era qualcosa che gli pesava sul cuore, riempiendolo di melanconia. Si rese conto di non aver ancora dato ordini, durante la cena, e di non essersi infuriato con nessuno.

Così rivolse le proprie attenzioni a Jacques. «Jacques, vai a letto». Come al solito Jacques tentò di mercanteggiare: «Per favore, papà, ti prego, mamma, ancora un pochino...!»

Fu inutile, però. Dopo aver recitato la benedizione al termine del pasto, Berman acchiappò Jacques per un orecchio, e lo portò personalmente nella camera che il figliolo condivideva con Dovid. Berman guardò il letto di Dovid, volendo essere proprio sicuro che questi fosse davvero tornato a casa. Rochl, sentendosi stanchissima, andò in camera da letto senza neppure sparecchiare la tavola. Berman rimise a posto il libro delle preghiere, che Jacques aveva lasciato sul tavolo. Prese un testo religioso dallo scaffale, cercò di leggerlo, ma non riuscì a dare un senso alle parole.

"Uhm! Anche diecimila franchi sono una fortuna per un povero come quello! Diecimila! Diecimila!" Sulla pagina danzavano queste parole. Ma fu nuovamente colto dal disagio. "E non è che magari erano *davvero* centomila franchi? Chi lo sa?" Aveva sgobbato tutta la vita per guadagnare una cifra del genere, ne aveva passate di ogni, e adesso un perdente come quello, uno che non poteva nemmeno reggere il confronto con Berman, stava per diventare un suo pari. Certo, la figlia di Lieberman non era una bellezza; a dire la verità era decisamente racchia. Ma a parte questo, c'era che il padre di Berman aveva intenzione di fare loro visita. Aveva detto di voler vedere i nipoti. Oh cielo! Che idea si sarebbe fatto di loro?

Berman tirò fuori dalla tasca una lettera e la rilesse per l'ennesima volta. Suo padre scriveva che il fratello di Berman godeva, Dio sia lodato, di una salute eccellente, e lui stesso si sentiva molto meglio, quindi dato che il fratello aveva assunto la gestione del negozio dopo la morte della madre, e che i notabili dello *shtetl* avevano fatto una raccolta di fondi per il viaggio, la sua intenzione, a Dio piacendo, era quella di fare visita al figlio ad Anversa. Aveva sentito dire che Anversa era, Dio sia lodato, una città ebraica e che Gedaliah manteneva, Dio sia ringraziato, una casa ebraica. E il padre di Berman sapeva che Gedaliah, con l'aiuto di Dio, lo avrebbe ricevuto con tutti gli onori, perché era sempre stato un figlio devoto. Quanto lo aveva curato affettuosamente in quei due anni che era stato costretto a passare a letto – prove che a un ebreo dovrebbero essere risparmiate! E così, a Dio piacendo, si sarebbero rivisti presto. E così via.

Berman rimise via la lettera, e si sforzò di leggere il libro. Ma sembrava quasi che gli avvenimenti del giorno fossero stampati sulla pagina, e le parole non si connettevano.

"Uh! Nipoti! Un perdente del genere... diecimila!"

Berman si rese conto che stava faticando invano, quindi rimise a posto il libro, e recitò lo *Shemà*, camminando avanti e indietro per la stanza durante la preghiera.

7·

Berman si alzò all'alba come sempre. La casa era buia e silenziosa. Dormivano ancora tutti. Ogni giorno era il solito tran-tran: non appena sentiva il grido del lattaio e il tintinnare attutito del bidoncino sulla soglia di casa, si vestiva.

La cameriera stava sonnecchiando nel letto di ferro della sua stanzuccia. Si sfregò gli occhi cisposi e sperò che accadesse un miracolo: che il padrone continuasse a dormire per i postumi della giornata di festa del giorno prima, e di non sentire l'odiato rumore della risalita della tapparella in sala da pranzo, rumore che le annunciava che era ora di alzarsi perché il signor Berman voleva un bicchiere di *bavarke*, la sua bevanda preferita, a base di latte zuccherato. Era stanca morta dopo la baldoria e avrebbe avuto una gran voglia di girarsi con la faccia al muro e di continuare a dormire per ore.

Invece come ogni mattina Berman tirò su le tapparelle, rendendo così formalmente noto ad Anneke che lui non aveva fatto festa, il giorno prima. Lei digrignò i denti bianchi e forti e imprecò sottovoce: «*Godverdoeme!* Dio lo stramaledica!» Poi scese dal letto rabbrividendo per il freddo, anche se era piena estate.

Berman passò davanti alla sua stanza e con la coda dell'occhio la vide, scalza, con il grembiule in una mano mentre con l'altra soffocava uno sbadiglio, che le stava esplodendo come un urlo. Sorrise e finse di non averla vista. Berman non intratteneva mai relazioni con le domestiche, perché dopo quelle se ne sarebbero andate in giro a spettegolare, il che per lui non sarebbe stato affatto un bene: ci mancava solo questo, ad Anversa. Non era come Shapiro, lui: l'intera Anversa spettegolava di lui, ma la cosa sembrava non sfiorarlo neppure. Shapiro godeva di cattiva fama, era noto come uomo di scarse virtù morali e in verità se non fosse stato così abile negli affari e la gente non avesse avuto bisogno dei suoi servigi, nessuna persona di buonsenso si sarebbe fermata a parlare per strada con lui.

"Mmh, certo che è una bella figliola! Una *shikse*, però..." Sorrise ed entrò in cucina per il lavaggio rituale delle mani.

Berman ispezionò il vassoio d'argento per vedere che tutto fosse come doveva essere: che ci fosse il cucchiaio e che il bicchiere di *bavarke* avesse la giusta densità. Con la testa fece cenno ad Anneke che se ne poteva andare. Stava zuccherando il suo latte, quando, senza sapere perché, richiamò Anneke, la osservò come se stesse cercando di ricordare qualcosa, e poi la mandò via di nuovo.

«*Godverdoeme!*» borbottò di nuovo Anneke, sollevando da terra il gatto che le si stava strusciando addosso. Avrebbe potuto dire a quel gatto un mucchio di cose, invece si limitò a baciargli il nasetto. Lo rimise giù, gli diede un calcio e disse: «Smamma!»

Dopo colazione Berman distribuì alcuni cartocci di diamanti, e ritirò la merce lavorata, ma non c'era molto da fare. I laboratori il giorno prima erano stati chiusi, e per via della festa i tagliatori non avevano ancora finito l'opera. Non erano arrivati neppure i lucidatori.

Berman s'incamminò verso la Borsa, ma laggiù non erano

in corso scambi. Nel salone con le colonne massicce e splendenti non si vedeva quasi anima viva. I pochi mercanti che non erano partiti stavano aprendo i loro pacchi di diamanti. Le pietre catturarono lo sguardo di Berman con i loro bagliori bianchi, rossi, e azzurri. I mercanti si mostravano l'un l'altro i fruttuosi acquisti, e poi li riavvolgevano. Anche il Circolo era vuoto ed era pieno di vita solo lo Shenkl, teatro degli affari in tono minore. Giovanotti barbuti dall'espressione preoccupata correvano in giro come gatti scottati, si fermavano ai tavoli, si mostravano minuscoli diamanti tagliati a rosa, ce ne volevano circa cento per fare un carato, o diamanti grezzi, che sembravano granuli grigiastri di soda da bucato. Li pesavano sui bilancini, li incartavano di nuovo, parlavano e gesticolavano, giuravano sulle teste di mogli e figli. Cercavano di concludere affari, scoprivano di non riuscire a vendere al prezzo desiderato, chiudevano la valigetta e correvano al tavolo accanto.

Accanto alla finestra sedeva un uomo anziano, e con le pinzette stava frugando in un grosso mucchio di *bakvuils*, frammenti che parevano tabacco sfuso, alla ricerca di piccoli diamanti. Sollevò gli occhi arrossati e guardò Berman, si lisciò pensosamente la barba grigia, come se stesse cercando di ricordare qualcosa. «Mmmh...» disse, «è lui! Il cane nero». Poi continuò a frugare con le pinzette. Jules, con la faccia rossa e lucida come al solito, era seduto proprio di fronte al vecchio. Stava pesando su una bilancia della polvere grigia di diamanti, e avvolgendola nella carta, e intanto canticchiava sottovoce: «*La domenica me ne vado a Sint-Anneke, Siiiint-Aaaa-ne-ke!*»

Accanto a lui aspettava in piedi un giovanotto esile e deforme, dall'espressione melanconica e occhi acquosi e innervositi: «Herr Tsvaygnboym, non vi dispiacerebbe andare un po' più in fretta! È quasi ora di pranzo, e ancora non sono riuscito a combinare nulla. Ve l'avevo detto che di polvere di diamanti non ce n'era a sufficienza. Non stavo certo cercando di rapinarvi. Ho dovuto correre qui nel bel mezzo del lavoro, e adesso sto perdendo tempo per nulla» disse il giovanotto, comprensibilmente afflitto.

Però Jules aveva visto entrare Berman, quindi smise di cantare e si alzò, portandosi dietro la polvere di diamanti. Tese a Berman la mano grassoccia e con le fossette, e arrossì come una barbabietola. Il giovanotto dagli occhi acquosi rimase lì interdetto, con le braccia al cielo per lo stupore e l'indignazione: "Accidenti a quel bastardo! Sono qui che corro in giro come un matto, e dovrei assolutamente scappare. Avrebbe almeno potuto darmi la polvere di diamanti *prima* di andare a ossequiare quell'anima nera, quel mascalzone". Il poveraccio era talmente agitato che cominciò a tossire e la sua faccia bruna e smunta e la barbetta nera parvero rattrappirsi. Era quasi mezzogiorno, e la macchina lucidatrice stava per entrare in pausa.

Il lucidatore tuttavia non avrebbe avuto motivo di agitarsi, perché Berman non si prese il disturbo di stringere la mano di Jules, ma si limitò a chiedere frettolosamente come stesse suo padre e poi si allontanò con aria boriosa, lasciando lì Jules con il braccio teso. Imbarazzato, questi tornò al tavolo. Un improvviso desiderio di dimostrare chi comandava lo spinse a gridare al lucidatore: «E vedete di farmele bene, quelle pietre! Mi avete sentito?!»

«Sì, sì» borbottò il giovanotto, e si precipitò fuori dalla sala.

Berman si guardò attorno e vide che non era rimasto nessuno con cui fermarsi a chiacchierare a parte le nullità e i pezzenti, la gente ordinaria. Tuttavia uscendo rispose ai «buongiorno» con cui lo salutarono i piccoli commercianti e gli intermediari. Si ricordò che doveva fare visita a Shapiro; ieri il furfante ungherese aveva detto di avere merci interessanti, quindi sarebbe valsa la pena di andare a dare un'occhiata.

"Come osa quello lì presentarsi a casa mia? Quel bastardo, quel disgraziato!" Le punzecchiature di Shapiro del giorno prima avevano cominciato a rodergli. La rabbia di Berman si riattizzò nel ricordare come Shapiro lo avesse deliberatamente innervosito al punto di fargli venire quasi un colpo apoplettico. Era tentato di non andarci, tanto per fargli vedere che lui, Berman, non era un tipo da trattare alla leggera. Ma d'altra parte, che alternative aveva? Si doveva andare, per il bene degli affari. Shapiro aveva detto: «Ho della roba buona», e quello era un uomo con il quale non si scherzava. Sarebbe stato meglio per Berman andare da Shapiro che non per Shapiro andare da Berman, anche se Shapiro era solo un agente, e lui, Berman, un mercante di diamanti. Shapiro non aveva mai avuto difficoltà a piazzare le proprie merci. Di solito erano già vendute ancor prima che gli arrivassero in mano. Era di un'astuzia diabolica. Aveva accesso alle ditte più prestigiose e alle pietre migliori, e dunque se volevi accaparrarti merci di alta qualità e fare profitti non ti potevi assolutamente permettere di litigare con Shapiro. Sembrava una canaglia, però della sua parola ti potevi fidare ciecamente. Non imbrogliava mai, non «perdeva» mai un diamante, non scambiava pietre buone con spazzatura. Negli affari era l'onestà personificata, ed era un onore trattare con lui. Nessuno poteva diventare un mercante rispettabile senza passare attraverso Shapiro.

Lanciando un'occhiata all'orologio d'oro, Berman vide che era troppo presto per andare a casa di Shapiro, quindi rallentò il passo e fece una deviazione per le strade laterali. Era meglio presentarsi in ritardo che in anticipo.

Pensò a Jules: "Uh! Ora fa il gentiluomo, quel bastardo insolente, come non bastassero i miei guai. Mmmh, scommetto che lavora solo con le gemme minuscole, mille per farne un carato!" Sorrise sprezzante, anche se lo irritava il fatto che Jules gli avesse teso la mano. "Questi *shnorrer* si credono alla nostra altezza, adesso. Ma come fa a essere così presuntuoso? Solo perché suo fratello si è fidanzato bene, questo pensa di poter diventare un mercante di successo, e chi lo sa, potrebbe perfino riuscirci. E stanno cercando di trascinare anche il padre fuori dalla miseria. Dio mi ha sottoposto alle prove più dolorose che si possono infliggere a un essere umano" pensò Berman, pieno di autocompatimento.

E così, lamentando il proprio fato, arrivò a casa di Shapiro. L'ungherese era seduto a un tavolo di mogano lucidissimo coperto da uno spesso vetro molato.

«Ah! Herr Berman!» Entrambi esibirono facce radiose e continuarono a stringersi la mano come se avessero intenzione di andare avanti in eterno.

«Vi prego, accomodatevi, Herr Berman!» Shapiro scostò una sedia per l'ospite, proprio come aveva fatto Berman il giorno prima, e si sedette a capotavola. Berman si vide riflesso sul vetro molato che faceva da specchio, e guardando il soffitto, notò quanto fosse bello ed elegante. Il lampadario era di cristallo, il tappeto era soffice e spesso sotto i loro piedi, e copriva l'intero pavimento. Era blu, semplice, senza neppure una decorazione floreale. E le pareti avevano una carta da parati magnifica, le strisce dorate sui bordi si armonizzavano squisitamente con il blu – uno splendore!

"Ma guarda tu cosa è riuscito a ottenere questo furfante! È solo un agente, e io sono il mercante di diamanti. Come è possibile. Il mobilio è scarso eppure questa casa appare così lussuosa!"

«Lenchen!» Shapiro chiamò la moglie.

Come se fosse rimasta nascosta fino a quel momento,

madame Shapiro sbucò da dietro una massiccia porta blu scuro foderata di velluto, che stava accanto alla finestra. Salutò Berman porgendogli la mano. Aveva gli occhi tondi e distanziati, lo sguardo ottuso. L'espressione letargica non era ravvivata dal sorriso acquoso. Berman la fissò a lungo. "Mmmh... mi sembra più repellente che mai, questa donna" pensò. Con la gonna di buon taglio, la camicetta in crespo di Cina pesante e la parrucca meravigliosamente pettinata, e tutto questo chiaramente doveva essere costato un occhio della testa, pareva uno gnoccone di legno avvolto nella seta.

Madame Shapiro si scusò, andò in cucina e tornò accompagnata da una ragazza alta e snella, sui diciotto anni, vestita con un abito blu inamidato e un grembiulino di tulle, e una cuffia bianca sui capelli biondi e lucidi. Portava un piatto di vetro carico di frutta, e il sorriso abbagliante e i grandi occhi azzurri dallo sguardo infantile contrastavano piacevolmente con l'aspetto di madame Shapiro.

«Servitevi, non fatevelo dire due volte, Herr Berman!» disse madame Shapiro, mentre Shapiro riempiva due bicchieri di vino forte e frizzante, servito in una bella caraffa di vetro lavorato. Brindarono facendo tintinnare i bicchieri e li vuotarono.

«Puoi andare, ora» disse Shapiro, rispedendo in cucina la ragazza, e divorandola con gli occhi, come se fosse stata un dolce al miele. Berman non riusciva a capire come madame Shapiro potesse tollerare, lei che era così brutta, la presenza di una servetta non ebrea così bella. Non era un segreto, in città, che le domestiche le scegliesse Shapiro, e che solo dopo la sua approvazione la moglie potesse cominciare a trattare sul salario e le condizioni; qualche soldo in più o in meno qui non rappresentavano il fattore decisivo. "Mio Dio, che ipocrita!" pensò Berman. "Tu guarda come questo mascalzone la chiama amorevolmente 'Lenchen', convinto di fregarci tutti". Pulendosi i baffi, disse ad alta voce: «E adesso vediamo cosa avete da propormi».

Dal taschino della giacca Shapiro tirò fuori, e aprì, un cartoccetto di diamanti. Questi mandarono lampi rossi, azzurri, gialli, verdi. «Che ne pensate? Roba buona, eh?»

I diamanti degli orecchini di madame Shapiro parvero rispondere, accendendosi di colori vividissimi, come avessero riconosciuto dei vecchi amici. I due uomini discussero a lungo, gesticolando, uno con le grandi mani brune, l'altro con le mani bianche e paffute, finché alla fine quelle mani si strinsero per siglare l'affare e i due cominciarono a chiacchierare del più e del meno: la politica, il passato.

Berman prese congedo da Shapiro, e per poco non si dimenticò di salutare madame. Però la signora Shapiro gli porse a forza la mano ingioiellata.

«*Auf Wiedersehen*, Herr Berman! Vi prego, trasmettete a vostra moglie i miei rispetti». I grandi occhi neri e ottusi di madame Shapiro, il naso e perfino le guance parevano al tempo stesso ridere e piangere, mentre parlava. Berman promise che non se ne sarebbe dimenticato, pensando che in fondo non c'era da stupirsi se Shapiro era un gran donnaiolo. Gli venne improvvisamente in mente Rochl, vestita con i suoi abiti migliori, l'aspetto che aveva quando andava i matrimoni o a un *bar mitzvah*. L'immagine lo riempì di piacere.

Chissà che età aveva madame Shapiro. Era difficile da valutare. Poteva avere tranquillamente trent'anni, come cinquanta. E Shapiro era ancora giovane. Doveva averla sposata per la dote.

Le donne che nei pomeriggi estivi si davano appuntamento al giardino zoologico spettegolavano a iosa sul conto degli Shapiro e discutevano dell'abitudine di madame Shapiro di trascorrere giornate intere seduta alla finestra. Per passare il tempo osservava la strada. Al giardino zoologico non ci andava perché sarebbe stata in imbarazzo; sapeva perfettamente che la gente si rendeva conto di come gli abiti costosi e i gioielli con cui la sommergeva il marito non fossero affatto un segno di grande amore, perché il motivo di quei doni era solo il desiderio di fare della moglie una pubblicità vivente della ricchezza di casa Shapiro. Aveva sentito le donne sparlare di lei, e pianto non solo con gli occhi, ma con il naso, le guance, la bocca e perfino con i riccioli della parrucca.

Tornando a casa Berman rifletté sull'affare appena concluso. Passò mentalmente in rassegna tutti i mercanti più facoltosi della Borsa per decidere quale potesse essere l'acquirente ideale, però erano tutti partiti per le vacanze. Tuttavia le pietre non sarebbero andate a male. Grazie a Dio era stato un ottimo acquisto. Shapiro era in gamba, accidenti a lui!

Berman si ricordò all'improvviso di avere ancora una volta disatteso le prescrizioni del medico che gli aveva intimato di fare ogni giorno una passeggiata, per il bene della circolazione. Quando si è così impegnati, la salute passa in secondo piano! E così non avendo nulla di particolare da fare fino all'ora di pranzo, si avviò per fare la prima passeggiata in tre mesi.

Le strade e i vicoli di Zurenborg erano stati tirati a lustro. I batacchi d'ottone sulle porte bianche e gialle splendevano, al pari dei vetri delle finestre. Sulle tende di pizzo danzavano figure di donne, bambini, angeli. Però le strade erano assolutamente vuote. Berman attraversò tutta Zurenborg, finché non arrivò a Borgerhout. Dalla fabbrica di candele usciva l'odore pungente di cera fresca e calda che aleggiava in permanenza sul quartiere. A Berman risultò impossibile proseguire la passeggiata. Si coprì il naso con la mano e tornò in centro città.

Le attività pomeridiane erano già cominciate. I grandi magazzini erano affollati di donne a caccia di buoni affari. Alcune erano andate al giardino zoologico per una tazza di caffè e una dose di pettegolezzi. I marciapiedi erano bloccati dalle carrozzine dei bambini. Le spingevano donne con le facce allegre e nasi rossi e appuntiti. Sulle mani bianche bagliori di diamanti. Dalle carrozzine sbucavano cuffiette ornate di pizzi di Bruxelles e nastri rosa o celesti. I bambini addormentati tra le sete e i pizzi stringevano a sé i loro bambolotti.

Ma c'erano anche madri consunte, dalle facce cineree, che spingevano carrozzine malconce con bambini sudici che succhiavano pezzi di gomma altrettanto sporchi, o si ficcavano le manine in bocca. E avevano le facce smunte e la pelle giallastra.

Berman si fece largo tra la folla. Un vecchio ebreo trotterellava accanto a un uomo di mezza età e grassoccio, sbarbato e vestito con un grigio completo leggero. I due stavano litigando. Il vecchio vide Berman, sollevò il cappello ammaccato e lo salutò. Era come madame Shapiro, occhi e guance sembravano ridere e piangere al tempo stesso. Le rughe attorno agli occhi si approfondirono mentre parlava, le labbra bluastre si inumidirono. Nel tentativo di prevalere sul gentiluomo più in carne, era caduto in una specie di frenesia. Ma l'altro si limitava a sorridere, con un'indifferenza che faceva ammattire il vecchio.

«Non ve ne pentirete di certo! Il vecchio Tsimerman mi lascia sempre le merci a un prezzo migliore rispetto agli altri. Con lui ho già avuto fortuna, e sa che sono un agente esperto, non un imbroglione!» disse accalorandosi il vecchio.

«Ma io non ho *bisogno* di pietre piccole» disse il mercante, con un gesto di impazienza. Al vecchio cadde la mandibola.

In mezzo alla strada pedalavano sui loro tricicli giovanotti pallidi dalle barbette rade e uomini più anziani con le barbe lunghe e folte. Le facce giallastre raccontavano storie tristi. Le barbe sfioravano ceste piene di pesci, pane e carni, che questi ex commercianti di diamanti e altri poveracci stavano consegnando nelle case dei ricchi in cui vivevano padrone di casa parsimoniose, disposte ad andare nei negozi, scegliere le merci e contrattare per ore. Non erano disposte, però, a portarsi a casa la spesa da sole. I garzoni con le barbe lunghe dovevano fare le consegne a domicilio, e intanto ricordavano con nostalgia l'epoca in cui erano arrivati ad Anversa con la dote in tasca, pieni di speranze di diventare ricchi. Ma non avendo talento, in Borsa o al Circolo dei Diamanti li avevano ben presto turlupinati. E adesso si mantenevano così. Alcuni erano in affari per conto proprio e spingevano carretti trainati da cani comprati al *Vogelmarkt*. Erano costretti a spingere perché altrimenti i cani non ce l'avrebbero fatta a tirare quel carico, e si trascinavano per i miseri vicoli ebraici, che erano cadenti e sfiniti quanto gli ambulanti stessi. Annunciavano le loro povere merci come se stessero intonando parti della Ghemarà.

A Berman divertiva sempre vedere questi casi umani senza speranza, con i loro carretti tirati dai cani. Ma non rideva di loro, per l'amor di Dio! Perché chi può mai sapere cosa porterà il domani.

8.

A casa Berman la tavola era apparecchiata come si deve. Le posate d'argento splendevano e c'erano piatti con *kugel* di ogni tipo, e marmellate deliziose. Brillavano i sifoni di acqua con il seltz, e la medicina rossa che Berman assumeva dopo i pasti era lì pronta. Anneke si aggirava ancora con un piumino giallo in mano, facendo mostra di essere alla caccia di polvere, di cui non c'era neppure l'ombra, in quella sala da pranzo lussuosa e venerabile.

Dovid scese dalla camera da letto in pantofole e vestaglia. Aveva i capelli arruffati e la faccia giallognola e gonfia di sonno. Anneke afferrò il piumino e si avviò alla porta, ma Dovid la richiamò e la strinse a sé. Anneke arrossì, si divincolò e corse alla porta. Jeannette scese al piano di sotto avvolta in una lunga vestaglia di seta azzurra orlata di pelliccia bianca, e con pantofole con il tacco. I capelli erano umidi e le orecchie piccole e delicate erano rosee. Si precipitò da Dovid, si sedette accanto a lui sul grande divano di velluto e cominciò a baciarlo come un'innamorata.

«Oh, eccoti, Dovid!» Poi continuò a ciarlare: «Senti, Dovid, questa settimana ho letto un romanzo straordinario. Ci succedono di quelle cose da non credere! Ti piacerà da matti!»

«Tu matta lo sei già!» disse sua madre, comparendo all'improvviso sulla soglia. «Non capisco proprio cosa ci trovi in quei libri. Non vuole fare neppure colazione!»

«Oh mamma, se tu sapessi leggere capiresti quello che dico. Dovid, devi assolutamente leggerlo. È straordinario!»

«Ma lo dici di ogni libro».

«Perché tutti hanno qualcosa di speciale. Oh, Dovid!» Lo abbracciò forte.

«A-ha, vedo che mia sorella è proprio uscita di senno!» Dovid si ritrasse in un angolo del divano.

«Guarda, Dovid, lei ballava così!»

«Ballava così chi?»

Jeannette si piazzò davanti allo specchio, sollevò tra le dita un lembo della vestaglia, e cominciò a ballare, lenta e solenne all'inizio, poi in un crescendo di estasi e frenesia, roteando sempre più veloce, come un vortice. Poi di colpo scalciò via le pantofole e sollevò una gamba per aria, mettendo in mostra la biancheria di seta azzurra e le gambe nude e brune. Dovid, adagiandosi su un angolo del divano, seguì languidamente ogni suo movimento, con l'espressione critica di un intenditore.

Quando Berman aprì la porta della sala da pranzo, gli balenò davanti agli occhi un lampo di seta azzurra, e si impietrì. Jeannette stava ancora ballando, piroettando selvaggiamente e poi danzando con passo più misurato. Poi finalmente si fermò a piedi uniti, come una ballerina sul tappo di un flacone di profumo. Berman rimase lì a guardare, inchiodato, e senza comprendere subito che quella che stava ballando era sua figlia. Jeannette era stanca e andò a sedersi accanto al fratello sul divano. Quando Dovid vide il padre, però, se ne andò immediatamente per tornare in camera.

«Ecco come ballava» continuò a ripetere Jeannette, senza accorgersi che Dovid non c'era più.

«Ma chi ballava?» chiese il padre, disorientato.

«Oh paparino caro, ti avevo scambiato per Dovid!»

«Ma *chi* ballava?»

«Ah, era nel mio libro. Ho un romanzo francese in cui una ragazza balla perché è innamorata! Dovresti leggerlo».

«Ma che sciocchezze, piantala! Non so di cosa tu stia parlando! Rochl, mangiamo. Sto morendo di fame».

Rochl guardò il posto vuoto di David e sospirò: «Quando finirà tutta questa storia?»

Nel pomeriggio Jacques fece entrare un uomo anziano nel salotto dei Berman, cogliendo l'occasione per sgattaiolare fuori casa. Il vecchio si aspettava evidentemente un'accoglienza tiepida. «Stavo passando qui davanti e mi sono detto: "Insomma, non mi *mangeranno* mica"».

Berman lo guardò e rispose con un sorriso cinico: «Ma certo, non ho alcuna intenzione di *mangiarvi*, che idea, puah!»

Fingendo di non notare il sarcasmo, il vecchio si avvicinò al tavolo.

«Che cosa volete?» si affrettò a chiedere Berman.

«Allora... ehm... a parte gli scherzi...» L'uomo tirò fuori la scatolina del tabacco da fiuto. «A parte gli scherzi...» Batté su tutti i lati dello scatolino per sciogliere i grumi. «Come qualcuno ha detto una volta: "Tentar non nuoce", allora ho pensato: "Insomma, magari", in fondo era una bella dote. Ma in effetti non era una fidanzata all'altezza di vostro figlio, vero? Ora me ne rendo conto».

«E allora cosa andate blaterando, adesso? Una cosa o l'altra. Se la proposta non era alla nostra altezza, perché siete venuto a seccarmi ancora?»

«Che roba! Mi sono detto: certo non è un fiorellino, quella ragazza, ma d'altra parte – un gruzzolo mica da poco! Tuttavia nel momento in cui ho saputo che i centomila si erano ridotti a diecimila, ho fatto un passo indietro!»

«Non è che voi il passo avanti lo avevate fatto tenendo il piede in *due* scarpe?»

«Ma chi l'ha detto? Per l'amor di Dio!» disse l'uomo, sussultando.

«Vi conosco troppo bene. Non appena vi siete reso conto che non avevo intenzione di vendere mio figlio a quella befana, neppure per dieci milioni di franchi, siete andato da *loro*. Ho capito perfettamente che stavate cercando di fregarci mettendoci in competizione. E dunque adesso cosa volete?»

Il vecchio finse di non capire di cosa stesse parlando Berman. Si sedette al tavolo, si riempì di tabacco entrambe le narici, tirò fuori un fazzolettone rosso dalla tasca del gabbano con il collo di pellicciotto di pecora che indossava estate e inverno, si tamponò la faccia spigolosa, si afferrò con entrambe le mani la barba grigia e puntuta e starnutì rumorosamente.

Berman si spostò all'altro capo del tavolo; anche a lui scappava uno sternuto.

«Statemi a sentire, Herr Berman! Sapete benissimo che ad Anversa non si è mai sposato nessuno senza il mio intervento. Non mi è mai scappato nessuno, tranne qualcuno che magari si è innamorato. Però alla fine anche gli innamorati sono costretti a venire da me».

«E allora che cosa volete da me esattamente? Un bacio sulla guancia? D'accordo. Avvicinatevi e vi darò un bacio». Berman rise e si alzò, per fare capire al vecchio che era ora che se ne andasse. Ma questi rimase seduto, finché Berman non disse senza tanti giri: «Reb Beynish, io devo uscire. In questo momento non ho tempo per voi, ecco tutto».

Reb Beynish si alzò, porse la mano a Berman, e disse: «Non vi preoccupate! A Dio piacendo salterà fuori qualcosa di adatto. E poi brinderemo insieme a vodka, questo è certo. Eh! Eh! Eh!» e se ne andò.

Reb Beynish non mentiva. Aveva combinato matrimoni per tutta Anversa, ed era sua abitudine negoziare la medesima proposta con più di una famiglia, e in contemporanea. E così aveva quasi sempre successo perché se non andava bene a una famiglia piaceva a una seconda, o a una terza, o a una quarta, o a una quinta. Era arrivato ad Anversa da giovanotto, e non si era lasciato crescere l'erba sotto i piedi: la sera stessa del suo arrivo aveva cominciato a fare il sensale. Di solito pescava i giovanotti negli *shtiblekh* chassidici. Erano venuti dalla Polonia o dalla Russia per schivare il servizio militare. Se uno di questi giovanotti non aveva parenti ad Anversa, di solito aveva una lettera che il suo *rebbe* aveva spedito a uno *chassid* che abitava in città. I giovanotti che arrivavano dalla Galizia i parenti ad Anversa di solito li avevano. E dunque reb Beynish li intercettava per strada, in sinagoga, allo *shtibl*, o a casa. Tra tutti i fedeli era sempre il primo a salutare i nuovi arrivati, andava loro incontro per chiedere, spingendosi nei minimi dettagli, chi fosse, da dove venisse, che lavoro facesse e così via. E anche se il giovanotto era un tipo taciturno, o un cliente elusivo, o semplicemente uno che non amava parlare di sé, reb Beynish immancabilmente riusciva a cavargli tutte le informazioni. Era impossibile nascondergli qualcosa, e quando aveva scoperto quello che gli interessava sapere, cominciava a discutere con l'interessato della possibilità di combinare un matrimonio.

«Dite che non vi sentite ancora pronto? Sempre il solito ritornello! Eh! Eh! Eh! Vi state solo burlando di me, ecco. È sempre così! Ma non importa, tra poco sarete pronto, pochissimo! Dopo tutto, cosa pensate di riuscire a ottenere qui? Un accidenti di niente! Tra non molto finirete i pochi rubli che avete in tasca, e anche se i rubli sono qualche centinaio, fa forse differenza? E allora diventerete un tagliatore di diamanti. Sì, certo, è un mestiere rispettabile» e Beynish picchiettava la scatola del tabacco per sciogliere i grumi. «Un nuovo mezzo di sostentamento. E può essere un mezzo niente male, ma non per un ebreo. Certo, se voi foste un *goy*, Dio ce ne liberi, potreste iscrivervi al sindacato e guadagnarvi il pane. E non vi guadagnereste solo il pane, ma con il salario potreste ubriacarvici pure, potreste rotolarvi nel fango, eh, eh! Ma poiché grazie a Dio siete un ebreo e non, Dio ce ne liberi, un *goy*, sarete costretto a lavorare per qualche annetto senza guadagnare nulla. Ma perché dico che non guadagnerete nulla? In realtà è peggio, vi toccherà *pagare* qualche centinaio di rubli per imparare il mestiere. E credete che ve lo insegneranno come si deve? Ma figuriamoci! Ve lo insegneranno a *metà*, ecco cosa succederà. E a parte questo, certamente non vi consentiranno di mettere le mani su un cartoccio di diamanti, perché ci sono masse di tagliatori e lucidatori che non hanno nemmeno un tozzo di pane da mettere in bocca, e tutti quanti corrono dietro ai capi, cercando di mettere le mani su un paio di pietre. E se non baciate il capo voi sapete dove, mi spiace dirvelo, ma vi manderanno a quel paese. E a quel punto cosa farete? Ve lo chiedo, eh?» E a quel punto reb Beynish prende un pizzico di tabacco e lo tiene tra le dita finché il giovanotto non comincia a starnutire.

«Etciù! Etciù!»

«Salute! Ma starnutite per le mie parole oneste? Magari tutti gli ebrei potessero giovarsi di consigli così sinceri. Ve lo garantisco, qui fuori è pieno di tagliagole. Stanno solo cercando un fesso che ancora non abbia annusato i loro trucchi. E alla fine del vostro cosiddetto apprendistato sarete costretti a ripagarvi la macchina, che finirà per arrugginire in un angolo. E anche se riuscirete ad accaparrarvi qualche gemma, farete dei gran pasticci. Perché come potreste mai essere capaci di tagliarle? E dopo certamente non ve ne daranno altre. A casa si stancheranno di mantenervi e di mandarvi i soldi, perché è un bel peso, mi capite? Quando vedo in sinagoga o nello *shtibl* un giovanotto come voi, mi si spezza il cuore» sospira Beynish, facendo in modo che quell'altro non riesca neppure ad aprire bocca. Prosegue nel monologo a rotta di collo, senza fermarsi neppure per prendere fiato. «Se seguirete il mio consiglio, benedirete il giorno che mi avete incontrato. Ho una ragazza per voi. Ma che dico, non è una ragazza, è un gioiello. E di buona famiglia! Ma che dico? Viene da una famiglia *eccezionalmente prestigiosa*! Avrete una dote favolosa e un appartamento ammobiliato. Vostro suocero vi prenderà come socio in affari e farà di voi un mercante o un intermediario – in un modo o nell'altro non è male. Dovremmo tutti avere la fortuna di Shapiro, che se la passa meglio di molti dei grandi mercanti! Ve lo garantisco, se un intermediario usa il cervello, i guadagni sono eccellenti. Non dovete metterci soldi vostri, ma certamente ne cavate parecchi.

«Volete sapere cosa fa un intermediario? Media tra i mercanti di diamanti. È semplice: voi siete un mercante e io pure. Ho una partitella di diamanti e desidero venderla. L'intermediario va in giro per uffici, allo *Shenkl*, al Circolo, al Fortunia, e perfino in Borsa, finché non acchiappa un mercante – voi, per esempio – e guarda caso voi state cercando esattamente le merci che io gli ho affidato. Voi comprate le pietre, e l'intermediario intasca la percentuale. Che ve ne pare, non è un bel lavoro? Non dovete investire nulla nell'impresa, a parte il cervello. e molti intermediari diventano ricchi. Però all'improvviso, nel corso di un giorno feriale come gli altri, tra i mercanti c'è una grande agitazione. Che cosa è successo? Qualcuno ha perso di nuovo i diamanti. E cosa significa? Nulla, proprio nulla. Significa che l'intermediario cui era stata affidata della merce, apparentemente l'ha «persa», o è stato rapinato. Voi sapete benissimo che è una frottola, ma che ci potete fare, se quello i diamanti non li ha più? Pensate che lo sbatteranno in prigione? Che non potrà più mostrare la sua faccia in giro per il mercato? Se lo pensate siete in errore. Al contrario, nel giro di poche settimane gli affideranno ancora più partite rispetto a prima. Perché coloro che non hanno paura di «perdere» le loro pietre, sanno anche vendere bene, mentre quelli che non ne «perdono» mai sono considerati mediocri, e nessuno vuole fare affari con loro. A parte Shapiro, non lo conoscete ancora, e del resto come potreste?, però lo conoscono tutti. È un riccone che non perde mai pietre, così dicono. Eppure va in giro coperto d'oro. Ha il suo modo di fare le cose, dicono, e nessuno sa quale sia il suo segreto, ma è ricco come Creso, e chi gli aveva combinato il matrimonio? A chi deve tutto? A me! E sua moglie è un prodigio di virtù, un'ottima donna!

«Seguite il mio consiglio e vi troverete bene. Avrete una casa, una moglie, una famiglia e non soffrirete mai di solitudine. Non vi toccherà vagabondare. Potreste almeno darle un'occhiata! Qualcuno una volta ha detto "Dare un'occhiata non è sposarsi". Se la ragazza vi piace, allora siamo a posto, e se non vi piace pazienza, ne troveremo un'altra che vi garbi».

Reb Beynish parla e parla, non si zittisce, incantona il giovanotto contro il muro della sinagoga, lo mette all'angolo, gli preme addosso con il corpo ossuto e greve, coperto dal gabbano nero dal colletto in pelliccia di pecora che indossa estate e inverno, e non lo molla finché il giovanotto volente o nolente capisce la logica delle argomentazioni di Beynish, ovvero che dare un'occhiata non impegna al matrimonio. E nove volte su dieci va a finire che il fidanzamento si fa e Beynish danza alle loro nozze, con la sua palandrana nera con il collo in pellicciotto di pecora, che puzza di sudore, tabacco e muffa. A volte capita che la cosa non vada in porto al primo colpo, nel qual caso

Beynish si reca a casa del giovanotto e impartisce ai suoi parenti una lezioncina di logica. E li convince con velate allusioni di ogni genere, e se necessario si spinge a dire nel suo fiammingo parecchio arrugginito che sarebbe assai vantaggioso per *loro* se il giovanotto prendesse moglie e andasse a vivere per conto proprio.

Capita assai di sovente che faccia tappa ad Anversa un giovanotto diretto in America. E anche se si trattiene in città solo per pochi giorni reb Beynish riesce ad acchiapparlo e a combinargli un matrimonio. Di solito neppure Beynish sa chi sia esattamente la promessa sposa, quel «gioiello di ragazza», perché nel suo quadernetto ha una lunga lista di nomi, e certo non li può ricordare tutti a memoria. Quel quadernetto spesso e bisunto vale milioni – qualcuno conosce l'ammontare complessivo delle doti che Beynish si porta in tasca? Solo quando il giovanotto ammette che dare un'occhiata non equivale a sposarsi, Beynish fa ricorso, a quel punto, al quadernetto.

Adesso, dopo la visita a Berman, Beynish era di pessimo umore: si meritava forse un trattamento del genere? "Ma è possibile? Mi ha buttato fuori! Che bastardo!" Beynish non riusciva a farsene una ragione. "Cerco di combinare un fidanzamento a suo vantaggio, di trovare per quel buono a nulla una famiglia come si deve, con una dote favolosa, e non solo non mi ringrazia per tutti questi sforzi sprecati, ma addirittura si arrabbia con me. Però, insomma, per lui non è facile. Che Iddio aiuti un padre cui è toccato un figlio con la zucca vuota, un perdigiorno, un senzadio, un farabutto. Berman se la dovrà cavare da solo».

Beynish se ne tornò a casa ruminando questi pensieri, percorrendo a grandi passi le strade di Anversa, nel suo soprabito bisunto. Quel pomeriggio non mise neppure il naso nello *shtibl* per vedere se si fosse presentato un nuovo potenziale sposo.

9.

Di ritorno dalla sinagoga, Berman fu accolto da Rochl. Era avvolta in uno scialle nero, aveva gli occhi rossi di pianto, la parrucca spettinata.

«Che c'è?» chiese Berman, scioccato.

«Gedaliah, è successa una cosa tremenda! Te l'avevo detto che avresti dovuto essere meno duro con i tuoi figli. E adesso cosa penserà di noi la gente? Anversa avrà qualcosa di cui spettegolare, questo è certo. I nostri nemici non aspettavano che questo, che gli si possa seccare la lingua!»

Berman la fissò, con le folte sopracciglia aggrottate. Non capiva assolutamente di cosa stesse parlando sua moglie, ma era stupefatto di fronte a quell'improvvisa prestazione oratoria. Di solito Rochl faticava a concatenare due parole.

«Ma cosa è successo? Dimmelo subito!»

Rochl singhiozzò forte. «Dovid vuole fare l'operaio, lavorare con le mani! Farà l'apprendistato per diventare lucidatore di diamanti. Dice che è inutile che tentiamo di dissuaderlo. Oh mio Dio, mi ci voleva solo questa!»

Berman scoppiò a ridere. «Per l'amor di Dio, per poco non mi hai fatto venire un infarto. Ma tu guarda cosa mi tocca sopportare per colpa di questa stupida e di suo figlio!»

Si accomodò a capotavola, ordinò che gli servissero la cena, e proseguì: «Non ti preoccupare, quel fannullone non ce la farà mai a guadagnarsi il pane con il lavoro manuale. Lascia che provi e che scopra cosa vuol dire. Mio padre non poteva mantenermi, quindi ho imparato la lezione a mie spese. Se Dovid ce la fa a diventare un operaio, allora io posso farmi prete, le possibilità sono le stesse! Ma che idea! Dovid, un operaio! Ma se poltrisce in quel letto puzzolente fino alle quattro del pomeriggio, poi si veste a mie spese, ozia e vagabonda per il resto della giornata, e se solo gli dici qualcosa scappa di casa e la sua cara mammina lo deve rincorrere per tutta la città». Berman a quanto pareva si era già dimenticato dell'ansia provata per il figlio solo poche ore prima. «Bah, io lo so bene a che gioco sta giocando. Sta solo cercando di spaventarci».

Dovid però stava facendo sul serio. Aveva deciso di cambiare vita una volta per tutte. Era stufo marcio delle scenate di suo padre, e di starsene a letto tutto il giorno avendo come unico scopo quello di far passare il tempo. Ne aveva abbastanza di trascinarsi in giro oziosamente per le strade di Anversa, sentendosi inutile, un peso per la società, una figura ridicola agli occhi di se stesso e di chiunque altro.

E anche se le sere passate con Gitele erano state meravigliose, non le aveva pagate in termini di rispetto di sé? Aveva agito nell'ombra come un ladro, come un vigliacco, senza avere il coraggio di dire a Leybesh: "Io amo tua moglie e lei ama me, e adesso la prendo e porto lei e la bambina – la *mia* bambina – a vivere con me". In effetti era peggio di un vigliacco, perché non aveva neppure i mezzi per mantenere la donna che amava. Era un fallito, un fallito senza speranze.

Ma non poteva andare avanti così. Se non poteva lavorare in Borsa, doveva trovare un altro modo di guadagnarsi da vivere. E dunque decise di imparare un mestiere, in fondo non era una cosa terribile. Dopotutto un operaio è un essere umano. Sarebbe stato in grado di mettere su casa, magari una casa modesta, però almeno avrebbe vissuto con Gitele e la loro bambina.

Andò da Gitele per darle la notizia, aspettandosi un'esplosione di gioia. Invece Gitele lo guardò con un'espressione un po' triste e un po' ironica, fece un gesto d'impazienza e lo liquidò dicendo: «Un'altra delle tue grandiose idee».

Dovid si era immaginato che Gitele gli avrebbe gettato le braccia al collo coprendolo di baci, che avrebbe pianto di gioia e gli avrebbe detto che il suo amore onesto e sincero era più prezioso di qualunque gioiello. Gli avrebbe promesso di andare a vivere con lui, come moglie, non appena Dovid fosse stato in condizione di mantenerla. Questo avrebbe messo fine alla loro situazione ambigua. E invece Gitele si fece beffe di lui, dichiarò che Dovid la tempra dell'operaio non ce l'aveva proprio, lo diffidò dall'intraprendere quella strada. «Stammi a sentire, Dovid» disse, «il lavoro manuale è l'ultima cosa cui dovresti pensare. Non fa per te, e non ne caveresti che inutili umiliazioni. E in ogni caso, che cosa otterresti? Ammettiamo pure che tu ti trovi del lavoro, resterai comunque povero per tutta la vita. Vedi bene com'è la situazione in questa casa. Lavorare alle dipendenze di qualcuno è come lavorare per il demonio».

Proprio come non si era aspettato che sua madre lo piangesse neanche fosse morto, Dovid non si era aspettato che Gitele reagisse in quel modo. Ma al diavolo tutti quanti! Vivere così era la cosa di gran lunga peggiore. Stava impazzendo. Un uomo deve fare qualcosa. Quindi andò da Rosenkrantz, un industriale assai noto, e gli disse di voler imparare il mestiere del lucidatore. Gli disse di voler diventare un esperto nel settore dei diamanti, a tutti i livelli. L'imprenditore non gli credette però non fece domande; se voleva imparare il mestiere, ebbene, che ci provasse pure.

Quando Dovid entrò in fabbrica, accompagnato dal padrone, cinquanta operai attoniti si girarono a guardarlo, con gli occhi che schizzavano fuori dalle orbite.

«Ehi, ma che ci fa qui il marmocchio di Berman? E alle nove del mattino?»

«Sarà cascato giù dal letto» borbottò un giovanotto biondo rivolgendosi a un tizio più anziano e calvo, dalla faccia rugosa.

«Guarda, Rosenkrantz gli sta mostrando lo *scaif*». La curiosità degli operai aumentò. «Oh mioddio, forse suo padre sta per comperare l'azienda».

«E allora, che importa? Pensi che potrebbe andarti peggio di adesso?» disse un altro, indicando con un cenno il padrone.

«Ci puoi scommettere! In confronto a *quello*, il nostro è un angelo».

«Oh, ma come no, un angelo con le ali!»

«Un puro, un'anima santa! Se la sua santità entrasse nel corpo di un cane lo farebbe diventare idrofobo!»

«Shhh! Sta venendo qui».

Il padrone si avvicinò al tizio calvo. «Allora, Berman, Kupershteyn vi mostrerà come si fa, e se vi impegnerete, qui nel mio laboratorio farete un tirocinio come si deve. Non sei d'accordo, Kupershteyn? Di qui escono solo bravi lucidatori, e aver imparato il mestiere da me vale già come referenza. Eh, Kupershteyn?» e diede a Kupershteyn una pacca sulla schiena così vigorosa che questi per poco non cadde dallo sgabello.

La testa pelata di Kupershteyn divenne rosa, e gli occhi si arrossarono. Borbottò qualcosa di inudibile, ma l'espressione sulla faccia segnata diceva "Vai all'inferno!"

Dovid sedette su uno degli alti sgabelli smangiati e anneriti dal tempo. Il padrone gli portò personalmente un camice, e nell'indossarlo Dovid ebbe la sensazione che Rosenkrantz lo stesse in qualche modo umiliando di proposito. Fu sopraffatto dalla depressione e faticò parecchio a non scoppiare in lacrime. Nel guardare il camice lo ritenne colpevole della strana disperazione in cui era piombato, e si convinse che se non fosse stato costretto a indossare quella divisa, il lavoro manuale non sarebbe stato così sminuente. Non riuscì a concentrarsi su nulla di quello che gli stava dicendo il vecchio con la faccia scontrosa e rugosa. Percepiva solo la testa pelata del compagno, che somigliava a un teschio, e se stesso in un'uniforme da galeotto. E perché stavano tutti allungando il collo, perché lo fissavano? Cosa avevano da guardare?

Abbassò lo sguardo e si rese conto che probabilmente lo guardavano perché aveva scordato di togliersi le ghette bianche. Uno degli apprendisti sogghignò, altri dissero «Shhh!» e Dovid avvertì acutamente l'assurdità della situazione. Se solo non avesse indossato quel camice! Aveva le orecchie in fiamme, era confuso e imbarazzato. Si sedette allo *scaif*, la ruota della macchina girava, e con essa il laboratorio tutto.

Gli operai con i loro camici sporchi e spesso strappati seguivano con occhi esperti le ruote in movimento. Giravano troppo veloci per un occhio non avvezzo, e Dovid vedeva solo l'immagine sfuocata di un disco di metallo luccicante. Sulle ruote stavano lucidando diamanti di ogni dimensione e colore: diamanti a taglio singolo, pietre piccole con sole otto faccette, oppure pietre grandi e preziose, con cinquantasette faccette.

Kupershteyn era un lucidatore fidato, un veterano del mestiere, che non allontanava mai dall'occhio la lente di ingrandimento e non perdeva mai di vista la pietra sulla quale stava lavorando, per tema che sparisse. I diamanti più grossi e preziosi venivano affidati a lui, che li sorvegliava con anima e corpo.

Dovid rimase lì seduto a guardare. Nessuno gli rivolse la parola, e Kupershteyn, il suo maestro, non gli prestò la benché minima attenzione. Alla fine Dovid chiese: «Cosa dovrei fare?»

«Guarda, e basta!» fu la risposta.

Dovid si rese conto che l'unica cosa che gli era permesso fare era osservare, e poi ancora osservare. Non appena una faccetta era terminata, la pietra veniva tolta dal disco, che poi riprendeva a girare a velocità vertiginosa, come per magia. Un operaio prelevava il diamante dalla coppetta, liquefaceva il piombo sull'azzurra fiammella a gas che al pari delle fiamme dell'inferno non si spegneva mai, rimetteva il diamante sulla coppetta e si passava a lucidare un'altra faccetta. Gli operai si affollavano attorno allo *scaif* anche se non avevano molto da fare. L'attività più importante pareva il guardare. Erano tutti sporchi, come se stessero lavorando in una miniera di carbone invece che alla lucidatura di diamanti destinati a brillare sul collo, ai polsi e sul petto di dame e gentiluomini agiati. Erano sporche perfino le mani di Dovid, e sotto le unghie magnificamente curate si formò una striscia nera; era la polvere di diamanti frammista a olio, che bastava avvicinarsi e subito aderiva alla pelle.

Il vecchio Kupershteyn si levò il camice per tornare a casa per pranzo, e Dovid vide con stupore tutti gli operai alzarsi all'unisono, come se fosse stato dato un segnale, afferrare un soprabito o una sciarpa e dirigersi precipitosamente all'uscita, quasi non vedessero il mondo esterno da anni. Dovid era così abbacchiato che accolse con somma gioia il primo e inaspettato accenno di gentilezza del vecchio, che gli chiese se non avesse con sé il pranzo.

«No» disse Dovid.

«Io mi sono portato il mio!» gridò qualcuno.

«Spero che ti vada di traverso!» borbottò il vecchio, e uscì senza nemmeno un saluto, lasciando Dovid nello smarrimento più totale. "Ma che razza di gente è questa" pensò. "Manco una briciola di buona educazione".

La strada gli sembrò più luminosa del solito, e gli parve che tutti lo stessero osservando. E in effetti qualcuno gli stava camminando alle spalle, facendo commenti a voce altissima. «Ma che ne pensi di quell'idiota? Ancora un po' e muoio dal ridere. Come si fa a presentarsi al lavoro in ghette bianche!»

«Deve essere un po' tocco, eh? Ma chi è, poi?»

«Chi è? È il figlio di Berman, ovvio!»

«*Eeeeh?*»

«Sì, non lo avevi capito?»

«Ma è a corto di soldi?»

«No, di cervello!»

«Ah ah ah! Il capo ha ragione quando dice che non si possono avere e i soldi e il cervello!»

«Ah ah! Ha ragionissima, ha!»

La fronte di Dovid si imperlò di sudore, il giovanotto fu colto da una rabbia impotente nei confronti degli operai.

Quando Rochl lo vide rientrare a casa per pranzo con la faccia tutta sporca, si portò le mani giunte al petto, come un'oca che sbatte le ali di fronte a qualcosa che la spaventa. Lo pregò di non offendersi se gli chiedeva di non farsi vedere da Anneke così conciato.

Quando Dovid si guardò nello specchio a figura piena, rimase scioccato. Era nero di grasso, con i capelli arruffati e anche se in realtà non aveva ancora lavorato sul serio, quello strano senso di sfinimento gli trapelava dallo sguardo. Gli era bastato entrare in quel laboratorio per stancarsi a morte. Si lasciò cadere sul massiccio divano di velluto e Rochl gli portò una bacinella di acqua calda e profumata e un grosso asciugamano bianco, dopodiché gli servì il pranzo.

«Dovid!» esclamò Rochl, «per amore della tua mamma, *ti prego* di lasciar perdere».

«E che mi dici dei milioni di operai costretti a sgobbare come schiavi per tutta la vita, che si consumano in un lavoro duro come la lucidatura dei diamanti, e ancora ringraziano Dio perché almeno il lavoro ce l'hanno, eh mamma?» Dovid in realtà la domanda la stava facendo a se stesso.

«Per loro è diverso, ci sono abituati. Anche io...»

Ma si zittì giusto in tempo, rendendosi conto che era meglio non far sapere a Dovid che lei da ragazza aveva fatto la cuoca, ed era figlia di un carpentiere. «Dio, fa' che i miei figli non sappiano cosa vuol dire vivere così» mormorò piano.

Dopo qualche giorno il lavoro gli era diventato così insopportabile che Dovid pensò che sarebbe stato meglio andare a spaccare pietre in una cava, piuttosto che fare il lucidatore di diamanti. Andava abbastanza d'accordo con gli ebrei barbuti del laboratorio, quelli con lo zucchetto sulla fronte pallida, che cantavano melodie chassidiche mentre lavoravano con le pietre. Anche loro erano lì perché non avevano altra scelta, e Dovid li sentiva comprensivi, capivano quel che stava passando lui. E così anche se Dovid li divertiva, si mostravano gentili nei suoi confronti, con le loro bizzarre punzecchiature bonarie. A rendere un inferno la vita di Dovid, con le loro risa sguaiate sull'incidente delle ghette, che non gli consentivano di dimenticare, erano i giovanotti ordinari, i figli di sarti o di ciabattini, quelli che consideravano un onore lavorare come lucidatori di diamanti. Erano così arroganti, e che linguaggio, poi! Il vecchio con il cranio pelato, quello che sembrava un criminale, rivolgeva la parola a Dovid solo se proprio non poteva farne a meno, e il suo silenzio ostinato a Dovid dava sui nervi. Soprattutto non riusciva a sopportare la sensazione di avere dozzine di occhi puntati sulla schiena, sapendoli pieni di disprezzo. Questo lo feriva molto di più dell'essere costretto a stare lì tutto il tempo, a osservare gli altri. Si sentiva un imbecille assoluto, e la cosa peggiore era il camice.

Una mattina il padrone entrò nel laboratorio, elegantemente vestito, ben pettinato, la faccia arrossata dalla lauta colazione. Chiamò il capofficina e gli parlò a lungo, dandogli ordini, discutendo la questione, poi pensandoci su, e infine dandogli altri ordini. Dopodiché se ne andò per occuparsi dei propri affari e non fece alcun caso a Dovid. In effetti si era completamente dimenticato di lui. Aveva notato solo che c'era un apprendista e che questi stava guardando come si faceva il lavoro, insomma era tutto a posto. La cosa irritò profondamente Dovid. Il padrone non si era neppure degnato di venirlo a salutare. Eppure era passata una sola settimana da quando si erano incontrati sulla Keyserlei, salutandosi da pari a pari, e sebbene Rosenkrantz fosse parecchio più anziano, era stato ben lieto di concedere a Dovid l'onore di pagare il conto, e si era fumato non poche sigarette di Dovid, mentre adesso lo trattava da perfetto sconosciuto. Dovid dimenticò di essere diventato, ormai, un semplice operaio, e si risentì a morte con Rosenkrantz.

No, non avrebbe continuato a lavorare in quel posto. Avrebbe fatto vedere a quel bastardo che lui, Dovid, poteva permettersi di finirla lì, se gli andava. In occasione del prossimo incontro si sarebbe burlato di Rosenkrantz, gli avrebbe detto che era stato un bell'allocco a credere che lui, Dovid Berman, avesse davvero intenzione di lavorare come operaio. Sua madre aveva ragione, ecco.

«Guarda questo come si è messo in tiro, oggi. Ha scelto il vestito più elegante per provocarmi e umiliarmi, e ha alzato di proposito la voce mentre spadroneggiava con il capofficina. Urlava di modo che io lo potessi sentire, però ha fatto finta di non vedermi o di non riconoscermi».

Dovid era così furente che all'improvviso si strappò di dosso il camice, lo scaraventò a terra, e lasciò il laboratorio senza dire arrivederci a nessuno.

L'indomani mattina Rochl esultò nel constatare che Dovid era ancora a letto e non sembrava avere alcuna intenzione di vestirsi per andare al lavoro, e tale era la gioia che gli servì la colazione in camera.

Gli altri operai rimasero a bocca aperta quando videro Dovid passeggiare tranquillo per le strade nel bel mezzo della giornata lavorativa.

«Ma come, ha già rinunciato?» chiesero tutti, sbalorditi.

«E perché lo chiedete a me? Chiedetelo a lui». Il mentore di Dovid scrollò la testa pelata e prelevò un'altra pietra dal disco.

«Insomma, cosa vi aspettavate?» disse il capofficina, un giovanotto robusto e rosso di barba. «Credevate davvero che il figlio di Berman sarebbe rimasto qui per sempre a lucidare diamanti insieme a gente come voi? Si stava solo divertendo alle vostre spalle, e voi babbei ci siete cascati in pieno». Sembrò molto compiaciuto e gli occhi gli brillarono soddisfatti, come se gli fossero capitati in mano tre assi mentre giocava a carte nel ristorante Da Hershl.

Ciascuno degli operai si ritenne personalmente preso in giro da Dovid. Avevano creduto che facesse sul serio e si erano perfino rallegrati di averlo come collega – e invece quel demonio, quel verme bastardo si stava semplicemente facendo quattro risate a spese loro.

«Suo padre può permettersi di mantenere il prezioso e aristocratico figliolo. Ma che vada al diavolo! E noi, noi che siamo solo la feccia del mondo, certi lussi non ce li possiamo permettere. Ma vi immaginate piantare lì il lavoro a metà giornata!»

«Non ci puoi fare nulla» disse amaramente un giovane discepolo di Leybesh. «Ti tocca stare qui buono e quieto e badare che i diamanti di Rosenkrantz, Dio ce ne scampi, non prendano la fuga, e che alla fine risultino sempre stupendi, abbaglianti e luccicanti!» continuò, aizzando gli altri e se stesso.

«E allora avanti, basta chiacchiere! Tornate al lavoro!» li interruppe il capofficina.

Gli operai si calmarono, le macchine si rimisero in moto, i dischi ripresero a girare. I giovani *chassidim* cominciarono a canticchiare la melodia del loro *rebbe*. Riprese la solita, monotona routine dell'esame delle pietre, riprese il sibilo perenne delle pinzette roventi che venivano tuffate nell'acqua fredda per indurire il piombo, e fu di nuovo un giorno come gli altri.

10.

Quando Berman si ripresentò in Borsa, notò che gli altri mercanti gli lanciavano strane occhiate. Nei loro sguardi taglienti c'era una luce sospettosa, e gli parlarono con tono meno rispettoso del solito.

"Ah, quel farabutto ha tenuto fede alle promesse e mi sta coprendo di vergogna!" pensò Berman. Era evidente che a quelli era già giunta voce che Dovid stesse imparando il mestiere del lucidatore; non c'erano dubbi in proposito.

Horowitz tese la mano a Berman con aria familiare e amichevole, come se a quel punto fossero due pari grado. «Allora, a quanto pare non siamo milionari, né io né voi, eh? Ma non vi preoccupate, in qualche modo ce la caveremo!» In passato Horowitz e gli altri mercanti non avrebbero mai osato rivolgersi a lui usando quel tono. A Berman quegli sguardi bruciavano.

"Bene, bene, Anversa non ha dormito, vedo" pensò. "Quelli hanno già tratto le loro deduzioni e deciso che io debba essere in bancarotta". Era questo il modo in cui Dovid ripagava la gentilezza di un padre che aveva chiuso un occhio nel vederlo rientrare dal carnevale ridotto in stato pietoso?

Brontolando e borbottando tra i denti, Berman lasciò la Borsa e si avviò per la Provinciestraat. Trintshe, la pescivendola gentile, un donnone che occupava quasi per intero la porta della bottega, gli gridò un saluto cordiale: «*Dag menieër!* Che bella giornata!» Berman alzò gli occhi e provò un trasporto improvviso nei confronti di Shprintse, come la chiamavano gli ebrei. Lei lo aveva salutato come faceva ogni mattina, senza sguardi strani, senza sapere, si sarebbe detto, che Dovid era diventato un operaio. Volendo essere certo di godere dello stesso rispetto di prima, Berman le si avvicinò e cominciò a studiare la merce disposta sul grande piano di marmo, indeciso sul pesce da comprare. C'erano grosse sogliole con le pinne bianche e le pance ancor più bianche, aringhette olandesi con le squame argentate e gli occhi rossi, bei pagelli grossi con gli occhi iniettati di sangue, rutili maculati, sgombri dal dorso verde e dalla pancia grassa, e una montagna di pescetti argentei, cento di quelli per fare un chilo. All'esterno, a fianco della porta, c'era un grosso catino squadrato in cui si contorcevano anguille nere, e dall'altra parte c'erano un barile di aringhe olandesi sotto sale e un barile di cetrioli sotto aceto. A Berman non piaceva nemmeno una di queste cose.

Un grosso salmone, tenuto separato dagli altri pesci, aveva attirato l'attenzione di Berman. Il ventre era aperto in due, e le squame scure e argentee erano macchiate di sangue. A Berman quel pesce ricordò se stesso, gli parve altrettanto aristocratico e altezzoso, e provò un grande piacere nel dare istruzioni a Trintshe, dicendole di incartarlo con molta cura. Questa si stupì, perché era la prima volta che Berman comprava un salmone senza chiedere se era fresco e quanto costava, e senza poi offrire la metà del prezzo che lei gli aveva detto. Però non fece commenti e mentre lo incartava si limitò a vantare, come sempre faceva, le doti del pesce.

Una volta che ebbe in mano il denaro, richiamò l'attenzione di Berman su una vasca in vetro in cui nuotavano carpe brune e luccicanti, con metà delle squame che galleggiavano nell'acqua verdastra. Gli raccomandò di dire a sua moglie di venire sempre presto al giovedì, perché quel giorno di carpe non gliene erano rimaste molte.

Poi quella *goya*, sapendo che l'indomani sarebbe stato il sabato ebraico, gli augurò «*Gut Shabbes!*» in yiddish.

Berman diede un'occhiata alla carpa. Su una panca accanto alla vasca c'era un vassoio colmo di gamberetti rosa. Li guardò strisciare, ammonticchiati l'uno sull'altro, in una massa lenta. Pensò alle cose abominevoli che mangiavano, e che li rendevano così vigorosi. Berman distolse lo sguardo da quelle creature in preda alle contorsioni e non poté fare a meno di sputare, schifato. In realtà stava sputando il saporaccio amaro che aveva ancora in bocca dopo il passaggio in Borsa. Si avviò verso casa con il pesce sottobraccio, mandando accidenti al figlio.

In mezzo a una sfilza di botteghe ebraiche, di lattai, droghieri, macellai con insegne vistose ma cadenti e sporche che le dichiaravano *kasher*, un'unica vetrina scintillante esibiva un maiale scuoiato dal grugno rosso e sanguinolento. Infilato in bocca aveva un ciuffetto di prezzemolo. Su un piano di marmo bianco erano disposti vari pezzi di carne di cavallo. Appese ai due lati della porta della macelleria c'erano due dozzine di conigli, con ancora la pelliccia e tutto. Il macellaio grasso, rubizzo e ben sbarbato stava sulla soglia con il suo camice bianco, e fischiettava allegro. Salutò Berman come se questi fosse stato il migliore dei suoi clienti, e gli comunicò la notizia che quel giorno il tempo era bello. Berman si dichiarò pienamente d'accordo, e proseguì con il suo pesce sotto l'ascella.

"E così quel fannullone l'ha avuta vinta! Mi gioca un tiro dietro l'altro, mentre io sono costretto a pizzicarmi le guance per non sembrare pallido come un morto! Mi toccherà mantenere a vita quel buono a nulla, nutrirlo e rivestirlo come un principino, e in cambio lui mi sputa in faccia. Questo è il ringraziamento per tutto quello che ho fatto per mio figlio".

Quando arrivò a casa, Berman scaraventò in malo modo il pesce sul tavolo della cucina e senza neppure salutare Rochl, entrò in sala da pranzo e stanco e immusonito si sedette a sbrigare la corrispondenza privata, che lo attendeva sul tavolo. «Tutte stupidaggini!» Un giovanotto dispone di una nuova macchina per il taglio dei diamanti, e poiché non è riuscito a parlare con Berman nel suo ufficio di Pelikanstraat, e le lettere che aveva spedito a Berman sono rimaste senza risposta, si è preso la libertà di scrivergli a casa. La lettera è piena di versi presi dalla Bibbia e dal Talmud e si conclude con *kol hatkhiles koshoys* – gli inizi sono sempre difficili.

«Sta solo chiedendo favori! Robaccia!»

Quando Rochl entrò nella stanza per chiedergli cosa voleva che si facesse con il salmone, e se gli andasse un bicchiere di tè, Berman le urlò: «Ma dimmi un po', tu! Dov'è quel fannullone del tuo tesoruccio? È inutile che scrolli le spalle; lo sai benissimo dove lavora, no?»

Gli occhi di Berman scintillarono e parvero sul punto di schizzare fuori dalle orbite. Rochl si ritrasse spaurita, immaginando che da un momento all'altro sarebbero finiti a rotolare sul tappeto.

«Cosa vuoi dire, che scrollo le spalle? E chi ti ha detto che Dovid stia lavorando da qualche parte? È ancora a letto!»

«Ah! Ci ha ripensato, allora?» si meravigliò Berman, e aprì piano la porta della camera da letto di Dovid. Sì, in effetti era lì supino con i capelli arruffati e un librone in mano. Non si accorse che il padre stava sbirciando dentro.

"Ma come mai? Chissà cos'è successo. Si sono fatti beffe di lui, lo guardavano storto? Scommetto che stanno gongolando per il suo fallimento. Mi chiedo cosa gli fosse saltato in testa. Una storia ben strana".

Si rivolse a Rochl, con rabbia. «Perché te ne stai lì come una cretina? Portami un bicchiere di tè!»

«Figli come lui andrebbero affogati alla nascita» borbottò Berman, recitando la benedizione sul proprio tè.

11.

Quella sera Berman non andò in sinagoga, anche se il giorno era quello della recita del Kaddish per sua madre. Le preghiere serali le disse a casa. Accese il lampadario di cristallo, nonostante fuori fosse ancora chiaro.

Una volta terminate le preghiere si coricò sul divano e tentò di fare un sonnellino, ma era troppo agitato. I pensieri erano un groviglio sfuggente e confuso. Ma davvero la gente si era convinta che lui, Berman, lo stimato e solido mercante di diamanti, avesse fatto bancarotta? Quanti nemici aveva! Quanto li rendeva felici il pensiero che Berman potesse essere fallito! Ma chi erano i suoi nemici? E chi era fallito? Dovid in fondo non aveva perseverato nel proposito di diventare un lucidatore di diamanti, pur avendo fatto tutte quelle sceneggiate. La colpa era interamente di quella scema d'una donna. Come al solito Berman incanalò tutta la rabbia su Rochl, pur non riuscendo a mettere a fuoco con esattezza per quale motivo dovesse essere arrabbiato.

Un colpetto alla porta interruppe quei pensieri caotici. Si tirò a sedere, e Anneke, senza aspettare che Berman dicesse «*Entrez!*» dischiuse la porta, aspettandosi che lui le chiedesse di servirgli il tè. Invece Berman si limitò a sfregarsi gli occhi e a sbadigliare.

Mentre Anneke lucidava il bicchiere del tè, qualcuno bussò al portone d'ingresso, accanendosi selvaggiamente sul batacchio d'ottone, e Anneke corse ad aprire, senza neppure posare lo strofinaccio. «*Godverdoeme*, chi è che ha tutta questa fretta?» Anneke era convinta che si trattasse di uno di quei fattorini barbuti.

Ma non si trattava di un fattorino, bensì di un facchino fiammingo. Indossava una divisa di lino grigioazzurra, stinta e lacera, e un berretto con un distintivo. Aveva l'aria estremamente scocciata.

«Ma *Menieër* Berman abita qui sì o no?»

«Sì, abita qui».

«E qui c'è suo padre!» Il facchino indicò un vecchio ebreo ingobbito vestito con un gabbano consunto e stivali infangati, e con in testa uno zucchetto di velluto sdrucito. Il facchino depositò sulla soglia due valigie rattoppate e disse qualcosa al vecchio, facendogli capire che doveva entrare anche lui in quella casa.

Anneke, che non aveva prestato ascolto al facchino, vide uno straccione, uno delle centinaia di accattoni che le davano lo sfinimento e per i quali aveva sempre pronta la medesima risposta: «In casa non c'è nessuno». Lo ripeté parecchie volte, ma il vecchio non capì una parola e rimase lì sorridente con gli occhi mezzi chiusi, e a quel punto Anneke perse la pazienza.

«Ma possibile che non riesca di liberarmi dei tipi come te? Guarda lì il fango che mi vuoi portare in casa. Non puoi almeno pulirti i piedi?» Si era rivolta al vecchio con l'irrispettoso «tu», indicandogli lo zerbino marrone.

«Ma perché gli gridate dietro?» la interruppe il facchino. «È il padre di *Menieër* Berman».

Anneke rise: «Siete ammattito!»

«Ecco, leggete qui, guardate un po'». E le passò un foglietto di carta. «Me lo ha dato un ebreo alla stazione.

Muovetevi, signorina, e andate a dire a *Menieër* Berman che mi deve pagare. Il vecchio non ha soldi del Belgio».

Anneke esitò, ma alla fine bussò alla porta di Berman e annunciò a bassa voce, in tono quasi colpevole, che era arrivato un vecchio.

«Dice di essere vostro padre! Gli ho detto che in casa non c'è nessuno. Ma lui è rimasto lì, non se ne vuole andare. E il facchino dice che il vecchio ha ragione».

Berman fu travolto dalla vergogna.

"Ma può essere che sia proprio mio padre?" pensò. "È venuto davvero?"

«Vattene!» disse rabbiosamente ad Anneke, come se fosse stata colpa della ragazza se lui, Berman, non aveva risposto alle lettere paterne e non si era accertato che arrivasse vestito in modo più decente.

Uscì nell'atrio, pagò il facchino, e ordinò alla domestica di portare le valigie in camera. All'improvviso provò una strana sensazione di calore, anche se solo pochi istanti prima la notizia dell'arrivo del padre lo aveva irritato. Abbracciò e baciò ripetutamente il vecchietto malvestito e sgualcito.

«*Sholem aleichem*, papà! Benvenuto!»

«*Aleichem sholem, aleichem sholem*, figlio mio!» Il vecchio tremava per l'emozione. Baciò il figlio su entrambe le guance, e si mise a parlare a voce bassissima da solo, rendendo lode al Signore del Mondo e benedicendo il figlio.

«Siediti, papà». Berman tentò di far accomodare suo padre a capotavola, ma l'anziano protestò: «Per l'amor di Dio! Per l'amor di Dio!»

I suoi occhi velati da vecchio si illuminarono, un sorriso gentile si allargò sulla faccia bonaria, penetrando in tutte le pieghe, in tutte le rughe, arrivando fino alla barbona grigia. Il sorriso esprimeva la gioia provata nel vedere che il figlio, offrendogli il posto a capotavola, si mostrava rispettoso del comandamento dell'onorare il padre. Si guardò attorno, studiando la sala.

«Che opulenza, *ken eynore*!»

E suo figlio voleva che *lui*, un vecchio malato, sedesse a capotavola? E pensare che si era interrogato tormentosamente, chiedendosi se fosse il caso di partire o no, specie perché il figlio non aveva risposto alla sua lettera. Eppure era evidente che suo figlio, Dio sia ringraziato, era un ebreo come si deve. Aveva una barba da ebreo, Dio sia lodato, proprio come quell'altro figlio, quello rimasto a casa. "*Oy*! Ma quanto è buono il Padre che abbiamo nei cieli! I peli sulla faccia di mio figlio non sono stati toccati, Dio ce ne scampi! Per quanto adesso sembri un conte, *ken eynore*!"

«Perché non ti siedi, papà?» Berman aveva preparato un altro posto d'onore a tavola, di fronte al suo.

Suo padre passò sulla sedia una mano tremante, volendo proteggerla dal soprabito sporco del viaggio. Si sedette lentamente, non sapendo bene come comportarsi. Berman andò in cucina e disse alla domestica di preparare il tè. Non doveva servirlo in sala da pranzo, però, doveva limitarsi a bussare alla porta, ci avrebbe pensato Berman a prenderlo. E dopo era libera di andarsene, volendo. Per quel giorno non avevano più bisogno di lei.

Anneke saltellò per la gioia con il vassoio in mano, rischiando di rovesciare il tè, un colpo di fortuna del genere non capitava tutti i giorni. "Gente strana, questi ebrei!" pensò, stupefatta.

Il vecchio si vergognava dei propri abiti. Il fatto è che non si era immaginato tanta ricchezza. Lui sembrava un poveretto, e suo figlio era vestito come un re. Avrebbe dovuto cambiarsi. Ma poi gli venne in mente che si era già cambiato, quello in effetti era il suo gabbano più elegante, quello dello *Shabbes*. Era un miracolo che si fosse cambiato, ma perché il suo gabbano migliore aveva un'aria così sciupata? A casa sembrava ancora decentissimo.

Entrò Rochl in compagnia di Jeannette. Avevano passato tutta la giornata girando per grandi magazzini, alla caccia di buoni affari in vista delle imminenti feste solenni di Rosh ha-Shanà e Kippur.

«Oh, papà! Abbiamo fatto acquisti. Un affarone! L'ho trovato io, paparino». E come sempre faceva Jeannette manifestò la propria gioia saltando al collo del padre e tempestandogli di baci la barba folta. Il padre di Berman fece un salto all'indietro, stupefatto. Jeannette stava blaterando dei suoi ottimi acquisti e non si accorse neppure dell'estraneo seduto a tavola.

Il vecchio era assolutamente sbigottito. Ma possibile che quella fosse sua nipote? Quella che nelle lettere suo figlio decantava, descrivendola come una dolcezza di bimba, un tesoro, dicendo di tenerla in grandissima considerazione? Non era possibile! Si vedeva lontano un chilometro che quella non era una brava ragazza ebrea, anche se parlava yiddish. Però nel suo yiddish si mescolavano parole strane, tanto che era difficile capire quel che diceva. Forse quella lingua era tedesco? Ma perché suo figlio le permetteva di sbaciucchiarlo così, senza alcun ritegno, e cosa intendeva dire sua nipote con «*goeie koop*»* e «*charmant*»?

Jeannette in effetti infarciva il suo yiddish con parole fiamminghe e francesi e un buona dose di tedesco. Rochl si stupì di non trovare Anneke in cucina. Notò il vecchio impolverato seduto lì in apparente trance, e sbigottì. Da che conosceva Berman, non ricordava che avesse mai invitato al loro desco un tizio così conciato! Chi diamine poteva essere? Berman stava baciando la figlia, e un vecchio

* Fiammingo per «grande affare».

shnorrer sconosciuto (Dio la perdoni per averlo detto!) se ne stava lì seduto a bere tè.

All'improvviso Jeannette balzò indietro con uno strillo, come se fosse stata punta: «Oh, ma guarda, papà, chi è quello lì?»

Si stava premendo una mano sul petto per far capire che razza di spavento si fosse presa, e aveva chiamato suo nonno «quello lì».

«Jeannette, stai zitta e piantala di fare la sciocchina! Siediti e ascolta. E anche tu, vieni qui» ordinò a Rochl. «Sapete chi è lui?» Berman sorrise compiaciuto pensando alla sorpresa che la moglie e la figlia avrebbero avuto di lì a poco. Il fatto che Jeannette avesse chiamato il vecchio «quello lì coso» glielo faceva sentire più vicino.

L'anziano Berman arrossì dalla sommità del capo, nascosta sotto lo zucchetto liso, fino alla punta delle dita dei piedi.

«Questo è mio padre. Non lo riconosci, Rochl? Ed è tuo nonno, tesoro mio, mi hai capito? Tuo nonno».

«Sai papà» disse rivolgendosi al vecchio, «in questo paese straniero i bambini vengono su come selvaggi!»

«Ma certo che riconosco mio suocero, che si conservi in salute!» esclamò Rochl. «Come potrei non riconoscerlo? Come state, suocero? Sono passati un bel po' di anni dall'ultima volta che ci siamo visti. Porto qualcosa da mangiare, o magari mio suocero desidera prima lavarsi?» Poi Rochl lanciò un'occhiata a Berman e arrossì. Forse la sua era stata una domanda insolente nei confronti del padre?

Berman però era allegro, e disse che sì, suo padre avrebbe fatto bene a darsi una lavata. In ogni caso, pensò Berman, dobbiamo fargli cambiare i vestiti, così almeno Dovid e Jacques si risparmieranno di vederlo con quegli stracci addosso.

«Certo, questa è proprio la cosa giusta da fare» disse il

vecchio alla nuora, guardando il figlio con un'espressione indifesa da bimbetto. Si alzò con difficoltà dalla sedia. Solo in quel momento Berman si rese conto che suo padre era ancora paralizzato a metà. Camminava a fatica e il braccio destro pendeva inerte. Berman fu sopraffatto dalla pietà e dai ricordi tristi del passato, che lo fecero sprofondare nella malinconia. Prese il padre per il braccio sinistro e lo portò in bagno, come un bambino piccolo.

Il vecchio entrò con fatica nella vasca da bagno. Berman lo insaponò e lo lavò passando la spugna soffice sul corpo stanco e consunto. Il vecchio gemette di piacere: suo figlio era lì, in maniche di camicia, e lo lavava con la deferenza di un inserviente del bagno. La bella barba del figlio s'intingeva nell'acqua, bagnandosi, e guarda che aria distinta aveva, con quello zucchetto di seta squadrato!

Dopo il bagno Berman rivestì suo padre con biancheria pulita e un completo nero che Rochl aveva pescato nel guardaroba ben fornito del marito. Nel pettinare la barba del padre, Berman per poco non si mise a piangere, mentre i ricordi lo riportavano in Polonia, nel minuscolo *shtetl* della sua infanzia, che ora gli appariva del tutto alieno.

Riportò il padre in sala da pranzo.

«Ti ricordi, Gedaliah, come mi pettinavi la barba e mi portavi l'acqua quando ero costretto a letto? Ricordi? Ecco perché Dio, sia lodato il Suo Nome, ha fatto sì che tu avessi successo, *ken eynore*. Ed Egli continuerà a moltiplicare le Sue benedizioni su di te».

«Amen!» disse Berman a voce alta.

«Amen» disse piano il vecchio, con sentimento.

Rochl aveva imbandito la tavola con prelibatezze varie, e accese tutti i lumi del candelabro. In quella luce vivida, l'argenteria e il buon cibo sembrarono ancora più seducenti. L'atmosfera di festa però non riuscì a riempire di gioia il cuore di Berman, soffocato com'era da una malinconia dolce e tormentosa. La testa era affollata di pensieri che non riusciva a scacciare, e sentiva di non essere il solito di sempre. Il padre si rese conto di aver risvegliato nel figlio, con il proprio arrivo, molti ricordi, e capì che suo figlio era contento di vederlo, perché Berman non faceva altro che passargli ancora piatti pieni di cibo, e lo stesso stava facendo la nuora. Vedeva alcuni di questi cibi per la prima volta in vita sua, e alcuni, ne era certo, dovevano essergli proibiti. Quei pomodori, per esempio, gli parvero un frutto non *kasher* e si stupì nel vedere che il figlio li mangiava. Avrebbe voluto fargli delle domande in proposito, ma non ne ebbe il coraggio.

«Mangia, papà!»

«Suocero mio, dovete mangiare!» lo incalzò Rochl.

«Ti fa bene» lo incoraggiò Berman.

Da parte sua Berman mangiò solo per salvare le apparenze.

Dovid rientrò a casa. La notizia gli era già arrivata in strada e a Berman fece piacere che il figlio fosse venuto a salutare il nonno. «Sono davvero contento di vederti qui» disse Berman, cercando di mettere fine alle tensioni tra di loro. «Papà, questo è Dovid».

«*Sholem aleichem*, nonno» disse Dovid, genuinamente contento di vedere il vecchio, per cui provò un immediato trasporto. "A quanto pare è un vero ebreo, un devoto" pensò Dovid, guardando avidamente il cibo, perché era passato molto tempo dall'ultima volta che si era seduto a un desco così festoso e ben imbandito. Si lavò e recitò ad alta voce: «*Alzate le vostre mani verso il santuario, e benedite il Signore*».*

Jacques irruppe in sala da pranzo. «Papà, dicono che è arrivato il nonno!» Arrivò a tavola così di corsa da non accorgersi che il vecchio era lì seduto.

* Salmi, 134:2.

«Calma, calma, e cosa si dice al nonno?»

Jacques arrossì. «*Sholem aleichem*, nonno».

«*Aleichem sholem, aleichem sholem*, bambino mio» rispose il vecchio, baciando Jacques su entrambe le guance lisce e olivastre, cosicché Jacques si ritrovò con la faccia sommersa dalla barba del nonno.

«Jeannette, non è il momento di leggere. Metti via il libro e vieni a tavola. Basta!»

«Che tesori di figli, *ken eynore*! E sia lodato Dio, si vede che questi sono ragazzi ebrei». Il vecchio manifestò calorosamente il proprio compiacimento.

«Certo, che altro potrebbero essere? È ovvio che sono ragazzi ebrei!» disse Berman, lanciando un'occhiata fugace a Dovid. «Mmmh... ovvio, sono ebrei come si deve».

Dopo mangiato la famiglia si intrattenne in chiacchiere fino a tarda sera. Non riuscivano a convincere il vecchio ad andare a letto per riposare un po'. Ogni volta che glielo suggerivano, faceva un gesto di diniego con la mano sana, dicendo che sarebbe stato felice di trascorrere tutta la notte parlando con i figli e i nipoti. Nel corso della serata non fece altro che guardarsi attorno e rendere lode al Signore dell'universo. «Sia lodato Iddio, benedetto Colui che mi ha consentito di vivere per vedere questo momento. Sì, sia lodato per la Sua Grazia il Signore che è che nei Cieli».

Quando finalmente andarono a letto, Berman non riuscì a chiudere occhio. Stava rivivendo l'epoca in cui era stato bambino, e abitava nel minuscolo *shtetl*. Rivedeva ogni cosa, vivida e chiara. Sua madre, che era morta appena pochi mesi prima, era stata una donna acida, immusonita, piagnucolosa. Trascinandosi nella casupola soffocante borbottava e si lagnava, imprecando contro il fato e irritata nei confronti del marito malato perché questi non ne voleva sapere di darle retta e di abbandonare il mestiere di *shochet* per farsi bottegaio. Suo padre le aveva dato una dote di cinquecento rubli, e chiunque altro avrebbe aperto un negozio di tessuti sulla piazza del mercato. Ma poiché suo marito si era messo in testa di fare proprio lo *shochet*, e pure il *mohel* e il conduttore delle preghiere in sinagoga, almeno avrebbe potuto diventare *shochet* in una grande città, come avrebbe tentato di fare chiunque altro. Invece aveva passato tutta la vita in quel posto dimenticato da Dio e dagli uomini dove lei e i figli crepavano di fame. Tutto quel che sapeva fare era macellare e mettere al mondo figli. Macellare? Macellava lei e i bambini, non gli animali! E in ogni caso dove stavano questi famosi animali? Suo marito ringraziava Dio quando gli capitavano un raro vitello o una mucca sterile da macellare. Ed era una rarità perfino vedersi arrivare un pollo, a meno che nello *shtetl* non ci fossero malati o partorienti. Eh! *Shethl?* Era un pugno di case, un misero buco. E lei lì ci sarebbe morta, e ci sarebbero morti anche i suoi figli e nessun essere umano lo avrebbe saputo o se ne sarebbe interessato. E suo marito si rifiutava di ammettere i loro problemi, non ne voleva parlare. Invece di gridare: «Aiuto! Stiamo morendo di fame», se capitava che qualcuno di tanto in tanto gli chiedesse come andavano le cose, si limitava a rispondere: «Ringraziamo il Signore, sia Lodato il suo Nome, per ogni cosa».

E così lei tirava avanti, ruminando in eterno le stesse parole, migliaia di volte. I figli erano sinceramente dispiaciuti per il povero padre malato, che si consumava sotto i continui rimbrotti della moglie.

Berman fu assalito dal ricordo di un periodo cupo dell'infanzia. Gli tornò in mente come un giorno il padre avesse provato dei dolori al braccio destro, e avesse detto alla moglie di essere spaventatissimo all'idea di dover continuare a fare lo *shochet*, casomai, Dio ne scampi, gli capitasse di sbagliare uccidendo l'animale in modo non conforme alla Legge. Poi un mattino, all'improvviso, il padre si era seduto sulla sponda del letto, si era portato una mano al cuore e aveva gridato: «Mi sento male!»

Quella mattinata si era impressa profondamente nella giovane mente di Berman. Sua madre era arrivata di corsa con un secchio d'acqua e l'aveva rovesciato addosso al marito privo di sensi, pizzicottandolo e cacciando strilli così strani che l'intero *shtetl* venne a vedere cosa fosse successo. Dopo quell'episodio suo padre non si alzò più. Alcuni uomini del villaggio lo distesero sul letto coprendolo con la pesante trapunta, anche se fuori faceva molto caldo. Il rabbino venne a fargli visita, e scosse la testa facendo dondolare tutte le code d'agnello color bianco sporco cucite sul cappello. Disse agli uomini del villaggio di avere avuto da tempo il sospetto che il braccio destro dello *shochet* avesse qualcosa che non andava, perché aveva notato un tremito nella mano destra una volta che Berman padre gli aveva passato un coltello da controllare. Avrebbe dovuto astenersi già allora dalle macellazioni rituali.

«Ma che Iddio lo perdoni e gli assicuri una guarigione rapida e completa!» E il rabbino levò al soffitto fuligginoso gli occhi rossi e lacrimosi. In quel momento il giovane Gedaliah fu colto da un odio così violento nei confronti del rabbino che gli augurò di cadere a terra stecchito, lì all'istante, proprio come era successo al padre.

Poi il rabbino disse a sua madre, senza neppure girarsi a guardarla in faccia, che il Padre che era nei Cieli probabilmente non si sarebbe dimenticato di loro, la moglie di Chaim Yoysef non avrebbe dovuto perdere la fede, e sarebbe andato tutto bene. Poi se ne andò, lasciando la madre di Berman in lacrime e singhiozzi e il padre con un braccio paralizzato.

In seguito, però, il rabbino girò per i boschi e raccolse un centinaio di rubli tra i forestali. Questo consentì alla madre di Berman di aprire una botteguccia di tessuti. Lo *shtetl* assunse un nuovo *shochet*, ma gli impose una tassa del dieci per cento per ogni mucca e del cinque per cento su ogni vitello. Da quel momento la madre di Berman fu indaffaratissima; sebbene non si vedesse l'ombra di un cliente, sedeva tutto il giorno in negozio, e il dodicenne Gedaliah era costretto a badare ai due fratellini e alla sorellina di un anno, che strillava tutto il tempo.

Il padre di Berman giacque a letto per otto anni. Un braccio e metà del corpo erano paralizzati. Soleva dire che Dio, sia Benedetto il Suo Nome, gli aveva conservato in salute il braccio sinistro in modo che potesse indossare i *tefillin*. E così rimase lì, estate e inverno, sotto la trapunta sudicia. Il barbone ingrigì e si fece cespuglio. Accanto al letto c'era un tavolino con tre gambe, che traballava precario, in modo che i vari flaconi, i portapillole e i vari medicamenti privi di senso, forniti dalle donne e persino dai *goym*, e che risultavano utili più o meno quanto un salasso a un cadavere, rischiavano perennemente di finire sul pavimento. E come se non bastasse i bambini ci depositavano pezzetti di pane avanzato e raffermo, e sul tavolo c'erano scodelle, tazze e bicchieri non lavati. Le mosche ronzavano e zampettavano; vagavano liberamente, con impudenza, sulla faccia ingiallita del padre di Berman. Il vecchio sopportava finché il fastidio non si faceva eccessivo, e allora tentava di scacciarle con la mano sana.

Giaceva supino con la barba sopra la trapunta, studiando un testo religioso. Quando gli portavano da mangiare, intingeva la mano nel piatto di coccio con l'acqua, posato su uno sgabello accanto al letto, recitava la benedizione sul cibo, e mangiava.

La moglie non aveva tempo per lui. O era impegnata in negozio con un cliente, o era andata a fare acquisti nello *shtetl* confinante con il loro, e non c'era nessuno che gli portasse da mangiare, e così il vecchio Berman si limitava ad affondare ancor più nel libro la faccia gentile e grinzosa, e si dimenticava di avere fame.

Berman riusciva a vedere molto nitidamente l'immagine della madre; la sua faccia avvizzita, segnata da centinaia di rughe annerite, sembrava una scura terra arata. In testa portava una consunta cuffia di satin, il pizzo sbrindellato le incorniciava la faccia. E dalla cuffia penzolavano poche prugne tristi. Si vedeva il fil di ferro dei gambi, che aveva perso il rivestimento, laddove un tempo c'erano stati grappolini d'uva e altri ornamenti.

Berman rabbrividì. Gli tornò in mente un'altra mattinata cupa del passato, il momento peggiore della sua infanzia. Era il mattino in cui si era alzato ed era uscito in strada, e per la prima volta aveva sentito i bambini chiamare sua madre «strega». Quelli erano scappati via e a lui era sembrato che anche gli adulti lo avessero abbandonato.

Si ricordò anche che, nonostante sua madre amasse davvero il marito, gli fosse fedele, e piangesse il suo triste destino, c'erano dei momenti in cui non riusciva a fare a meno di aggredirlo, di fargli scenate, di maledirlo. Quando le prendevano questi attacchi, riusciva solo a urlare e urlare. Gli strilli si sentivano in tutto lo *shtetl*; i bambini e gli adulti si fermavano sotto la loro finestra e i bambini gridavano attraverso i vetri «*mekhasheyfa lo takhaye*», non permetterai a una strega di vivere.* Gli adulti si arrabbiavano con loro, ma quando i bambini non potevano sentirli i genitori commentavano che «qualcosa» stava gridando dentro quella donna, e che un bel giorno magari lei, Dio ne scampi, avrebbe finito per uccidere il marito, con tutti quegli strilli e lo spirito maligno che si affacciava negli occhi neri. A volte la madre di Berman continuava a gridare, a

* Esodo, 22:18.

maledire se stessa, il marito, i figli, i clienti e la giovane moglie dello *shochet*, che in realtà aveva dieci anni più di lei, finché le forze non l'abbandonavano. Solo allora si accasciava su una sedia, appoggiava la testa contro lo schienale e si addormentava come una bimba.

Dopo queste scene si aggirava silenziosamente per casa per parecchi giorni, senza rivolgere la parola a nessuno, nemmeno ai bambini, e la casa piombava allora in un silenzio sinistro, terribile, ed era peggio ancora di quando gridava.

La prima a chiamarla strega era stata la moglie del nuovo *shochet*. Era una donna grassa e sorridente, e aveva il gozzo. La gente dello *shtetl* non la odiava, ma lei odiava loro. Non riusciva a perdonare ai compaesani quel dieci per cento che strappavano ai magri guadagni del marito, a beneficio del precedessore.

«Mio marito» si lagnava, «si trascina in giro con qualsiasi tempo, anche nel fango più profondo». E a quel punto si portava una mano alla gola per mostrare quanto profondo fosse il fango che era costretto a guadare. «Non fa che andare in giro alla ricerca di un animale da macellare, che è chissà dove. Non dorme mai due volte nello stesso posto, e riposa scomodamente e nel sudiciume delle cucine dei contadini, buttato su tavolacci, solo perché la contessa possa celebrare lo *Shabbes*. Ogni giovedì mattina io non ho manco il tempo di gettare via l'acqua del bucato e mi trovo davanti quel marmocchio venuto a battere cassa. E che faccia tosta: irrompe qui come se fosse casa sua, piagnucolando: «Mamma dice che questa settimana le dovete mezzo rublo. Le devo, ma guarda! E lei investe i soldi nel suo negozio. Mi spia, così sa *esattamente* quanto le devo!»

Era così rabbiosa nei confronti della «contessa» che cominciò a spargere la voce che fosse una strega. Berman ricordava perfettamente quella sera estiva, dopo che per tutto il giorno erano rimasti nella bottega calda e polverosa, in vana attesa di clienti che non erano arrivati. Nessuno si era spinto a metterci dentro neppure il naso, anche se il periodo era favorevole: il raccolto era ormai passato, e dunque gli agricoltori non erano molto indaffarati e avevano in tasca i soldi della vendita di granaglie, di ortaggi, di vagonate di fieno, e delle mucche che non erano più in grado di fornire latte e venivano vendute per risparmiare il pascolo. A gruppetti di tre o quattro le donne passavano davanti al suo negozio, vestite a festa con le gonne tessute a mano, i capelli lavati di fresco coperti da fazzolettoni a fiori, e sul petto collane di perle di vetro rosse. Tenevano in mano gli stivaletti nuovi e camminavano scalze per il villaggio caldo e polveroso con i piedi induriti dalla fatica. Ridendo e chiacchierando non entravano dalla madre di Berman e si infilavano nel negozio di fronte. Le botteghe erano tutte affollate, tranne la sua, che era deserta. E a parte questo il malato aveva passato una giornata difficile. Si era lamentato gemendo in continuazione e, come se lo facesse apposta per infastidire la madre, aveva pianto senza tregua anche l'ultimo nato. Sul petto della madre di Berman gravavano all'incirca una dozzina di fardelli, e la schiacciavano e la opprimevano. Era così tesa che le pareva di scoppiare, aveva mal di testa ed era così depressa che non riusciva neppure a gridare.

E così quella sera, dopo aver messo a letto i figli, uscì sul prato e si diresse al fiume, senza sapere perché. Certamente non stava pensando al suicidio, in effetti non aveva mai sentito parlare di una cosa del genere. Era semplicemente attratta dall'acqua fresca, aveva un bisogno spasmodico di fuggire da quella casa, dal marito malato, dalla gente, e soprattutto da se stessa. Si sedette sulla riva del fiume, fissò l'oscurità, mormorando.

Proprio in quel momento il nuovo *shochet* stava tornando a casa da un villaggio lontano, molto soddisfatto di se stesso, con due rubli in una tasca e una bella porzione di polmoni e fegato nell'altra. Vide la moglie dell'ex *shochet* seduta lungo il fiune, immersa nei propri pensieri, con le mani raggrinzite premute contro la testa coperta da una cuffia rattoppata. Sembrava una bambina che fosse crollata sulla riva, vinta dal sonno nel bel mezzo di un gioco. Lo *shochet* ne fu sconvolto: una donna ebrea tutta sola di notte lungo il fiume? Lo raccontò alla moglie, e l'indomani mattina nello *shtetl* passò di bocca in bocca la notizia che la moglie del vecchio *shochet* era una strega, e che la notte quando tutti dormivano, lei scendeva al fiume per lanciare i suoi malefici.

Le donne sputarono e augurarono alla strega notti di incubi. Gli uomini, tuttavia, si arrabbiarono con le donne, definendole «galline e sceme». Alcuni di loro erano addirittura dell'idea che la malalingua della moglie del nuovo *shochet* andasse zittita, e che per espiare il peccato di diffamazione ai danni di una brava donna ebrea, lei e il marito avrebbero dovuto versare un ulteriore cinque per cento di tassa sulla macellazione rituale. Ordinarono alle mogli di non prestare orecchio a quelle panzane assurde. Ma nonostante i loro sforzi, il nomignolo rimase appiccicato alla signora Berman, e i bambini dello *shtetl* si tenevano alla larga dalla casa. Quando li spedivano a fare qualche commissione, facevano di proposito giri larghissimi pur di non passare davanti al negozio, proprio come facevano quando avrebbero dovuto passare nei pressi del capanno di una vecchia che viveva ai margini della città. Quando il piccolo Gedaliah si presentava per giocare con gli altri bambini, quelli fuggivano come galline spaurite. Bastava che uno dicesse: «Eccolo che arriva!» e la folla si disperdeva. Umiliato, amareggiato e triste, il bambino tornava nella sua povera casa che puzzava di topi, muffa e medicine.

A memoria degli abitanti dello *shtetl*, il padre di Berman, reb Chaim Yoysef, era sempre stato capace di liberare le persone dal malocchio. Tutti sapevano che se lui avesse pronunciato le parole scacciamalocchio, la vittima sarebbe guarita all'istante. La madre di Berman si inferociva se i bambini venivano a chiedere un trattamento contro il malocchio, e gridava che non avrebbero dovuto disturbare un uomo malato: «Lo ucciderete! Ogni volta che rimuove un incantesimo, poi si ammala. Gli prosciuga le energie».

Però reb Chaim Yoysef faceva un gesto con la mano sana, e diceva: «Non importa» rifletteva e decretava: «Sì, era malocchio», oppure «No, non era malocchio».

Adesso che i bambini non venivano più, la madre di Berman ne sentiva la mancanza. Se ne arrivava qualcuno per farsi togliere il malocchio, era felicissima, come se quello fosse stato un cliente del negozio.

Il dodicenne Gedaliah divenne un eremita. Alla sua giovanissima età aveva già imparato a odiare: prima la moglie del nuovo *shochet*, poi gli altri bambini, e infine gli esseri umani in generale. Così se ne stava a casa, aiutava sua madre, usciva per commissioni, e quando il disordine domestico raggiugeva livelli tali che era letteralmente impossibile muoversi, allora lavava i piatti, spazzava la stanza, metteva un catino di acqua pulita accanto al letto del padre, si sedeva lì accanto e lentamente, bagnando il pettine nell'acqua, pettinava la barba di Chaim Yoysef. I peli che si staccavano li infilava, per la salute del padre, tra le pagine di un libro sacro. Gedaliah non aveva un grande amore per la madre, ma il padre lo amava moltissimo.

«Papà, quando sarò grande mi occuperò di tantissime cose e diventerò ricchissimo e quando avrò un mucchio di soldi li darò tutti a te. E tu guarirai e ce ne andremo via da qui, in una grande città. Diventerò talmente ricco che potremo andare nella città più grande del mondo, a Varsavia, ecco dove andremo!»

Non stava raccontando storie a suo padre per intrattenerlo, era assolutamente convinto di quello che diceva. La fede nel potere che avrebbe avuto da adulto e la certezza che sarebbe diventato un uomo ricco erano così granitiche da fargli sopportare senza battere ciglio il disordine nella casa trascurata, l'aria soffocante, greve del puzzo del sudore del malato, dello sporco e dei medicinali. Nella sua immaginazione Gedaliah non stava più vivendo in quella stanza, ma lontano lontano, in grandi città e splendidi, lussuosi palazzi. L'adorato padre, il padre malato, mezzo morto, non giaceva sotto una trapunta sudicia, ma sedeva su una poltrona di velluto rosso, come il riccone dello *shtetl*, e leggeva un testo sacro. Ma anche in quei momenti vedeva la madre per quello che realmente era, con la cuffia sbrindellata, nella botteguccia angusta e polverosa, e la sentiva gridare. Non riusciva a tirarla dentro in quel suo mondo di fantasie.

E così la ricordava ora, nelle tenebre della notte, coricato sotto le lenzuola candide, nella camera da letto riccamente decorata, dove ogni cosa splendeva e brillava. Le lame di luce, che entravano negli spiragli tra le tende, cadevano sullo spesso tappeto blu, e sul letto. Tutta questa luminosità faceva apparire il ricordo della sua povera madre ancora più scuro e ancora più misero.

Si ricordò del mattino in cui un grosso carro si era fermato davanti al loro negozio. Era carico di paglia coperta da un lenzuolo rattoppato. Furono portati fuori cuscini e una trapunta. Anche questi erano rattoppati, ma freschi di bucato. Poi alcuni degli uomini dello *shtetl* portarono fuori il padre di Berman e lo misero sul carro. Lo spostarono lentamente, quasi avessero paura di spezzarlo. Lo *shtetl* si radunò davanti a casa loro, come per un funerale. Sulla faccia giallognola del padre si allargò un sorriso, Berman non lo avrebbe mai dimenticato. Sua madre, seduta sul carro, sembrava così piccina, rannicchiata nel cappotto nero, con la cuffia nera; contrastava singolarmente con il bianco che la circondava. E così portarono il padre di Berman in un ospedale a Varsavia. Berman ricordò di aver provato gelosia nei confronti della madre, e perfino del padre, perché sarebbero andati nella grande città.

Poi sua madre tornò, sola, e lei e Gedaliah lavorarono insieme in negozio. Da quel momento in poi la donna si sentì un po' meglio. I bambini e gli adulti erano dispiaciuti per entrambi e li trattavano in modo amichevole.

«Poverina! Senza il marito. Che cosa terribile!» Le donne sospirarono e cominciarono a comprare da loro.

Quei sospiri di compatimento resero le donne ancora più invise a Berman. Ma soprattutto odiava essere un bambino povero e fantasticava più che mai sulle cose che avrebbe fatto una volta cresciuto.

Il padre stava molto meglio, quando tornò a casa. Non era costretto sempre a letto, ma poteva sedere in poltrona. La sorellina di Berman morì di scarlattina. Sua madre pianse e pianse e poi smise.

Quando Berman compì vent'anni andò nella città vicina, e con una piccola somma che era riuscito a mettere da parte comprò un biglietto per Anversa. Non prestò orecchio alle rampogne della madre che lo accusava di volerla abbandonare, lasciandola sola con il padre invalido e dei bambini piccoli, che in realtà piccoli non erano più.

«Mamma, non c'è motivo di piangere. Era ora che io mi mettessi alla ricerca di un sostentamento decente. E in ogni caso tra poco mi chiameranno nell'esercito, quindi per piacere smettiamola!»

Mise in valigia il gabbano buono del sabato e la borsa con i *tefillin* e con questi averi preziosi partì in una sera di pioggia, e arrivò ad Anversa.

Non appena varcò la soglia del ristorante della stazione,

una vecchia con la faccia stupida e la bocca piena di denti d'oro, tentò subito di combinargli un matrimonio. Berman disse di non essere interessato, ma la vecchia non si lasciò scoraggiare da quella risposta. «Vedrete che tra poco vi interesserà eccome» disse, parlandogli in tedesco. «Quando vedrete la sposa! Vi interesserà di sicuro! E se chiederete informazioni, scoprirete che è mia nipote e *allora* sì che certamente sarete interessato!» La vecchia pareva convinta del fatto che l'essere sua nipote fosse un onore particolare.

«Magari posso avere una scodella di zuppa d'orzo?» chiese Berman, che aveva una fame da lupi.

«Ma certo, con sommo piacere». La vecchia aprì una porta e gridò: «Rosa, un piatto di zuppa d'orzo!»

Berman rimase attonito quando vide che la nipote della vecchia altri non era se non la figlia di Yankl Eli, il carpentiere dello *shtetl*. La madre di Berman ce lo mandava sempre, da bambino, per ritirare trucioli e pezzetti di legno avanzati dalle bare che il carpentiere stava costruendo. Rochl, la figlia di Yankl il carpentiere! Anche lei lo riconobbe. «Che cosa ci fate qui?» gli chiese in tedesco, irrigidendosi e arrossendo fino alle radici dei capelli.

«Ma cosa ci fate qui voi?» Berman le parlò familiarmente nello yiddish natio, non avendo ancora assorbito alcun «modo da forestiero».

A Berman Rochl piaceva da un bel pezzo, da quando erano bambini, in effetti. Si era sempre vergognato molto quando lei lo vedeva portare via i sacchi pieni di trucioli, come fosse stato, Dio ne scampi, un contadino. Ma il suo desiderio di vedere Rochl, e il piacere che provava nello stare seduto dentro le casse da morto, sognando a occhi aperti la fuga da casa, lo inducevano a obbedire alla madre e ad andare a prendere i trucioli di legno.

Il padre di Rochl gli ripeteva sempre che non ci si

dovrebbe sedere dentro una bara, perché è una sfida alla morte, ma Berman non gli dava retta: sapeva che gli adulti amano dire ai bambini che certe cose «non si devono fare». Così gli rispondeva immancabilmente che non era vero, che non si può morire per un fatto del genere, e se ne restava lì seduto dentro la bara.

Il padre di Rochl era un uomo robusto e bonario con la faccia in carne e l'aria di essere stanco per il duro lavoro. Gli occhi erano azzurri e fanciulleschi, il naso tondo e lustro, e aveva un barbone folto color del tabacco, in cui restavano sempre impigliate schegge di legno. Diceva «non dovresti...» e poi continuava imperterrito a piallare le sue bare, dimenticandosi dell'esistenza di Berman. E poi Berman riusciva quasi sempre a convincere anche Rochl a entrare nella cassa, e i due se ne andavano in giro sul loro «carro».

Quando fu più grande e smise di passare a prendere i trucioli di legno, provò spesso nostalgia della casa del carpentiere, pur non rendendosi conto di quale fosse il vero motivo di quella attrazione. In effetti lì dentro non c'era un granché di desiderabile. Lo stanzone squadrato era privo di mobili, a parte i due letti, un tavolo e poche sedie. Sul lungo tavolo da falegname c'era quasi sempre una bara da bambino, dipinta di giallo pallido, il coperchio decorato da una minuscola croce di rame o di latta. Sul pavimento grigio, perennemente disseminato di mucchi di segatura, trucioli, blocchetti di legno e frammenti di tolla bianca e gialla, c'erano sempre casse da morto per adulti; alcune erano dipinte, altre non ancora, alcune adornate e altre spoglie. Quelle casse raccontavano storie di epidemie di morbillo, varicella e scarlattina che si erano abbattute sul villaggio, di bambini con le pance gonfie per la fame, di tetri funerali in bui giorni d'inverno, di cavalli neri sulla neve bianca, del pianto soffocato delle contadine e delle teste chine dei loro uomini.

In quel mare di trucioli, si trascinava per casa l'iraconda matrigna di Rochl, borbottando e lagnandosi tra i denti per quella mandria di ragazzine nullafacenti che aveva tra i piedi, oppure litigando apertamente con loro, cosicché l'intero *shtetl* si radunava per assistere allo spettacolo. Il padre di Rochl non si intrometteva tra la moglie e le figlie. In quelle occasioni la pialla si muoveva sempre più veloce, lavorando a rotta di collo, come se a guidare la mano del carpentiere fosse la Morte in persona, che esigeva di avere quelle casse.

Berman passò davanti alla casa del carpentiere più di una volta, con la speranza di vederne uscire Rochl, per puro caso. Ma non avvenne, perché lei era già andata a vivere ad Anversa, con la zia. Questa zia, che tentava di maritare la nipote con qualunque giovanotto varcasse la soglia del ristorante, non immaginava il colpo di fortuna che le sarebbe toccato.

Berman se la cavò bene. Imparò alla svelta tutto quello che c'era da sapere, e divenne un intermediario. Lo spiccato senso degli affari gli fruttò ben presto la fiducia dei mercanti di diamanti, che riconobbero la sua bravura. Lo spedirono in giro con cartocci di diamanti, e in breve imparò a parlare il tedesco, frammisto a parole fiamminghe ed ebraiche, come facevano tutti i rispettabili mercanti di Anversa. Cominciò a fare soldi. Amava Rochl, che era bellissima, e pur di vederla mangiava sempre nello stesso ristorante, finché in una bella mattina di sole la portò via dalle pentole e dalle padelle ziesche, la sposò e la sistemò in una cucina tutta sua, cosicché lei potesse cucinare pasti gustosi, come solo Rochl era capace di fare, e solo per il marito, invece che per il grande pubblico.

E dopo le nozze Rochl gli dimostrò quanta considerazione nutrisse nei suoi confronti, e non smise mai di farlo negli anni a venire.

12.

Berman si alzò tardi con un mal di testa sordo, e Anneke gli preparò un buon bagno caldo. Uscì dalla vasca rinfrancato, e indossò la vestaglia di satin cremisi. Aveva motivi floreali neri e un'ampia fusciacca di seta con due grandi inserti multicolori, che ondeggiava al ritmo dei movimenti di Berman, conferendogli dignità e armonia nell'andatura.

Il padre era seduto al tavolo della sala da pranzo e stava leggendo uno dei suoi libri sacri. Berman sorrise soddisfatto. Reb Chaim Yoysef sembrava già un'altra persona. La sera prima aveva l'aria di un vecchio mendicante, ma adesso, seduto lì, era un anziano, rispettabile ebreo. Lo zucchetto di velluto su di lui faceva un effetto semplice e familiare, la barba aveva quasi perso la sfumatura giallognola, e sulla faccia incartapecorita aleggiava un sorriso dolce e fanciullesco. Era chino sul libro, dondolava avanti e indietro, come un bambino obbediente cui sia stato dato un libro illustrato da guardare.

Il vecchio percepì che qualcuno lo stava guardando, e alzò gli occhi. La visione di quel figlio alto, con le spalle larghe e la vestaglia di satin, la barba nera, lunga e curata, in cui spuntavano solo pochi peli argentati, gli ispirò un senso di rispetto e un pizzico di timore reverenziale. Sentì che davanti a lui c'era un personaggio altolocato, e tentò addirittura di alzarsi per salutarlo.

«Hai dormito bene, papà? Hai già preso il tè? Vuoi andare in uno *shtibl*?»

«Oh, sì, mi piacerebbe moltissimo!»

Berman accompagnò suo padre allo *shtibl*, che apparteneva ai *chassidim* di Ger. Voleva che suo padre avesse lì il suo posto, ed era ansioso di dimostrargli di essere in grado di procurarglielo. Ma nello *shtibl* Berman non riceveva gli stessi onori che gli venivano riservati in sinagoga. Giovani e anziani gli si rivolgevano con il familiare «tu», come se fossero stati amiconi da una vita. Un tizio con una redingote verde e sudicia che gli arrivava fin sotto i tacchi, piantò il suo lungo naso macchiato di tabacco dritto in faccia a Berman, ed essendo sordo gli sbraitò nell'orecchio che avrebbe dovuto offrire della vodka perché lo *shtibl* aveva un ospite. Sembrava convinto del fatto che l'ospite fosse dello *shtibl* e non di Berman. L'affermazione fu sentita da tutti e tutti cominciarono a reclamare vodka.

Berman pregò, disse il Kaddish per sua madre, offrì una quantità generosa di vodka, e accontentando il desiderio del padre, lo lasciò nello *shtibl*.

«La sai la strada per tornare a casa, papà?»

«Non ti preoccupare, è tutto a posto, vai pure, la strada gliela indicheremo noi».

Dopo che Berman se n'era andato, i *chassidim* cominciarono a chiedere all'ospite da dove venisse e perché fosse venuto. Erano felicissimi del suo arrivo. Aveva portato con sé un sentore di *alte heym*, della vecchia patria di cui avevano una nostalgia tremenda.

Alcuni anziani sedevano a un lungo tavolo di legno, graffiato e pieno di macchie di cera, invece di pregare con il resto della congregazione. Uno di loro era un tipo magro ed esangue con la pelle che pareva una pergamena sbiadita, il naso rosso e traslucido e la barba lunga e disordinata. Questi riconobbe Chaim Yoysef. Piazzò un fazzoletto pieno di buchi sulle pagine della Gemara che stava studiando e si rivolse al padre di Berman.

«Non ti ricordi di me, Chaim Yoysef?» E si rispose immediatamente da solo: «Lo vedo bene che non ti ricordi! Non mi stupisco. Sono passati un bel po' di anni. Non ricordi? È stato quando è morto il vecchio, che sia il suo ricordo benedizione».

«Intendete dire lo Sfas Emes?»* chiese Chaim Yoysef, rivolgendosi a lui con il formale *ir*.

«E chi se no? Ma perché mi parli in questo modo formale? Sembra che tu ti sia dimenticato completamente di me. Non ti ricordi di Leybele Strotsker?» disse l'uomo, rivelando il proprio nome.

«Ah!» esclamò reb Chaim Yoysef, salutandolo con calore, e guardando con grande rispetto quell'uomo dal cranio cadaverico, che nel parlare scuoteva la testa come un ramo secco di salice. Continuò a sorridere tutto il tempo, di tanto in tanto tra le lacrime, come un bambino che si è fatto male, e a tratti come estasiato che il destino avesse scelto di far piombare *lui* in quella città di diamanti, dove il Maligno può sedurre tutti a proprio piacimento, tranne Leybele Strotsker.

«Ma sì, adesso mi ricordo di voi! Ma certo! Chi potrebbe mai dimenticarsi di reb Leybele Strotsker?» Reb Chaim Yoysef si rivolse con deferenza a quella figura scheletrica avvolta negli stracci. «Vivete qui da molto?» Parlò di nuovo in modo formale, assolutamente incapace di dare del «tu» all'amico di un tempo.

«Dieci anni!»

«Da dieci anni?» gli fece eco reb Chaim Yoysef, a corto

* *Sfas Emes* (lett. «lingua della verità») fu il nome dato a Yehuda Leyb Rottenberg, il secondo *rebbe* (1870-1904) dei *chassidim* di Ger.

di parole. Era sbalordito e pieno di pietà nel vedere come si fosse ridotto quell'uomo giusto, quel grande studioso. «Dieci anni!» ripeté, come se la cosa importante fosse il fatto che avesse vissuto lì per tutto quel tempo.

L'indomani mattina a colazione, reb Chaim Yoysef chiese al figlio come la comunità potesse consentire a un grand'uomo come reb Leybele Strotsker di vivere in quelle condizioni. Berman gli disse che reb Leybele aveva un figlio ad Anversa, e che questo figlio era ricchissimo, ma non era osservante, non rispettava lo *Shabbes*, e suo padre da lui non accettava neppure un centesimo. In realtà non era disposto ad accettare l'aiuto di nessuno. All'inizio questo fatto aveva provocato molto turbamento all'interno della comunità, ma a poco a poco la gente ci aveva fatto il callo e non se ne dava più pensiero. E in realtà i *chassidim* lo sospettavano di essere, in segreto, un loro opponente rabbinico, perché non era nello stile dei *chassidim* rifiutare la carità. Berman sorrise e continuò:

«E così dopo la morte dello Sfas Emes, reb Leybele smise di frequentare la corte del *rebbe*, non è un mistero che non tenga in gran considerazione il *rebbe* attuale».

Reb Chaym Yoysef ci pensò su ma l'unica sua reazione fu un borbottio nella barba: «Mmmh! Mmmh!» Neanche lui aveva una gran stima del *rebbe* attuale.

Entrò Dovid, lavato e sbarbato di fresco, si era alzato presto in onore del nonno. Il vecchio sorrise al nipote, però fissò il mento sbarbato, che mostrava ancora un'ombra scura, per via dei peli così neri. Il vecchio era molto dispiaciuto che il nipote si fosse tagliato la barba, che Dio ci conservi! Moriva dalla voglia di chiedere al figlio come potesse permettere a Dovid di fare una cosa simile, ma non osò.

No, non possedeva la forza di carattere di reb Leybele.

13.

Berman rivide Dovid oziare e sbadigliare sul divano, in vestaglia di seta, come in passato. Ma invece di dirgliene quattro accolse il cambiamento come un miracolo. Dovid certamente non si sarebbe mai guadagnato l'accesso in Borsa, se avesse continuato a lavorare come lucidatore di diamanti. Il pensiero fece inorridire Berman. "I bastardi si sarebbero rifiutati di mostrarmi le loro merci migliori". I veri amici lo avrebbero compatito, e i suoi nemici avrebbero gongolato.

"Oh insomma, potrebbe anche andare peggio. Potrebbe anche aver sposato, Dio ce ne scampi, una *shikse*. In fondo, la bicicletta l'ha voluta, e adesso pedala. Io posso sempre nutrirlo e vestirlo. Però un padre soffre quando è costretto a vedere un figlio adulto bighellonare nell'ozio. Che ne sarà di lui? Finirà per diventare uno *shnorrer*". Berman conosceva il sapore amaro della povertà. Ma come vuole il detto: «Puoi trascinare un cavallo all'abbeveratoio, ma non puoi costringerlo a bere». Aveva dato dei soldi a Dovid, lo aveva introdotto in Borsa e gli aveva svelato i segreti del mestiere. E quando quel buono a nulla si era messo nei pasticci, Berman aveva cercato, nonostante tutto, di combinargli un fidanzamento vantaggioso. Il matrimonio lo avrebbe costretto a lavorare come mercante di diamanti. Avrebbe preso confidenza con il mestiere e sarebbe diventato un capofamiglia rispettabile. Berman sentì di aver fatto, come padre, tutto il possibile.

Rimuginando su questi fatti mentre si cambiava per andare in ufficio, provò sollievo perché se non altro aveva la coscienza pulita. Diede a Rochl dei soldi, istruendola a non concederne troppi a Dovid, in caso gli venisse la tentazione di fare qualche stupidaggine: «Mi hai capito? Devi badarci tu!» Rochl fece capire chiaramente di non avere la benché minima idea su come si potesse gestire la situazione.

«Non capisci? Ma che genio!» Berman fece un sorrisetto condiscendente e uscì.

In città dicevano che quella era l'estate peggiore per gli affari che si fosse mai vista, a memoria d'uomo - era tutto morto, inerte.

Per giorni e giorni gli addetti al clivaggio, i tagliatori e i lucidatori di diamanti girarono vestiti con i loro abiti migliori, che nel frattempo erano diventati abiti di tutti i giorni, levando gli occhi al cielo sgombro di nubi come attendendosi da lì un qualche segnale. Magari i puntigliosi mercanti che venivano dall'America, dall'India o da qualunque altro posto si sarebbero svegliati dal loro sonno aristocratico, sarebbero calati su Anversa e avrebbero messo fine al lungo periodo di inattività, che si stava trascinando lentamente come i sette giorni di lutto dopo la sepoltura. Le macchine erano tutte coperte da teli, ma le donne sospiravano e indossavano gli abiti più eleganti, per nascondere la propria povertà.

I negozianti avevano smesso da un bel pezzo di vendere a credito al popolino, e le donne non osavano entrare nelle botteghe senza avere i soldi in tasca. Solo le mogli dei mercanti di diamanti compravano ancora a credito. I negozianti soffocavano la rabbia nei confronti dei ricchi e si sfogavano sui poveri. E le donne ricche continuavano a comprare. I negozianti pensavano che potesse essere pericoloso smettere di servire le clienti ricche, temevano di perdere clienti importanti, oltre al denaro che era loro dovuto. E così invece di negarsi ai ricchi litigavano tra di loro, bisticciavano con le mogli, si insultavano a vicenda e insultavano i figli. I fattorini con le lunghe barbe avevano le membra infiacchite dalla fame, e i piccoli mercianti di diamanti non ce la fecero proprio a tenere duro in attesa di una stagione più propizia. E così vendettero in perdita i propri diamanti. Gli agenti si aggiravano per le strade con la disperazione negli occhi, con le tasche e il cuore vuoti.

Per tutto questo tempo Berman aveva continuato a comprare, e a dare lavoro. Gli acquisti li faceva in contanti, e ai lavoratori pagava il dovuto. Altri erano gelosi degli uomini di Berman e avrebbero fatto di tutto pur di lavorare per lui, però Berman si rifiutava di agire scorrettamente e di abbandonare i suoi. Se un uomo lavorava per lui, non lo si poteva lasciare a terra.

L'anticamera dell'ufficio con la porta dal vetro smerigliato era affollata. Oltre una ventina di tagliatori e lucidatori erano in attesa con i loro pacchetti di pietre, con il batticuore e smorfie di stupore e inquietudine.

«Ma cosa può essere successo? Non è mai arrivato così in ritardo in ufficio!»

«Forse oggi non ha lavoro per noi, e allora se la prende comoda! Alla fine delle settimana non sentirà la mancanza di quei pochi franchi. I soldi per pagare l'affitto ce li avrà, questo è certo!»

«Affitto? *Col cavolo*! Stai cercando di dirci che quella casa non è sua?»

«Per quel che mi importa potrebbe essere anche la sua tomba!»

«E allora se non ne ha voglia perché dovrebbe prendersi il disturbo di venire? Non perderà il sonno per noi!»

«Zitti, sta arrivando!»

«Sta arrivando?» esclamarono in coro e poi si zittirono.

Le loro preoccupazioni erano infondate. Berman chiese alla sua segretaria di appendergli il cappotto, come faceva ogni giorno. Si pettinò la barba con le dita, raddrizzò sulla testa lo zucchetto squadrato, fumò un sigaro, poi diede una tiratina alla pipa. Si sedette alla grande scrivania di mogano con il piano foderato di panno verde e coperto di libri contabili e carte. Sulla scrivania, di lato, c'era una grande fotografia con cornice dorata di Jeannette, abbigliata con una crinolina di foggia antiquata. La gonna era un po' corta, e da sotto spuntavano le ampie brache pieghettate, con il bordo in pizzo di Bruxelles, alla moda di un tempo. I capelli erano lisci e le trecce avvolte attorno alla testolina delicata. Sorrideva graziosamente, con appena un'ombra di civetteria. Il ritratto glielo avevano scattato prima che uscisse per andare a un ballo in maschera organizzato a favore dell'Ospedale dei Poveri, cui aveva partecipato eseguendo un numero di danza con giovani dilettanti della ricca comunità ortodossa. Berman guardò la foto, e gli si illuminò la faccia. Pareva sorridere perfino con la barba.

«Che meraviglia di fanciulla, *ken eynore*!»

Diede ordine alla segretaria di aprirgli la corrispondenza, le diede un'occhiata, e spiegò alla donna a quali lettere si dovesse rispondere, e quali potessero essere ignorate. Poi finalmente si ricordò della gente che aspettava lì fuori da ore, e sorrise. La scena, nonostante la vedesse con i propri occhi ogni santo giorno, non mancava mai di divertirlo. Quel modo in cui saltavano su come molle, facendo a gara per essere i primi ad augurargli «buongiorno»! Se avessero avuto un briciolo di buonsenso si sarebbero invece concentrati sul lavoro. E avrebbero fatto un po' meno errori, pensò.

«Va bene, fateli entrare!» disse.

Cominciò a rileggere una lettera che già aveva letto, in modo da non dover guardare in faccia le persone mentre entravano. Alla fine gridò: «Friedman!»

Una volta finito di ricevere gli operai poveri e provati dalla miseria, diede alla segretaria un mucchio di lavoro da sbrigare prima del proprio rientro, e uscì per recarsi in Borsa.

Nella vasta sala colonnata si aggiravano lenti i corpulenti mercanti di pietre. Spiavano un collega, lo salutavano, e si fermavano a chiacchierare, dando l'impressione di non essere lì per fare affari, ma solo per parlare del più e del meno con gli altri. In altri periodi di affari a gonfie vele, i commercianti sarebbero andati in giro chiedendosi senza tanti giri di parole «cos'avete da vendere?» Si sarebbero seduti a un tavolo, o, se l'affare richiedeva che non ci fossero orecchi in ascolto, sarebbero usciti dalla Borsa per andare a prendere un tè in un ristorante lì vicino. Adesso però si facevano più chiacchiere che affari. Berman si accomodò a un tavolo dove un mercante massiccio e dalle gote rubizze stava frugando con le pinzette in un mucchietto di diamanti. Il naso lucido pareva così molliccio che un semplice tocco lo avrebbe schiacciato, e sia il naso sia le guance lardose erano attraversati da un reticolo di venuzze rosse. Mentre li smuoveva, i diamanti appena acquistati cambiavano colore dal rosso all'azzurro, al bianco, all'arancione vivo, al verde traslucente, per poi tornare azzurri. Un grosso diamante gli ornava il mignolo della mano pallida e grassoccia, brillando insieme alle pietre di nuovo acquisto.

Guardando nella lente da gioielliere, questo commerciante americano canticchiava un motivetto inglese, l'ultimo successo nel teatro del vaudeville. Berman prese una delle pietre del forestiero e la osservò, mentre l'altro continuava a smuoverle con le pinzette come se non si fosse trattato di diamanti costosi, ma di pezzi di vetro del tutto privi di interesse.

«*And when she smiiiled, my love*» cantò il mercante, gustandosi contemporaneamente la canzone e le pietre, appena acquistate per la sua azienda di New York. Un vero affare, quello.

«Peccato che siano giallicci, vero?» chiese Berman.

«Giallicci? Ma come diavolo fai a chiamarli giallicci» lo rimbeccò l'americano, rivolgendosi a Berman con il familiare «tu» come faceva con chiunque, giovane o vecchio che fosse.

«E allora come li chiameresti *tu*?»

A quel punto l'americano bonaccione cominciò a perdere la pazienza. La faccia gli si fece ancora più rossa, pareva che si fosse scottato.

«Non sono affari tuoi. In ogni caso non sono in vendita!»

«Perché, hai intenzione di metterli sotto aceto?» scherzò Berman.

«Sono già venduti».

«Bene, però sono giallicci lo stesso». Berman non prese assolutamente sul serio l'affermazione del mercante, che sosteneva di averli già venduti. «O stai cercando di dirmi che sono dei bianchi eccezionali?»

L'americano uscì definitivamente dai gangheri: «Io li definirei bianco colorito. E in ogni caso non sono in vendita. Fatti gli affari tuoi!»

«Ma che vada al diavolo!» disse Berman a un mercante seduto a un tavolo lì accanto, dove si fermò nonostante non avesse alcun motivo concreto per farlo. «Yankee Doodle si è arrabbiato. Secondo me tra poco gli scoppia un'arteria!»

L'altro mercante rise: «Sì, non mi sembra in gran forma!»

Berman si sedette a un tavolo accanto alla finestra, che si era appena liberato, tirò fuori qualche pacchetto e cominciò a esaminarlo. Rimise a posto alcune pietre e ne esaminò altre, sempre per fare scena.

«Mmmh, queste sono riuscite bene».

Di lì a poco attorno al tavolo di Berman si erano radunati mercanti e agenti.

«Bianco leggermente colorito?» ipotizzò uno di loro.

«Tutto qui? È questa l'opinione che ne avete?» ribatté Berman.

«Per quel che mi importa potrebbero essere giallicci. Tanto oggi non compro».

Berman rise. «Se avessi una piccola partita di bianchi eccezionali li prendereste al volo!»

«Ho appena visto dei bianchi eccezionali. Tsvaygnboym ne ha. Ha alcune pietre davvero buone. Sapete, quell'uomo sta facendo grandi affari. Dicono che non abbia messo ancora le mani sulla dote, eppure tutti già si fidano di lui».

«Mi fa davvero piacere! Gli auguro ogni bene» disse Berman, sforzandosi di sorridere, per il divertimento degli altri mercanti. «Può fingere finché gli pare, ma si vede che è geloso marcio» si dissero l'un l'altro.

Un giovanotto pallido con il naso puntuto e gli occhietti infossati irruppe nel salone, con l'aria di essere sull'orlo dello svenimento. «Avete sentito le notizie? Il fiorino olandese è crollato!» esclamò. «Cosa?» esclamarono i mercanti. «Com'è possibile?»

«Ecco qui! Guardate!» Aprì sul tavolo un giornale fiammingo e indicò la pagina con il dito sottile.

Poi alzò entrambe le mani al cielo e sfregò il giornale come se stesse cercando di cancellare la notizia stampata di fresco. Qualcuno portò un altro giornale.

«Guardate, ecco qui, leggete! Il fiorino è crollato; c'è il panico nella Borsa azionaria!»

«E io ho solo fiorini! Nemmeno un franco». Il giovanotto tremava e sembrava sull'orlo del collasso; si era dimenticato che dire la verità all'interno della Borsa dei Diamanti era più pericoloso che non il possedere solo fiorini.

Ben presto metà dei presenti in Borsa si affollò attorno al tavolo di Berman, afferrando il giornale del pomeriggio, leggendolo con il capo chino e gli occhi che divoravano le righe minuscole dell'articolo. Berman rimpacchettò i suoi diamanti, e sorrise tra sé e sé. A voce alta disse: «Altri possono presentarsi meglio, ma quello in gamba sono io».

La folla si gettò avidamente sulle parole di Berman; gli occhi di tutti si puntarono su di lui, in ansiosa attesa, come se tutto dipendesse dal suo parere; come se il fiorino fosse destinato a risalire o a precipitare ancora, a seconda di quel che avrebbe dichiarato Berman. Lui sorrise con aria saggia e disse: «La settimana scorsa avevo previsto il crollo del fiorino».

I mercanti rimasero lì impalati, sentendosi presi in giro.

«È tutto quello che ha da dire?»

La maggioranza dei presenti uscì in strada, dove era impossibile camminare sul marciapiede. C'erano capannelli di gente ovunque: grandi commercianti, piccoli commercianti, e perfino personaggi ininfluenti che non possedevano né fiorini né franchi né denari in generale, ma comunque erano agitatissimi lo stesso. Mercanti fiamminghi e olandesi che di solito non si facevano vedere in quella via si mescolarono con gruppi di mercanti ebrei, parlando freneticamente, facendo domande, consultandosi a vicenda.

«Datemi retta!» disse Berman con voce ferma. Nonostante la delusione per le dichiarazioni precedenti, lo ascoltarono tutti. «Smettiamola di agitarci e non blocchiamo il marciapiede, lasciamo passare la gente». Berman aveva sviluppato un momentaneo interesse nei confronti del bene pubblico. «Fermiamo gli scambi per uno o due giorni per vedere come evolve la situazione. È possibile che si tratti semplicemente di un'azione speculativa e quindi vi state innervosendo inutilmente. Lo sapremo in un paio di giorni. Se il fiorino è davvero crollato, dovremo semplicemente riassestarci. E se è una manovra speculativa sul mercato azionario, lo verremo a sapere».

«Ha ragione!» dissero alcuni dei mercanti, quelli più calmi e inclini alla riflessione. Altri erano in preda al panico e non volevano tornare a casa. Rimasero a ciondolare per la strada.

Quanto a Berman, lui andò a casa a mangiare. Di fiorini non ne aveva e non vedeva motivo di preoccuparsi. Si gustò dunque il suo tè con i biscotti fatti in casa da Rochl.

L'indomani si scoprì che la notizia era l'invenzione di un giornalistucolo da due soldi, che non avendo notizie dall'Olanda con cui riempire le colonne del quotidiano si era inventato quella storia per rendere più appetibile l'edizione del giorno. I mercanti avevano vergogna a guardarsi in faccia. Perché non era venuto loro in mente di fare una telefonata in Olanda, gesto che avrebbe chiarito ogni cosa nel giro di pochi minuti?

«Cosa vi avevo detto?» disse trionfalmente Berman, come sempre. E come sempre si congratulò con se stesso per essere stato così calmo e riflessivo.

Ancora una volta, dunque si sedette a un tavolo, circondato dai mercanti. La gente pareva impegnata a parlare di tutto fuorché di affari; parlavano della città, di politica, facevano battute e si raccontavano aneddoti a proposito di conoscenti comuni. Poi, come per un semplice ripensamento, uno di loro tirava fuori un pacchetto di diamanti. Gli altri esaminavano le pietre. Qualcun altro faceva la stessa cosa, ecco un altro pacchetto. Si vedeva un bagliore, poi un altro paio di occhi lampeggiava come i diamanti. Un luccicore blu, una goccia d'acqua tremolante – e poi la contrattazione, la decisione, una stretta di mano e uno scambio di «*mazal un brokhe!*»

E mentre Berman sedeva lì con la sua lente d'ingrandimento, concentratissimo su una pietra, entrò in Borsa una donna vestita di nero. Il cappello a tesa larga era abbassato sugli occhi azzurri cosicché era visibile solo una piccola parte del suo viso ben nutrito, dalla pelle liscia. Il collo paffuto e la pelle messa in mostra dalla scollatura della blusa in *crêpe de chine* erano bianchi e femminili, seducenti.

La donna si avvicinò al tavolo e i mercanti cominciarono a fare commenti su di lei, alcuni in modo velato, insidioso, mentre altri, sfacciatamente volgari, fecero battute con doppi sensi, squassandosi per le risate. La donna li ignorò. Tirò fuori un pacchetto dalla capace borsetta nera e lo porse a Berman. Lui lo aprì e fu conquistato dalle belle pietre splendenti, ma dichiarò immediatamente di non volerle. La donna disse qualcosa che solo Berman sentì; gli si chinò sopra così vicina che lui ne percepì il calore del fiato. Tutti gli altri tesero le orecchie per sentire, ma fu inutile.

«Va bene» disse Berman, «se proprio insistete, venite nel mio ufficio».

Questo significava: "È un'altra storia, allora. Sarei anche disposto ad acquistare merce rubata, ma non qui".

La donna richiuse la borsa, inclinò il capo e si avviò.

«Fateci vedere le vostre mercanzie!» gridò uno degli uomini. Gli altri scoppiarono a ridere, anche se il mercante non lo aveva detto per fare lo spiritoso, e le merci le voleva vedere davvero. Ma lei finse di non sentire.

«Che ne pensate di Gretchen? Sta certamente mettendo su peso. Tra poco dovremo allargare i muri della Borsa».

«Se buttiamo giù le colonne dovrebbe riuscire a entrare» scherzarono i mercanti.

Continuarono a ridere, di quel loro riso volgare e cinico.

«È una donna determinata, e ha una bella testa, su quelle spalle! Dicono che quando il marito era vivo le chiedesse sempre pareri d'affari, e non muovesse un dito senza di lei!»

Berman si alzò, vagò per un po' per la Borsa, scambiando una parolina qui, un'occhiata là, e poi se ne andò per tornare dritto in ufficio. La donna lo stava già aspettando. Berman incaricò la segretaria di portare a Rochl un biglietto con alcune istruzioni circa il letto del padre, pur sapendo perfettamente che Rochl non sapeva leggere. Per capire cosa ci fosse scritto sul biglietto avrebbe dovuto attendere il ritorno del marito. La segretaria scese le scale gioiosamente, due gradini alla volta, pensando: "Posso prendermi una mezz'ora di libertà!"

La donna avvicinò ancora di più la sedia al tavolo.

«Herr Berman, vi ricordate il *goy* biondo che svaligiò la cassa e rubò i diamanti, e portò il disonore in Borsa? Ricordate che il povero Rosenbaum si sparò?

«Eccome no» disse Berman, guardandola con impazienza e con un'espressione interrogativa.

«Il *goy* è stato arrestato, ma non si sa dove sia finita la refurtiva, anche il denaro è sparito senza lasciare traccia».

Berman finse di non avere sentito.

«Quante di quelle pietre ci stanno in un carato?»

«Per fare un carato? Volete dire quanti carati ci stanno in una pietra! Vi sto parlando di pietre da cinque e otto carati, bianchi eccezionali!»

«Vedremo subito se è vero!»

«Benissimo, dateci un'occhiata».

Berman accostò all'occhio la lente da gioielliere ed esaminò le pietre, tentando di nascondere l'eccitazione che gli provocava il semplice guardarle.

«Ne avete anche di nere?» Allontanò le pietre sulla scrivania come se non gli interessassero affatto.

«Anche nere, certo».

Le pietre mandarono bagliori neri, rossi, verdi con un'ombra argentata. Poi di nuovo rossi. Berman fu scosso da un brivido. Era raro vedere roba di quel livello.

«Sapeva bene cosa prendere, quel *goy* maledetto».

La donna stava osservando ogni mossa di Berman. Vide l'impressione suscitata dai diamanti. Lei lo conosceva fin troppo bene, quel giochino.

I due contrattarono a lungo. La donna non cedeva e si rifiutava di abbassare il prezzo anche di un solo centesimo. Sapeva che Berman avrebbe pagato, perché si era reso conto che ci avrebbe guadagnato una fortuna. Alla fine lui disse: «Lasciate la vostra merce qui, vi comunicherò una decisione definitiva nel giro di poche ore».

La donna ricontò ancora una volta le pietre, porse a Berman la mano morbida e bianca, inclinò lievemente la testa e se ne andò. La faccia era arrossata come se avesse bevuto un bicchierone di vodka, gli occhi splendevano e aveva la bellezza sensuale della femmina che ha appena fatto l'amore, più che quella di una che ha fatto affari. I diamanti li considerava già venduti. Berman non avrebbe resistito a quell'offerta.

Berman si stava sfregando le mani: sia resa Lode a Dio! Quello era un affarone fantastico. Poi si ricordò del padre che lo aspettava a casa ed emise un pio sospiro.

"Bisognerà fare un viaggio a Londra. Non posso tenermi questi diamanti troppo a lungo" pensò Berman. Decise che l'indomani mattina avrebbe interrogato la donna – era stata lei a consigliargli Londra – per scoprire esattamente come fosse l'ufficio londinese. Come faceva a sapere che le pietre si sarebbero potute vendere lassù? Ci aveva venduto diamanti anche lei? E così via... A Londra non sarebbe andato lui personalmente; poteva mandarci Shapiro, invece. Era più giovane e attivo di Berman, e perché non farlo partecipare ai guadagni? Berman adesso era in vena di generosità. Telefonò a Shapiro, in ufficio.

«Venite qui subito, per favore! Si tratta di una faccenda importantissima!»

Quando la segretaria tornò, Berman le disse che era libera di andare al cinema. «Oggi non c'è niente altro da fare, però presentatevi presto domani mattina. Ci sarà un mucchio di corrispondenza».

«Grazie, non mancherò».

Questa volta la ragazza corse giù per le scale saltando tre gradini alla volta, e cantando: «*Ooolala, in het park van de Nachtegaal...*»

Shapiro, che non toccava mai merci rubate o pacchetti «perduti» arrivò nell'ufficio di Berman. "Questo tizio un giorno o l'altro finirà in prigione, con il suo barbone e tutto. È già preoccupato a morte, eppure non è in grado di resistere" pensò e sorrise quando vide le pietre, che riconobbe immediatamente. La donna gliele aveva già mostrate.

«Mmmh... conoscete i miei principi, Herr Berman. Mmmh... non tratto queste merci».

Berman, confuso e arrabbiato per la reazione di Shapiro, stava per rispondergli in modo brusco, però si rimangiò le parole, che tuttavia gli si conficcarono in gola. In fondo era tipico di Shapiro. L'uomo esibì uno dei suoi sorrisi furbi, che non mancavano mai di innervosire Berman. Questo significava che Shapiro aveva già visto quelle pietre e ne conosceva la provenienza. Berman non poté fare altro che mordersi la lingua e tacere. Ma era arrabbiato.

«Ma tu guarda come i bastardi perdono le cose! Dobbiamo stare attenti che un giorno o l'altro non ci perdano uno dei nostri pacchetti». Era semplicemente alla ricerca di qualcosa da dire, in modo da non essere costretto a guardare il sorrisetto di Shapiro.

Berman si rimise diritto, ma era stanchissimo e indolenzito. Era sempre così, ogni volta che gli capitava di concludere un buon affare, ma questa volta gli pareva che qualcuno lo avesse malmenato.

"Ma accidentaccio, questa di Shapiro è una recita, una posa. Lui, Shapiro, non farebbe mai una cosa del genere, Iddio non voglia! Che idea! Lui, il cittadino rispettabile. Bah! Il tagliagole, più che altro, quel... quel..." Berman non riuscì a trovare le parole giuste per descrivere Shapiro. Non era più in grado di pensare. Cominciò ad arrabbiarsi con se stesso. "Che idiota che sono! Ma dovevo proprio telefonare a *lui*, a questo stinco di santo, a questo furfante ungherese! Credo che stia solo cercando di turlupinarmi..."

«Ascoltatemi, Herr Berman» disse Shapiro, che leggeva nei pensieri di Berman, «vi do un consiglio da amico: non invischiatevi con quella Gretchen. Non mettete a repentaglio la vostra reputazione con affari dubbi come questo. Mi ha perfino informato dell'esistenza di un ufficio a Londra dove sarei riuscito a liberarmi della merce. Ah ah! E poi ha chiamato il ladro "il *goy* biondo", come se lei fosse ebrea. Vi ricordate, Herr Berman, come il povero vecchio Rosenbaum, che la sua anima riposi in pace, si sparò per colpa di quei due maledetti tedeschi?»

Berman aveva uno sguardo vitreo e fu scosso da un brivido. Era ingobbito sulla sedia con le mani infilate nelle maniche della giacca, e stava combattendo una dura battaglia con se stesso. Era molto, molto difficile abbandonare diamanti come quelli. Gli danzavano davanti agli occhi, riempiendo la stanza, proiettando bagliori lungo le pareti; quel fuoco arancione, bianco, rosso e giallo gli incendiava i sensi, facendogli girare la testa.

«Herr Berman, vincete la tentazione e me ne sarete grato».

Berman trasalì: si era addormentato? Per quanto aveva sonnecchiato? E Shapiro era ancora lì? Cosa stava succedendo?

«Avete ragione, Herr Shapiro!» Berman si stiracchiò sentendosi improvvisamente sollevato, come se si fosse liberato da un fardello posato sulle spalle.

«Quella Gretchen avrà quel che si merita; datemi retta, Herr Berman».

I due uomini parlarono ancora a lungo. Dopo che Shapiro se ne fu andato, però, Berman tornò a guardare i diamanti, e la tentazione era troppo, troppo forte...

Gretchen aveva preso posto in uno scompartimento di prima classe; con entrambe le mani sepolte dentro le maniche dell'ampio soprabito da viaggio, stava pensando alla visita fatta in quell'ufficio sporco sopra la bottega di un banco privato di pegni. Il proprietario, un gentile con i capelli rossi, la faccia emaciata e arrossata e occhi grigi come l'acciaio, era uno dei cinque soci. Gretchen era entrata per sbaglio dall'ingresso principale, il proprietario era in piedi dietro il bancone e stava esaminando un paio di lenzuoli ingrigiti dai lavaggi, che una donna alta e smunta, con una giacca di velluto rattoppata e un berretto da uomo in testa, stava cercando di impegnare.

«Signor Brown! Vi do la mia parola d'onore, le ho comperate appena un mese fa» lo rassicurò, vedendolo non molto convinto. «Un mese fa, solo» insisté in tono di supplica, con disperazione crescente negli occhi azzurri e lacrimosi. E sulla testa danzavano i bigodini c le forcine infilati tra i capelli flosci e smorti.

Il signor Brown rise. Aveva uno sguardo da ubriaco, fece battute e rise sguaiatamente, e risero sguaiatamente con lui anche le donne lacere dalle facce tese e segnate che attendevano in fila il proprio turno.

«Oh, ma non è uno spasso!» ridacchiarono tutte, mettendo in mostra i denti sporgenti, nella speranza di ingraziarsi il signor Brown.

«In che secolo è successo?» rise il signor Brown, gongolando per questa nuova battuta, e diede una manciata di centesimi alla donna, gettandoli sul bancone.

Le donne cominciarono a tastare i propri fagotti, passando le dita ossute e deformi su quegli straccetti di abiti che avevano portato per impegnarli, e la loro voglia di ridere sparì all'improvviso.

«Ma avete visto cosa le ha dato! È ammattito!» si sussurrarono l'un l'altra. «Con quei soldi non riuscirò ad arrivare a venerdì, non basterà neppure per del pane secco, e i bambini hanno una fame da lupi!»

«Per me è lo stesso. È un disastro!»

Vedendo entrare Gretchen, un uomo scarno con la faccia verdognola e gli occhi grigi e astuti abbandonò l'involto che stava esaminando, e senza dire una parola uscì da dietro il bancone, accompagnò Gretchen al primo piano, le indicò la porta dell'ufficio, e sempre in silenzio, scese nuovamente le scale sbrecciate. Era qui che Gretchen si era liberata delle merci.

14.

Quando Jacques tornò dalla scuola con la cartella sulle spalle, Berman gli intimò di andare subito al *cheder*; non gli sfuggiva nulla, e se Jacques avesse di nuovo tentato di saltare le lezioni quella sera gli sarebbe toccata una bella ripassata. E Berman gli disse anche che non si sognasse di scordarsi di accompagnare il nonno allo *shtibl*. Poi se ne andò a fare un pisolino.

Jacques uscì con il nonno. Lungo la strada incontrò alcuni amici e quando uno di questi gli fece un fischio, il ragazzino cambiò rotta e svoltò il Leeuwerikstraat, e senza volerlo portò il nonno nello *shtibl* sbagliato.

«Eccoci!» E Jacques sparì alla velocità del fulmine. Prima che il vecchio avesse il tempo di guardarsi attorno, Jacques era già via con gli amici e reb Chaym Yoysef non aveva nessuno con cui parlare.

"Oh pazienza, anche questo è un luogo santo" pensò. Tirò fuori la sua Ghemarà, trovò la pagina cui era arrivato prima di uscire e si sedette a studiare.

Però tutti quanti quegli ebrei coprirono i propri libri con i fazzoletti pescati dalle tasche e cominciarono a domandargli da dove venisse, chi fosse venuto a trovare e quanto si sarebbe trattenuto.

«Oh! Berman? Se siete venuto in visita da un figlio di

tal fatta, allora è certo buona cosa sedersi qui a studiare tranquilli. È bello camminare a piedi accanto a un carro pesante; non trovate, reb Itshe?»

«Ma certo!» rispose reb Itshe, che era il *dayan*, il giudice della corte religiosa. Gli abiti rabbinici gli penzolavano addosso, troppo larghi per il corpo esile e ossuto. Reb Itshe andò vicinissimo a reb Chaim Yoysef e lo scrutò con i suoi occhietti neri, poi, non venendogli in mente niente altro da dire, tornò alla Ghemarà. Un tizio alto e sottile però non aveva intenzione di lasciar studiare il *dayan*. «Pensate che riuscirà a resistere a lungo in casa di suo figlio, eh, reb Itshe?» gli chiese.

Reb Itshe non rispose, ma continuò a dondolarsi sopra il suo libro aperto, come un bambino.

«Il motivo per cui lo dico» proseguì imperterrito il tizio, che sembrava gradire molto il suono della propria voce, «è che quando un buon ebreo all'antica arriva qui dalla vecchia patria, e non è abituato alle nostre usanze, è davvero difficile, specie se... ma in ogni caso, che l'Onnipotente sia con voi».

«Sì, insomma, certamente ci sono cose che non approvo» ammise Chaim Yoysef, che non capiva che cosa avesse voluto dire con quel suo «specie se». «Ecco, mio figlio grazie a Dio è un ebreo osservante, ma mio nipote si è tagliato la barba. Non mi piace affatto. In verità mia nuora sostiene che se la tiri via con una certa polverina, e questo è consentito dalla legge ebraica. In effetti si legge che ai saggi era esplicitamente prescritto di sbarbarsi in onore di ogni festività ebraica. Ma gli ebrei nella Diaspora non lo dovrebbero fare. È questo il problema dell'essere in un paese straniero. A casa, in Polonia, un giovanotto per bene non si sognerebbe mai di tagliarsi la barba. Dio ce ne scampi! Ma che ci si può fare? E a parte questo, se ne vanno in giro vestiti come *goym*. Perfino io vado in giro così, adesso».

«Oh, insomma, se è tutto qui! Sta solo giocando a fare il *goy*. Per la gente come noi questa non è una vera patria» commentò quello che aveva parlato prima. «Grazie a Dio, sia Lode a Dio, i miei figli sono osservanti».

Reb Itshe sorrise. «I suoi figli lo hanno convinto, quello stolto, che le loro barbe non crescono!»

«Che cosa intendete dire?» chiese reb Yoysef, perplesso.

Reb Itshe stava per spiegarglielo, ci ripensò, non aggiunse altro e ricominciò a dondolarsi sopra la Ghemarà aperta. Quando entrò una donna a chiedergli un parere su un pollo, lui ripiegò la pagina, chiuse il libro, tastò gli intestini dell'animale, diede qualche leccatina al fegato e lo dichiarò *kasher*. Era così entusiasta di aver potuto esprimere quel giudizio, invece di essere costretto a condannare il pollo, che non tornò agli studi, e si mise in ascolto della conversazione.

Il tizio loquace stava ancora parlando: «Mmmh, da quello che dite a casa vostra imperano le regole dei gentili! Grazie a Dio io sono più fortunato. Ai miei figli, sia lodato l'Onnipotente, la barba non cresce proprio. All'inizio la cosa mi rattristava, ma adesso, sia Lode a Dio, sono davvero contento. Vedo che l'Onnipotente sa fare il nostro bene meglio di noi. Perché se avessero cominciato a radersi la barba magari, Iddio ce ne scampi, avrebbero finito per abbandonare completamente la retta via. Che Dio ci salvi, in questa città possono succedere certe cose!»

«Cosa intendete dire?» L'anziano Chaim Yoysef continuava a non capire bene, ma il tizio non gli diede modo di rifletterci a lungo.

«Siete stupito, eh? Ebbene, non siete l'unico. Non mi crede nessuno. Ma a dirmelo sono stati i miei figli in persona».

Reb Chaim Yoysef, cogliendo finalmente il punto, fece un sorrisino e rituffò il naso nella Ghemarà.

"Che babbeo!" pensò, e avrebbe voluto ricominciare a

studiare, ma l'altro non aveva nessuna intenzione di lasciarglielo fare.

«Sapete, se mi aveste chiesto un consiglio prima di partire, ad Anversa non ci sareste venuto. Qui siamo a Sodoma e Gomorra. Qui non sopravvivi se non sei capace di adulare, mentire, imbrogliare e rubare. I bravi ebrei vengono qui, povere creature, e pensano: "Anversa è una città ebraica, qui si commercia in diamanti, certamente guadagnarsi da vivere non sarà un problema". Sono convinti di arricchirsi e così investono i loro pochi rubli, e chi si arricchisce? I peggiori buoni a nulla! Ecco com'è questa città!» Pose fine alla propria tirata con un sospirone.

«Dio non voglia!» esclamò il padre di Berman. «È blasfemo parlare male di un gruppo di ebrei nel suo complesso. Al contrario, ho sentito dire che qui ci sono molti ebrei onesti, che onorano la Torah e che siedono nelle case di preghiera e studiano, proprio come a casa. E dopotutto lo conoscete il detto: "Un popolo senza pane è senza Torah". A casa gli ebrei non ce la fanno a tirare avanti, che a voi venga risparmiato questo tormento, e sono così malridotti che non riescono neppure a concentrarsi su un libro sacro».

«Ve l'hanno raccontata così? Bene, io potrei raccontarvi una storia diversa. Vedete quel tipo che sta uscendo proprio ora? È reb Mordecai Danziger. Nel giro di sei mesi ha perso circa diecimila rubli. E sua moglie, donna di illustri natali, ha dovuto cominciare a cucire camicie per conto terzi. E adesso sono anziani, i loro figli sono cresciuti e hanno cominciato a mantenere i genitori, e ci si aspettava magari che quei due potessero finalmente avere un po' di pace e qualche agio, invece hanno una nuova preoccupazione. I loro figli, che Iddio ci protegga, sono usciti dalla retta via. Ho sentito dire che addirittura vanno all'opera durante lo *Shabbes*».

«Che cos'è l'opera?»

«Oh, non saprei, è una specie di tiii-aa-tro. Il figlio legge libri non sacri e addirittura non ebrei. Da anni non mette piede in uno *shtibl*. Gira voce che non indossi neppure i *tefillin*. Sono certo che non possa essere vero. Ma comunque il resto è già scioccante a sufficienza. E qui incontrerete molti ebrei devoti e decenti che faticano da mattina a sera e girano come trottole per la Borsa dei Diamanti, cercando di fare affari. Uno straniero che li vedesse crederebbe che stessero ottenendo dei risultati, ma non è così. Corrono da un ufficio all'altro, consumando il cuoio delle scarpe e tornando a casa a mani vuote. E con i lavoranti è la stessa cosa: se ne vanno via molto spesso a mani vuote. Vedete, per i *goym* non ci sono problemi. Se un gentile commercia in diamanti, è un uomo ricco, perché nessun gentile povero si sognerebbe di mettersi in affari. Ma un ebreo, come ben sapete, non ha altra scelta, e quindi deve lottare con le unghie. Prendete uno come reb Leybele Poltaver, per esempio. Una bella persona, un grande studioso, al paese un tempo era ricco, e cosa gli è successo? Rovinato in quattro e quattr'otto. Adesso sua moglie ha aperto una latteria ma gli affari non vanno niente bene. Come dicevo, Sodoma e Gomorra». L'uomo parlò con un misto di rabbia e compassione: era dispiaciuto per coloro che avevano fallito, come lui. Ma era anche pieno di animosità nei confronti di coloro che avevano fatto fortuna, onesti o no che fossero. Il suo motto era: se qualcuno se la passa bene, probabilmente è un furfante.

Reb Itshe fece un gesto sdegnoso, si soffiò rumorosamente il naso e disse con irritazione: «Che sciocchezza, che stupidaggini! Vivo ad Anversa ormai da molti anni e so che qui ci sono bravi ebrei devoti che rispettano la Legge e molti autentici studiosi del Talmud e alcuni sono ricchissimi. Quindi non sono solo i buoni a nulla quelli che si arricchiscono. La verità è che Dio aiuta l'uomo destinato al successo. E se qualcuno, tristemente, non è destinato al successo, può essere anche il più astuto imbroglione del mondo, ma non gli sarà di nessun giovamento. È così ad Anversa, ed è così nel resto del mondo. Se Dio lo vuole, gli onesti riusciranno a guadagnarsi da vivere, ma se purtroppo non è nei Suoi piani, allora le vite di questi onesti sono, che Iddio ci protegga, amare come la morte. Ma affibbiare una nomea a un'intera città? Probabilmente *ci sono* tra noi alcuni truffatori; è molto triste, e l'intera comunità patisce a causa loro. Se un ebreo ruba, allora i gentili dicono che tutti gli ebrei rubano – ma voi, che siete un ebreo onesto, come potete dire una cosa simile? È una calunnia terribile, che ci danneggia tutti!»

Reb Itshe era veramente alterato, e il suo pomo d'Adamo ballonzolava su e giù come una grossa prugna nella gola sparuta. Aveva il respiro affannoso e i capelli incollati al cranio dal sudore.

«E a parte ogni altra considerazione, come si può dare credito a un uomo che è riuscito a convincere se stesso di avere figli cui non cresce la barba?»

«Non vi preoccupate, ci ho fatto il callo a sentirmi dire così!» disse l'uomo, gesticolando con la mano che tremava in modo incontrollabile. Un sorriso sofferto gli spuntò sulla faccia scura, allargandosi agli occhi pieni di infelicità. «L'ho già detto che nessuno mi vorrà credere».

Il padre di Berman si sentì molto vicino a reb Itshe e il calore che provò nei suoi confronti parve levargli un peso dal cuore.

Improvvisamente si udì una nuova voce: «Ascoltatemi bene tutti! Quest'uomo ha perfettamente ragione. Non sto parlando dei suoi figli e delle loro barbe, quello non mi interessa». Tutti quanti si guardarono attorno. «Lasciateglielo pensare, se gli fa piacere». Era Leybesh che stava parlando. Era seduto nello *shtibl* in attesa che arrivasse lo scaccino con la chiave della sinagoga. «Ha perfettamente ragione. I ricchi sono tutti ladri, perché gli affari sono un furto di per sé. Quindi l'uomo che fallisce perché non ha talento per gli affari – quello *non* è un ladro! E quello che ha successo – sì, *è* un ladro! È abbastanza semplice: il profitto è un furto, e lo speculatore farà di tutto per realizzare un profitto. Non si fermerà di fronte a nulla. Furto, assassinio, non c'è nulla che non sia considerato *kasher*. E questo non accade solo ad Anversa, ma in tutto il mondo. E non c'è differenza tra ebrei, gentili, mostri mitologici, o quello che volete voi».

I tre buoni conversatori si guardarono attorno: «Eh? Ma chi è questo? È un pazzo o cosa?»

Non conoscevano Leybesh, furono colti di sorpresa dal suo intervento, e non capirono di cosa stesse parlando. Ma da dove era saltato fuori? Dove diamine voleva arrivare?

I tre lo fissarono sbalorditi e si strinsero vicini vicini come per proteggersi a vicenda da quell'uomo che pareva una sorta di sgradevole allucinazione. E così misero fine al bisticcio tra di loro.

La sera nello *shtibl* arrivarono ebrei ricchi, con le belle barbe e le redingote, qualcuno di loro con giacche lunghe: un compromesso tra Dio e l'Europa. Molti erano vestiti all'europea, con orologi d'oro penzolanti sulle pance tonde, appesi a catenoni, e anelli con diamanti sui mignoli e sui medi. C'erano anche ebrei con giacchette sudicie e soprabiti ammuffiti dagli anni, con barbe brutte e arruffate. Entrarono nello *shtibl* anche alcuni giovanotti, tagliatori e lucidatori di diamanti, o addetti al clivaggio, venuti a pregare e a studiare dopo il lavoro. Sebbene fossero vestiti all'europea e portassero cappelli di paglia, apparivano più pallidi ed eterei perfino dei giovanotti da *yeshiva*. Si accomodarono attorno ai tavoloni e aspettarono attorno alla

Ghemarà aperta che il loro *rebbe*, un uomo con il cappello rabbinico e la faccia intelligente, avesse finito di chiacchierare con alcuni mercanti di diamanti. Stavano parlando di diamanti bianchi eccezionali, di pietre grosse e piccole, offrendosi a vicenda prese di tabacco da fiuto e ricevendo in cambio un sigaro. Finito tutto ciò, la lezione di Talmud che il *rebbe* impartiva ogni sera ai giovanotti poté avere inizio.

I fedeli andarono a casa. I giovanotti ai tavolini dondolavano devotamente sopra le pagine della Gemara. Il *rebbe* con la faccia intelligente continuò a oscillare avanti e indietro, intonando: «E Rashi* dice...»

* Rabbi Solomon ben Isaac (1040-1105), uno dei più importanti commentatori della Bibbia. Rashi è l'acronimo delle prime lettere della versione yiddish del suo nome: Rabbi Shloyme Yitskhaki.

15.

Dovid non vedeva Gitele e la bambina da oltre due mesi. Continuava ad aggirarsi nei dintorni di Somersstraat, ma Gitele non l'incontrò mai. A volte lo prendeva la rabbia. Stabilì che lei non lo avesse mai amato veramente. Aveva solo cercato di mettere le mani sui soldi di suo padre, e quando si era resa conto che Dovid probabilmente non avrebbe ereditato nulla, lo aveva scaricato.

Ma che fare? Dovid non trovava pace, Gitele e la bambina, la sua bambina, gli mancavano moltissimo. Sentiva la mancanza perfino di Leybesh, nei suoi confronti Dovid provava odio ma anche vergogna, per essersi comportato in quel modo con lui. Gli pareva di rivedere l'alta figura di Leybesh scalzo e scarmigliato nel cucinotto buio, mentre con quel sorriso gentile sulla faccia gli diceva: «Torna a dormire. Non ti preoccupare» con un'immensa bontà negli occhi azzurri. E lui, Dovid, coricato nel letto di Leybesh in quella povera cucina, a godersi l'ospitalità dell'amico. Si sentiva un verme.

No, certamente non poteva tornare lì, ma la nostalgia non faceva che crescere, e non gli riusciva di trovare una soluzione. Rimase seduto per giorni e giorni sul divano di velluto della casa paterna, non si lavò e non si curò di sé, perennemente in vestaglia di satin blu e pantofole. Fumò come una ciminiera, l'elegante sala da pranzo si riempì di una nebbia fitta. Pensò e pensò ma non gli venne in mente nulla. Se solo avesse avuto dei capitali, avrebbe potuto mettersi in affari.

Dopo una lunga battaglia interiore alla fine propose alla madre di impegnare i gioielli. Gli costò moltissimo costringersi a fare una richiesta del genere, ma Rochl gli disse che quella che portava lei era bigiotteria e i diamanti erano solo pezzi di vetro, come quelli che usano nelle gioiellerie per fare le vetrine, mentre i diamanti veri restavano chiusi in una cassaforte, dentro la Borsa. Dovid non credette alle proprie orecchie. Sua madre non indossava nemmeno un gioiello autentico! Sapeva che sua madre non gli avrebbe mai mentito, quindi non poté che crederle.

Parlare con il padre sarebbe stato inutile. Dovid aveva già perso diecimila franchi in affari e sapeva che il padre non gli avrebbe concesso un'altra occasione, e non gli avrebbe più dato neppure un centesimo. Quindi rimase seduto sul divano a contare i fiori del tappeto, anche se sapeva già quanti erano: contò e ricontò ogni fiore, ogni pezzo d'argenteria sulla credenza, e ogni candela del candelabro. E quando la situazione si faceva troppo claustrofobica usciva per una delle noiose passeggiate che conosceva a memoria, o andava a sedersi al parco tentando di leggere, anche se le parole non gli entravano proprio in testa. Più spesso si limitava a stare lì seduto e a guardare la gente. Una giovane donna con una carrozzina stava entrando nel parco. Chiese a Dovid se il posto accanto a lui sulla panchina fosse libero, e si sedette. Nella carrozzina c'era un bimbetta bionda e grassoccia che poteva avere un paio d'anni, e stava giocando con un orsacchiotto di velluto giallo. Lo stava torturando, gli ficcava il dito indice negli occhi, chiacchierava con lui e poi lo scaraventava via pretendendo che la madre lo raccogliesse. La madre cominciò a spazientirsi e sgridò la bambina, dicendole di non avere più intenzione di raccogliere l'orso.

Arrivò di corsa un cane, si fermò accanto alla carrozzina, e guardò la bambina con occhi umidi e neri, le orecchie pendule frementi di eccitazione. Scodinzolò e abbaiò all'orsacchiotto. La bambina si sporse dalla carrozzina, rischiando di cadere, sventolò l'orso sul muso del cane e cominciò a ridacchiare. La sua risata fu un trillo di campanelle d'argento. Il cane schizzò via come una freccia dall'arco con l'orsetto in bocca, ma poi lo riportò. La donna scacciò il cane e la bambina scoppiò in lacrime.

Dovid aveva il cuore dolente. La nostalgia di Gitele e della figlia era così forte che gli venne l'impulso di abbracciare e baciare la donna, la bambina e il cane – tutti insieme. La donna si alzò e si allontanò nel parco, spingendo la carrozzina. Si alzò anche Dovid e s'incamminò, senza una meta.

Vagò per le strade, senza neppure guardarsi attorno. Non era cambiato nulla: le strade e la gente erano le stesse di un anno prima, e perfino di dieci anni prima. Trintshe la pescivendola aveva sulla faccia unta lo stesso largo sorriso di sempre. Dovid cercò di evitare Somersstraat ma all'improvviso si ritrovò davanti alla finestra di Gitele.

La donna con la parrucca bionda era lì seduta a sferruzzare un gilè, e accolse Dovid con un sorriso di scherno sulle labbra sottili. Dovid fece un balzo indietro, come punto da un'ape. Non rispose al saluto «*dag menieër*», ma girò rabbiosamente i tacchi e ripartì.

Un cavallo attaccato a un carro carico di letame si fermò con un nitrito, scosse la criniera e si rimise in moto, con gli zoccoli sgraziati orlati da ciuffi di peli sporchi. Dovid rimase a guardare l'uomo che seduto a cassetta fumava la pipa e sembrava sonnecchiare, e lo invidiò sinceramente: un uomo al lavoro.

Era già lontano dal quartiere ebraico, e mentre camminava rifletté bene sul piano che gli frullava per la testa da alcuni giorni. Aveva paura a metterlo in pratica perché non voleva agire ancora una volta da sciocco e non voleva che la gente venisse a conoscenza della sua situazione.

Svoltò in Cogels-Oyslei, una bella strada ampia. I giardini davanti alle case erano ognuno diverso dall'altro, con una gran varietà di fiori e di colori. La via gli apparve come una poesia, con le singole parole fuse in un'unica melodia armoniosa.

Era l'ora dell'accensione dei lampioni. Il lampionaio si si spostava da un lampione all'altro con il suo lungo bastone, anche se il sole splendeva ancora sulle aiuole fiorite. L'uomo percorse la via fischiettando un motivetto, e la luce verdastra del gas si mescolò con i resti della luce del giorno, in un crepuscolo bluastro. "Qui potrei vivere con Gitele e con la nostra bambina" pensò Dovid, "se riuscissi ad avere successo nella vita..." Sì, si sarebbe messo alle spalle i fallimenti! Doveva fare un altro tentativo, altrimenti sarebbe diventato matto.

Improvvisamente pensò al nonno. *Lui* lo stava facendo ammattire sul serio. "C'è da stupirsi che io sia costretto a uscire di casa, quando altrimenti mi tocca stare lì a guardare un cadavere con un sorriso congelato su quella faccia da morto, che se ne sta seduto tutto il giorno dondolandosi avanti e indietro?" pensò Dovid, con rabbia improvvisa.

Si girò per rientrare. Un vecchio compagno di scuola, con cui Dovid un tempo a volte aveva giocato nelle ore libere, abitava in Pelikanstraat, e Dovid salì i gradini che portavano a casa sua. Questo amico adesso si occupava del clivaggio dei diamanti, e godeva di ottima reputazione. Gli affidavano perché le sfaldasse le pietre più grosse e preziose, e lui lo faceva con grande perizia.

Perché Dovid aveva paura? Alla peggio l'amico gli avrebbe detto di no. Ma Dovid aveva il batticuore all'idea di potersi rendere ancora una volta ridicolo. Spalancò la porta, senza neppure fermarsi a bussare, perché sapeva che se solo avesse esitato per un istante, sarebbe fuggito correndo giù per gli scalini.

L'amico fissò Dovid, sbalordito. Fu felicissimo di vederlo, ma faticava a credere che Dovid Berman fosse davvero venuto a far visita a *lui*. «Aah! Ma guarda chi si vede!» Porse una mano magra e lentigginosa. «Sei un ospite inatteso. Siediti. Scusa il disordine. Quando lavoro non riesco a evitarlo. È veramente un porcile, qui dentro!»

«No, non ti preoccupare: un disordine fertile è una buona cosa!» balbettò Dovid, imbarazzato.

«E anche le mani si insudiciano parecchio» si scusò ancora il giovanotto.

Dovid si accomodò sulla sedia che l'amico aveva spolverato per lui. Il giovanotto si aggirò per la stanza, a disagio, per pochi istanti e poi riprese per esaminarlo il diamante che sembrava un pezzo di soda da bucato sporca, continuando nel frattempo a parlare con Dovid: «Se non avesse così tante imperfezioni sarebbe davvero un bel colpo, questo!» Stava per tagliare il diamante grezzo, ma prima doveva vagliare le possibilità: dove e come dividerlo, per ottenere i diamanti più grossi e più puri. «Se uno riuscisse a trovare una pietra pura di queste dimensioni» disse, «che non avesse bisogno di essere divisa, varrebbe una fortuna».

«Davvero? Però in tal caso non ci sarebbe bisogno di esperti di clivaggio» disse Dovid, rincuorato nel sentire che pietre così pure si trovavano assai raramente.

Il giovanotto ricacciò indietro con la mano i folti ricci rossi, raddrizzò lo zucchetto e spiegò a Dovid: «Vedi quella macchiolina nera? Come un'isola in mezzo all'acqua».

«Hai ragione!» disse Dovid scrutando attentamente il diamante.

«Dobbiamo sbarazzarci di quell'isoletta di sporco in modo che rimanga solo l'acqua pulita».

Così dicendo il giovanotto scavò un solco nella pietra

usando un altro diamante, proprio sopra la macchia nera, dopodiché aprì in due la pietra con un colpo secco.

«Mi toccherà dividerlo ulteriormente» disse. «Che peccato! Un diamante gigantesco come questo, e poi ci ritroveremo in mano solo pietre minuscole». Il giovanotto se ne rammaricò, sebbene la pietra non fosse di sua proprietà.

Con l'amico di Dovid lavoravano altri due giovanotti. Stavano tagliando piccole pietre. Anche loro studiavano, facevano un solco, davano un colpo secco. Lanciarono occhiate in tralice al visitatore, palesemente invidiosi di lui e profondamente impressionati dai suoi abiti costosi.

L'amico parlava con Dovid, cercando di capire per vie indirette il motivo di quella visita inattesa. Ma Dovid rimase lì seduto, chiacchierò del più e del meno senza riuscire a trovare un modo appropriato per introdurre l'argomento che era venuto a discutere. Si sentiva fiacco, cominciò a sudare profusamente. Poteva forse confidare così sui due piedi i propri problemi all'ex compagno di scuola? Lui e l'amico dopo aver lasciato la scuola avevano seguito strade completamente diverse: l'amico aveva cominciato a lavorare, e Dovid, il figlio del riccone, era andato al liceo per continuare a studiare. Ricordava come l'amico all'epoca lo avesse invidiato, perché era più intelligente di Dovid, e studiare gli sarebbe piaciuto davvero; e adesso, a distanza di anni, Dovid come poteva dirgli di essere venuto a implorarlo di insegnargli l'arte di sfaldare i diamanti? L'amico l'avrebbe preso per pazzo. Dovid non sapeva assolutamente che fare. Se solo non fossero stati presenti gli altri due, che lo stavano scrutando da capo a piedi, dalla testa alle ghette bianche, e chiaramente lo invidiavano e tra di loro facevano commenti ammirati, ma in modo ironico, prendendolo in giro. Dovid sentì montare la frustrazione.

All'improvviso l'amico guardò verso la finestra, che il sole della sera aveva illuminato di un rosso vivo. Si alzò e disse agli altri due. «È ora di dire *mayrev*! Anche tu non hai ancora pregato, vero?» chiese a Dovid.

«Eh? Pregato? Ehm... no... non ancora».

«E allora pregheremo insieme!»

La stanzetta si raccolse, pronta per l'arrivo del buio. Le finestre s'infiammarono ancor più e particelle di luce del sole calante disegnarono pozze sul pavimento, ma gli angoli della stanza erano già immersi nell'ombra.

Finito di pregare, i tre lavoratori riordinarono molto rapidamente la stanza, e poi scesero tutti e quattro in strada. Dovid s'incamminò con l'amico, e finalmente gli parlò del proprio piano.

«Ma non è roba per te! Come diamine ti è venuto in mente? Che idea! E perché dovresti aver bisogno di fare una cosa simile, tu?» Il suo amico semplicemente non riusciva a capirlo, e non voleva nemmeno farlo. «Se uno vuole fare il mercante, ha forse bisogno di imparare le tecniche di clivaggio dei diamanti? No, certo che no! Non verrebbe in mente a nessun altro. Se sei un mercante, puoi trattare diamanti senza sapere nulla di clivaggio. Tuo padre, per esempio, ha forse imparato come si fa? Dammi retta, non è necessario, quindi lascia perdere. Spenderesti un migliaio di franchi per l'apprendistato e sprecheresti anni della tua vita. Se io avessi i soldi che hai tu, in quel laboratorio non ci passerei nemmeno un giorno. Perfino il più modesto dei commercianti ha maggiori possibilità rispetto al migliore degli operai. Io stesso sto cominciando a comprare e vendere qualcosina. Voglio chiudere con questo lavoro. Ma che idea, un uomo sano che si vuol mettere in un letto d'ammalato!»

Dovid non trovò parole per replicare. "E così è andata di nuovo male. Sono un fallito senza speranze, ormai è chiaro. Tanto vale che vada a gettarmi nella Schelda».

16.

Si stavano avvicinando i Giorni Terribili,* e l'umore di Berman si incupì. Il periodo annunciava la fine dell'estate e il sopraggiungere dell'inverno, che Berman temeva perché era tremendamente soggetto alle bronchiti. A parte questo il periodo non mancava mai di deprimerlo. Accoglieva i Giorni Terribili con un misto di timore, rispetto, e gioia, ma i giorni che li precedevano erano per lui assai difficili. La notte non riusciva a dormire, con la testa ingombra di pensieri di ogni genere. In notti come quelle restava a giacere nel buio e nel silenzio, rimuginando sulla propria vita.

I diamanti rubati gli si affacciavano spesso nel ricordo; sembravano conficcarglisi in gola soffocandolo, finché a un certo punto ne fu così nauseato da aver la tentazione di svegliare Rochl e di raccontarle tutta la storia. Le avrebbe provato di non aver fatto, in realtà, niente di male. Rochl era nell'altro letto, respirava regolarmente e sognava sogni innocenti, senza sospettare che Berman restava sveglio per ore tentando di giustificare le proprie azioni. Ma per quanto si sforzasse, l'Autorità dinnanzi alla quale Berman stava tentando di giustificarsi continuava a

* Il periodo di dieci giorni che comprende le due più importanti feste religiose ebraiche: Rosh ha-Shanà (Anno Nuovo) e lo Yom Kippur (Giorno dell'Espiazione).

respingere le sue argomentazioni, e a rificcargli dentro la testa gli stessi pensieri, e alla fine Berman si ritrovava in un bagno di sudore e gli veniva un accesso di tosse. A quel punto Rochl si svegliava e portava al marito un bicchiere di succo d'arancia. Prima ancora che lui avesse finito di berlo, era già tornata a letto e russava delicatamente.

Se avesse passato una nottata così in qualunque altro momento dell'anno, Berman l'avrebbe invitata a fargli compagnia nel letto e ad aiutarlo ad addormentarsi. Ma così a ridosso delle festività solenni non era permesso.

Quindi Berman non poteva fare altro che restare lì a lottare con la propria coscienza. Ma cosa avrebbe dovuto fare, in fondo? Se non li avesse comprati lui, quei diamanti, lo avrebbe fatto qualcun altro. E magari li avrebbero comprati dei non ebrei. Sarebbe forse stato meglio lasciare che finissero nelle mani di *goym*? E cosa ci avrebbe fatto un *goy*, con quei soldi? Avrebbe acquistato un cane di miglior razza, una croce per abbellire la chiesa, oppure sarebbe andato a ubriacarsi. E in ogni caso, forse che lui, Berman, comprava *solo* merci di dubbia provenienza? No, ogni anno faceva acquisti per migliaia di franchi di merce onestissima, e i diamanti grezzi li pagava sempre a prezzo pieno, secondo tutte le regole stabilite dal sindacato di Londra. E a parte ogni altra considerazione: a chi procacciava di che vivere, lui? A ebrei. Un centinaio di ebrei non campavano forse grazie alla sua attività: mercanti, intermediari, lucidatori e addetti al clivaggio? *Lui* non affidava il lavoro ai gentili, Dio ce ne scampi, come facevano molti mercanti ebrei, nonostante dovessero pagare tariffe più alte. Il principio di Berman era che un ebreo fosse tenuto ad aiutare i fratelli, tanto più che gli ebrei comunque costavano meno cari e non creavano problemi iscrivendosi ai sindacati. Perché si stava tormentando così? E dunque tentava di scacciare questi pensieri molesti, ma non c'era verso, non se ne volevano andare. Sputava, si girava faccia al muro, ma non gli riusciva comunque di dormire.

A parte tutte queste preoccupazioni, adesso si era assunto anche la responsabilità del padre; lo aveva strappato alla povertà e voleva farlo vivere come si deve, in modo che anche lui potesse trarre vantaggio da tutto ciò che Dio aveva concesso al figlio, e godersi la vecchiaia. Dopotutto noi preghiamo Iddio che ci consenta di vivere a lungo. Berman sospirò forte, quando gli si riaffacciò alla mente il pensiero di Dovid. "Chi mai è in grado di sapere come verrà trattato dai figli, da vecchio?" pensò, e gli occhi gli si riempirono di lacrime di autocommiserazione. Si sentì subito più tranquillo; era come se le lacrime avessero lavato il peccato dell'acquisto dei diamanti, e tornato in pace con se stesso, si addormentò.

Al mattino si svegliò rinfrancato, si recò in Borsa e riprese i soliti maneggi, ma le notti insonni e i pensieri cupi e le lotte interiori non cessarono.

Nei due giorni precedenti Rosh ha-Shanà, mentre gli altri mercanti si affannavano a tirare fuori i gioielli dalle casseforti nel tentativo di concludere qualche altro affare prima della festività, Berman era già a casa, accanto alla stufa, al caldo, e stava scegliendo i biglietti di auguri per l'Anno Nuovo. Indipendentemente dalla temperatura esterna, la stufa a casa dei Berman era già accesa. Lui stava decidendo chi avrebbe ricevuto un grosso biglietto dorato, e chi uno più piccolo argentato; e chi, infine, avrebbe ricevuto solo un cartoncino bianco decorato con un fiorellino viola.

A Berman quel compito piaceva. Sceglieva i biglietti, beveva un sorso dal suo rosso bicchiere di tè, e dimenticava l'incombere della notte. Amava questo ozio insolito, e per aggiungere godimento al godimento, diceva a Rochl: «E quegli idioti stanno ancora tirando fuori i gioielli dalle casseforti».

Rochl sospirava, ma quando Berman la guardava faceva la faccia allegra, dandogli ragione.

«Ma sì, che stupidi! In sinagoga, tutti stipati; che se ne fanno dei gioielli?»

Dai Berman ogni cosa doveva tassativamente essere pronta prima di Rosh ha-Shanà. Poiché Berman non aveva un granché da fare, gli piaceva passeggiare per le strade del quartiere ebraico alla vigilia della festa. Chiuse l'ufficio verso mezzogiorno, sorridendo agli operai mentre li pagava, e addiritura esprimendo loro la propria gratitudine. Augurò loro un Nuovo Anno felice e prospero, accettò con grande piacere la fiumana di auguri, e uscì a passeggio.

Partì dal primo arco di pietra del lungo ponte ferroviario che divideva Anversa in due. Una parte aveva l'atmosfera della grande città, con strade ben illuminate, negozi ariosi e attraenti e grandi magazzini, insegne sgargianti con luci al neon. C'erano teatri, cinema, ampi boulevard, caffè e tutto ciò che appartiene alle metropoli. L'altra parte, dove stava il quartiere ebraico, era affollata, povera, e aveva un'atmosfera molto intima. Fu lì che Berman andò a passeggiare, e per prima cosa diede un'occhiata al grande orologio della stazione controllando che segnasse la stessa ora del suo personale orologio d'oro massiccio, e la cosa gli strappò un sorriso soddisfatto: "Preciso al secondo!" Era un bell'orologio, lo possedeva da una ventina d'anni.

Attraversò Pelikanstraat, e si ritrovò immediatamente nel cuore dei frenetici preparativi per Rosh ha-Shanà. Ebrei con facce cupe trascinavano per le strade carrettate di prelibatezze e montagne di frutta.

«Frutta per festeggiare l'Anno Nuovo, venite a prenderla, signore!» I venditori strillavano e i colori della frutta strillavano ancora più forte. I cani malconci erano esausti; quel giorno avevano corso per tutta Anversa trainando grossi carichi. Le donne stavano solo facendo finta di mercanteggiare, perché la testa l'avevano già alla festività, e lo spirito gioioso di Rosh ha-Shanà si rifletteva sulle loro facce.

Nelle vetrine polverose dei negozi c'erano ancora mucchi di pane a treccia, e pollame. Le galline, appese a testa in giù, con la pelle bluastra, il sangue annerito e gli occhi chiusi, avevano un'aria infelice, come umani ciechi pieni di autocommiserazione. Le povere donne che tastavano quelle galline erano di poco meno infelici, perché fino all'ultimo momento non potevano sapere se i mariti o i figli sarebbero tornati a casa con in tasca un pur magro salario.

Per via di clienti come queste, persino le parrucchiere erano costrette a lavorare fino a poco prima dell'inizio della festa. Nelle settimane precedenti si erano già consumate le dita a furia di creare onde e riccioli e boccoli nelle parrucche delle signore ricche. Ma anche adesso, dopo settimane di duro lavoro, queste povere dita stanche, che tanto ansiosamente stavano aspettando Rosh ha-Shanà, non erano ancora libere di riposare. Le parrucchiere erano visibili al di là delle vetrine, mentre con fatica arricciavano le ultime ciocche sulle teste di legno, acconciando le parrucche delle poveracce.

Quando Berman vide queste scene, provò l'impulso di levare le braccia al cielo e di lodare Dio che l'aveva tirato fuori da quella miseria. Poi, ancora una volta, il suo pensiero tornò a Dovid.

Era la vigilia di Rosh ha-Shanà. Berman era vestito di nuovo da capo ai piedi. Si era comperato perfino un meraviglioso scialle da preghiera con le righe nere e lunghe frange infiocchettate. Il cilindro era alto e splendente. Era in attesa del padre, al quale aveva fatto confezionare degli abiti nuovi, nonostante le obiezioni di Rochl che gli aveva fatto notare come il guardaroba fosse pieno di belle redingote che si sarebbero potute facilmente accorciare. No, suo padre meritava un elegante abito nuovo. Berman aveva aiutato il padre a vestirsi, a infilare il vecchio corpo irrigidito nei capi nuovi. Era certo che l'Onnipotente lo avrebbe ripagato con gli interessi per questa buona azione, ed ebbe un fremito di piacere.

Però il vecchio gli guastò un poco la festa. L'idea di andarsene in giro con un cilindro in testa lo imbarazzava, e supplicò il figlio che gli lasciasse portare il solito zucchetto di velluto. Alla fine però si arrese e acconsentì al cilindro, ma per la prima volta da quando era arrivato si pentì di essere venuto a stare dal figlio. Alla fine comunque lo perdonò perché non voleva portargli alcun rancore a Rosh ha-Shanà.

Le ghette bianche di Dovid splendevano più che mai. Suo nonno e suo padre lo benedissero, come se fosse stato ancora un bimbetto. Ogni anno la scena era la stessa. Rochl arrossiva nel recitare la benedizione sopra le candele, e i gioielli di vetro mandavano bagliori. Ma nei suoi occhi c'era una lacrima: si sentiva imbrogliata, si vergognava, come se stesse tradendo le candele in questa festività sacra, perché la loro fiamma pura si rifletteva in diamanti falsi.

Jacques non riusciva a staccarsi dallo specchio. Si piaceva così tanto, vestito a nuovo, che non vedeva l'ora di incontrare gli altri ragazzi in sinagoga per scoprire chi fosse il più elegante, anche se era già sicuro che l'abito migliore fosse proprio il suo. Rimase lì a rimirarsi come una fanciulla, finché Jeannette non lo cacciò via con uno spintone, come fosse stato un oggetto d'intralcio al suo cammino. Con la sua pelliccia grigia Jeannette riempì interamente lo specchio. Si mise in faccia crema e belletto, e fece un paio di piroette. Stavano aspettando tutti lei. Avevano fretta di arrivare in sinagoga, ma Jeannette non la finiva di rimirarsi. Anche Rochl indossò la pelliccia, nonostante il tempo fosse ancora tiepido e umido.

L'intera città di Anversa stava andando in sinagoga. Le stradine del quartiere ebraico erano piene di gente. La sinagoga grande, dove pregava Berman, aveva un vasto salone decorato. Sembrava fosse in corso una mostra speciale di diamanti, spille da cravatta, gemelli da camicia e anelli. Gli uomini erano tirati a lustro quanto le donne. Nel matroneo la luce del sole faceva brillare e lampeggiare un vasto mare di diamanti.

Nelle strade del quartiere ebraico, echeggiava ancora nell'aria il suono dello *shofar*, il corno di montone in cui si soffia a Rosh ha-Shanà. Nei giorni successivi, quelli del pentimento, gli ebrei si prepararono per lo Yom Kippur, il solenne giorno del giudizio in cui si sarebbe fatto il conto dei peccati dell'anno precedente. Giravano a capo chino, la devozione scritta in faccia. In quel periodo Berman frequentò la Borsa e l'ufficio, dove trattò con gentilezza chi lavorava per lui.

Quanto a Dovid, il giovanotto al mattino dormì ancora più a lungo. Aveva in mente e davanti agli occhi la vigilia di Rosh ha-Shanà, quando aveva consentito a suo padre di benedirlo, e il ricordo pareva irriderlo. La cosa lo disturbò ancor più del solito. Sputò, pieno di vergogna e disgusto nei confronti di se stesso: perché non aveva preso lo scialle da preghiera di seta con le righe blu che gli aveva dato suo padre, e non l'aveva usato per strangolarlo, dopo averglielo avvolto attorno al collo? Almeno avrebbe messo fine a quella storia! Dovid inorridì di fronte ai propri pensieri. Si alzò e uscì in strada. Era il giorno precedente lo Yom Kippur. Come sempre Dovid tentò di impedirsi di andare in Somersstraat, ma finì per capitare proprio lì, con in testa Gitele come sempre, ma incapace di trovare una soluzione al problema. E all'improvviso eccola, gli stava venendo incontro, vestita con un soprabito e un cappello nuovi. Appariva cambiata, le guance erano più piene, la pelle luminosa e gli occhi brillanti e felici, che non sembravano più enormi come un tempo, quando la faccia era magra e smunta. Dovid non l'aveva mai vista così. Lei sorrise allegramente e gli porse la mano morbida e calda. Dovid tremò: avrebbe voluto afferrare quella mano e trattenerla per sempre. Aveva paura, sentiva che avrebbe potuto stringerla a sé in mezzo a Somersstraat e cominciare a baciarla appassionatamente. Però qualcosa lo pugnalò nel petto.

«Perché sei uscita così presto?» balbettò, guardandola con desiderio.

Gitele rise. Si rese conto che Dovid era geloso per i suoi nuovi vestiti, e per il suo aspetto felice.

«Che c'è da ridere?» Dovid le lanciò un'occhiata rabbiosa, senza sapere nemmeno lui il motivo di tale irritazione. Non si rendeva conto di essere turbato nel vedere che Gitele poteva vestirsi elegantemente e avere un bell'aspetto anche senza di lui.

«Ti vedo stupito, quindi ti dirò cosa è successo. Leybesh sta lavorando, lo hanno assunto, e guadagna. È già in grado di lucidare una pietra alla perfezione».

Dovid si sentì montare il sangue alla testa. «Come... come... insomma... dove hai lasciato la bambina?»

Gitele rise di nuovo, cosa che fece venire a Dovid una gran voglia di urlare come un pazzo: "*Smettila* di ridere; mi dà sui nervi!" e invece ripeté: «Dove è la bambina?»

«L'ho portata al banco dei pegni!» rispose lei, arrabbiata per quello sguardo accusatorio, come se lei fosse stata una cattiva madre che aveva trascurato la bambina. E Dovid, che non vedeva la piccola da due mesi, all'improvviso si ergeva a suo protettore!

Dovid capì quanto fosse assurda la propria posizione e si calmò. Cambiando tono, chiese: «Posso chiederti per chi sta lavorando?» come se per lui l'identità del datore di lavoro di Leybesh facesse una qualche differenza.

«Per Rubin!»

«Parli di Rubin il filosofo?»

«Sì, frequenta la mia elegante magione; è diventato grande amico di Leybesh e gli dà tutto il lavoro che vuole. Però ora devo tornare a casa perché Leybesh deve uscire e non avrebbe nessuno cui lasciare la bambina. Ero uscita solo per fare un po' di spesa. Lo sai che Leybesh a Yom Kippur ha l'abitudine di organizzare un banchetto con i suoi discepoli.* A dirti la verità, non è che l'idea mi entusiasmi...»

Dovid non volle sentire altro; girò i tacchi e corse via come un gatto scottato. Gitele avrebbe voluto dirgli ancora qualcosa per placarlo, ma lui si era già dileguato.

"Ecco come stanno le cose, deve tornare a casa dal suo adorato Leybesh". Come per infliggersi deliberatamente un tormento, Dovid equivocò il senso delle parole di Gitele. "Allora adesso Leybesh è diventato il padre di sua figlia, e lei gliela lascia, in modo da poter uscire a comprare cibo per un festino organizzato nel giorno di Kippur, anche se in cuor suo lo disapprova. Andiamo bene!"

Tornò a casa in fretta e furia, sentiva la testa vuota, ottenebrata. Una volta entrato osservò la sala, e si sorprese nel vedere che tutti apparivano perfettamente calmi e impegnati nelle loro attività; a nessuno di loro era passato per la mente che potesse essere successo qualcosa di terribile. Anzi, erano più che mai immersi in quel che stavano facendo. La madre stava aiutando Anneke a spennare galline bianche in cucina, Jacques era presissimo da un certo

* Lo Yom Kippur è una giornata di digiuno assoluto, non si possono consumare né cibi né bevande dal tramonto della vigilia di Kippur fino al tramonto del giorno successivo. Gli ebrei laici e i movimenti socialisti a volte mangiavano ostentatamente durante il Kippur per manifestare il proprio rifiuto delle pratiche religiose.

lavoro di intaglio con il temperino, Jeannette stava leggendo, Anneke, con le mani coperte di sangue, stava spiumando il pollame, e cantava una canzoncina a bassa voce. Non sembrava turbarla il fatto che quelle galline, ancora calde, fossero le stesse che mezz'ora prima aveva sentito chiocciare e starnazzare, e di averle viste morte sulle fredde pietre del mattatoio, a bagno nel loro sangue - lo stesso sangue di cui aveva coperte le mani. Cantò: «*Il suo amore è un idiota...*» e continuò a spazzare le piume, che svolazzavano per tutta la cucina. Quando la madre vide Dovid fermo sulla soglia, con lo sguardo fisso come in trance, gli gridò: «Oh Dovid, sono felice che tu sia qui. Il galletto se ne sta qui legato da stamattina, povera creatura». Gli disse di prenderlo e di eseguire la cerimonia dell'espiazione, in modo che poi lo si potesse macellare.

Dovid si guardò attorno e si riscosse dalla paralisi provocatagli dalla gelosia, dalla rabbia e dalla sensazione del proprio fallimento. La sua angoscia trovò sfogo in una risata innaturale, spasmodica, che gli riempì gli occhi di lacrime. Rochl era scioccata: suo figlio era forse improvvisamente ammattito?

Leybesh nell'ultimo periodo se l'era cavata bene. Uno dei suoi discepoli di un tempo aveva un fratello, Rubin, che aveva aderito alla Haskalah, il movimento illuminista ebraico; conosceva l'ebraico ma non lo yiddish, nell'anello d'oro con sigillo che portava al dito al posto di un diamante c'era un ritratto in miniatura del dottor Herzl, e portava un berretto nero morbido e un pince-nez dalla montatura d'oro. Leybesh gli piaceva e sperava di farne un sionista, così gli dava del lavoro. Spesso andava a casa di Leybesh per tentare di convincerlo.

«Io te lo dico, il socialismo è un'idea astratta, e il marxismo è una teoria astratta!» Questo era il suo cavallo di battaglia nella discussione. «È una favoletta senza lieto fine. Ne abbiamo avuta la prova migliore con la Rivoluzione Francese. E un'altra cosa ancora, come è andata a finire la rivoluzione del 1905, eh?»

Ma quando Leybesh si dimostrò irremovibile, il suo datore di lavoro la prese con filosofia e i due rimasero buoni amici. Si rendeva conto che Leybesh era un uomo istruito, con idee sue personali. Era convinto che prima o poi avrebbe capito di essere stato fuorviato. Ma Rubin cosa avrebbe dovuto pensare del proprio fratello, discepolo di Leybesh? Come aveva potuto farsi coinvolgere *lui* in tutto questo?»

«Tu, con quel cervello da gallina, vuoi salvare il mondo, ma sul serio?» Rubin rampognava così il fratello. «Faresti meglio prima a districare quel groviglio di lana che hai al posto del cervello!»

Il giovanotto se la prese per queste parole del fratello. Però in verità non aveva capito nemmeno una parola degli insegnamenti di Leybesh. Durante i «sermoni» spesso si addormentava, e quando si svegliava di soprassalto vedeva che tutti i compagni lo guardavano sorridendo. I ragazzi e le ragazze mentre si discuteva facevano domande e Leybesh li ascoltava con grande serietà, prendendo appunti con una matita su un pezzo di carta, dopodiché rispondeva con ordine a tutti. Il giovanotto in questione restava sbalordito e invidiava Leybesh e i compagni per quella loro capacità di capire cose tanto difficili. Amava Leybesh perché non faceva differenze tra lui e gli altri compagni, e trattava tutti allo stesso modo. Però Karl Marx restava un osso troppo duro per i suoi denti, e così decise che l'altro Rubin aveva ragione: uno può essere un bravo socialista anche se non è un umile salariato. Accolse i consigli del fratello, si sposò e ricevette una ricca dote, poi si mise nel commercio dei diamanti e fece una discreta fortuna.

Quindi Leybesh stava lavorando per il fratello di questo giovanotto. Gli riportava il lavoro finito e poi si fermava a chiacchierare con lui fino a sera inoltrata, e il capo era così compiaciuto per le vittorie che quasi sempre otteneva giocando a scacchi con Leybesh, che a volte gli offriva una bottiglia di vino. E così per Yom Kippur Leybesh quell'anno poté permettersi un vero festino.

Fuori, il sole splendeva su un mare di cappelli a cilindro indossati da ebrei ricchi e poveri: dai grandi mercanti di diamanti come dai droghieri, dai venditori ambulanti e perfino da gente ancora più misera. Quel giorno avevano in testa un cilindro perfino i fattorini con le barbe grigie.

Stavano andando tutti in sinagoga, le donne in pelliccia, sudandosi anche l'anima per il caldo, gli uomini con le pance sulle quali penzolavano catene d'oro e orologi grossi come rape, e altri con redingote lise e cilindri spaccati, in compagnia delle mogli sfinite dalla fatica ma vestite con gli abiti migliori, nel tentativo di nascondere il più possibile la povertà. La città sciamava in sinagoga.

Si sarebbe detto che Anversa finisse lì, e che la città vivace e palpitante al di là del ponte fosse scomparsa. Sembrava che l'intera città stesse onorando quel giorno solenne. Solo i treni passavano sferragliando sul ponte, come al solito, e sbuffavano e lanciavano in aria il fischio che echeggiando a lungo profanava la santità dello Yom Kippur.

A casa di Leybesh l'atmosfera era gioiosa. Le due stanzette erano affollate di compagni e compagne, le ragazze «irreligiose» erano impegnate a cuocere e friggere, e non permettevano a Gitele di fare alcunché. Sapevano che Gitele non approvava quelle bisbocce. Era convinta che si potesse non essere religiosi, e in effetti anche lei non era credente, però cucinare di Kippur le pareva veramente un po' troppo. Le ragazze lavorarono come pazze per preparare tutto, cantando inni rivoluzionari, intercettando i commenti di un compagno nell'altra stanza, e rispondendogli a tono con una risata. E ben presto furono tutti seduti a tavola.

Leybesh, tirando fuori una sigaretta dalla grossa scatola che aveva piazzato sul tavolo a beneficio degli ospiti, cominciò a insultare Anversa e i suoi ebrei.

«Sapete che vi dico, compagni? Nella mia vecchia patria avevo ancora un briciolo di rispetto per gli ebrei osservanti. Ne vedevo la stupidità e vedevo quanto fossero intrisi di pregiudizi, ma ciò nonostante la loro fede assoluta a volte mi commuoveva. La fede ha una sua bellezza! Lo crediamo anche noi perché, dopotutto, statene certi: quando leggiamo Marx, per quanto non si possa contestare l'assoluta correttezza dei suoi calcoli economici, come non possiamo dubitare che due più due faccia quattro, e per quanto questo ordine economico decadente sia destinato a crollare spontaneamente, resta nostro sacro dovere *aiutare* ad affrettarne il più possibile la scomparsa; non dobbiamo aspettare che l'edificio in rovina collassi seppellendo troppe vittime tra le macerie, o lasciare che troppi bravi esseri umani prendano la tubercolosi tra le sue pareti umide e malsane.

«Ciò nondimeno...» e Leybesh prese un'altra sigaretta, perché quella che aveva tra le labbra si era consumata tutta e si era spenta, «ciò nondimeno non avremmo più il coraggio di andare avanti se avessimo smesso di avere *fede* nell'arrivo di un domani migliore. I calcoli matematici da soli non sarebbero sufficienti per tenere vivo il nostro disgusto nei confronti di un'ipocrisia e di una bassezza così nauseanti, non ci renderebbero costantemente *consapevoli* della melma sozza che siamo costretti a guadare. Solo la fede ci tiene insieme. Ed ecco perché dico che un tempo nel mio cuore c'era un barlume di simpatia per gli ebrei che credevano davvero. Naturalmente li compativo per la loro cecità, ma non li disprezzavo come disprezzo quelli che abbiamo qui. Quando li vedo andare in sinagoga per pentirsi, e intanto continuano a peccare, perfino lungo il tragitto da casa al tempio, portando sempre con sé la gelosia, l'odio, lo snobismo, la vanità, ovvero tutto ciò per cui di lì a momenti si batteranno il petto ornato di diamanti, mi viene voglia di sputare sulle loro facce grasse, in modo che affoghino in un unico gigantesco sputo».

I compagni si dichiararono assolutamente d'accordo con Leybesh. Perfino Gitele si lasciò convincere dalle sue tesi e sentì di non essersi mai resa pienamente conto di quanto fosse in gamba Leybesh.

«Da dove vengono i diamanti?» chiese una ragazza appena arrivata ad Anversa da uno *shtetl* polacco.

Leybesh prese un'altra sigaretta. Conosceva la storia dei diamanti meglio di molti grandi mercanti che ogni anno maneggiavano pietre per centinaia di migliaia, o addirittura milioni di franchi. «Fino alla fine del diciannovesimo secolo venivano dall'India, ma oggi in buona parte arrivano dal Sudafrica. I diamanti in Sudafrica furono scoperti per puro caso. Un bambino stava giocando con una pietruzza, e certo dottor Otterstone la vide e capì che non si trattava di un vecchio sasso qualsiasi, ma di un diamante. Così cominciarono a scavare, e adesso sono i nostri fratelli negri quelli che estraggono i diamanti, loro muoiono di fame e intanto altri s'ingrassano. Lavorano in condizioni spaventose e al termine di una estenuante giornata di scavi vengono denudati e frugati ovunque, perfino dentro le orecchie per avere la certezza, Dio non voglia, che non vi abbiano imboscato qualche pietruzza. Hanno il diritto di lavorare per altri, di essere sfruttati fino allo sfinimento, fino ad ammalarsi, ma non hanno il diritto di avere cibo a sufficienza. E a quanto pare a nessuno passa per la testa che questa sia un'ingiustizia assurda. Nessuno si dà pena per i bianchi poveri, quindi quante possibilità ci sono che qualcuno si prenda a cuore i negri poveri?»

«Chi è il proprietario dei diamanti estratti dalle miniere?» chiese la stessa ragazza.

«Un'organizzazione che si chiama De Beers. Controllano tutte le principali miniere del Sudafrica, che si trovano nella zona di Kimberley».

Gitele era stupefatta. Era la prima volta che sentiva Leybesh parlare di diamanti, sembrava che sapesse proprio tutto. Si ricordò di aver fatto una volta alcune domande a Dovid, che non era stato in grado di spiegarle un bel nulla, non aveva la minima idea, e sì che al liceo *lui* ci era andato. E Leybesh che scuole aveva frequentato? Dovid aveva detto che neppure suo padre sapeva nulla in fatto di storia dei diamanti. Però sapeva bene come cavarci dei soldi. Quando Gitele rifletté su questo particolare, il suo rispetto nei confronti di Leybesh vacillò leggermente.

Nel pomeriggio Leybesh condusse la banda dei compagni al Palazzo dell'Inquisizione, un rito per lui sacro nel giorno del Kippur. La fortezza grigia* era stata costruita ad Anversa secoli addietro, all'epoca in cui la città era piccola e insignificante. I gesuiti in seguito trasformarono il castello in quartier generale dell'Inquisizione, che sta ancora lì come una macchia di sporco sulla città. I muri spessi in alcuni punti sono bianchi come il gesso, e in altri neri come il carbone, o neri come l'aria dentro le sue segrete. Le finestrelle sono fenditure scure che sembrano incrostate dal sangue delle vittime torturate. Il gruppo dei compagni si incamminò per visitarla.

Quando Leybesh aprì la porta ad arco in ferro battuto,

* Il Castello Steen sulla riva orientale della Schelda, oggi sede dello Scheepvartmuseum.

e i compagni in fila chinarono le teste ed entrarono, si fece loro incontro un vecchietto ossuto, sorridendo con la bocca sdentata e gli occhi azzurri e offuscati sotto le sopracciglia a cespuglio. Aveva la faccia gialla e butterata, come una vecchia pergamena, dal mento appuntito e tremante. L'ometto trovò delle candele, e contando con grande attenzione i visitatori, ne consegnò a ciascuno una accesa, poi disse: «Bene, in marcia, svelti!» e rise in modo ebete.

Guidati da Leybesh si avviarono in processione verso il pertugio buio e stretto dal quale alcuni gradini portavano ai sotterranei. L'oscurità faceva sì che nessuno riuscisse a vedere i compagni, si distinguevano solo le fiammelle malinconiche torcersi e girare seguendo i grigi gradini ripidi e polverosi che sembravano avere tristi storie da raccontare. Sulle pareti scure danzavano ombre nere e tremolanti. La ragazza appena arrivata ad Anversa lanciò un urlo e lasciò cadere la candela. Leybesh, che se lo aspettava, le aveva camminato al fianco tutto il tempo. Ora la prese per un braccio e la calmò: «Non avere paura, compagna! Non c'è nulla da temere. Se solo la gente avesse altrettanta paura del vero male che c'è nel nostro mondo».

La ragazza sembrò tranquillizzarsi e riuscì perfino ad accennare un sorriso debole e tremulo.

Leybesh le riaccese la candela, ma la giovane rabbrividì e si rifiutò categoricamente di reggerla. Si rannicchiò contro Leybesh come una bimba e fissò con occhi sgranati e con terrore gli orribili, crudeli strumenti che si rivelarono al gruppo. Leybesh glieli spiegò: «Guarda, così spezzavano le dita della gente. E con quei pezzi di ferro arrugginito spaccavano le braccia. A gente che avrebbero dovuto onorare, grandi spiriti liberi!»

Leybesh le mostrò una macchina dall'aria innocua, che stava in un angolo. «Qui dentro rinchiudevano esseri umani costringendoli e restare immobili finché non morivano. E questa è l'ascia...»

«Basta, compagno, ti prego! Non voglio vedere altro! Non ce la faccio!»

Leybesh sentì i suoi tremiti convulsi e decise di risparmiarle il resto. «D'accordo, ma voglio mostrarti solo una cosa ancora. Vedi che i muri sono coperti di graffiti, che non c'è nemmeno un quadratino libero? Se tornerai un'altra volta a leggerli vedrai che sono vecchi di centinaia di anni; ci sono date, nomi, suppliche, maledizioni e preghiere che le vittime delle torture incisero sui muri, e poi ci sono le date incise di recente dai turisti. E tutti si leggono come un'invettiva contro i gesuiti che perpetrarono quei crimini, sostenendo di agire in nome della vera religione, torturando a morte esseri umani nell'eterna, santa battaglia per la supremazia. Era questo il modo in cui interpretavano l'insegnamento di Gesù, il porgere l'altra guancia quando qualcuno ti colpisce».

La ragazza ascoltava, e ogni parola di Leybesh per lei era una nuova Torah; nel suo *shtetl* di provincia non aveva mai sentito nessuno parlare di queste cose. Adesso si era abituata un po' di più all'oscurità.

Quando riemersero in superficie, il guardiano era a metà del pranzo, masticava con la bocca sdentata e sorrideva nel suo modo bonario ma sciocco. «Buongiorno *menieër*». Li salutò educatamente, memore della mancia generosa che Leybesh gli aveva dato l'anno prima.

Fuori, davanti al Palazzo dell'Inquisizione scorreva il fiume Schelda, largo, placido, scintillante. Sospirarono tutti di sollievo e la ragazza venuta dalla Polonia lanciò addirittura un gridolino di gioia: «Ohhh, che bello!»

«E adesso scendiamo al fiume, compagni» disse qualcuno, e tutti si incamminarono lentamente verso la riva della Schelda.

Il sole stava per tramontare e qui e là si riflettevano sull'acqua piccole chiazze rosso sangue, oro, argento e viola. «Non ho mai visto un fiume così bello» gridò estasiata la ragazza. Questo lusingò Leybesh, che parlò del fiume con orgoglio: «Amo la Schelda per la sua ampiezza – amo tutto ciò che è largo».

«Tranne le donne» scherzò uno dei compagni.

Leybesh rise di cuore.

Lungo la Schelda, vicinissime alle sponde, c'erano barche di ogni dimensione e colore. Su ciascuna sventolava una bandiera, che annunciava al mondo il paese di provenienza. Una grossa nave, che occupava un largo attracco, veniva da Amburgo. Un'altra spiccava in mezzo alle altre per il lusso, per il candore splendente e immacolato. Uomini dell'equipaggio stavano arieggiando e pulendo le cabine. Le porte di quelle di prima classe erano aperte, e gli sguardi dei passanti venivano catturati dagli specchi, dai velluti, dagli accessori cromati. La nave era vuota perché i passeggeri erano andati a visitare le attrazioni turistiche di Anversa.

«Forse qualcuno di loro è nel Palazzo dell'Inquisizione» disse una voce.

«E qualcuno in sinagoga!» rise Leybesh.

«*Lehavdil,* che Dio perdoni questo paragone» disse automaticamente la ragazza di provincia e arrossì fino alla radice dei capelli.

Sul molo, una lunga fila di magazzini ospitavano merci provenienti da ogni parte del mondo. Un anziano fiammingo vestito con un paio di calzoni lucidi e rigidi e una giacchetta blu sporca e lacera, stava trasportando sulle spalle un grosso baule, rischiando di accasciarsi sotto quel peso. Aveva la faccia magra e segnata, coperta di sudore, il naso era aguzzo e gli occhi rossi e sporgenti. Sembrava destinato a crollare da un momento all'altro e che il baule gli sarebbe finito addosso, uccidendolo. Ma l'uomo chiaramente era abituato a quel lavoro e depositò il pesante fardello nel posto giusto, si asciugò il sudore con uno straccio bisunto, si arrotolò una sigaretta e andò a prendere un altro baule.

I facchini scarni e ingobbiti correvano avanti e indietro sopra le rotaie, i loro carretti verdi facevano un gran baccano metallico, che quasi copriva le urla con cui i facchini si chiamavano a vicenda. Le gru non facevano altro che depositare carichi e sollevarne altri; sembrava che lo scambio di merci procedesse in modo del tutto autonomo, per conto proprio.

Il volume dei traffici era enorme, e il tumulto sembrava quello di un normale giorno lavorativo, anche se molti titolari delle imprese avevano passato la giornata in sinagoga. I compagni percorsero quasi tutto il lungofiume della Schelda, e il gruppetto rientrò a casa solo quando il sole era già sparito a occidente e gli alti lampioni elettrici spargevano aloni di scintille dorate sulla superficie increspata, tra zone buie nere e o blu scure, e una galassia di stelle luccicava nell'acqua.

Gli ebrei erano già tornati dalle sinagoghe. Le anime erano svuotate dei peccati, e le facce svuotate di sangue; sottobraccio avevano fagotti contenenti i libri e gli scialli da preghiera e i sali per gli svenimenti. Esprimevano il sollievo per la fine del digiuno, erano contenti che quella fosse la sera dopo lo Yom Kippur. Si augurarono reciprocamente buon anno; perfino i più poveri si strinsero la mano e poi si precipitarono a casa per rompere il digiuno.

17.

Fin dal principio del mese di *Kheshvan* cadde incessantemente una pioggia sottile. Gocciolava su ogni cosa con ritmo monotono, e la città aveva un'aria cupa, triste e trasandata. Il cielo era coperto da nuvoloni grevi, come batuffoli d'ovatta sporchi, e la massa plumbea pareva opprimere la terra. Non c'era il freddo solito dell'inverno, ma l'umidità strisciava come un verme sui corpi della gente, penetrando nelle ossa e soffocando le gole.

Di conseguenza la salute di Berman quell'inverno peggiorò più del consueto, e lui fu costretto a proteggersi costantemente dai colpi di freddo. Girava per le stanze ben illuminate e calde della casa, con addosso la vestaglia di velluto rosso, rimproverando l'Onnipotente che lo stava punendo con quella salute malferma mentre consentiva a poveri, perdenti e nullità varie di girare tranquillamente per strada contrattando e vendendo le proprie merci. Questi entravano nei ristoranti con vassoi di tavolette di cioccolato, fiammiferi, sigarette, bottoni e calze. Si aggiravano mezzi nudi e la loro salute non ne risentiva. Anche se si buscavavano un'infreddatura, magari tossivano un po', ma niente di grave. Invece bastava che lui, Berman, prendesse un raffreddorino e il dottore insisteva per farlo restare chiuso in casa, avvertendolo che la faccenda rischiava di farsi seria, perché una bronchite avrebbe potuto fiaccargli il cuore. Chi non si sarebbe spaventato di fronte a una prospettiva simile? E così il povero Berman rimaneva a casa, fremendo. Avrebbe preferito uscire a guadagnare soldi, e invece l'ufficio era rimasto chiuso per oltre un mese. Questo ovviamente non era un problema insormontabile, perché i lavoranti venivano a casa a ritirare le pietre, e in fondo poteva vendere anche da casa, perché gli intermediari sapevano dove trovarlo. Il vero problema era l'acquisto di nuove merci.

Per comprare bisognava essere sul posto. Per ogni acquisto potenziale c'erano sempre parecchi concorrenti. Bisognava guardare negli occhi l'altro mercante, e interpretare uno sguardo o un gesto, che facevano capire che l'uomo aveva qualcosa da vendere. Poi si doveva essere astuti, salutare l'altro amichevolmente, informarsi sulla sua salute e su quella della moglie, chiedergli come mai non lo si vedesse in giro da un po', prenderlo sottobraccio come fanno gli amiconi, e uscire dalla Borsa insieme per andare a bere un caffè in una strada tranquilla.

Invece Berman era bloccato a casa. Si rendeva conto che nessuno sarebbe venuto a proporgli qualcosa a domicilio. I mercanti di diamanti non erano spinti dalla volontà di salvarsi l'anima e non ci pensavano proprio a venire in aiuto di un ammalato; il cibo te lo accaparri solo se arrivi al truogolo. Così Berman sospirava e si infuriava e imperversava, e Rochl lo schivava, e avrebbe tanto voluto potersi trasformare in una pentola, in modo da evitare di attirare l'attenzione del marito. Ma lui aveva costantemente bisogno di lei. Un momento aveva troppo caldo con la vestaglia imbottita, il momento dopo aveva troppo freddo con quella di velluto. Poi aveva bisogno di prendere la medicina. O il fuoco nel camino ardeva troppo, o era troppo fiacco e andava alimentato. Un momento stava tossendo e soffocava, poi stava morendo di fame, oppure era semplicemente arrabbiato e non aveva nessuno su cui sfogarsi, a parte Rochl. Era inutile che lei cercasse di nascondersi o fingesse di non aver sentito. La casa per Rochl divenne un inferno.

E come se non bastasse, il vecchio si era messo a letto, e ci rimase tutto l'inverno. Per lo meno se ne stava lì tranquillo, e finché poteva indossare i *tefillin* e pregare non aveva bisogno di niente altro. Se qualcuno gli dava da mangiare mangiava, altrimenti no. Ma il cibo non mancava mai e Berman stesso provvedeva a legargli i *tefillin*. Così il vecchio si sentiva bene e non gli mancava nulla; così diceva quando uno della famiglia si affacciava in camera sua per vedere come andasse.

Dovid rimase tutto l'inverno con le mani in mano. Ascoltò i canti di dolore del padre sulle perdite finanziarie causate dalla bronchite, ascoltò i timidi sospirucci della madre, e le vanterie di sua sorella che raccontava dei successi ottenuti con i balletti benefici, organizzati a favore di scuole e ospedali per i poveri. Osservava la faccia del nonno che s'ingialliva e il suo sorriso fisso sempre più simile al *rigor mortis*. Dovid non sapeva che fare di se stesso.

Si disse che l'atteggiamento nei confronti di Gitele era assurdo e che stava commettendo una grossa ingiustizia nei confronti dell'amata. Che cosa aveva fatto di male, lei, a parte comperarsi qualche vestito nuovo, migliorare il proprio standard di vita e in generale avere un aspetto migliore, cosa che qualunque donna farebbe avendone i mezzi? Sapeva di dover sradicare l'orribile rancore e il sospetto che nutriva nei confronti di Gitele, e di non dover permettere loro di crescere; altrimenti gli avrebbero avvelenato il sangue. Ma era troppo tardi: il veleno era già entrato in circolo, e così né di giorno né di notte riusciva a trovare pace, e alla fine si ritrovò a provare avversione per Gitele e perfino per la bambina che era sangue del suo sangue.

A volte, però, quando vagava per le strade senza una meta per sfuggire all'atmosfera di casa, i piedi portavano Dovid a casa di Gitele, e la nostalgia si riacutizzava. Vedendo le loro ombre attraverso le tende, riconosceva l'alta sagoma di Leybesh con i capelli arruffati, vedeva la figura minuscola di Gitele apparire e riapparire. Sentiva il suono flebile del pianto della bimba, e qualcuno che le cantava una canzoncina. In quei momenti il desiderio di vedere per un istante la piccola si faceva straziante. Facendo appello a tutta la propria forza di volontà, si allontanava da lì. In quelle sere Dovid non tornava a casa, ma si rifugiava, invece che nei suoi soliti posti, nei cabaret, dove passava le nottate a bere in compagnia di Jules. Nella loro nuova familiarità Dovid non si curava di chi pagasse i conti.

Il suo comportamento scandaloso ben presto fu sulla bocca di tutta Anversa. Nessuno era particolarmente interessato a Jules, ma Dovid era un argomento di conversazione succoso: la gente non vedeva l'ora di spettegolare sul figlio di Berman. Rochl cominciò a orecchiare qualche brandello di conversazione e rimase sconvolta nel rendersi conto che al centro dello scandalo c'era suo figlio. E ancora peggio, fu proprio in quel momento che la servetta Anneke cominciò ad avere delle macchie giallastre in faccia. Spesso aveva la nausea ed era costretta a correre al lavandino della cucina. Rochl non ci mise molto a capire che era incinta.

«Che c'è, Anneke?» chiese, puntandole il dito sul ventre. Anneke arrossì ma ribatté immediatamente: «Niente!»

«Cosa intendi dire con "niente"?» insisté Rochl. Anneke scoppiò a piangere, poi si calmò, si soffiò il naso, si asciugò gli occhi e disse a Rochl di avere già due figli e che il padre dei due bambini aveva promesso di sposarla, questa volta. «Mio padre dice che se non lo farà, lo ucciderà con le sue mani».

Rochl non si stupì eccessivamente. Sapeva per esperienza che la situazione di Anneke non era una rarità tra i fiamminghi.

«E chi bada ai bambini?» chiese.

«Mia madre, ovvio» rispose Anneke, evidentemente stupita per la domanda. Continuò a lavare i piatti come se niente fosse.

"Dio mio, che modo di vivere, si riproducono come conigli. Dio mi perdoni per il pensiero". Naturalmente Rochl licenziò la cameriera, ma le voci correvano già per la città.

«È vero che madame Berman ha cacciato la servetta?»

«No! Sul serio?»

«Insomma, vi stupite? Con un figlio del genere in casa?» si sussurravano le donne, anche se Anneke non aveva mai detto neppure mezza parola d'accusa nei confronti di Dovid. Sapeva chi era il padre dei suoi figli, e che questi, un giovanotto che lavorava in una miniera di carbone a Charleroi, non sarebbe stato in grado di mantenerla e pertanto lei avrebbe dovuto continuare a lavorare, però la cosa non la turbava. Per Anneke era molto peggio dover avere a che fare con il proprio padre. Quando rientrava a casa ubriaco picchiava non solo lei, ma anche la madre e i bambini. Anneke raccontava alle gente che quando era sobrio era davvero un uomo di buon carattere, giocava con i nipotini, si metteva a quattro zampe sul pavimento e si lasciava cavalcare. «Con me possono fare quello che vogliono!» rideva.

Era davvero divertente e rideva tantissimo quando sua moglie fingeva di essere arrabbiata con lui e lo chiamava «vecchio scimunito». Ma quando si ubriacava era un disastro. Prendeva a pugni in pancia la madre di Anneke e minacciava di scaraventare i bambini fuori dalla finestra. Un giorno era quasi arrivato a farlo davvero, e chi poteva dire che prima o poi non avrebbe ammazzato tutti quanti, in famiglia?

«E tu non sei meglio di tua madre!» urlava alla figlia. «A ventidue anni aveva già quattro figli e non aveva marito, ed ecco che sua figlia sta per avere il terzo. Voi donne vi meritate le lezioni che vi arrivano...» e così dicendo sputava in faccia alla moglie.

Rochl andò in giro per giorni a testa bassa e con uno scialle sulle spalle, asciugandosi gli occhi e nascondendosi in modo che Berman non la vedesse piangere. Alla fine decise di parlargli apertamente:

«E la faccenda è ancora più dolorosa se pensiamo a quanto abbiamo portato in palmo di mano il nostro bambino, il nostro Dovid».

«Il nostro bambino? È un essere inutile! Un perdente, un fannullone, un nemico del proprio padre! È il *tuo* bambino. È già tanto che tu non lo stia ancora allattando al seno!» La risata amara di Berman gli provocò un accesso di tosse, che partì dal profondo del petto, raggiunse il parossismo e non ne voleva sapere di fermarsi. Rochl andò a prendergli la medicina. «Ecco qui. Prendi».

In un chiaro mattino di gelo e di brina Berman si alzò presto per uscire a prendere una boccata d'aria fresca mentre c'era ancora il sole. Rochl gli porse tutte le giacche pesanti che lui pretese, gli levò la lanugine dal cappotto, gli avvolse attorno al collo la sciarpa di lana e lo accompagnò alla porta, lieta di liberarsene per un po'. Uscito il marito aprì tutte le finestre per arieggiare le stanze e scacciare l'odore delle medicine, ricavandone un grande senso di libertà: "Aaah! Dio, Ti ringrazio!"

La Borsa era più vivace in inverno che non in estate, perché tutti i mercanti erano rientrati in città. Le luci elettriche brillavano vivide. L'atmosfera era calda e accogliente, il baccano era casalingo, familiare. Pareva che i diamanti splendessero più di prima, fossero più colorati, e i mercanti più presi del solito dalle loro transazioni. Berman concluse più affari che poté, e poi se ne andò al Fortunia. Non sapendo se gli sarebbe ricapitata nell'immediato futuro un'altra occasione del genere, voleva approfittare fino in fondo della giornata.

La lunga sala del Fortunia era piena di fumo, che si mescolava con il vapore delle innumerevoli tazze di tè bevute ai tavoli. Il pavimento era bagnato e nel centro, dalla porta fino al bancone in fondo alla sala, c'era uno strato di fanghiglia. I mercanti erano seduti a gruppetti attorno ai tavolini. Alcuni stavano giocando a scacchi o a domino, altri si raccontavano barzellette. Una ventina di persone si era affollata attorno un tavolo in particolare, impegnata seriamente in un gioco di carte. Al centro della sala alcuni giovanotti stavano facendo una partita a biliardo. Le palle bianche rotolavano velocemente e allegramente sul panno verde, e i giocatori erano così presi che si sarebbe creduto che fossero venuti lì esclusivamente per osservare le palle bianche, e che non ci fosse nulla di più lontano dai loro pensieri della compravendita dei diamanti.

Un giovanotto con la barbetta nera, il naso aguzzo e occhi neri svegli e belli (quel genere che fa innamorare pazzamente le fanciulle) se ne stava lì in piedi e osservava con grande interesse, per sapere chi avrebbe vinto la partita. Avvistò Berman, gli andò incontro e gli tese entrambe le belle e pallide mani, che non avrebbero sfigurato in una donna: «Ah, ma come state, Herr Berman? È un bel pezzo che non vi vediamo da queste parti. Vi sentite meglio, a Dio piacendo?»

«Sì, molto meglio, grazie a Dio! E come state voi, Herr Tsvaygnboym?» Berman riuscì in qualche modo a chiamare «Herr» quel moscerino.

Si accomodarono a un tavolo e Berman, ricordandosi di essere ancora mezzo malato, ordinò per sé un bicchiere di latte caldo. Tra un sorso e l'altro interrogò il giovanotto con un piglio da giudice inquirente. Volle sapere come se la passasse, e se la vita matrimoniale fosse di suo gradimento. Era particolarmente interessato a sapere se Tsvaygnboym avesse già preso confidenza con la materia, se avesse intenzione di commerciare in pietre grezze come il suocero, o già lucidate, e se magari stava pensando di darsi alla realizzazione di gioielli. Berman gli chiese quanto avesse ricevuto come dote. *Non* stava facendo queste domande per curiosità, da impiccione, per carità di Dio, ma perché provava sentimenti genuini di amicizia nei confronti del giovanotto, ed era anche amico intimo del suocero, come Tsvaygnboym certo sapeva. Ecco perché chiedeva.

Il giovanotto però non rivelò nulla, e si limitò a rispondere di non avere ancora idee ben chiare sul futuro. Il suocero se la passava bene, grazie a Dio, e per quanto riguardava la dote, lui non c'entrava niente, era una questione privata tra suo padre e suo suocero.

Più Berman insisteva, meno riusciva a sapere, quindi alla fine si accomiatò dal giovanotto e irritatissimo andò a sedersi a un altro tavolo. Questi pezzenti, questi Tsvaygnboym, sapevano fare bene i loro interessi; non v'era dubbio. Quell'idiota di suo figlio invece...

I mercanti arrivarono da ogni parte a salutarlo, buoni amici che volevano sapere come stesse Berman, ed esprimevano la propria contentezza nel rivederlo all'opera, e cercavano di vendergli pacchetti di diamanti. Berman salutò e rispose a tutti, lanciò un'occhiata qui, un'annusata là, guardò nella lente da gioielliere, frugò con le pinzette, e a sua volta tirò fuori qualche cartoccio. Ne aprì uno e lo scosse per far luccicare i diamanti. Questi brillarono come gocce di rugiada al sole, quando si scuote una foglia.

Berman fece buoni affari sia lì sia in Borsa, e verso le tre del pomeriggio si avvolse la sciarpa attorno al collo, si abbottonò fino in alto il pastrano, e tornò a casa che ancora era chiaro. Per il resto dell'inverno non ebbe altre giornate buone come quella.

18.

L'inverno cedette il passo alla primavera; poi il sole si fece più caldo e la primavera divenne estate. Berman era tornato in Borsa e faceva buoni affari, adocchiava immancabilmente prima degli altri le pietre meritevoli. Era in perenne compagnia di giovanotti svegli in abiti di buon taglio che portavano al mignolo e al medio grossi anelli di diamanti; Berman e i giovanotti brillavano come occhi di gatto nelle nere notti di marzo.

Il suo ufficio in Pelikanstraat era aperto, e ancora una volta i lavoranti sorridevano alla porta in vetro smerigliato del suo *sancta sanctorum*. Riprese il normale tran-tran quotidiano. In effetti Berman faceva affari come non mai e stava cominciando a recuperare le perdite subite nel corso dell'inverno quando, ma guarda un po', un certo principe pensò bene di andare a farsi assassinare in Serbia. A causa di questo maledetto principe che Berman non aveva mai sentito nominare, scoppiò una guerra dell'accidente e tutto si fermò! Gli affari ridotti a zero, la Borsa era vuota, e tutti non parlavano d'altro che di guerra.

«È una faccenda seria, capite, un principe austriaco! L'Austria non l'accetterà passivamente, perché mai dovrebbe?»

«L'avevo capito subito che l'Austria non ci sarebbe passata sopra! Non si scherza con l'Austria!»

A Berman non importava un fico secco se l'Austria l'avrebbe presa passivamente o no. Si preoccupava solo per i propri affari, che stavano andando a monte. Nessuno comprava, nessuno vendeva. Nessuno sapeva che fare e tutti avevano paura a comperare perché era evidente che il valore della merce sarebbe crollato. Chi poteva avere interesse a comprare diamanti mentre infuriava una guerra? Alcuni mercanti erano di avviso opposto: era proprio il momento in cui si sarebbero dovuti preparare diamanti per la vendita. Sarebbe stata una mossa avveduta, sostenevano, perché in tempo di guerra i rifornimenti di pietre grezze dall'Africa erano destinati a cessare, e quando le pietre grezze scarseggiavano i prezzi salivano sempre, e chiunque avesse avuto diamanti lucidati da vendere avrebbe fatto un mucchio di soldi.

E così parlavano, parlavano, esprimendo opinioni e dando consigli a destra e a manca, ma nessuno sapeva quale linea di condotta fosse la migliore. Di mercanti stranieri non ne arrivavano, e quelli che si trovavano già ad Anversa si precipitarono per tornare a casa il prima possibile, specialmente gli americani, che erano i compratori migliori. Il lavoro si fermò e gli scambi si arenarono; era una catastrofe assoluta.

Ancora una volta Berman gironzolò per casa in uno stato di agitazione. Le macchine nelle case dei tagliatori di diamanti tornarono a essere immobili come cadaveri, coperti da un lembo di tenda o da un grembiule, e la loro inattività sembrava farsi beffe dei proprietari, i lavoratori, privandoli del sostentamento e succhiando loro linfa vitale. Ma i lavoratori non potevano farci nulla. La loro preoccupazione maggiore non era se dovessero o meno comprare diamanti, ma se il panettiere avrebbe o meno concesso una pagnotta a credito. Ci speravano, anche se era evidente che nessuno avrebbe venduto pane a credito, in tempo di guerra.

Anche prima che la guerra avesse inizio davvero, dunque, la gente se ne andava in giro cupa e turbata. Non appena lessero sui giornali le prime indiscrezioni sull'imminenza del conflitto cominciarono a portare al banco dei pegni tutto ciò che possedevano.

Le strade erano piene di gente. C'era folla ovunque. Tutti gli abitanti di Leeuwerikstraat erano usciti dalle loro case e vagavano per la via. Gesticolavano, scuotevano le barbe, esternavano le proprie teorie e demolivano quelle altrui. Gli ebrei galiziani stavano fornendo consigli strategici agli austriaci e ai tedeschi, e venivano liquidati come nemici con un gesto della mano o una smorfia. Questo irritava gli ebrei russi e polacchi che cominciavano a strillare e ululare: «In nome di Dio, chi ha mai sentito una cosa simile! Si permette a questi nemici dello Stato di starsene in mezzo alla strada e di affacciarsi da sotto i loro cappelli neri per dare "consigli" ai tedeschi».

E a quel punto gli ebrei galiziani, con aria di superiorità intellettuale, spingevano indietro il cappello in modo da scoprire la fronte, e mettendo i mostra i ricciolotti nascosti dietro le orecchie. Con le mani bianche si tiracchiavano le barbe, i baveri e i bottoni, i loro e quelli altrui. Con vocette effeminate e stridule cercavano di sconfiggere il nemico, dichiarando guerra agli ebrei russi e polacchi nel bel mezzo di Leeuwerikstraat. Così gli ebrei russi, polacchi e perfino lituani si dimenticavano temporaneamente di essere tenuti a detestarsi a vicenda come la peste e creavano un fronte unico per ricacciare gli impudenti galiziani. E prendevano in giro gli «eroi» galiziani che stavano cantando vittoria troppo presto e vantando la superiorità teutonica.

Perfino i *chassidim* che frequentavano la corte di uno stesso *rebbe*, e abitualmente mangiavano gli avanzi alla tavola dello stesso *rebbe* e tremavano insieme davanti alla porta del suo studio, si divisero in due campi e si fecero guerra notte e giorno nelle case di preghiera e nelle sinagoghe. Alla fine i nerboruti ebrei russi si rifiutarono di intrattenere rapporti di qualunque tipo con gli ebrei del campo nemico. Se per caso un «leccaculo» galiziano aveva in mano un giornale freschissimo di stampa, ancora odoroso d'inchiostro, un ebreo russo rileggeva ostentatamente il suo giornale vecchio (che in ogni caso di solito era vecchio di un paio d'ore, non di più) e ignorava quello nuovo, pur di non avere contatti con il «nemico».

Le donne non si curavano nemmeno più di pettinarsi la parrucca, impegnate com'erano ad aiutare i loro uomini nella guerra contro «quei maiali dei russi» o contro il maledetto tedesco. I matrimoni misti erano un problema terribile; una galiziana con il marito russo, o viceversa, avrebbe sofferto il doppio, per via del marito e dal paese. Nelle battaglie erano coinvolti perfino i bambini.

Non succedeva solo in Leeuwerikstraat. Era scesa nelle strade l'intera Anversa. Quell'anno i fiamminghi non poterono celebrare il loro tradizionale carnevale, però il sole splendette ugualmente e generosamente sopra ogni cosa, traendone mucchi d'oro, come se la guerra non fosse mai esistita. I larghi marciapiedi sulla Keyserlei erano affollatissimi. Le uniformi degli ufficiali e dei soldati creavano macchie di colore, e chi le indossava beveva e faceva il galante con le ragazze. Dalle finestre e dai balconi sventolavano maestose innumerevoli bandiere, gridando a ogni angolo i colori nazionali. Era un mare di giallo, rosso e nero. Gli strilloni annunciavano a gran voce le ultime notizie.

Le madri di famiglia fiamminghe ed ebree correvano per negozi per rifornirsi di provviste per «la guerra di quattro settimane». I clivatori, i tagliatori e i lucidatori di diamanti vagavano vestiti con gli abiti migliori e si fermavano davanti alla Borsa a parlare di politica, cercando di indovinare quanto sarebbe durata la guerra. Solo le facce distinguevano i commercianti dai lavoranti. E il sole continuava a spargere la sua luce festosa, che rabboniva e scaldava tutti e splendeva su amici e nemici, padroni e operai, adulti e bambini. Non gli importava nulla che gli esseri umani stessero ammattendo per la preoccupazione, che i lavoratori avessero indossato gli abiti della festa per nascondere uno spirito tutt'altro che festivo. Lo lasciava del tutto indifferente il fatto che i mercanti non riuscissero a decidere se acquistare o meno i diamanti. Splendeva addirittura sulle macchine silenti.

Solo Berman rimase a casa.

«Quattro settimane» disse, puntando il dito sul suo giornale fiammingo, pur non essendo padrone della lingua. «Loro pensano di sapere che durerà quattro settimane. Ah! Se entri in guerra, chi può dire come andrà a finire!»

Le strade si fecero sempre più affollate, con capannelli di persone ferme a parlare ovunque. Alla fine uscì perfino Berman, ansioso di sentire che cosa si dicesse nella Borsa dei Diamanti. Si fermò ad ascoltare uno dei gruppi che si erano riuniti nel salone.

"Stolti!" pensò, allontanandosi. "Se ne stanno lì a bisticciare sui rispettivi paesi, questi poveracci, e uno difende il regno di Efroim-Yossel,* l'altro quello dello Zar, ma pensa che idioti! Lo vedranno presto, Francesco Giuseppe e Nicola II tra poco daranno loro modo di guadagnarsi da vivere..."

«Che ne pensate di questa faccenda terribile?» Un giovanotto si avvicinò a Berman. Aveva la pelle gialla e incartapecorita, gambette corte e storte e indossava una giacchetta di cotone, verdognola per l'uso, rammendata qui e là con del filo bianco. Porse a Berman una mano umidiccia.

Berman tirò via di scatto la mano, lasciando a mezz'aria quella del giovanotto, e lo consolò con un sorriso bef-

* Si riferisce al Kaiser Francesco Giuseppe d'Austria, usando un comico nomignolo yiddish.

fardo e sdegnoso: «Non avete motivo di preoccuparvi. Non credo proprio che vi manderanno al fronte».

Fu il sorriso di Berman, più delle parole, a disturbare il giovanotto; si sistemò la parte sinistra degli occhiali, dove la lente era crepata, e vide due Berman. Lanciò un'occhiataccia a entrambi e ribatté: «Non si può mai dire chi sopravviverà e chi no». Berman, impressionato, indietreggiò.

"Ma accidenti a lui, quel vermetto; quella patetica mezza calzetta tisica che apre la boccaccia e vomita idiozie! Si è già sputato i polmoni quasi per intero e sta ancora lì a preoccuparsi per la guerra! Ma che andasse all'inferno!"

Berman si allontanò, turbato dalla profezia di sventura del giovanotto. Questi dal canto suo era estremamente compiaciuto per essere riuscito a impressionare Berman. "Gli ho dato qualcosa su cui riflettere" pensò, allontanandosi, con la giacchetta verdognola e la tomaia degli stivali consunti che splendeva nel sole.

Berman lo guardò allontanarsi e gli mandò una maledizione finale: "Spero che crepi come un cane!"

Era stata una giornata strana. Non ancora ripresosi da questo scambio di battute e in preda all'agitazione, s'incamminò verso la Borsa. Lungo la strada fu fermato da un altro giovanotto sulla trentina, che gli porse una manona spigolosa e alquanto sudicia e fece la stessa domanda: «Che ne pensate di questa faccenda terribile?»

Berman ebbe improvvisamente paura. Gli pareva di sentire la mano del primo giovanotto stringere ancora la propria, e quelle parole di sinistra profezia: «Non si può mai dire chi sopravviverà e chi no» lo stavano perseguitando. Tirò via la mano di scatto, come se non conoscesse il giovanotto, che non facendo caso alle strane reazioni di Berman, continuò a parlare: «Arrivo or ora dalla Borsa. È una catastrofe, una tragedia assoluta. Dicono che i tedeschi siano a ridosso del confine e nel giro di un paio di giorni saranno qui, che Dio li fulmini! Che impressione vi fa, Herr Berman?»

Berman aveva la sensazione che quel giorno tutti gli smidollati avessero deciso di piombargli addosso, e avrebbe voluto gridare: “Ma cosa tremi a fare, scemo d’uno scemo?” però il giovanotto che aveva di fronte era uno dei suoi intermediari, quindi soffocò quelle parole aspre, trovando difficile nascondere le paure che lui stesso provava.

«Ma che dico?» proseguì il giovanotto. «Chi *non* si preoccuperebbe? E a peggiorare le cose, mia moglie è incinta. Ci stiamo già mangiando i risparmi».

Queste ultime parole colpirono Berman con intensità particolare. Quando cominci a vivere del capitale quello ti scorre via come acqua, lo sapeva bene. Stava per dire al giovanotto che sì, era d’accordo con lui, ma questi non gli permise di infilare neppure una parola nella conversazione. Si toccava compulsivamente un solco profondo nella guancia sinistra. Era circondato da rughette e da pelle grinzosa, e l’occhio sinistro, che pareva di vetro, era incassato profondamente nell’orbita, sopra lo zigomo.

«Lo vedete?» disse, indicando senza alcun imbarazzo lo sfregio. «Lo vedete? Mi è costato una fortuna in termini di denaro e sofferenze. Ho rischiato la vita pur di non essere costretto a servire nell’esercito zarista. Un ebreo, mi sono detto, non deve servire lo Zar. Invece del rispetto, ci cavi solo umiliazioni. Ti tocca fare i lavori più duri e più sporchi, ti pestano, ti ficcano in bocca carne di porco anche se tu non la vuoi mangiare, ti sbertucciano. Questi imbecilli, questi zucconi, che in tutto il corpo non hanno l’intelligenza che c’è nel mignolo del più stupido degli ebrei, osano farsi beffe di te. Mio fratello ha servito nell’esercito russo, mi è bastato quello. Quando sono arrivato ad Anversa ho visto che qui era diverso e che se fai il servizio militare dura appena dieci mesi, e a parte questo, sei considerato un cittadino, e ti trattano come un essere umano al pari di tutti gli altri. Perché ho cominciato a raccontarvi questo? Oh sì, volevo dire che non ho paura per me, perché non mi manderanno al fronte, la mia esperienza in Russia garantisce che non succederà, ma nonostante questo è una tragedia terribile. Conoscete la sensazione di dover intaccare il capitale per vivere? Ve lo assicuro, è davvero terribile».

Quando Berman arrivò a casa la porta era chiusa a chiave e non c'era un'anima che potesse venire ad aprirgli. Per la prima volta in vita sua si era dimenticato di prendere le chiavi.

«Ma al diavolo tutti quanti!» disse. «Quei cretini, quei fessi! Cos'hanno in testa? Maledizione!»

Mandando accidenti e parolacce ripartì e forse per la prima volta in vita sua andò a passeggiare in un parco. Si sedette su una panchina, appoggiandosi sul bastone come un vecchio, e si crogiolò al sole caldo. All'improvviso si sentì molto solo, come se lo avessero strappato da casa. "Mmmh, intaccare i risparmi, terribile!" pensò, ricordando le parole del giovanotto.

Il parco era inondato di luce e nell'aria svolazzavano fini pappi bianchi che andavano ad attaccarsi sugli alberi. I ragni tessevano tra i cespugli le loro tele fitte e squadrate. L'erba era secca e bruciata dal sole che splendeva da settimane. Sopra le teste stormi di uccelli turbinavano cinguettando come consapevoli del pericolo che incombeva sopra le loro teste. Qui e là camminavano a braccetto soldati con le loro ragazze, tenendosi stretti pieni di desiderio, sussurrandosi segreti d'amore, pensierosi e in ansia, prima di separarsi. A parte loro, il parco era vuoto e desolato.

Berman tornò a casa per vedere se fosse rientrato qualcuno. Gli si fece incontro Rochl con un'espressione allegra.

«Gedaliah, abbiamo visite!»
«Visite? Chi?»
«Gitele e suo marito!»
«Oh, per l'amor di Dio!» borbottò irosamente Berman levandosi il cappello e mettendosi in testa lo zucchetto di seta. «Non avrebbero potuto trovare un momento migliore per le visite di cortesia?»
Però entrò in sala da pranzo con un largo sorriso.
«Chi vedo qui? Un'ospite! Benvenuta!» Non vide Leybesh finché questi non gli porse la mano. «Oh, non mi ero accorto. Ci siete anche voi. Bene, accomodatevi!» L'espressione sulla faccia di Berman ricordò a Leybesh il periodo in cui il mercante gli diceva di sedersi e aspettare, solo per dargli la notizia di non avere lavoro per lui, quel giorno.
«Sapevo che prima o poi li avrei incontrati» disse Rochl, molto compiaciuta. «Stavo camminando per la strada, alla ricerca di Dovid. Stavo pensando che non è una buona idea che un giovanotto robusto come lui attiri troppa attenzione in un momento come questo. E poi chi ti vedo, se non Gitele! È da tanto tempo che questa ragazzaccia non viene a informarsi su come ce la passiamo. Sarà un anno e mezzo dall'ultima volta che ci siamo viste – certo che sei proprio una brava *landslayt*!»*
Rochl continuò a chiacchierare: «E guarda un po' la bambina. È gia una signorinella, *ken eynore*!» Rochl la tirò su dal passeggino malconcio parcheggiato in corridoio e la portò a Berman. Era una creaturina magra e assonnata con un vestituccio di lana liso, e aveva le mutande bagnate.
Gitele sudava per l'imbarazzo, cosa che sfuggì del tutto a Rochl. La padrona di casa ficcò un biscotto nella mano della bambina e continuò a parlottare con lei: «Ti sei fatta una signorina, ormai, mmmh?»

* Persone provenienti dallo stesso *shtetl* dell'Europa orientale.

La bambina aveva un'aria molto seria. Si cavò di bocca il dito sporco, che spesso doveva prendere il posto del cibo. Gli occhi scuri e melanconici apparivano grandi nel faccino minuscolo e rivelavano che in quella casa si faceva la fame. Rochl le prese la mano con il biscotto e la guidò alla bocca della bambina, che però cominciò a piangere.

«Shhh! Shhh! Oh, ma sei proprio viziata, eh? Ora silenzio! Tesorino!»

Leybesh prese la bambina, che tra le sue braccia si quietò e cominciò a mangiucchiare il biscotto.

La cameriera servì il tè, e Gitele per poco non morì di vergogna quando vide che la cameriera era vestita più elegantemente di lei.

«Che peccato che i ragazzi siano fuori, specialmente Dovid. Sarebbe stato così felice di vedervi. Se sapesse che siete qui tornerebbe a casa di corsa». Rochl continuò a parlare, senza poter neppure lontanamente immaginare che ogni parola che diceva a proposito di Dovid lacerava il cuore di Gitele e la faceva ardere di vergogna.

«Che ne pensate di questa terribile faccenda?» disse Gitele, tentando di distrarre Rochl dall'argomento Dovid. Lanciò un'occhiata a Leybesh e si infuriò con lui: "Per l'amor di Dio, vorrei che la smettesse di mangiare. Sta continuando a masticare. È *davvero* imbarazzante" pensò.

Neanche le avesse letto nei pensieri, Leybesh afferrò con disinvoltura un'altra pera che era sul piatto, e cominciò a sbucciarla. La mangiò con gran gusto, e nel frattempo contava le perline argentee sul vestito di seta blu di Rochl pensando che quella donna s'inseriva alla perfezione nell'atmosfera della sala da pranzo luminosa e allegra.

Gitele si avvicinò al tavolo, cercando di nascondercisi dietro, non sapendo dove guardare e con una gran voglia di sparire. Rochl continuò a parlare, e ogni parola era diretta a lei. L'argenteria sulla credenza, al pari dei suoi proprietari, trasudava benessere e rispettabilità, proprio come l'argenteria sulla credenza a casa di suo padre, e a Gitele parve che anche questa la stesse guardando dall'alto in basso, sorridendo sprezzante come per dire: "Che cosa succede qui, nella *nostra* sala da pranzo?"

«Sì, è una cosa terribile!» Berman alla fine rispose a Gitele, dopo aver a lungo riflettuto e tamburellato con l'indice sulla tovaglia. Gitele nel frattempo si era dimenticata la domanda. «Sì, senza dubbio lo è. Gli esseri umani sono sempre alla ricerca di qualcosa di nuovo. Si stancano dell'eterna lotta per un tozzo di pane. Se *hanno* di che vivere, perfino se sono ricchi e hanno assaporato tutte le delizie del mondo, si stufano, si sentono annoiati e vuoti, e a volte addirittura vorrebbero affrontare qualche difficoltà, qualche piccola privazione, per mettere un po' di pepe nella propria vita. Come il rafano rende più saporita la carne, e più è succulenta la carne, più uno desidera avidamente il rafano. E così prepari un pentolone di rafano, che ti fa bruciare gli occhi. E quando ne hai provato il gusto così forte, non vuoi ammettere che è troppo piccante, così giri la faccia e ti asciughi gli occhi e sorridi ai tuoi commensali e li convinci ad assaggiare il tuo rafano. Li assicuri che farà loro un gran bene, e a loro volta i tuoi commensali ne persuadono altri perché non vogliono ammettere che è troppo piccante. Piuttosto si mordono le labbra fino a farle sanguinare. Questa è la guerra. Capite quel che sto dicendo?» E Berman mescolò il suo tè, pensieroso. Compiaciuto com'era per la propria oratoria, si era dimenticato la preoccupazione provocata dal capitale che rischiava di essere intaccato.

Guardando Gitele vide che lei capiva perfettamente ciò di cui si stava parlando. "Che bella donna!" pensò. "Peccato che si sia buttata via in quel modo!"

Lyebesh trangugiò il suo tè, addentò una fetta di torta al miele e pensò che per una volta Berman stava parlando quasi come un essere umano. E da molti anni non mangiava una torta al miele così buona.

Leybesh e Gitele se ne stavano andando quando sulla porta di casa si imbatterono in Dovid. Gitele cadde in confusione. Le tremavano le spalle, la faccia si fece bianca come il gesso, e poi rossa come una barbabietola. Il suo desiderio di rivedere Dovid aveva fatto sì che opponesse ben poca resistenza a Rochl, che, così pensava Gitele, li aveva invitati affinché portassero un po' di vita in casa Berman, in quel momento così difficile. Perché, in nome del cielo, non aveva mantenuto il controllo della situazione? Si sentì umiliata, e abbassò gli occhi, ma lanciò uno sguardo di nascosto a Dovid. Non riusciva a vincere il desiderio di vedere quale effetto stesse facendo su di lui la propria presenza, e di capire come se la cavasse senza di lei. Non appena lo guardò gli occhi le si riempirono di paura, e non di biasimo. Dovid era curvo come un vecchio, la faccia di un giallo cereo. Avrebbe voluto chiedergli cos'era successo, ma non riuscì a parlare.

Dovid ruppe il silenzio. «Ho appena firmato per arruolarmi» sbottò.

«Cosa?!»

«Che cosa hai fatto, Dovid?» disse Leybesh, ugualmente inorridito.

«È la soluzione migliore» si affrettò a dire Dovid e sparì subito dentro casa. Salì dritto in camera e chiuse la porta a chiave, senza parlare con nessuno. "Comunque è impallidita" pensò. "Forse questo significa che sotto la cenere c'è ancora della brace. Ma questa è la soluzione migliore". Si sentiva molto, molto stanco.

Leybesh alla fine ruppe il silenzio imbarazzato che era calato tra lui e Gitele: «Se non si trattasse di una guerra imperialista, mi arruolerei anch'io! Non capisco proprio perché Dovid si senta in dovere di prendere parte a questo pasticcio. Uno che vive in un simile lusso, perché deve litigare con quel signor padre che si ritrova? Per quel che vedo, Dovid non ha alcun tipo di ideale, quindi che cosa gli impedisce di seguire le orme paterne e di vivere come tutti gli altri parassiti? Forse è vero che non è tagliato per gli affari, ma questo non significa che debba gettarsi in questo inferno. Mi dispiace per sua madre, che chiaramente lo ama. È una brava donna e questo la ucciderà. Vorrei solo che l'unico figlio del mio padrone facesse la stessa cosa; tutti questi borghesi fetenti per una volta dovrebbero assaggiare la durezza della vita!» Leybesh continuò a concionare nelle orecchie di Gitele. Lei non stava ascoltando neppure una parola, e lanciò a Leybesh un'occhiata così carica d'odio che lui non osò più aprire bocca.

Il capo di Leybesh si era reso conto di non avere alcuna influenza su di lui. I suoi tentativi di farne un sionista si erano incagliati. Leybesh continuava a credere che gli insegnamenti di Karl Marx fossero l'unica verità. E come se non bastasse Rubin si rese finalmente conto che Leybesh era un giocatore di scacchi più abile di lui, ma che non prendeva la cosa sul serio, e lasciava sempre che il capo vincesse. Questo lo fece imbestialire. Si piccava di essere un grande intellettuale. Conosceva con precisione le date di nascita e di morte di Moses Mendelssohn, sapeva tutto della sua amicizia con Lessing e perché e quando gli ebrei d'Olanda avevano perseguitato e poi scomunicato Baruch Spinoza, espellendolo dalla comunità. Sapeva quando era nato il movimento sionista, ed era in grado di ripetere la storia del movimento Hovevei Zion. Era un uomo che portava il ritratto di Herzl invece di un diamante nel suo anello con sigillo e questo signor nessuno – la biblioteca di Rubin valeva più soldi di quanti Leybesh non ne avesse mai visti – questo buono a nulla stava cercando di farlo fesso? Leybesh evidentemente lo credeva un sempliciotto, un ignorante, un banale mercante di diamanti il cui unico scopo era quello di fare soldi, mentre lui, Leybesh, aveva studiato Karl Marx. E comunque chi era questo Marx e che importanza aveva, in fondo? Pertanto il capo di Leybesh aveva bisticciato con Karl Marx e smesso di dare lavoro a Leybesh. E da allora in Borsa, al Fortunia, al Circolo, o perfino nello Shenkl, ogni qualvolta saltava fuori il discorso del socialismo, cosa che succedeva quasi ogni giorno, buttava lì che ad Anversa era arrivata una pestilenza, e che il nome di questa pestilenza era Bruckner, un uomo che traviava la gioventù devota, trascinava fuori dalla retta via i loro figli e le loro figlie con una nuova Torah, quella di Karl Marx.

«E datemi retta, andrà a finire che i nostri figli abbandoneranno il giudaismo». E agitava il dito sul quale portava, al posto di un diamante, il ritratto di Teodoro Herzl.

I mercanti lo presero sul serio, e da allora nessuno più affidò a Leyebsh un solo diamante da lucidare.

Usciti Leybesh e la moglie, Berman si sfogò su Rochl. Era furioso e l'aggredì. «Vorrei solo sapere, oca che non sei altro; chi ti ha chiesto di invitare quel demonio a casa mia? Che la gente lo venga a sapere è l'ultima cosa di cui ho bisogno! Un buono a nulla che ne attrae un altro; Dio ti stramaledica, stupida!»

Dovid dalla sua stanza sentì gridare il padre, ma la cosa lo lasciò del tutto indifferente. Ma cosa gliene importava di Leybesh, adesso? Non riusciva nemmeno a provare pietà nei confronti della sua stessa madre.

19.

L'indomani mattina Berman si svegliò ancora una volta con il mal di testa. Aveva dormito male ed era stato perseguitato da brutti sogni. Nel sonno stava picchiando il giovanotto tubercolotico profeta di sventure, e aveva cominciato a gridare. Rochl, che si era appena addormentata, saltò giù dal letto, spaventatissima. Svegliò il marito e gli tirò via la mano con cui lui si stringeva il petto.

«Che hai Gedaliah? Perché gridi?»

Berman la guardò con espressione atterrita, come se non la riconoscesse, si sfregò gli occhi, e mentre a poco cominciava a ricordare il sogno, sputò: «Maledetto, spero che crepi come un cane!»

Si vestì e andò in cucina, tirò su gli scuri di legno, con il loro baccano familiare, e chiese del latte caldo e zuccherato. Si preparò alle preghiere del mattino indossando lo scialle e i *tefillin*.

Rochl aveva il cuore pesante e si sentiva fiacca. Non riusciva a fare a meno di pensare a Gitele e alla bambina: «Che orrore! Che miseria infinita! Quel povero topino; patisce la fame, ed è così piccola. Se la madre di Gitele uscisse dalla tomba e vedesse in che condizioni vive la figlia, morirebbe di nuovo. Il padre di quella ragazza è un porco!» Rochl rimase scioccata dalle parole che lei stessa aveva usato, gridandole.

A colazione, mentre Berman zuccherava il caffè, Dovid cominciò a dimenarsi sulla sedia, bevendo il suo caffè e senza distogliere lo sguardo dalla madre. Aprì e richiuse la bocca un paio di volte, voleva dire qualcosa ma non sapeva da che parte cominciare. Come avrebbe reagito la madre? Sapeva benissimo cosa avrebbe fatto: si sarebbe strappata la parrucca dalla testa, singhiozzando. Era ciò che temeva. Dovid non sopportava le lacrime.

Anche lui aveva gli occhi umidi, e tentò di parlare ma non riuscì a trovare le parole. La lingua gli si era incollata al palato. A Berman non sfuggì il suo turbamento.

"Questo disgraziato ha di nuovo bisogno di soldi!" Avrebbe preferito dargli una pestilenza, altro che soldi; questo era certo. Se intacchi il capitale, ti scappa via come acqua...

Nel mezzo di questi pensieri cupi, sentì, o forse immaginò di sentire, Dovid che lo chiamava «Papi» come faceva quando era piccolo. Sì, Dovid gli stava parlando, ma Berman non capì cosa gli stesse dicendo. Perché continuava a ripetere: «Papi, papi...?»

Alla fine Dovid sbottò: «Mi sono arruolato!»

Era ancora notte? Berman stava ancora sognando?

«Che *cosa* hai detto?»

«Ho detto che mi sono arruolato».

«Sei impazzito? È uno scherzo stupido?»

«Non sono impazzito e non è uno scherzo. Domani mi devo presentare».

Le pupille di Berman parvero schizzare fuori dagli occhi, lasciando due buchi neri al posto dei bianchi, che erano iniettati di sangue per le notti insonni.

Rochl non si strappò via la parrucca, né singhiozzò, si limitò a dire: «Non mi sento bene» poi scivolò giù dalla sedia e rimase distesa come un cadavere sul soffice tappeto blu. Padre e figlio agirono insieme per la prima volta dopo anni, sollevando la donna esanime, portandole alle labbra un goccio di brandy, frizionandola con l'aceto. Quando rinvenne, la trasportarono in camera e la misero a letto.

Jeannette rimase lì in camicia da notte di seta, strillando. La domestica portò una bottiglia di acqua calda. Jacques fu l'unico che non perse la testa e corse invece a chiamare il dottore. Rochl all'improvviso ricordò cos'era successo e cominciò a piangere in modo incontrollabile.

«Dovid, che cosa ho fatto per meritare questo? Che cosa volevi e non ti ho dato?»

Il vecchio Chaim Yoysef era entrato nella sua stanza e cercava di consolarla. «Non piangere, figlia mia, con l'aiuto di Dio troveremo una soluzione. Non permetteremo che Dovid cada nelle mani dei *goym*. Con l'aiuto di Dio!»

Berman sedette su una sedia di vimini rosa, con la testa tra le mani. Sembrava nei sette giorni del lutto. Dovid era seduto sul letto della madre, le asciugava le lacrime e le accarezzava le guance come fosse stata una bambina.

«Non ti preoccupare, mamma. Dobbiamo difendere il paese. Qualcuno deve andare!» Cercò invano di convincerla della giustezza di quel passo.

20.

In città si respirava aria di guerra.

I cittadini tedeschi e austriaci ricevettero l'ordine di lasciare Anversa nel giro di ventiquattro ore, ma l'editto non si applicò a molti gentili, c'erano solo pochi ricchi proprietari di alberghi, e furono gli ebrei, come sempre, quelli che fecero i bagagli e se ne andarono. I presuntuosi patrioti tedeschi e austriaci del giorno prima presero tutti i beni materiali di cui erano in possesso, con le mogli in lacrime e i bambini confusi e insonnoliti, e a capo chino si trascinarono alla stazione ferroviaria. Le strade del quartiere ebraico erano vuote e abbandonate, con le imposte serrate e le porte chiuse. In mezzo, come i vivi in un cimitero, restavano qui e là rare famiglie di ebrei russi o polacchi.

A casa di Berman l'atmosfera era paurosamente immobile. Per giorni e giorni le imposte rimasero aperte, e Berman rimase seduto a leggere libri di preghiere. Jeannette, che non riusciva a sopportare quella cupezza, andò a stare da un'amica. Non tollerava di vedere la madre aggirarsi senza sosta per casa, ingobbita e avvolta in uno scialle, torcendosi le mani e piangendo come se fosse morto qualcuno.

Le famiglie fiamminghe reagivano in modo diverso. Quando i figli erano costretti a dire addio ai genitori, ai parenti, ai cani e ai gatti di casa, la famiglia accettava la situazione come se fosse stata la cosa più naturale del mondo. Alcuni padri addirittura invidiavano i figli, rimpiangendo di essere incapaci di andare a difendere la patria, ma d'altra parte loro una patria da difendere ce l'avevano.

«Ah, gli daremo una lezione, a quei tedeschi maledetti!» borbottavano gli anziani sotto i baffi grigi.

Davanti alla porta di una casa malandata un gruppo di uomini cavava nuvole di fumo da pipe di argilla, parlava in modo concitato, con sorrisi tesi e voci pieni di rabbia. Di tanto in tanto si sputavano sui palmi callosi e si guardavano le mani.

«Non abbiamo paura di *quelli là*! Non siamo affatto un paese piccolo e indifeso!» esclamò un giovanotto biondo, battendosi sulla coscia un pugno di ferro, gli occhi scintillanti in modo innaturale.

«Gliela faremo vedere» sputò un vecchio fiammingo sdentato, con i calzoni di velluto a coste marroni. «Non so cosa fare di me stesso» proseguì rabbiosamente. Negli ultimi giorni la sua vita era stata sconvolta. Per oltre quarant'anni ogni mattina era partito con il suo carro pieno di argilla, fumando la pipa e contemplando placidamente il suo cavallone belga dalla criniera irsuta che avanzava zoccolando sulle grosse gambe. Conosceva la strada, sapeva dove fermarsi e dove tirare avanti. Ora il vecchio non aveva niente da fare, mentre il cavallo era nella stalla e mangiava a quattro palmenti, e non si ripagava neppure la spesa per il vitto.

«Non sono mai soddisfatti, quei maledetti tedeschi, e pensano che tutti abbiamo paura di loro» disse un altro.

«Paura? *Godverdoeme*! Ma chi ha paura. La vedete questa mano? Prude dalla voglia di abbattersi su di loro» disse il giovanotto biondo, grattandosi il palmo. Risero tutti.

«Non siamo un paese piccolo e indifeso» ripeté un altro.

«Se una nazione è determinata, *ha*!... se una nazione è pronta a superare mari e monti per difendere la sua terra...!»

«Per proteggere le nostre case» gridò una donna e scoppiò a piangere.

«Gliela faremo vedere, a quel bastardo di un Kaiser!» riprese il giovanotto biondo, scoprendo in una smorfia i denti bianchi. Glielo daremo noi il *Deutschland über alles*!»

«Dovrebbe essere *Deutschland unter alles*» gridarono alcune voci e di nuovo tutti risero.

«Lunga vita a re Alberto!» esclamò qualcuno, e fu seguito da un coro: «Lunga vita a re Alberto!»

«Le vedete queste braccia?» Un ometto con i baffi color paglia arrotolò la manica destra, rivelando un avambraccio con un ammasso in rilievo di vene verdastre.

«Ficcherò proiettili dentro quei crucchi come conficco i chiodi nelle scarpe. Se me lo permettessero, scoprirebbero che il "troppo vecchio" non esiste» gridò un'altra voce tra la folla. «Chi non sarebbe disposto a donare alla patria l'ultima goccia di sangue? Chi non sarebbe disposto ad abbandonare ogni cosa, perfino la moglie, i figli, e tutto quanto? Ve lo domando».

«Non dimenticate di citare la mucca e il vitello, nemmeno loro si possono portare in battaglia» rise un lattaio di passaggio, che proseguì per la sua strada con il carretto carico di bidoncini dai bordi in ottone. «Tutto per la patria!» Le sue parole risuonarono contro il bidone grosso pieno di latte, lasciandosi alle spalle un'eco.

«Vedete, lui mi dà ragione» disse il ciabattino, non rendendosi conto che il lattaio aveva parlato con un sorrisetto ironico, e si infervorò ancora di più: «Lunga vita al Belgio!»

«Lunga vita al Belgio!» gridarono tutti.

«Al Belgio e al nostro re!» riprese il ciabattino, eccitatissimo.

«*Godverdoeme*! Ma siete tutti usciti di senno? Per cosa

vi state scaldando così?» Un macellaio grasso e con la faccia rossa si materializzò sulla soglia del suo bel negozio. Si ripulì le mani che grondavano grasso di porco, fissò la folla con occhi ardenti e rise amaramente. «Le nostre vite e i nostri beni sono in pericolo, e questi gridano di gioia!»

«Ah ha! Ha paura per i suoi beni» disse il ciabattino, guardandolo malissimo: «È *questo* il problema, per *lui*!»

«Oh, ma sono diventati tutti matti!» borbottò il macellaio, e tornò in negozio.

La moglie del lattaio, che il macellaio aveva appena servito, uscì dal negozio con un cesto pieno di provviste, comperate per aiutarsi a sopravvivere nella «guerra lunga quattro settimane». Si fermò ad ascoltare la conversazione.

«Dovreste smetterla di parlare a vanvera, di cose che non sapete» disse. «Quelli sono intelligenti, e forti. Cosa siamo, paragonati a loro? Dei vermi. Ci schiacceranno sotto i piedi». Da come prendeva le parti dei tedeschi sembrava essersi dimenticata di essere belga, che suo marito era naturalizzato belga e che i loro figli erano belgi. «Misurerete le forze contro la Germania, vero? Che barzelletta!» disse, e se ne andò.

«Quella è tedesca, sapete, e pure suo marito! Voi siete tutti pecoroni, non soldati! Che eroi!» la sbeffeggiò una donna, con gli occhi che spargevano scintille di rabbia. «Avreste dovuto aprirla in due come un'aringa, ecco cosa avreste dovuto fare! È una traditrice!» La gente si guardò in faccia. «Maledizione! Avremmo dovuto spaccarle le ossa!»

«Avremmo dovuto ammazzarla» disse il ciabattino, rauco per la rabbia e ardendo dal desiderio di farlo davvero.

I mercanti entrarono nella Borsa, diedero un'occhiatina, un'annusatina qui e là, e se ne andarono, perché non c'era niente da fare, il posto era vuoto e questo li spinse a tornare a casa. Lo Shenkl deserto era peggio della Borsa. Non c'erano cappelli neri, non c'erano piccoli intermediari con le guance rosse e mani pallide e femminee, impegnate a pesare con perizia su minuscole bilance i loro insignificanti «preziosi». Non frugavano più abilmente con le loro pinzette nei mucchietti di scarti di diamanti, bloccando alla perfezione le loro scoperte e scuotendo la polvere di diamanti in cartocci bianchi foderati di carta velina.

Quando c'erano li avevano sempre trattati dall'alto in basso ma adesso che non c'erano più i piccoli intermediari venivano rimpianti. Se ci fossero stati loro il posto non sarebbe parso così deserto, e l'atmosfera nello Shenkl non sarebbe risultata così deprimente per chi ci entrava: per lo meno ci sarebbe stata un po' di vita. Gli ebrei russi e polacchi si erano dispiaciuti per quegli altri ebrei quando li avevano visti partire con mogli e figli, a capo chino e con il pianto in gola, lasciando le case che erano riusciti a trasformare, grazie al duro lavoro, in nidi accoglienti. Gli ebrei che restavano avevano le lacrime agli occhi; in quel momento non pensavano al fatto che quella gente veniva da paesi nemici; vedevano ebrei scacciati dalle proprie case, e che non sapevano dove sarebbero finiti. Li compativano, in quella situazione terribile.

Berman andò allo Shenkl tanto per dare un'occhiata. Pur sapendo che non si stavano facendo affari da nessuna parte, vagò da un posto all'altro, solo per uscire di casa. In casa stava male e fuori era ancora peggio. Aveva paura di incontrare gente; sentiva che le persone gli puntavano addosso l'indice e lo giudicavano: «Che razza di padre è? Ha spinto il figlio tra le braccia della morte».

Non sapeva che cosa fare, e si sedette a un tavolo attorno al quale alcuni ebrei stavano portando a termine una campagna militare su una scacchiera malconcia, cercando di carpirsi vicendevolmente posizioni strategiche. Questo fece inferocire Berman: «Siete puerili! È tutto qui quello che vi viene in mente?»

Gli altri si stupirono, erano imbarazzati, e Berman stesso non capiva che cosa gli fosse preso, in effetti.

«Come? La guerra è forse già finita, che voi *non* ci state pensando?» rise uno degli uomini. «Spero che la guerra vera finisca alla svelta!»

«Sarà così, sarà così!» lo rassicurò un altro. «Una guerra così non può durare a lungo, certo non più di quattro settimane».

«Lo credo anch'io» si intromise un giovanotto. «E se durerà di più, sarà la fine del mondo. Con una guerra così non si scherza. Non ho forse ragione, reb Elye?» Si rivolse a un tipo presuntuoso che non aveva fatto altro che dispensare consigli strategici, trattandolo come se fosse un grande esperto di conflitti armati.

«Per carità di Dio!» dichiarò reb Elye dopo un momento di riflessione. «Sciocchezze! Non durerà nemmeno quattro settimane, ve lo prometto!»

I tedeschi però non prestarono orecchio alle promesse di reb Elye, e si avvicinarono ancor più alla città.

In mezzo agli aerei belgi che da giorni ronzavano nelle orecchie degli abitanti cominciarono a comparire sempre più velivoli nemici, che imperversavano nel cielo placido di Anversa. Quasi senza preavviso, in pieno giorno, la gente doveva piantare lì tutto e rifugiarsi nelle cantine. Ma era ancora peggio quando era costretta ad abbandonare il tepore del letto nel cuore della notte.

Una notte Berman non si sentiva bene. Aveva finito di recitare le preghiere serali, era andato a letto presto, e si era appena addormentato. Era nel pieno di un sogno vivido, quando all'improvviso suonò l'allarme, e tutti dovettero scendere in cantina. Berman rimase lì imbambolato, reggendosi i calzoni. Si guardò attorno come se quella non fosse casa sua, poi di colpo rabbrividì e corse giù per le scale. Ebbe il tempo di vedere in corridoio una massa scura di persone che si erano trovate per strada quando l'allarme era suonato, e avevano bussato a tutte le porte. Stavano nel corridoio di casa sua come pecore smarrite, e vedendo passare Berman di corsa, con i piedi nudi dentro le ciabatte e i calzoni in mano, si precipitarono alle sue calcagna. Rochl stava piagnucolando: «Dove si riparerà mio figlio?»

La gente nella cantina tentò di consolarla: «Credetemi, laggiù ci sono foreste in cui è possibile sfuggire all'artiglieria. E se, Dio non voglia, non è possibile fuggire, allora nascondersi non serve. E in ogni caso, pensate forse di essere l'unica madre del mondo? Anche se non si fosse arruolato volontariamente, in ogni caso adesso sarebbe dovuto partire. Partono tutti: gentili, ebrei, giovani e anziani. Non siete l'unica a soffrire per la guerra, madame Berman».

«I grandi dolori portano dentro di sé una loro consolazione» disse qualcun altro, confortandola.

Berman era seduto su un cuscino in un angolo della cantina. Aveva il naso pallido per la tensione, e si era infilato le dita nelle orecchie in modo da non dover sentire il rombo dei «distruttori» sopra i tetti.

All'improvviso la casa tremò, e tutti pensarono di essere destinati a restare sepolti nella cantina buia piena di ragnatele, illuminata solo dalla fiammella di una lampada a paraffina che la domestica aveva piazzato nell'angolo più lontano in modo che la luce non si vedesse da fuori. La fiammella tremolò e le ombre sulle pareti cominciarono a danzare e a sfarfallare selvaggiamente, per l'orrore dei presenti. Una vecchia continuava a ripetere «Ssshhhh!» anche se nessuno aveva aperto bocca. Poi, sbadabàm! Crollò una casa lì vicino. Berman saltò su come una molla, poi si accasciò di nuovo.

Più tardi, dopo che con grande difficoltà avevano aiutato il vecchio Chaim Yoysef a risalire i gradini, e lo avevano disteso a riposare su una panca in cucina, Berman si calmò, ma la vecchia si rifiutò categoricamente di tornare a casa. Si sedette accanto alla massiccia stufa, si scaldò le mani gelate e continuò a ripetere «Ssshhhh!»

Questo mandò Berman fuori dai gangheri. «Andate a casa! Fate quel che vi dico: andate a casa!» urlò in maniera assai poco gentile all'anziana donna confusa.

«Tornate a casa e recitate un paio di Salmi!» scherzò Jacques, che trovava divertentissima quella faccenda del dover correre in cantina.

Gli allarmi aerei si fecero più frequenti e i soggiorni in cantina più noiosi. La paura della gente però crebbe, e la depressione generale anche. I grandi mercanti di diamanti avevano via via lasciato la città, chiudendosi le porte alle spalle e portando via tutto quello che era loro concesso. Alcuni ripararono ad Amsterdam, altri in Inghilterra. Rimasero essenzialmente i poveri e i negozianti. Per questi ultimi non sarebbe stato facile portare con sé i propri averi, e così rimasero per giorni e giorni sulle soglie delle botteghe, senza mai disfare i fagotti con le canottiere di lana, gli asciugamani, la biancheria. Osservavano il cielo e ben presto furono in grado di riconoscere al primo colpo un aereo nemico, e a quel punto chiudevano a chiave la bottega ed erano i primi ad arrivare nelle cantine.

Molte case avevano le imposte chiuse. I portoncini lucidissimi dei palazzi eleganti erano serrati. Il panico si intensificò e la città si fece sempre più vuota. La vita divenne monotona, e i rimasti erano come non mai in preda allo sconforto. Solo Berman non accennò neppure ad andarsene. Tirava avanti a furia di pillole e medicine di ogni genere, e la barba gli si riempì di peli bianchi. Dormiva male, con la paura della morte, sobbalzava a ogni rumore, si coricava vestito. Per lunghi periodi non poté farsi un bagno, per il rischio che iniziasse un attacco aereo; queste cose lo esasperavano, ma comunque rimase in città.

"Non c'è altro modo, si può solo aspettare pazientemente che finisca! Mettere su una casa e un'impresa è difficile, distruggere tutto è facile" si diceva Berman. E il terrore della morte e l'amore per la vita non riuscirono ad avere il sopravvento sulla determinazione a restare aggrappato a ciò che aveva raggiunto con tanta fatica.

Nemmeno Rochl aveva voglia di andarsene. Ad Anversa le pareva di essere più vicina al figlio; andandosene lo avrebbe abbandonato ed esposto a pericoli ancora maggiori.

Però un mattino di buon'ora, quando i Berman erano appena riusciti ad addormentarsi dopo una nottata in cui i letti avevano continuato a tremare fino a far pensare che si sarebbero sollevati dal pavimento, un poliziotto bussò alla porta della stanza in cui adesso dormivano tutti insieme, borbottò alcune frasi indistinte e tornò giù di corsa lungo le scale. Il poliziotto quella mattina era sfiancato dal lavoro. Come uno scaccino che va a svegliare tutti gli ebrei dello *shtetl* per invitarli a recitare le preghiere penitenziali, il gendarme passava di casa in casa, ordinando alla gente insonnolita di evacuare la città.

Berman si sfregò gli occhi, non avendo capito una sola parola. Qualcuno lo aveva denunciato per quegli affarucci che aveva comperato, o il poliziotto era davvero una spia? In tempo di guerra tutto era possibile. Il suo incarnato solitamente bruno si era fatto cereo, e gli occhi erano arrossati dalla mancanza di sonno. «Che cosa ha detto?»

Nemmeno Rochl lo sapeva. Stava battendo i denti per la paura.

«Forse siamo stati derubati?» azzardò Jeannette.

La faccia di Berman si rischiarò. Pregò Dio che la spiegazione fosse davvero così semplice. Ma ben presto un vicino venne a bussare alla loro porta.

«Sbrigatevi Herr Berman, non c'è tempo da perdere!»

Berman guardò fuori dalla finestra e vide gente correre verso la stazione. Arrivavano da ogni direzione, portando pacchi e infanti e tenendo per mano i bambini più grandi. I Berman prepararono in fretta e furia fagotti con le cose indispensabili, e quando furono pronti a partire la città era già stata abbandonata. Alla stazione c'era una moltitudine di persone.

La città era vuota e deserta, come a lutto, velata di fumo e mestizia. Di tanto il cielo veniva illuminato dai razzi, che salivano fiammeggiando e poi risprofondavano nell'oscurità fumosa.

La presenza del vecchio rese molto lento il cammino dei Berman lungo le strade di Anversa, e a un certo punto pensarono che non sarebbero mai arrivati alla stazione. All'improvviso il rombo di una cannonata mise le ali ai piedi della famiglia, e il padre di Berman fu costretto ad accelerare il passo per non restare indietro.

Riuscirono a prendere l'ultimo treno, che impiegò una notte intera per raggiungere l'Olanda da Anversa. I contadini partirono a piedi dai villaggi. La città era già isolata. Berman e la sua famiglia furono gli ultimi a farsi piccoli per salire su un vagone in cui la gente era già stipata come sardine, in piedi, seduta, o sdraiata addosso agli altri. Le tende nere chiuse creavano un'atmosfera opprimente, un silenzio ovattato, che prendeva alla gola e deprimeva gli animi. Perfino i bambini stavano zitti, non piangevano. Si guardavano attorno e al pari degli adulti si sforzavano di non scoppiare in lacrime.

21.

L'alba si presentò con il colore del sangue. Il sole del primo mattino inondò le casette nei villaggi, brillando sulle tovaglie a scacchi bianche e blu, sulle stoviglie e sui sani e mattinieri contadini olandesi. La colazione a base di pane fresco, di burro paglierino e delizioso, di formaggio olandese genuino e bricchi fumanti di cioccolata calda, era pronta sui tavoloni, e li chiamava, allettante.

Il sole illuminò i carri scuri con la stessa luce argentea e generosa, penetrando nelle fessure, accarezzando e scaldando i viaggiatori sgualciti. Toccò leggero le facce dei bambini, penetrò nelle fossette e li fece sorridere, e persino negli occhi neri di Berman si accese una scintilla. Non risparmiò i vetri dei finestrini dei vagoni e le tendine nere, che erano state tirate indietro; la luce del sole fece apparire entrambi ancora più sporchi.

Berman stava vicino alla porta del vagone. Il treno viaggiava adesso a velocità normale, ed egli vide coricate sui campi, dove già si era mietuto, mucche marroni, bianche e pezzate, e pecore grigie. Cavalli dal manto lustro pascolavano sull'erba fresca, e i contadini con i calzoni ampi di lino, gli zoccoli di legno con la punta all'insù e i grandi cappelli di paglia erano già al lavoro, e stavano mettendo al riparo l'abbondante raccolto di grano. Guardavano il passaggio dei treni dal Belgio, che si susseguivano incessantemente, carichi di gente che il giorno prima era benestante e oggi in miseria.

Le contadine stavano andando nei campi. Portavano cuffiette con la tesa sopra i capelli lavati di fresco, e gonne a pieghe in tela di lino con corsetti aderenti che mettevano in mostra le belle, solide braccia femminili e i seni sodi e pieni che premevano contro il tessuto rigido. Molte avevano con sé i figli, che avrebbero allattato e poi messo a dormire su amache o addirittura sull'erba profumata. Tutte avrebbero passato la giornata lavorando alacremente, in modo sano, sotto un cielo libero e pacifico. Il sole brillava sulla scena, scaldando i campi e gli esseri umani.

Alcune erano nei campi già dalle prime ore del mattino, a cavare patate. Le vanghe brillavano nell'uscire dalla terra nera, riflettendo i raggi di sole prima di tornare a seppellirsi. Altre stavano facendo il fieno e lo ammucchiavano, oppure tagliavano il granturco maturo. Mettevano le pannocchie a seccare sui campi nudi del dopo raccolto. Il sole dorato spargeva calore in abbondanza, asciugando le messi e benedicendo il lavoro placido e armonioso. Ovunque, lungo il percorso della ferrovia, i mulini a vento ricordavano ai profughi esausti che erano in Olanda, un paese libero che aveva sempre mantenuto la propria neutralità.

Berman respirò a pieni polmoni attraverso i finestrini aperti, inalando quanta più aria mattutina poteva. Si sentì quasi felice, finché non si ricordò dei beni lasciati ad Anversa, e a quel punto i campi sparirono, il cielo si fece grigio e nuvoloso, coperto da un sudario cupo

Il treno si fermò a Rotterdam. I passeggeri scarmigliati, con le facce gialle e sfinite dopo la nottata in un vagone strapieno, si svegliarono, sbadigliarono rumorosamente e tentarono senza successo di trovare lo spazio per stiracchiare le membra rigide e dolenti. Qualcuno tentò di alzarsi e uscire dal vagone, ma non riuscì a oltrepassare la muraglia di corpi. Un vecchio, ancora mezzo addormentato, non capiva dove fosse, e sfregandosi gli occhi cisposi, gridò: «È un altro pogrom? Ebrei, sbarriamo le porte!»

La moglie e i vicini di posto riuscirono con grande difficoltà a tranquillizzarlo. Lui fissò tutti i presenti, senza riconoscerli, e rifiutandosi di credere che non fosse successo nulla, che stessero semplicemente fuggendo per colpa della guerra. Alla fine riuscì a ricordare, si sfregò di nuovo gli occhi, chiuse la bocca sdentata e tacque.

«Che vita! Guerre, pogrom...» cominciò a filosofare un altro tizio. A poco a poco le persone riuscirono a scendere dal treno, e sulle banchine ci furono scene di caos, perché i bagagli si mischiarono e la gente gridava e bisticciava. Ma ben presto arrivarono i rappresentanti delle organizzazioni benefiche ebraiche. Bastò la vista di quei funzionari, con il loro aspetto così civile, placidi, ben vestiti e curati, a rassicurare un poco i profughi frastornati. Furono caricati sugli omnibus e partirono per una destinazione ignota.

Poi scesero dagli autobus e furono fatti accomodare attorno ad alcuni tavoli, e qui appiccicarono dei numeri sui loro bagagli. Agli uomini fu mostrato dove potevano andare a pregare. A Berman questa sistemazione non piacque. Come poteva stare seduto lì a mangiare in compagnia di gente come quella, su uno spoglio tavolone di legno?

«Perché accidenti hai voluto ridurti all'ultimo minuto? Te lo avevo detto che sarebbe successo» si lagnò Jeannette. «Ma avete visto che razza di gente è? Poveri e *shnorrer*, tutti quanti. Non c'è nemmeno uno di noi!»

Berman non le rispose. «Questa andrà bene come colazione per loro, ma non per me» disse, spingendo via il piatto di pane e burro.

Una giovane signora in camice bianco con un filo di

perle autentiche al collo e un sorriso educato sulle sottili labbra rosse si avvicinò a Berman, sfoderando un sorriso decisamente più abbagliante che mise in mostra i denti piccoli e bianchi. La bella barba curata di Berman le aveva fatto capire che dovesse trattarsi di «una persona di classe superiore». Cominciò a scusarsi.

«Dovete perdonarci! Abbiamo dovuto affrontare inaspettatamente l'arrivo di un sacco di gente. Un'impresa impossibile! Ma farò la segnalazione». La giovane, una volontaria di buona famiglia, capì la situazione, e la segnalò al segretario, un giovanotto biondo con gli occhiali dalle lenti spesse e lucidissime. Lui le disse di servire i Berman da soli, non con gli altri: «Vedremo. Forse è una persona di classe superiore, ma magari è solo uno di quei tipi che conosciamo molto bene...»

«*È* una persona di classe superiore. Lo si capisce dai vestiti eleganti».

Alcuni dei profughi stavano discutendo la situazione. Altri sedevano muti. Povera gente, che avrebbe tanto voluto lasciare Anversa ma non aveva neppure i soldi per pagare il biglietto, adesso lamentava ad alta voce le belle case che era stata costretta ad abbandonare, e raccontava come la guerra li avesse impoveriti. Coloro che le ricchezze e i beni li avevano davvero entrarono in queste fantasie dei poveri e cominciarono a credere a ciò che questi raccontavano.

«E sapete che vi dico?» si vantò un vecchio ebreo che per guadagnarsi da vivere vendeva cioccolato in giro per ristoranti, «la mia impresa non la venderei per un migliaio di franchi».

«Per forza, nessuno ve li darebbe mai, mille franchi!» scherzò uno.

«Ah già, parlate voi che siete un milionario, giusto?»

«Insomma, io almeno non vado in giro a vantarmi».

«Perché non avete nulla di cui vantarvi». Risero tutti.

Berman vagò per le strade di Rotterdam, arrabbiato con il mondo. Se solo li avessero fatti scendere ad Amsterdam, sarebbe potuto andare in Borsa a dare un'occhiata per capire come stavano le cose. "Sta andando tutto a catafascio!" pensò, dimenticandosi che volendo avrebbe potuto benissimo andare ad Amsterdam a dare un'occhiata. "Quando campi del capitale tanto vale che tu ti seppellisca vivo. Quando ti mangi i risparmi, vanno via come l'acqua". Queste parole continuarono a girargli per la testa e all'improvviso gli si parò davanti agli occhi la casa in cui aveva passato l'infanzia; ricordò tutte le brutture della povertà. Si vide nei panni del padre, costretto a letto sotto la trapunta sudicia, con il rabbino che ondeggiava chino su di lui, le code di agnello svolazzanti attorno al cappello malconcio.

Una serie di urli lo svegliò da questi sogni a occhi aperti e provò un sollievo immenso per essere ancora, per il momento, il ricco Gedaliah Berman fuggito davanti al pericolo della guerra.

Gli urli provenivano da un gruppo di persone che stavano sulla riva di un canale, e parlavano ad alta voce, alterati, ed evidentemente ce l'avevano con un bimbetto che se ne stava lì in mezzo a loro. Berman si avvicinò.

Il bambino stava giocando con alcuni amici sulla riva, faceva navigare barchette di carta e cercava di acchiappare pesci. All'improvviso aveva perso l'equilibrio ed era finito in acqua. Era riemerso, si era aggrappato alla corda di una chiatta ormeggiata a riva, aveva perduto la presa e stava per inabissarsi di nuovo.

Un pescatore dalla faccia rossa, che stava trasportando il suo bottino di molluschi e rane, aveva passato il sacco a qualcuno, era saltato su una barca e aveva ripescato il monello. Lo aveva riportato a riva tra gli applausi scroscianti dei presenti. E poi aveva depositato il bimbetto fradicio e gocciolante su una pietra, ed era partito con la predica destinata tutti i ragazzini.

«Lo terrò chiuso in casa mia, in castigo, tutto il giorno! E vi lascerò affogare tutti quanti se non state lontani dal canale! Un giorno o l'altro succederà davvero una disgrazia!»

«Dove è il poliziotto?» si domandarono i curiosi, che si stavano innervosendo per solidarietà con il pescatore. «Oh, arriverà quando non ci sarà più bisogno di lui. *Godverdoeme*!» disse con rabbia il pescatore, succhiando la pipa d'argilla e sfiatando dal naso nuvole di fumo.

Alla fine avvolse il bambino nel pellicciotto di pecora, e con la sua borsa su un braccio e il piccolo sull'altro, se lo portò a casa.

Berman si fermò, e nel suo fiammingo incerto s'informò su cosa stesse succedendo. Un ragazzo olandese con la pelle chiara e il naso lungo e lucido, gli zoccoli di legno ai piedi, gli disse che era annegato un bambino.

«*Quasi* annegato, vorrai dire!» lo corresse una voce dalla folla. Berman si allontanò. "Che accozzaglia di stupidi" pensò, "non sanno neppure che cosa è successo. Ma questa città – ovunque ti giri non vedi che acqua. È un miracolo che non affoghino tutti. La città è un fiume – ci sono solo acqua e profughi. Ma dove mai si era sentito di *goym* che sprecavano oziosamente il tempo bighellonando, e contemplando tutto il giorno l'acqua? Naturalmente questa è una pacchia per gli stupidi fannulloni di Anversa. La guerra per loro sotto sotto è una benedizione. Hanno da mangiare a sufficienza, quindi se ne vanno in giro con le mani in tasca, come se fossero i padroni del mondo. Se si fossero lasciati alle spalle ogni cosa, come sono stato costretto a fare io con il frutto di anni di fatica, per loro non sarebbe una vacanza così gioiosa!" E così Berman, che pareva essersi dimenticato che in fondo anche lui stava passeggiando senza meta, sfogò la propria stizza sulla gente che riempiva le strade di Rotterdam. In realtà queste erano piene della silente disperazione di chi non ha più niente da perdere.

Si fermò a un banchetto e comperò un filetto di aringa, si leccò le labbra, e tornò negli alloggi. Si coricò sul materasso che adesso gli faceva da letto, e cercò di prendere una decisione, se fosse meglio andare ad Amsterdam o in Inghilterra. Come accidenti si faceva a scegliere? Chi poteva dire con certezza cosa fosse meglio?

Una mattina il giovanotto biondo si pulì gli occhiali con particolare cura, li posò con grande attenzione sul naso carnoso, assunse un'espressione assai seria ed entrò nello stanzone dove i profughi sedevano ai tavoli, bevendo cioccolata calda da tazze di alluminio ammaccate. Cercò di parlare con voce profonda, ma dalla gola gli uscì uno squittìo che rovinò l'effetto complessivo.

«Oggi nessuno deve lasciare l'edificio!» annunciò e senza fornire altre spiegazioni tornò nel suo ufficio. I profughi erano impazienti, avrebbero voluto fargli domande, ma non riuscirono ad arrivare a colloquio. Il giovanotto aveva chiuso la porta con la catenella e non faceva entrare nessuno.

Quindi non ebbero scelta, e dovettero accontentarsi di restare lì a giocare a scacchi e a cercare di indovinare dove li avrebbero portati. Qualcuno disse che sarebbero andati a Londra; altri pensavano che li avrebbero distribuiti in giro per l'Olanda. Ma nessuno lo sapeva, e, sempre più frastornati, cominciarono a bisticciare su un cavallo o su un pedone, sfogando sul prossimo la rabbia e il disagio. Berman era seccatissimo per la situazione: ma tu guarda se un giovane ruffiano doveva ordinare a *lui* di stare lì ad aspettare, senza fornire alcuna spiegazione! Ma come osava uno spregevole ragazzotto essere così insolente nei confronti di lui, Berman? Così si alzò, diede una pettinata alla barba con le dita e bussò alla porta dell'ufficio.

Quando il giovanotto vide attraverso la finestrella che si trattava di Berman, uscì.

«*Mein Herr?*»

«Vorrei chiedervi» disse Berman, parlando anch'egli in tedesco, «il motivo di questa decisione».

«Oh certo, signore, certamente» rispose rispettosamente il giovanotto: «Ho ricevuto un ordine che dice che questa sera tutti i profughi ebrei dovranno partire per Londra».

«Ah! *Danke*».

A Berman la prospettiva di Londra fece piacere. Il destino pareva aver preso la decisione giusta, e si sentì appagato. Era riuscito a portare con sé un po' di merce di valore ed era certo che lassù di affari sarebbe riuscito a farne.

«Cosa? Allora davvero andiamo a Londra? Perché non ce l'ha detto?»

«Perché avrebbe dovuto dirlo a *voi*?» rise Berman.

La gente fece osservazioni irose al giovanotto, quando questi la sera si presentò nel salone con un grosso sigaro tra le labbra rosse e carnose, per annunciare la partenza, di lì a un'ora.

«Dicono che presto potremo tornare a casa. Quanto può durare la guerra? E allora che senso ha trascinarci fino a Londra?»

«Chiedetelo ai tedeschi, non a me!» rispose il giovanotto, e lasciò la sala.

I profughi si agitarono terribilmente.

«Chi si sarebbe immaginato una catastrofe simile?!» «Ci hanno turlupinati per bene!». «Ce ne stiamo qui all'oscuro di tutto. Non siamo bambini, in fondo!» «Sono convinti di poter fare di noi quello che vogliono!»

I profughi fecero fuoco e fiamme, però rimasero dov'erano e non tentarono di andarsene. Ebrei che ad Anversa andavano in giro spingendo carretti, a vendere gingilli nei ristoranti, o sfacchinavano in laboratori dove neppure riuscivano a guadagnarsi da vivere, erano entusiasti, ma nonostante questo si unirono loquacemente alle proteste, non volendo rendere nota la propria povertà restando zitti. I giovani, sempre desiderosi di viaggiare, erano i più contenti di tutti.

Durante la notte furono condotti via come pecore. Le donne piangevano per le case che si sarebbero lasciate alle spalle, anche se in realtà le avevano già lasciate per venire in Olanda.

La nave era buia, e le cuccette a castello erano semplici tavolacci duri di legno grigio. Quel poco di luce era data da rare lampade fioche. La gente stava seduta o coricata, le bocche sigillate nel tentativo di tenere a bada la nausea. Di tanto in tanto qualcuno non ce la faceva più e vomitava addosso a chi stava sotto. Alcune ragazze fecero comunella e cominciarono a cantare, scherzare e farsi beffe degli anziani che gemevano e si lamentavano e vomitavano, solo per dimostrare di essere coraggiose. Ma nel bel mezzo di canti e scherzi furono sopraffatte anche loro, e vomitarono.

Viaggiarono tutta la notte. Berman, tormentato da orribili crampi allo stomaco, rimase lì a tenersi la pancia, con un panno umido avvolto attorno alla testa e il flaconcino di sali sotto il naso.

Il padre di Berman sussurrava, piano piano. Rochl piangeva con singhiozzi soffocati. Si vedeva mucchi di cadaveri macellati, senza braccia e senza gambe, e tra loro c'era Dovid, in una pozza di fango e di sangue, morto sul campo di battaglia, e nessuno che coprisse le sue ferite o che lo seppellisse. E lei era in viaggio, si stava allontanando da lui, andava in Inghiltrerra, lasciandolo lì, morto. Se tentava di scacciare i pensieri terribili e le visioni scioccanti, quelli le si insinuavano ancor più nella testa, prendendo forme sempre più spaventose. L'Inghilterra le pareva distante un milione di miglia dal figlio; e maggiore era la distanza tra Dovid e lei, maggiore era il pericolo cui era esposto. Singhiozzò forte.

Nel frattempo Berman aveva le sue preoccupazioni. Il mal di stomaco e la nausea gli impedivano di dormire. In ogni caso comunque non avrebbe voluto dormire perché aveva bisogno di tenere d'occhio le pietre che aveva portato con sé.

E così la nave attraversò lentamente il mare nero e agitato; il cielo era nuvoloso e cadeva una pioggia fredda, in contrasto con il tempo caldo e sereno dell'Olanda.

22.

Nalla strana, enorme stazione ferroviaria i Berman, con la valigie ai piedi, si tennero a leggera distanza dagli altri profughi. Berman aveva un grosso ombrello in seta comprato a Rotterdam, avendo sentito dire che a Londra piove in continuazione. Era estremamente insofferente. Che chiasso infernale! Che caos! C'era gente in frenetico movimento dappertutto, e le grida degli strilloni lo fecero quasi ammattire per il fastidio. Da un capo all'altro della stazione echeggiavano i nomi dei cavalli da corsa e gli ultimi titoli sulla guerra. Berman tentò di tapparsi le orecchie, ma gli strilli penetravano comunque, assordandolo.

«Tutti i vincenti! Tutti i vincenti!» «Velivolo tedesco abbattuto!» «Otto morti carbonizzati!» «Verdetto per l'omicidio!» «Giustiziato l'assassino!»

Tutti i profughi se ne stavano lì nell'enorme stazione, in ascolto di quelle strane parole forestiere che echeggiavano nelle loro orecchie con un suono sordo e sferragliante, come di fagioli scagliati su una superficie metallica. Il tremendo tumulto e le dimensioni enormi del luogo irritarono Berman, che s'indignò per quell'attesa cui era costretto. Come al solito sfogò su Rochl la propria frustrazione.

«Questa non è una stazione, è un manicomio» le borbottò, con rabbia.

Inglesi alti e flemmatici entravano e uscivano in continuazione dalla stazione. Portavano soprabiti grigi ed esibivano espressioni blandamente sorprese e sostenute sulle facce sbarbate di fresco. Lanciavano occhiate di straforo ai profughi, come se si fosse trattato di un gruppo di parenti di provincia venuti per presenziare al matrimonio di un ricco cugino londinese, che era troppo indaffarato per venirli a prendere oppure semplicemente si era dimenticato di loro.

Due signore inglesi passarono davanti al gruppo. Erano in abiti grigi sportivi e le loro teste ben pettinate erano sormontate da cappelli di feltro a tesa larga. Le scarpe, i guanti e le valigette mascoline erano di pelle marrone, di buona qualità. Nel passare scossero la testa e a bassa voce compatirono Berman, che si teneva a distanza dagli altri.

«Poveretto. Che vergogna!»

«Ha l'aria di un gentiluomo».

«Sì, davvero» concordò l'altra.

«Sembra diverso dagli altri».

«Sì, davvero» concordò l'altra.

«Quindi questa è Londra!» disse Berman ad alta voce, con una smorfia, come se avesse capito quel che stavano dicendo le due donne.

«Sembra un tipo per bene» disse la più anziana delle due, guardando Berman con occhi grigi freddi come l'acciaio.

«Sì, davvero» concordò l'altra.

Si allontanarono entrambe, la madre con la sua crocchia grigia, la figlia con la sua crocchia bionda.

Finalmente alcuni ebrei si fecero incontro ai profughi. Sembravano ben pasciuti, sulle loro pance pendevano orologi d'oro, i fazzoletti da collo erano fermati con spille a forma di Stella di Davide. Erano tutti muniti di ombrelli. Un giovanotto alto, sottosegretario di qualche istituzione, arricciò il naso affilato e storto e borbottò qualcosa tra sé e sé. I suoi occhi attenti presero rapidamente nota di ogni cosa. Il segretario biondo venuto da Rotterdam gli andò incontro, e i due si scambiarono sorrisi radiosi, dolci come il miele. Due mani, una bianca e grassoccia, l'altra bruna e magra, si strinsero con grande entusiasmo, indugiando come se non volessero mai più separarsi.

Il segretario londinese storse il naso e gridò alla folla, in generale: «Seguitemi!»

I profughi si guardarono in faccia: «Che intende dire?»

«Che intende dire? Che dobbiamo seguirlo!»

«Ma come facciamo a essere suoi seguaci se non è ancora morto!» scherzò un tipo arguto, ma tutti i profughi erano abbacchiati e nessuno era in vena di ridere. Seguirono docilmente i «cugini» londinesi, che alla fine si erano ricordati di venirli a prendere.

Fuori dalla stazione li stavano aspettando degli autobus. Ancora una volta i profughi vennero stipati in uno spazio ridotto, qualcuno seduto, qualcuno in piedi, e si ripartì per una destinazione ignota.

Tenendosi a distanza dagli altri, Berman riuscì a ottenere dal sottosegretario ciò che desiderava: il rispetto. L'inglese riservò due sedili alla famiglia Berman, si accertò che non ci stessero schiacciati, e interrogò il sottosegretario di Rotterdam.

«Chi è quell'uomo laggiù?» chiese indicando la schiena possente di Berman.

«Oh, quello? È uno di classe superiore». E con questo aveva fornito al collega londinese tutte le informazioni che possedeva sul conto di Berman.

I profughi furono portati all'hotel Eastern. Era una vecchia istituzione ebraica, le cui pareti parevano impregnate dei guai degli immigrati ebrei, e sature di lacrime ebraiche. I tetri muri in mattoni si ergevano dalle fondamenta massicce e sporche, l'edificio era annerito dalla polvere di molte estati aride e dalle nebbie nere e fuligginose di molti inverni.

Nessuno avrebbe potuto stabilire chi fosse più stupito di fronte al nuovo tipo di immigrati che era appena giunto, se i muri vetusti dell'albergo, o il portiere del medesimo. Non erano sporchi, sconfortati e sfiniti come le migliaia e migliaia di esseri umani che avevano soggiornato lì in passato. Questi immigrati erano vestiti in maniera più rispettabile e ciò che vedevano con i loro occhi attoniti suscitava su quelle facce sorrisi sardonici e furtivi, più che lacrime.

"Ma è *questo* il nostro rifugio?" sembravano pensare, sorridendo, come gente che sa di essere stata condannata, ma a una detenzione di un solo giorno.

Di lì a poco il vicesegretario di Londra cominciò ad andare avanti e indietro con calma tra i sedili prendendo nota dei nominativi delle persone, dei mestieri e degli indirizzi di Anversa.

«Un lucidatore? Ottimo!»

«Che tipo di tagliatore? Da donna o da uomo?»

«Ma cosa intendete dire?»

«Insomma, tagliate abiti da donna o da uomo?»

«Non siamo tagliatori *sarti*! Tagliamo diamanti, noi!» Ai lavoranti di Anversa questa illazione parve un atto blasfemo nei confronti del mestiere e sorrisero con disprezzo al sottosegretario, guardandolo dall'alto in basso.

Questi tuttavia non parve impressionato dalla parola «diamanti» e gridò in modo che tutti sentissero: «Prendete posto ai tavoli».

La voce forte e aspra, gli occhi penetranti e l'espressione solenne, quasi feroce, intimidirono i profughi a tal punto che questi cominciarono ad assomigliare un po' di più agli immigrati con cui il segretario aveva abitualmente a che fare.

Solo Berman non si lasciò affatto intimidire. Quando il segretario gli si avvicinò, non aspettò di essere interrogato, ma prese subito la conduzione dell'interrogatorio.

«Ditemi, buon uomo» disse, sorridendo sarcasticamente, «per quale motivo ve ne andate in giro con *due* matite?»

Il segretario, che non era abituato a incassare domande, guardò Berman in faccia e fu colto talmente di sorpresa da perdere la parola, proprio nel momento in cui avrebbe dovuto annotare sul suo quadernetto tutti i dettagli personali riguardanti Berman.

«Io... io... ehm... volevo chiedere, insomma...» balbettò: «Eh, vi spiacerebbe darmi il vostro nome? Capite, lo devo trasmettere alle autorità, ecco...»

«Oh, capisco, è quello che volete fare! Fantastico! E certo, per questo motivo avete bisogno di *due* matite. Capisco perfettamente: quella dietro l'orecchio è la matita di riserva. Allora, il mio nome è...» Berman finalmente decise di smettere di farsi beffe del giovanotto.

Liberatisi di quel tronfio funzionario, gli ebrei si sentirono più a proprio agio e diedero il via a conversazioni vivaci.

«Che ve ne pare di questa accoglienza?! Datemi retta, secondo me quei tedeschi non ci avrebbero mica mangiato» dichiarò un ebreo austriaco con documenti russi. «In realtà sono brava gente».

«E allora tornatene dalla tua brava gente!» lo rimbeccò una donna di Odessa dal vocione mascolino: «Ho cominciato a odiare quei porci dei tedeschi quando ero ancora nella pancia di mia madre. Per tutta la vita sono riuscita a evitare di avere a che fare con loro. Quando li ho incontrati a Berlino, venendo ad Anversa, per poco non morivo. Bruti rigidi e pomposi, con occhi da assassini: alla faccia della tua "brava gente". Guarda cosa hanno combinato in quel grande paese che è il Belgio, dove la gente è abituata a vivere e a lasciar vivere».

«Insomma a mio parere *sono* brava gente e saranno qui prima che voi vi rendiate conto di dove siete, ve lo garantisco!» sbottò l'ebreo austriaco.

«Ma morditi la lingua, come si fa a dire una cosa del genere! Dovremmo denunciarlo; evidentemente è un simpatizzante dei tedeschi». Adesso erano tutti infuriati e pareva che stesse per scoppiare una nuova guerra tra gli ebrei galiziani e il resto dei rifugiati.

Un donnino minuto con un grembiule rigido bianco da infermiera, la faccia bruna e vivace e un grosso chignon nero sulla testa, agitò un mazzo di chiavi, e guardando tutti con sufficienza, disse imperiosamente: «Accomodatevi ai tavoli e fate silenzio!»

Il giovanotto, che era rientrato nella sala, ripeté tutto parola per parola, come un bravo imitatore.

«Sshhh! Silenzio!» ripeté la donna. Nessuno diede gran retta all'uomo, ma lei invece pareva una tipetta abituata a vedersi obbedita.

I profughi si sedettero, ma il silenzio non era ancora assoluto. Qui e là qualcuno parlava, un giovanotto fischiettava, una ragazza imitò senza fare rumore «l'infermiera», e tutti risero. La donna capì che in questo caso aveva a che fare con immigrati di tipo diverso; serrò le labbra e tacque.

Berman non aveva alcuna intenzione di rimanere lì. Intendeva invece andare a Hatton Garden per guardarsi attorno. Tuttavia l'aspettare un paio di giorni non avrebbe provocato alcun danno. Era meglio, in ogni caso, che i mercanti di Hatton Garden non venissero a sapere che Berman era stato uno degli ultimi a fuggire da Anversa, insieme a tutti quei pezzenti. E a parte questo aveva sentito dire che i commercianti di diamanti più facoltosi non venivano tenuti lì in quell'albergo, ma ottenevano sistemazioni acconce e un sussidio.

Così fu. L'organizzazione inquadrò i tipi, e divise i profughi in due gruppi: gli umili furono alloggiati presso l'hotel Palmolive, dove ricevettero lo stretto necessario per vivere, e i profughi di classe più alta furono mandati all'hotel Centrale.

23.

Il Palmolive era strapieno di profughi. All'arrivo di ogni nuova famiglia, lo spazio a disposizione degli ospiti si faceva sempre più minuscolo. Le tende a fiori appese a sbarre di metallo che delimitavano gli spazi vitali si facevano sempre di più vicine le une alle altre, e tutti cominciarono a sentirsi a disagio. «Tra poco non potremo nemmeno più sederci, non ci sarà posto!» si lagnarono.

Ci vivevano solo proletari. Gli uomini uscivano ogni mattina per andare a lavorare. Tagliatori e lucidatori di diamanti nel giro di un paio di settimane impararono a stirare o usare le macchine per cucire nelle sartorie. I magri salari contribuivano al mantenimento in albergo. Ed erano magri davvero. I padroni pagavano poco, perché erano convinti che i profughi venissero mantenuti gratis, e dunque li sfruttavano. Gente qualificata che avrebbe avuto i titoli per guadagnare due sterline a settimana veniva pagata meno di una sterlina. Potevano essere efficienti e rapidi quanto volevano, ma i padroni insistevano dicendo che dovevano ancora imparare il mestiere.

I profughi si abituarono a lavorare sodo per pochissimi soldi, e a vivere al riparo di tende e non di muri. Se toglievi la tenda, ti esponevi completamente a un mondo ostile. Tuttavia da dietro le tende a fiori emerse un buon numero di nuovi cittadini inglesi, e i dipendenti degli enti benefici anglo-giudaici che si occupavano dei profughi ebbero l'onore del ruolo di *sandek*, e tennero in braccio i neonati maschi durante il rito della circoncisione. Ripagarono l'onore con regali per i bambini, che erano molto amati e considerati, specie in tempo di guerra. I genitori si resero conto ben presto di essere trattati con maggior rispetto per via della presenza dei piccoli, e si applicarono diligentemente per raggiungere questo obbiettivo!

Ogni cosa si sistemò e le loro esistenze scorrevano ragionevolmente senza intoppi, a parte i problemi causati da pochi «agitatori» rivoluzionari, definizione affibbiata dai membri del comitato a coloro che giustamente protestavano perché costretti a collaborare al proprio mantenimento mentre i ricchi mercanti di diamanti, che guadagnavano palate d'oro, vivevano da signoroni all'hotel Centrale, e senza sborsare un centesimo. Perché il signor Brown ogni mattina si piazzava all'uscita e fermava i lavoratori uno per uno e li costringeva a iscrivere il proprio nome in una lista, in modo che non potesse evitare di pagare uno o due scellini, sottraendoli al salario? E perché nessuno controllava invece i movimenti dei mercanti di diamanti dell'hotel Centrale? Era semplicemente perché non avevano bisogno di uscire prima delle undici del mattino e si presumeva che a quell'ora nessuno andasse a lavorare.

Per colpa di questi «rivoluzionari» l'animosità divampò all'interno dell'albergo. Per quanto il signor Seltzer, un naturalizzato inglese che perfino nei giorni feriali indossava un imponente cilindro lucido, si sforzasse di ragionare con loro, sostenendo che gli esseri umani non sono tutti uguali e non possono pretendere di vivere allo stesso modo, non riuscì a convincerli e nemmeno a placare la gelosia tra i due campi, quello dell'hotel Centrale e quello del Palmolive, e questa non fece che crescere. Ogni volta che un profugo andava a fare visita a parenti o amici ospiti del Centrale, tornava con storie che facevano schizzare gli occhi fuori dalle orbite della gente.

«Mio cugino abita lì. Dovreste vedere le stanze, i mobili, gli specchi, le pareti di marmo, il portiere all'ingresso!»

Sentendo descrizioni come queste, l'immaginazione delle persone partiva al galoppo, questi ebrei umili fantasticavano e si dipingevano immagini tali da suscitare un desiderio che li divorava, e i loro occhi si riempivano di lacrime di frustrazione. Si arrivò al punto che se qualcuno aveva un parente al Centrale, si crogiolava nella gloria riflessa e si rifiutava di uscire da dietro le tende, non volendo mescolarsi con gli *hoi polloi*.

I membri del comitato trovarono però il modo di trattare con i rivoluzionari. Li ammonirono severamente minacciando di sfrattarli e di voler declinare ogni ulteriore responsabilità, decisione che li avrebbe privati di qualunque sostegno. I rivoluzionari si zittirono limitandosi a soffrire in silenzio.

Un giovanotto, che era membro del comitato, riuscì a rovesciare olio sulle acque in tumulto e a ricucire lo strappo nei rapporti tra il comitato e i profughi. Questo signor Greenberg, che era sulla trentina, dedicò il suo tempo – e di tempo libero ne aveva parecchio – agli inquilini dell'hotel Palmolive. Conosceva tutti per nome, conosceva la loro storia e le loro aspirazioni, i problemi e le gioie, e trattava benissimo le persone. Si ricordava i compleanni dei bambini e non mancava mai di fare un regalino. I bambini lo adoravano, e anche le donne. Si presentava in cortile con un sorriso amichevole e il cilindro lustro appollaiato sui capelli impomatati. Indossava un abito inglese di buona qualità e ghette di un candore abbagliante sopra le scarpe costose. Non ebbe che da sventolare un guanto in pelle scamosciata giallo e i bambini accorsero da ogni cantuccio dell'albergo e gli sciamarono attorno come api attorno a un vaso di miele. Gli parlavano in inglese, gli adulti non facevano in tempo a girarsi e i figli già avevano imparato la lingua. Sapevano che parlando inglese avrebbero fatto colpo sul signor Greenberg, quindi ce la misero tutta. Il signor Greenberg aspettò con pazienza che il chiasso finisse, prima di chiedere con noncuranza, a nessuno in particolare: «Chi compie gli anni oggi?»

A quanto pareva era il compleanno di tutti, ma il signor Greenberg non si lasciò infinocchiare, quindi si guardò ben bene attorno e riuscì a capire chi diceva bugie e chi la verità. Si portò un dito perfettamente curato al naso, assunse un'espressione severa e li ammonì: «Non voglio sentire bugie! Chiunque dirà bugie resterà senza dolci per tre mesi. E in ogni caso, io lo so chi compie gli anni» disse subito, avendo scelto un approccio psicologico. «Venite qui, signorina Blum!» Scelta una bimbetta, le regalò una tavoletta di cioccolato Nestlé. «È il *tuo* compleanno, non è vero?»

I bambini capirono che lui le cose le sapeva davvero, quindi smisero di raccontargli bugie e cominciarono a dare il tormento alle madri: «Mamma, quando compio gli anni, quando li compio?»

Le madri li sgridarono e li sculacciarono ma non riuscirono a farli tacere, quindi si inventarono le date dei compleanni e brontolarono tra di loro: «Però non va bene! Sta viziando i bambini!» Ma anche se facevano tutte queste scene, e si lagnavano, in realtà idolatravano il signor Greenberg a tal punto che i mariti cominciarono a ingelosirsi.

La situazione all'hotel Centrale era assai diversa. Quando avevano cominciato a cercare un altro posto in cui sistemare il numero crescente di profughi in arrivo dall'Olanda, venne fuori che di luoghi adatti non ce n'erano, a parte questo albergo elegante, che in passato era appartenuto a un anziano ebreo tedesco. Il proprietario aveva lasciato l'Inghilterra per via della guerra, e il governo aveva concesso l'albergo ai profughi. Gli ebrei inglesi ricchi se ne erano fatti carico e nel giro di poche settimane avevano creato un'istituzione che era un modello di impresa filantropica. Potevano presentarsi a testa alta davanti al governo inglese, che si stava occupando dei profughi cristiani.

I profughi che stavano sistemando lì dentro rimasero impressionati dall'ambiente.

«Avete visto la sala da pranzo? Straordinaria! Specchi e marmo ovunque!»

«Sì, ma a loro non costa nulla! Lo hanno portato via al vecchio tedesco».

«Ben gli sta, a quel vecchio *yecke*! Ah ah ah!»

«Vivremo come tanti Kaiser, qui dentro!»

«Che peccato che il Kaiser Gugliemo non possa essere dei nostri!»

«Sì, si divertirebbe davvero tanto!» celiò un giovane profugo.

«*Rallegrati, giovane, nella tua gioventù!** Che ingenuità!» lo rimbeccò l'ebreo galiziano fornito di documenti russi, irritato dalle stoccatine. «Aspettate e vedrete se non arriverà qui, il Kaiser Guglielmo, e anche Francesco Giuseppe ci arriverà, lo vedrete! La guerra non è ancora finita!»

Tutti cominciarono a strillare: «Buttatelo fuori!» «Denunciamolo!» «Sì, sarebbe una *mitzvah*». «Ma lasciatelo nel suo brodo, si tradirà da solo, quello stolto! Non riuscirà a tenere chiusa quella bocca».

«E fatelo, fatelo, vi sto forse impedendo di farlo? Denunciatemi, sc proprio volete! Potete andare tutti all'inferno – io ho i documenti a posto, ah, ah, ah!»

* Ecclesiaste, 11:9.

Un uomo anziano era fuori di sé per la rabbia: «Andrò a denunciarlo io stesso!»

«No, reb Mordecai, non insozzatevi la bocca! Non ne vale la pena, per quello lì. Questi patrioti galiziani; il loro *rebbe* è il Kaiser Efroim-Yossel».

«Oh, insomma, almeno noi abbiamo guide degne di tal nome. Chi sono i vostri *rebbe*? Quei russi maledetti! Ma lo vedrete; alla fine sarete tutti sudditi di Francesco Giuseppe!»

Ci fu una mezza rivolta: «Sta insultando gli ebrei. È un ateo! Buttatelo fuori!»

Fu dunque così che per poco non si arrivò a una rissa a suon di pugni già il primissimo giorno che quei profughi fortunati passarono nell'hotel Centrale. La faida tra ebrei galiziani ed ebrei russi però si quietò alla svelta. Non si stancavano di ammirare l'opulenza e il lusso di quel luogo, gli specchi lucidi, il marmo, i lampadari di cristallo. L'indomani mattina però alcuni degli anziani borbottarono già il proprio scontento. Erano stati costretti a dormire sotto coperte di fustagna e per poco non erano morti assiderati. Nonostante la magnificenza del marmo, che di sicuro non teneva caldo.

Di lì a poco nell'aria cominciò ad aleggiare un che di indefinibile ma sufficiente a gettare un'ombra su specchi e marmi, e far dimenticare ai profughi che nell'albergo c'erano questi lussi. Il Centrale prese un certo odorino di istituzione. Si levò dalle cantine e penetrò fino al sesto piano, insinuandosi nelle camere. E a parte questo le donne non gradivano essere confinate in cucina tutto il giorno a pelare patate e lavare piatti. Così cominciarono a nascere tensioni tra gli assistiti e gli assistenti.

Nonostante questo gli ospiti dell'albergo nel complesso conducevano una vita di agi. Avevano bagni privati, le famiglie più numerose disponevano di due o addirittura tre stanze. I bambini erano seguiti da una bambinaia inglese con la faccia levigata dal sapone e i capelli lisci color della paglia. La testa era coperta da un ampio copricapo bianco e inamidato, assai rispettabile, e l'abito era azzurro a pieghe, con un colletto bianco, rigido e tondo che le segava il collo, facendo spuntare un doppio mento. Si aggirava distribuendo porzioni di budino di riso, latte e altre cose ghiotte, che facevano venire l'acquolina in bocca agli adulti. Ma la proba nurse si sforzava di far capire agli adulti che gli ordini erano ordini: queste cose erano riservate ai bambini.

Non riusciva assolutamente a capire che alcune persone non erano in grado di parlare inglese, e che le donne, che stavano cercando di persuaderla a dare qualcosa da mangiare anche a loro, semplicemente non capivano quel che lei andava dicendo. Le donne, d'altra parte, non capivano come questa bambinaia, dagli occhi così ingenui, potesse essere in grado di distinguere tra una parola e l'altra, perché farfugliava a raffica senza prendere fiato, e in ogni caso le parole avevano tutte lo stesso suono. Eppure questi benefattori anglo-ebraici la capivano benissimo. Scherzavano con lei, e lei rideva con loro, evidentemente compiaciuta.

«Sembra che in fondo l'inglese sia una lingua vera!» si dissero le donne.

Una volta la bambinaia cominciò a gridare, si mise in testa il cappello di paglia e parve sul punto di andarsene per sempre. Le donne erano scioccate, ma una delle assistenti volontarie le parlò, e alla fine la donna tornò a sorridere, disse «è tutto a posto», e di lì a poco stava di nuovo servendo ai tavoli e blaterando in quel modo strano che confondeva tutte.

Ancor più strana della bambinaia era la «vecchia zitella» dai grandi denti cavallini, con la testa perennemente coperta da un cappellino e un paio di grossi occhiali sul naso, che lavorava giù nelle cantine, con il compito di distribuire abiti ai profughi.

Quando le donne, che fino a poco tempo prima erano state padrone di casa benestanti, vennero a sapere che si stavano distribuendo abiti, piombarono sulla cantina come locuste. La vecchia zitella, poveretta, passò dei momenti difficili e sgridò quelle donne incivili che la stavano cingendo d'assedio, avide di mettere le mani su qualche capo di biancheria, su un paio di scarpe o un cappotto invernale, oppure su tutte queste cose insieme. Ma la zitella detestava l'idea di distribuire quegli abiti così costosi, che dieci o quindici anni addietro erano stati indossati da vere signore, dame di altissimo rango. La turbava la prospettiva che i capi finissero addosso a gente del popolino, a dei profughi, per di più, quindi non riusciva a risolversi a compiere il proprio dovere, anche se quei vestiti a lei non erano costati un bel nulla. E così anche la cantina divenne un altro campo di battaglia.

«Ma non vedete, signorina Jacobs» disse in tono di supplica una donna, «sono ore che aspetto e voi state facendo entrare persone che sono scese un minuto fa, e state dando a loro le cose migliori, solo perché si presentano impellicciate. Non hanno neppure bisogno di vestiti; in ogni caso non rischiano di prendere freddo. Invece io sto andando in giro con la giacchetta estiva e congelo!»

«E io soffro di reumatismi. Questa cantina umida mi fa malissimo» si lagnò un'anziana, battendo i denti. «Siccome hanno gli anelli con i diamanti date a loro la roba bella, e noi poveracci restiamo a mani vuote» disse, giustamente risentita.

«Proprio così, se uno non ha fortuna, farebbe meglio a non nascere addirittura» rifletté un'altra.

«*Io* ho dovuto lasciare a casa tutti i miei vestiti buoni» spiegò qualcuna, convinta che questo potesse giovare alla propria causa.

Ma la vecchia zitella sapeva bene chi davvero si era

lasciato beni alle spalle e chi non aveva posseduto nulla. A volte perdeva la pazienza e consegnava talmente tanta roba alla prima arrivata, che questa quasi non riusciva a trasportare il carico. Ma neppure questa era una soluzione.

«Dio mi perdoni per quel che dico, ma gli *shnorrer* hanno tutte le fortune! Si rifiuta di darmi le cose, anche se gliele ho già chieste sei volte. Bisogna essere capaci di frignare e pietire, e io proprio non ci riesco!» disse un'anziana scarna, risucchiando le gote infossate e mordicchiandosi le labbra bluastre, screpolate e riarse.

«E allora, che danno vi ha fatto?» le rispose una donna grassa, che esibiva un doppio mento grinzoso e tremolante e un paio di baffi grigi.

Mentre bisticciavano tra di loro, uscì una signora distinta dalla stanza che era il traguardo di ogni aspirazione; indossava una bella pelliccia e aveva sotto il braccio un pacco ben fatto, avvolto con cura in carta marrone. Il pacco era legato con un tocco di spago nuovo, che pareva appena uscito dal negozio.

«Ma guardate come glielo ha confezionato, a quella! Non vi dico dove mi piacerebbe impacchettarle e spedirle tutte quante» esplose un'altra maledicendo tutte le donne in pelliccia.

«Perché vi lasciate mettere in soggezione da loro?» protestò la vecchia baffuta. «Diteglielo in faccia, a quelle *shnorrer* ricche, che dovrebbero vergognarsi a venire qui a mendicare con i loro bei cappotti eleganti e i diamanti al dito, e continuando pure a considerarsi migliori di noi».

«Ma non capite, in realtà sono scese a dare un'offerta» disse un giovanotto, uscendo dalla stanza della distribuzione.

«Eh? Ma che ci fate voi qui? Perché non fate la fila per gli abiti da uomo?» chiesero le donne, stupite.

«Mia moglie è malata e sono venuto a prenderle un cappotto. Ovviamente farebbe comodo anche a voi il mio aiuto».

«Dio lo benedica, ha ragione» tubò la vecchia baffuta. «Quell'uomo ha del cervello».

«O-oh, è certamente un tipo audace!» risero le donne, e l'eco soffocato di quel riso rimbalzò nel corridoio freddo e umido della cantina buia.

La vecchia uscì definitivamente dai gangheri, decise di entrare in azione e bussò alla porta della stanza. La zitella uscì e si guardò attorno nel buio, sbattendo gli occhi arrossati: «Ma chi ha osato...?»

«Io» disse la vecchia, guardandola dritto negli occhi.

«Ascoltate, brava donna, devo prima servire queste signore. Hanno già aspettato troppo tempo».

«State mentendo! Noi aspettiamo da molto di più! E voi state dando a *loro* tutti i capi migliori, e come non bastasse perdete tempo a impacchettarglieli con la carta marrone. *Noi* adesso...»

L'anziana zitella era atterrita. Dopotutto era sola di fronte a una folla ostile di donne. E non poteva fare affidamento sul ragazzotto stupido che l'aiutava a confezionare i pacchi. Sarebbe rimasto lì imbambolato con i suoi occhi bovini e prima che quello riuscisse a capire cosa doveva fare, lei sarebbe stata riempita di botte. Quindi si precipitò a scusarsi.

«Non è colpa mia, sto solo eseguendo gli ordini. E voi lo conoscete il detto "Chi più ha, più prende. Chi ha poco perderà anche quel poco che aveva"».

«Sì, ma perché deve andare così?» protestò la donna, che si rifiutava di accettare l'idea.

Però la zitella si era rifugiata nella sua stanza, portando con sé una delle donne del «chi più ha più prende».

Scene come queste erano la quotidianità, in albergo, e la gente ci si abituò. L'unica che non riuscì a fare il callo a queste liti fu Frau Zederbaum, la presidentessa del Comitato, una donna alta e sottile dal naso marcatamente ebraico e dai grandi occhi azzurri sgranati che le conferivano un'aria innocente, e la faccia dall'espressione perennemente tetra. Portava un cappello di paglia nera e pungente che quasi le nascondeva la faccia lunga e angolosa. Frau Zederbaum, che veniva dalla Galizia e aveva sposato un inglese naturalizzato, era milionaria, ma l'unico lusso che si concedeva era un costoso boa nero di struzzo che indossava estate e inverno. Faceva parecchie opere di bene ed era assai attiva in tutte le istituzioni filantropiche.

Un colpo sul tavolo che faceva tremare i muri annunciava ai profughi che madame Zederbaum era arrivata, e stava per impartire una predica perché ancora una volta aveva scoperto che nell'albergo era stato commesso un odioso crimine. Le omelie immancabilmente si tenevano all'ora dei pasti, quando i profughi erano a tavola. Frau Zederbaum si piazzava sul quadratino di velluto rosso che fungeva da podio, separandola dalla «povera gente». E il suo tentativo di esprimersi in yiddish le usciva come un tedesco un po' storpio.

«*Mein geehrte Damen un Herren*! Sono veramente dispiaciuta di disturbarvi durante il pasto, ma non posso più tacere di fronte al fatto che mi accingo a esporvi. Ancora una volta ho trovato, gettato in corridoio, un pentolino del latte sporco. Le indagini svolte dal nostro egregio supervisore non hanno portato all'identificazione, una volta per tutte, della persona che così sfacciatamente si libera di utensili di cucina, solo perché sono bruciacchiati. È un fatto assolutamente scioccante! Quindi, gentili signori e signore, ci vediamo costretti a ritenere responsabili tutti gli abitanti di questo albergo e a penalizzare tutti. Saremo costretti a cessare la distribuzione di latte e anche di carbone per le stufe nelle camere da letto, cosicché non vi sia alcun rischio che si brucino altri pentolini».

Per rafforzare l'impatto delle proprie parole, madame

Zederbaum tirò fuori il pentolino, avvolto in carta di giornale, che il sorvegliante, il quale aveva vigilato sulla predica, le consegnò solennemente. Lei lo scartocciò, e lo sollevò in modo che tutti potessero vederlo.

I profughi rimasero lì con i cucchiai a mezza via tra il piatto e la bocca, apparentemente serissimi e attenti, tentando con tutte le forze di non esplodere in risate selvagge. La gentildonna alta e magra abbandonò il podio e cominciò a girare tra i tavoli come se niente fosse accaduto, informandosi sul cibo: «Sono certa che sia delizioso, non è così?»

Jacques si alzò da tavola e la seguì, imitandone la camminata, e chiese con voce bassa e sofisticata: «Sono certa che sia una schifezza, non è così?»

La gente scoppiò a ridere e madame Zederbaum sventolò il boa nero, e se ne andò innervosita senza più profferir parola. I profughi, dopo il momento di ilarità, rimasero lì in un silenzio tetro. Quella donna aveva guastato loro l'appetito. La verità era che l'ozio forzato aveva impigrito le donne al punto che non avevano voglia neppure di lavare un pentolino.

Madame Zederbaum non si sarebbe intromessa in faccende di questa levatura, se il «re delle patate» – così asserivano le donne – senza che ce ne fosse alcun bisogno non le avesse ficcato sotto il naso i pentolini sporchi, che già erano sulla bocca di tutti, all'hotel Centrale.

Questo re delle patate aveva una folta barba rossa fiammeggiante e baffi ben curati e impomatati, e il naso era tondo come le patate King Edward che pelava da mane a sera. Lavorava davvero sodo, e le tre rughe profonde sulla fronte bassa diventavano ancor più profonde e ancor più larghe quando era all'opera.

Sua moglie, la regina, gli somigliava al punto che se non fosse stato per gli abiti femminili che indossava, nessuno sarebbe stato in grado di distinguerli. Anche lei aveva una barbetta rossa, naturalmente un po' più piccola di quella del marito.

La coppia era arrivata dal Belgio insieme a tutti gli altri profughi. Nessuno sapeva perché fossero stati scelti per aiutare in cucina e messi a pelare patate, che venivano cucinate tutti i giorni. E nessuno sapeva chi li avesse incoronati con quei titoli reali. Ai profughi piacevano i nomignoli, che alla coppia si addicevano certamente. Tuttavia, che cosa era successo? Che dopo aver ereditato il regno, la cucina, il re aveva cominciato a comportarsi da despota: severo e incontenibile, non chiedeva mai consiglio a nessuno e non ascoltava nessuno. Un Nicola III fatto e finito.

Gli altri profughi si ribellarono, e a ogni pasto scoppiava una nuova guerra civile. Si sospettava che il re delle patate non mettesse nella zuppa l'intera quota di patate e carne assegnata, e la zuppa infatti era acquosa e non placava la fame. Così i profughi ne chiedevano ancora. Il re non si degnava neppure di rispondere. Concedeva sì doppie porzioni, ma solo ad alcuni che si erano guadagnati il suo favore, vale a dire i ricchi. Non c'era pranzo che non si concludesse tra urla e strepiti, ma era come parlare al muro.

Alla fine alcuni chiamarono a raccolta il coraggio e a turno si presentarono negli uffici per rimettere la questione nelle mani dell'autorità, ossia dei filantropi, che giudicassero loro. Tuttavia ogni volta «la malalingua», così veniva definita dalle dame e i gentiluomini dell'istituzione, usciva dall'ufficio con espressione avvilita, e dopo questi episodi il re si comportava in maniera ancora più dispotica. Quando gli altri capirono di non avere alcun potere sul re, cominciarono a bisticciare tra di loro e a sfogarsi reciprocamente addosso la rabbia.

A Berman l'albergo non piaceva affatto. Gli specchi e i marmi non gli suscitavano alcun entusiasmo. Arricciò il naso e dichiarò all'universo mondo che quel posto non faceva per lui.

Madame Zederbaum fece un gesto con la mano pallida e delicata, come a dire: «*Ach*, ci farete presto l'abitudine!»

Ma quando vide accogliere quasi con indifferenza la promessa che avrebbe fatto sistemare altro mobilio nelle stanze dei Berman al primo piano, fatto mettere una poltrona sul balcone e addirittura una stufa a gas in camera da letto, madame Zederbaum si rese conto di avere a che fare con una persona di classe superiore, e questo su di lei fece un notevole colpo.

«*Ach so*, Herr Berman, vedremo cosa si può fare. Nel corso della prossima riunione farò in modo che la questione venga affrontata e scoprirete di poter contare su di me. Con ogni probabilità vi verrà assegnato un appartamento privato».

Berman decise di assecondarla, trattenendosi ancora qualche giorno.

«È un uomo assai piacevole» disse lei al signor Green, il suo assistente.

«Sì, si vede subito» concordò il signor Green.

Il re delle patate aveva già sentito parlare di Berman quando entrambi erano ancora ad Anversa. Con istinto canino annusò che madame Zederbaum dovesse tenere Berman in gran considerazione, e immediatamente gli assegnò una razione doppia.

Un giorno Berman scendendo per pranzo trovò un tremendo subbuglio. Una donna sulla cinquantina stava facendo una scenata, gridava contro una donna magra di una ventina d'anni più giovane di lei, che si era infilata a capo del lungo tavolo occupato dal fior fiore degli ebrei di Anversa. Questi erano uomini robusti con lunghe barbe, pance grasse e mogli ancor più grasse. La giovane donna, che aveva una bambina sulle ginocchia, stava piangendo e contemporaneamente cercava invano di asciugarsi gli occhi con un fazzoletto piuttosto sporco.

Il petto della donna più anziana si gonfiava sotto la blusa di seta, orecchini di diamante pendevano dai lobi cianotici e allungati, i peli sul mento tremavano e le labbra carnose erano viola per la rabbia e picchiettate di sputacchi.

«Ma che sfacciataggine! Stupida racchietta! Ha la faccia tosta di ritenersi pari a me! Grazie a Dio ad Anversa chiunque altro sa chi sono io! Come osa venire qui a sedersi a questo tavolo, la *shnorrer*. Non fanno in tempo a servire un goccio di zuppa che lei allunga le mani sudicie e arraffa. Non sa neppure che chi arraffa si prende una bacchettata sulle dita, quella piccola idiota!»

La giovane singhiozzava, non capendo perché la donna le stesse gridando contro. Cercò di chiedere alle persone sedute a tavola che cosa avesse fatto di male, ma era talmente sconvolta che faticava a parlare. Alcuni di loro trovavano la cosa divertente e si limitarono a riderle dietro, altri stavano invitando l'oltraggiata a smettere di gridare, tutti gli altri si facevano gli affari propri, e nessuno rispose alla giovane in lacrime.

Berman guardò la donna più anziana e la riconobbe, era la moglie di un ricco mercante con cui faceva affari. Lanciò poi un'occhiata alla giovane. "Cosa accidenti ci fa una come lei a questo tavolo?" pensò, e poi si rese conto con orrore che si trattava di Gitele. Chiese che cosa fosse successo, e scoprì immediatamente, perché *lui* non faceva fatica a ottenere risposte, che alla donna era stata servita una seconda razione di zuppa. Gitele, che ancora non aveva ricevuto nulla, aveva creduto che il piatto fosse destinato a lei, e aveva allungato la mano. Questo aveva fatto infuriare la moglie del mercante, che aveva cominciato a strillare contro Gitele.

A peggiorare le cose, anche il re delle patate uscì dalla cucina e cominciò a gridare contro Gitele: «Taci, chiudi quel becco! Neanche ti stessero assassinando. E piantala di fregarti quegli occhi. Al comitato queste sceneggiate non piacciono. Se vai avanti così interverrà madame Zederbaum e quando vedrà i problemi che stai creando ti spedirà dritta al Palmolive, dove avrai davvero motivi per piangere!»

Berman fu fortemente tentato di dire al re delle patate che Gitele in realtà era la figlia di un riccone polacco, ma poi decise che era meglio ignorare la faccenda, e non immischiarsi. Fece un segno a Rochl, che capì e tacque. Però rifiutò la seconda porzione quando gliela offrirono, e l'anziano reb Chaim Yoysef chinò la testa al punto che la barba toccò il tavolo. Sospirò forte e per poco non si soffocò con il pane che aveva ammorbidito intingendolo nella zuppa. Disse piano a Rochl, che aveva gli occhi colmi di lacrime: «A questo siamo arrivati, figlia mia».

Non solo il re delle patate aveva i suoi protetti, anche gli ospiti dal canto loro avevano formato cricche. Come per magia, ogni tavolo era occupato esclusivamente da gente del medesimo tipo. A un tavolo sedevano persone che riempivano la giornata – prima, durante e dopo i pasti – con discussioni elevatissime. Shakespeare non si assentava neppure un momento da quel tavolo, e Bernard Shaw, Ibsen, Heine, Goethe, Omero, Rembrandt e Michelangelo occupavano posti d'onore. Gli intellettuali assisi a questo tavolo erano esperti in tutto, scultura, musica, letteratura. E naturalmente ne parlavano a voce assai alta.

Gli altri commensali, perfino i barbuti al tavolo degli importanti, e le loro mogli con le bluse di seta, cominciarono ad ascoltare queste conversazioni, senza capirci un accidente ma con rispetto nei confronti della gente seduta a quel tavolo.

Il re delle patate tendeva verso di loro l'orecchio peloso e ascoltava attentamente per scoprire di cosa stessero blaterando quegli intellettuali spocchiosi. Sentendoli nominare in continuazione persone di cui non aveva mai sentito parlare né ad Anversa, né a Londra, e neppure in Galizia, cominciò a chiedere in giro, e quando scoprì che a quel tavolo parlavano di libri, scosse il testone e disse:

«Ma perché la gente discute i libri? I libri sono scritti per essere letti! Non per confonderti il cervello. *Ach*, che stupidi!» Decise seduta stante che certamente non avrebbero avuto una razione doppia di cibo.

«Un branco di buoni a nulla oziosi, ecco cosa sono!» disse a sua moglie, ma ciò nonostante li servì senza sbattere i piatti sul tavolo.

Piazzò Gitele a quel tavolo, e lei si avvilì ancora di più. Quando il gruppo vide arrivare una giovane con una bambina, la ignorò completamente. Così Gitele cercò un altro tavolo e si sedette insieme alle donne povere i cui mariti, perfino qui, uscivano a lavorare in modo da poter contribuire al pagamento del conto. Queste donne aiutavano in cucina, lavando i piatti – non si potevano permettere di gettare via pentolini sporchi. Passavano l'intera giornata in una stanza a cucire federe e lenzuola per le stanze dell'albergo. A quel tavolo tutti accolsero con il cuore la bambina di Gitele, la coccolarono, raccontarono a Gitele storie sulle case deliziose lasciate in Belgio; anche se i loro mariti erano semplici operai, avevano posseduto belle cucine con la rubinetteria in acciaio, avevano posseduto credenze e perfino grammofoni.

Qui Gitele si sentì a casa, anche se non proprio.

24.

Un mattino Berman si vestì come uno sposo, con gli abiti più eleganti, e andò a fare la prima capatina a Hatton Garden. Prestò un'attenzione particolare alla barba, strappando tutti i peli grigi spuntati negli ultimi mesi, poi la pettinò, la spazzolò e la lisciò, e la divise con precisione in due. Poi indossò la redingote migliore, quella con i risvolti in seta e un profondo spacco sulla schiena, un bel soprabito in lana con il collo di velluto, i guanti di pelle marroni, e prese l'ombrello di seta nero comprato a Rotterdam. Nel complesso sembrava un banchiere ebreo.

Discese con passo tranquillo lo scalone in marmo dell'hotel, e si avviò nell'ampio corridoio. Si fermò sul lungo zerbino, incassato in un rettangolo di cemento all'ingresso. Fu salutato dal signor Green:

«Buongiorno mister Berman! Esce con questo tempo?»

«Il dovere mi chiama» disse Berman, con un sorriso severo, e uscì in strada.

Le strade erano avvolte da una nebbia fitta e nera e, anche se non pioveva, Berman dopo pochissimo si ritrovò con la faccia umida. Il cielo non si vedeva; quello strato grigio e talmente basso che pareva sempre di toccarlo con la testa non sembrava affatto un cielo. L'asfalto bagnato luccicava, nero e freddo.

«Brrr!» Nonostante gli abiti pesanti e caldi, Berman rabbrividì fin dentro le ossa. Arrivato all'ampio portone dell'albergo esitò. Era il caso di andare avanti o no? Tornare indietro sarebbe stato gramo, ma l'idea di proseguire lo impauriva.

Gli edifici alti della City e il traffico intenso lungo le strade erano avvolti in quel drappo nero. I lampioni parevano le fiammelle delle candele per le anime defunte, sospese qui e là nella nebbia. Lo sferragliare dei pesanti carri merci, lo stridere dei tram, e le grida di avvertimento dei conducenti e dei barrocciai risuonavano ovattati nell'aria spessa. Il traffico era una massa densa, che si stendeva per tutta la strada; si metteva in moto, avanzava, e poi restava bloccato di nuovo. I passanti sui marciapiedi si tenevano vicini ai muri.

Berman allargò le braccia come ali nere per evitare le collisioni con le persone. Dopo pochi metri era già completamente disorientato. Sul bordo del marciapiede alcuni operai stavano riparando le condutture delle fogne. Le pietre del selciato, che erano state rimosse, erano accatastate di lato. La lunga trincea era segnalata da piccole lampade rosse, e grandi torce oscillanti nella nebbia illuminavano una sottile striscia di strada. Un vecchio sedeva in una capannuccia di legno, scaldandosi davanti a un braciere. I carboni ardenti brillavano nell'aria grigia. Gli operai erano lì attorno, appoggiati alle vanghe, fumavano la pipa e facevano commenti sul tempo, come se fosse stato una novità. Alcuni di loro si stavano scaldando di nascosto accanto al braciere. Il sorvegliante, che avrebbe dovuto controllare che gli operai non oziassero, chiacchierava e rideva insieme a loro. La trincea poteva attendere. Ma finalmente uno di loro sentì che non era giusto, e che davvero avrebbero dovuto andare un po' avanti con il lavoro, quindi saltò dentro il fossato e cominciò a spalare la terra. Gli altri continuarono a chiacchierare, ma non lo intralciarono: «Se ci tieni tanto a lavorare, accomodati pure!»

Berman strisciò per un bel pezzo lungo i muri degli edifici, cercando a tentoni di farsi strada nel buio finché arrivò a un crocevia. Un poliziotto alto sollevò la mano guantata di bianco, che nella nebbia pareva sporca.

Berman saltò su un tram, l'interno gocciolava per l'aria umida. La luce verde penetrava a stento nel vapore bluastro. I passeggeri e i sedili sembravano umidi, e biglietti del tram fradici e sporchi erano sparsi sul pavimento nero e fangoso. Berman respirava a fatica.

Il controllore lanciava il grido famigliare: «Biglietti, prego!» e annunciava a ogni passeggero che la nebbia era terribile. I passeggeri gli davano ragione: «Terribile!»

Alla fine Berman arrivò a destinazione.

Un edificio squadrato e sporco, con i muri non intonacati, tegole di ardesia annerite, una finestra spruzzata di fango fin oltre metà altezza, e un'insegna *kasher* smangiucchiata, sporca, bagnata: quel caffè fungeva da Borsa. Berman non credette ai propri occhi.

"È tutto qui?" Perché si era preso la briga di vestirsi elegantemente? Tuttavia vide ben presto che lì dentro c'era tutta Anversa. Conosceva i mercanti, dal primo all'ultimo. Avevano scambiato le redingote di Anversa con abiti inglesi, ma gli affari erano vivaci come quelli della Borsa lasciata in Belgio. Erano seduti attorno a lunghi tavoli coperti da cerate nere, e frugavano nei mucchietti di diamanti come avevano fatto a casa. Come al solito i colori dei diamanti lampeggiavano e cambiavano: azzurro, rosso, verde, oro, bianco brillante. Lucevano e ardevano, incantavano l'occhio, ma i mercanti quasi non guardavano quello spettacolo. Stavano esaminando i diamanti alla ricerca di eventuali fratture, e si sentivano a proprio agio, a casa, come se fossero nati e cresciuti lì.

Per un momento Berman rimase disorientato, rendendosi conto di sembrare un pagliaccio, fuori posto in quegli abiti. Oh, ma insomma, era abbastanza facile cambiare la redingote con abiti inglesi, e se era quello il luogo in cui avrebbe d'ora in avanti dovuto tentare di guadagnare uno o due franchi, ebbene, d'accordo, l'importante era poter fare qualche affare.

I mercanti londinesi bevevano tè con il latte, che pareva caffè. Parlavano inglese con qualche parola di yiddish qui e là, e oltre ai diamanti, si mostravano a vicenda oro, platino e fili di perle. Piccoli commercianti e intermediari che alla Borsa di Anversa non avevano accesso, qui si mescolavano ai pezzi grossi.

"Se la sono cavata bene" pensò Berman. Il fatto che la guerra avesse comportato una loro promozione lo offendeva.

A un tavolo accanto alla finestra sedeva un giovanotto, che frugava non tra mucchietti, ma tra grosse montagne di diamanti. «È così che funziona Hatton Garden? Mmh!» si disse Berman.

«Sta facendo affaroni, quel ragazzo» disse un mercante, andandosi a sedere al tavolo scelto da Berman.

«Che possa continuare a lungo!»

«Ha ancora la bocca sporca di latte, eppure dicono sia ricco sfondato. Lo conoscete?» chiese il mercante.

«Chi non lo conosce? È il genero più anziano di Lieberman, Kuper».

«Oh, ecco, adesso capisco. Viene da Anversa, credo».

«Viene da Anversa, viene da Londra; è qui, è lì, è onnipresente. Cresce! Dicono che supererà addirittura il suocero. Eh, sì!» disse Berman, sospirando, e guardando il giovanotto.

Un uomo anziano con gli occhi giallastri si fermò al tavolo di Berman, tossì, portò la mano sul petto incavato e chiese a Berman se avesse qualche carato, perché lui aveva un cliente. Ma prima che Berman avesse il tempo di rispondere il vecchio se ne andò come se avesse chiesto tanto per chiedere e in realtà non avesse un cliente per quei «pochi carati».

«Ma allora non gli interessa! Che ve ne pare dei miei clienti?» rise Berman.

Il mercante fece un cenno di disprezzo con la mano: «*Ach*! Non vale la pena di far caso a quello. Ci sono un sacco di persone come lui, che stanno solo cercando di convincersi di essere in affari. E guardate là» continuò, «guardate come quegli agentucoli ronzano attorno a Kuper, sembrano mosche, e lui affida loro della merce; è un giovanotto di buon animo, lo devo ammettere».

«Mmmh, insomma, una bontà come quella renderebbe rabbioso un cane!» rise Berman.

Il giovanotto stava scuotendo la testa, gettando indietro la folta chioma che continuava a ricadere sulla faccia rossa. Lanciò uno sguardo attorno a sé con gli occhi azzurri, e poi ricominciò a frugare con le pinzette, fingendo di non vedere la folla di intermediari che osservavano con occhi avidi i suoi mucchi di diamanti.

«Non ci ho *gnente*!» Pensava di riuscire ad allontanarli parlando in modo sgrammaticato, ma gli intermediari finsero di non sentirlo.

«Herr Kuper, vi dò la mia parola, ho un cliente in attesa. Ho disperatamente bisogno di qualche carato».

«Ed è colpa mia? Ci sono anche altri mercanti qui - perché non andate da *lui*?» disse, indicando Berman e ridendo.

«Non mi farei illusioni su quello lì! Preferirebbe tirare le cuoia piuttosto che aiutare qualcuno a guadagnarsi un centesimo in modo onesto».

La cameriera portò un bicchiere di caffè e lo posò sul tavolo. Il giovanotto la tiro a sé e la pizzicò, al che la ragazza si divincolò imprecando e si precipitò a servire un altro tavolo.

«Dunque» riprese Kuper, «ditemi, credete che io non sia in grado di seguire da solo i miei affari? Non mi servono intermediari!»

«Se la sta già cavando senza intermediari!» dissero gli interessati, con triste rassegnazione.

«Potete contare su di lui, sa il fatto suo, è uno in gamba» opinò un intermediario di mezza età, tirandosi la barba a punta e facendo l'occhiolino al giovanotto, come a dire: "Questi idioti non vi capiscono, ma *io* sì!"

«E allora ecco qui!» disse all'improvviso Kuper, distribuendo pacchetti di diamanti. «Ma badate, voglio che li facciate pagare a prezzo pieno. E per oggi non darò via altre merci. Il valore dei diamanti è in crescita, quindi sto perdendo denaro per ogni pietra da cui mi separo».

Gli intermediari non stavano più ascoltando, stavano uscendo tutti nella nebbia fitta. Sulla soglia cominciarono a scribacchiare sui loro quadernetti e poi corsero via, diretti negli uffici dei mercanti.

«Ad Anversa, la Borsa chiude alle tre del pomeriggio, quando è inverno» disse Berman al mercante di Londra.

«Che bello!» rise il mercante. «Se qui funzionassimo solo alla luce del giorno, i diamanti non li tratteremmo nemmeno: a Londra è sempre notte!»

La cameriera portò due bicchieri di tè al limone e Berman bevve il suo senza mai levare gli occhi di dosso a Kuper.

Si avvicinò un ebreo galiziano dalla venerabile barba grigia. Era un ex intermediario che non aveva mai avuto successo e adesso gironzolava perennemente attorno a Hatton Garden.

«Mi stia a sentire, Herr Berman. Ve lo dico, è stupidità pura quella che li tiene aggrappati ai loro diamanti. In fondo siamo in guerra, chi comprerà diamanti, eh? Chi pensa ai diamanti, in un momento come questo? Si sono convinti che il valore dei diamanti sia in crescita, e se li tengono stretti. Accettate il mio consiglio e liberatevi di tutte le pietre che avete. Dopo sarete contento di avermi dato retta. Quegli idioti ci rimetteranno anche la camicia!»

Berman rise.

«Se avessi i suoi soldi, diventerei matto!» proseguì il vecchio, indicando Kuper. «È solo un lattante, eppure è convinto di sapere tutto e non accetta neppure uno straccio di consiglio da chi è più anziano».

«Insomma, non gettate le armi! Che cosa vi impedisce di dargli qualche buon consiglio?» disse Berman, celiando. Si alzò e si avvicinò a Kuper, seguito dal vecchio.

«Come state, Herr Kuper. State faccendo grandi affari?»

«Così così».

«Avete portato le pietre?»

«Sì e no».

«E con questo cosa intendete dire?»

«Che in realtà non ho alcun desiderio di venderli. Il valore dei diamanti sta crescendo!»

«Sciocchezze, baggianate! Non lasciatevi prendere da questa follia che all'improvviso ha contagiato tutti. Sono destinati alla rovina. Che interesse possono suscitare i diamanti in tempo di guerra?» ribatté Berman, utilizzando l'argomentazione del vecchio.

Kuper gli scoccò un'occhiata velenosa e non rispose.

«E allora, ce li avete o no?»

«Li ho, ma li venderò solo secondo il nostro accordo, come vi ho detto. E c'è dell'altro».

«Di che si tratta?»

«Voglio che anche reb Mordecai ci guadagni qualcosa. Sapete cosa intendo».

Le guance ingiallite del vecchio si illuminarono per il piacere: davvero quel giorno avrebbe finito per guadagnare qualcosa?

Berman fece finta di non aver sentito. Kuper tirò fuori un cartoccio dal taschino della giacca, lo scosse e fece cadere sulla cerata nera una dozzina di pietre. I bagliori colorati illuminarono la stanza, come se improvvisamente fosse uscito il sole.

«Sono puri?» chiese Berman, tanto per dire qualcosa nel tentativo di nascondere l'impressione che le pietre gli avevano fatto.

Kuper non rispose.

Berman aveva già visto i diamanti il giorno prima a casa di Kuper, quando aveva esaminato ogni pietra. Ciò nonostante accostò l'occhio alla lente e cominciò a riguardarli. Senza dire una parola tirò fuori il libretto degli assegni e ne compilò uno per Kuper.

«Non ci siamo proprio!» disse con rabbia Kuper, restituendo l'assegno. Berman aggrottò la fronte, preoccupato che Kuper potesse cambiare idea mandando a monte l'affare. Era lunatico, il giovanotto. Berman cominciò a tirarsi la barba e smise solo quando sentì male.

«Perché li avete rimessi in tasca? Vi ho dato la somma che avevate chiesto! Perché non ci stringiamo la mano per siglare l'accordo, con il solito *mazal un brokhe*?»

«E io vi ho già detto ieri, e ve l'ho ripetuto ancora oggi, che voglio che cinque sterline vadano a reb Mordecai».

Berman fece un verso da leone ferito. Se non fosse stato che i diamanti in effetti crescevano di valore di giorno in giorno, avrebbe dato una bella lezione a quel demonietto insolente. Ma cosa poteva fare? Non vedeva tutti i giorni pietre di quella qualità, e non poteva lasciarsele sfuggire tra le dita.

«Sa il diavolo dove si procaccia queste pietre! I migliori diamanti sembrano finire in mano sua. E mantiene una banda di intermediari di cui ha bisogno come di una pallottola in testa. Sperpera soldi a destra e a manca, eppure è ricco come Creso. È sempre la stessa storia, Dio aiuta i furfanti».

Reb Mordecai aveva cominciato a perdere le speranze. “Quell’animaccia nera di Berman non ha mai aiutato nessuno a guadagnare un franco. Da qui non caverò nulla. Se avesse comprato le pietre, potrei sperare in qualcosa. Non capisco perché Kuper stia mercanteggiando con lui. Mi accontenterei di tre sterline, ma perfino due mi farebbero molto comodo” pensò il vecchio, riducendo gradualmente le aspettative.

Ma nulla riuscì a far deflettere Kuper: né l’obiezione di Berman, il quale sosteneva di non capire cosa c’entrasse reb Mordecai, visto che le pietre venivano direttamente da Kuper, e Mordecai non aveva alcun ruolo nella transazione, né la silenziosa preghiera del vecchio, che sperava in un ammorbidimento di Kuper.

«Non ho intenzione di schiodarmi di un solo centimetro dal nostro accordo». Kuper cominciò a esaminare un mucchio di diamanti grezzi e sorrise con doppia soddisfazione. Le suppliche di Berman gli davano un gran godimento. Ma ancor più lo mandava in solluchero il fatto che la cameriera continuasse a gironzolare attorno al suo tavolo e ogni volta, quando lui la pizzicava, la ragazza si lagnava accusandolo di non comportarsi da gentiluomo. Non prestò alcuna attenzione a Berman, che alla fine compilò un altro assegno e lo porse a Kuper. Questi capì che Berman avrebbe tanto voluto ficcargli quell’assegno in gola, e questo lo rese felice.

«Ecco qui, reb Mordecai, cinque sterline sono per lei». Diede al vecchio cinque banconote verdi e nuove e reb Mordecai credette a stento ai propri occhi.

«Insomma, Kuper, siete certamente un mercante abile, inutile negarlo» disse Berman, complimentandosi con Kuper in modo che questi non pensasse di averlo impoverito. Ma la visione della mano tremante di reb Mordecai gli riuscì intollerabile.

«Vedete, reb Mordecai? È questo il modo di cavare sangue da una pietra!» disse Kuper, ridendo.

«Per questo meritereste di essere premiato con benedizioni e successi, per tutta la vostra vita!» esclamò il vecchio, tremando per l'emozione.

Berman tirò fuori ancora una volta i diamanti dall'incarto, si accostò la lente all'occhio, anche se era del tutto inutile, e li girò e li rigirò. Colpite dalla luce elettrica le pietre brillarono ed emanarono scintille variopinte. Berman fissò quella lucentezza. Come una madre amorevole guarda negli occhi l'unico figliolo, e va in estasi davanti a tanta purezza, il mercante scrutò i diamanti per la centesima volta, gongolando per le pietre ora in suo possesso, e riluttante a riporle, perché gli spiaceva perderle di vista. Le scostò con le pinzette, per quanto fossero così grosse da poter essere tenute tra le dita. Per poco non rise forte, da tanto era contento.

«Merce favolosa!»

Avrebbe presto schiacciato Kuper, senza difficoltà alcuna! Quello era interessato più alle ragazze che non ai diamanti. Vendere pietre di quella qualità in un momento simile, quando i diamanti stavano salendo di prezzo? Pur avendo alle spalle il suocero, il giovanotto era solo un maledetto ciarlatano, non certo un vero mercante. Berman trasse un piacere maligno da questi pensieri, vendicandosi della ferita e dell'umiliazione che Kuper gli aveva provocato. Ordinò una bistecca.

L'aroma delizioso del sughetto marrone gli stuzzicò l'appetito. Berman mise la barba al riparo dietro al tovagliolone bianco, e intingendo il pane nell'intingolo succulento e nel rafano piccante, si crogiolò in quel piacere.

«Oh, ma guarda un po'! Chi ti vedo?» Era Shapiro. Si

sedette di fianco a Berman come un vecchio amico, stringendogli la mano a lungo e con vigore. Anche Berman era contento.

«Siete in Inghilterra da molto tempo?» chiese Berman.

«Sì, sono venuto qui non appena è scoppiata la guerra».

«E allora come va? State facendo affari?»

«E che altro dovrei fare, scrivere foglietti per *mezuzah*? E voi?»

«Insomma! Questa è la prima volta che vengo a Hatton Garden, quindi come avrei potuto lavorare, finora? Vedo che qui tutti si vestono all'inglese» disse Berman, osservando l'abito nuovo di Shapiro.

«Paese che vai, usanze che trovi...» Shapiro si compiacque che il suo abito nuovo non fosse passato inosservato.

Venne a sedersi con loro un terzo uomo. «Ah, Herr Mandelboym!» disse Shapiro. «Non parlate tedesco, qui dentro; è meglio non farlo».

Mandelboym si levò il cappello, e il cranio bianco e pelato brillò. Aveva le orecchie a sventola, gli occhi infossati e luminosi, le guance pallide e grasse, le labbra rosse e carnose. Sembrava più un porcellino che un essere umano.

Berman si concentrò sulla bistecca e finse di non vedere Mandelboym, che da sempre considerava persona molesta.

«E allora come state, Herr Berman?» chiese Mandelboym, ignorando la palese antipatia di Berman nei suoi confronti. A Mandelboym non importava godere della simpatia della gente.

«E voi?» chiese Berman, senza alzare gli occhi dal piatto.

«Sto *alright*» rispose Mandelboym che già infilava parole inglesi nel suo yiddish, «a parte il fatto che qui non si trova niente di decente da mangiare. A pranzo a me vanno le tagliatelle, e uno direbbe che con i miei soldi non dovrebbe essere un problema farsele servire, no? Se non posso avere le tagliatelle, il mio *dinner* non è un *dinner*. E la carne non è carne e il pesce non è pesce. "Vi dovrete accontentare di qualcos'altro" dice quella smorfiosa di cameriera – spero che i vermi se la mangino! Se non avessi dovuto incontrare un mercante, certo non avrei messo piede in questo postaccio schifoso!» Ormai inferocito dal monologo, Mandelboym si rimise in testa il cappello e se ne andò senza neppure dire arrivederci.

«Ma che vada all'inferno!» rise Berman. «Lui e i suoi *dinner*!»

«E anche voi e i vostri affari inesistenti!» disse Kuper, che era comparso all'improvviso al loro tavolo. Era stato sul punto di uscire per tornare a casa quando lo aveva colto il desiderio di punzecchiare ancora un po' Berman. Shapiro fece una risatina, Kuper salutò Berman e se ne andò.

«Dovremmo andare anche noi» disse Berman, vedendo penetrare da ogni crepa volute di nebbia densa e color del nerofumo. Quando Shapiro aprì la porta, una massa spessa e nera li avvolse, facendo bruciare gli occhi e pizzicare il naso. Uscirono in strada e il freddo tagliò loro le carni. Si presero a braccetto come una coppia di anziani coniugi, e rabbrividendo si avventurarono nel buio alla ricerca di un taxi.

25.

Gitele rimase sdraiata a tormentarsi per giorni e giorni sul letto di ferro della stanzetta della servitù al sesto piano dell'albergo.

Perché Dovid se n'era andato senza neppure dire arrivederci a lei o alla loro figlia, per un viaggio dal quale era molto facile non tornare? Che cosa aveva fatto, lei, per meritarlo? Continuava a farsi le stesse domande e non riusciva a trovare una spiegazione per quanto era successo tra loro. Aveva semplicemente voluto liberarsi di lei? Forse non l'amava più. Ma in cuor suo Gitele sapeva che Dovid l'amava, e allora perché lo aveva fatto?

E mentre ci rimuginava, le pareva di risentire ogni tocco della sua mano e ogni carezza, e di vedere lo sguardo di Dovid, con un amore infinito in quegli occhi scuri. Era invasa da un calore tale che faticava a respirare. E al tempo stesso era profondamente turbata. Perché aveva lasciato che lui disponesse di lei a proprio piacimento?

Gitele era piena di vergogna e desiderio. Si sentiva in fiamme. Sapeva che se Dovid fosse tornato in quel momento, lei non avrebbe avuto esitazioni. Sarebbe andata con lui, avrebbero fatto l'amore. Voleva che tutto succedesse ancora, come prima.

E Leybesh? Cosa gliene importava, di *lui*? Gitele odiava Leybesh per il modo in cui a volte rideva di Dovid. Leybesh, pensava, è solo un socialista senza cuore. Se solo Dovid fosse tornato, o almeno le avesse scritto una lettera.

Di notte nelle ore insonni, al freddo sotto il copriletto marrone d'ordinanza, l'immagine di Dovid le compariva sempre davanti. Erano da soli nella stanzetta misera di Somersstraat e Dovid l'aveva sollevata tra le braccia, come se Gitele fosse stata una bambina. Non aveva avuto la forza di resistere, e perché negarlo? Non aveva avuto alcuna intenzione di resistere. Arrossì nel ricordare. Sentì le dita di Dovid esplorarle delicatamente il corpo. Aveva cercato di parlare, ma Dovid aveva sussurrato: «Non dire nulla, Gitele, silenzio, tesoro mio!» coprendole la bocca con le labbra sensuali, e baciandola e ribaciandola fin quasi a soffocarla.

E adesso – neppure una lettera. Premette la faccia contro il guanciale duro e pianse sui ricordi con uno strano miscuglio di vergogna e felicità.

Dalla culletta verde si levò un pianto: «Mamma! Mamma!»

Avrebbe voluto chiedere a Leybesh di andare a vedere che cosa volesse la bambina, ma vedendo il letto del compagno ancora intatto e vuoto, rabbrividì e si alzò. La bambina stava strillando: «Papà! Voglio papà!»

Gitele le diede da bere, mosse dolcemente la culla e cantò una ninnananna, tremando per il freddo e l'agitazione. Vide gli occhi scuri della piccina, gli occhi di Dovid, chiudersi a poco a poco, velati da ciglia che nel sonno parevano ancora più folte. La guardò per un po' e si rese conto che crescendo sarebbe venuta ad assomigliare moltissimo alla sorella di Dovid; sarebbe diventata una bellezza come Jeannette.

La bambina si era riaddormentata di un sonno profondo.

Gitele era stanca e infreddolita e l'immagine di Dovid sbiadì. Si sforzò di continuare a rivivere i ricordi, ma adesso le pareva di essere nella nebbia; riusciva a vedere la bambina, ma non Dovid. Pensò al modo in cui Leybesh spesso scrutava intensamente la figlioletta, e ogni volta dopo averlo fatto non tornava a casa per giorni. Gitele non si riaddormentò prima dell'alba.

Quando si svegliò dal sonno inquieto, la prima cosa che notò fu il letto vuoto di Leybesh, ed era chiaro che non ci aveva dormito. La bambina si tirò su a sedere, ridendo allegra, allontanò lenzuola e coperte e chiamò il padre che venisse a tirarla fuori. Poi scoppiò a piangere: «Dov'è papà?» Cominciò a pestare i piedini e a ululare: «Voglio Leybesh! Torna a casa». Poi, solleticata nel sentire la propria voce chiamare «Leybesh» il papà, cominciò a ridacchiare.

Leybesh in albergo non c'era quasi mai, perché era assai impegnato. Conosceva tutti i contatti di Londra. In realtà, però, i socialisti di Londra non erano particolarmente incantati da Leybesh – a Londra c'erano pezzi di gran lunga più grossi di lui, e la notevole conoscenza del *Capitale* di Karl Marx mostrata da Leybesh su di loro fece ben poco colpo.

Ben presto lo estromisero non affidandogli mai compiti importanti. Il modo in cui vantava il proprio sapere gli fruttò l'avversione dei compagni. Ogni volta che tentava di intervenire in una discussione, chi la presiedeva o non vedeva la mano alzata di Leybesh, o stracciava il foglietto che lui gli aveva fatto avere, e la parola veniva immancabilmente data a qualche giovanotto insignificante, ma mai a Leybesh.

E così Leybesh a poco a poco prese le distanze da questi circoli. Tuttavia moriva dalla voglia di fare qualcosa. Tentò di fondare un proprio circolo, ma fallì. Altri compagni che nutrivano del risentimento contro la cricca avrebbero tanto voluto rompere con questa e unirsi a Leybesh ma chissà come non lo fecero mai.

Nel frattempo in albergo erano cominciate ad arrivare lettere, e tutte dicevano la stessa cosa: servivano operai. I piccoli imprenditori venivano di persona a reclutarli. La guerra faceva sì che ci fosse un'abbondanza di lavoro e una penuria di braccia. Questi sarti, ciabattini e cappellai da quattro soldi che in precedenza avevano tirato avanti con il lavoro familiare, avvalendosi del solo aiuto di mogli e figli, adesso avevano bisogno di trenta o quaranta dipendenti. I soldati che si stavano preparando ad andare al fronte avevano necessità di uniformi khaki, scarpe, camicie e berretti. Gli imprenditori firmavano contratti con il governo, ma non erano in grado di consegnare la merce in tempo. Si stavano grattando la testa, incapaci di risolvere il problema.

Leybesh fu il primo ad andare a lavorare. Era eccitato come un bambino: per la prima volta in vita sua era richiesto, e avevano bisogno delle sue mani. Ben presto, però, la gioia cominciò a scemare, quando il giovanotto cominciò a riflettere che stava facendo la sua parte nella guerra «imperialista».

Osservava le ragazze con i capelli corti, le larghe tracolle di cuoio sulle spalle esili, gli stivaloni alti con i lacci e le gonne corte, che si raddrizzavano i berretti da uomo sulle testoline graziose e gridavano con una luce di trionfo negli occhi: «Biglietti, prego!» Erano efficienti nel lavoro come se lo avessero fatto per tutta la vita. Questo a Leybesh dispiaceva. Se solo le ragazze come quelle, in tutto il mondo, avessero dedicato la propria energia illimitata a un'altra causa! Se solo avessero aperto i loro occhi vivaci, e si fossero sbarazzate dei governi che erano la causa di quell'inutile bagno di sangue, che magnifico ideale avrebbero contribuito a realizzare. Lo irritava che traessero tanta soddisfazione dal lavoro. Occhi così luminosi, eppure così ciechi!

Ma Leybesh che poteva dire di se stesso? Non stava forse entrando in un laboratorio a stirare calzoni militari? E magari, vai a saperlo, un Dovid qualunque in un posto o in un altro sarebbe morto con indosso un paio di calzoni stirati con cura proprio da Leybesh. E quante madri, ebree o gentili, si sentivano morire ogni giorno un po' di più, divorate dall'angoscia per i figli al fronte?

Il mondo però non prestava alcuna attenzione alle idee di Leybesh. Le donne lavoravano ovunque, nelle fabbriche di munizioni, sui tram e sugli autobus, lavoravano perfino per le ferrovie. In numero sempre maggiore rimpiazzavano gli uomini andati al fronte. Si erano dimenticate che le femmine sono creature delicate, bisognose di vizi e coccole. Non erano solo ragazze, anche le donne di mezza età si tagliarono i capelli, ripararono con caschetti le teste muliebri, indossarono uniformi blu, guanti bianchi e brutte scarpe mascoline. Le facce segnate dal lavoro all'aria aperta presero tratti maschili mentre facevano la guardia o dirigevano il traffico, efficienti quanto un poliziotto. Stavano compiendo il proprio dovere per il bene del re e del paese, con vigore e pazienza straordinarie. Perfino i borseggiatori di Soho e i ragazzi di strada di Aldgate cominciarono a nutrire rispetto nei confronti di quelle femmine poderose. Smisero di fare battute a doppio senso e di ridere in faccia alle poliziotte con l'elmetto.

Le donne amavano il lavoro. Scoprirono all'improvviso di essere una forza nel paese, una forza con cui in seguito si sarebbero dovuti fare i conti, e non avevano alcuna intenzione di restare confinate nei laboratori a cucire calzoni. Le ragazze ebree scoprirono che c'era una gran richiesta di impiegate. È possibile imparare a stenografare e a scrivere a macchina in sei mesi, così perfino la più povera delle madri risparmiò fino all'ultimo *ha'penny*, e quando le figlie finirono la scuola all'età di quattordici anni non le spedirono in fabbrica; invece di operaie, aspiravano a farne delle impiegate, a farle lavorare con il cervello anziché con le mani.

I lavoratori vivevano nella bambagia: i padroni li trattavano come principi. Quando i proprietari ebrei di laboratori di sartoria vennero a reclutare manodopera tra i rifugiati, scoprirono che ad Anversa quel mestiere era del tutto sconosciuto. Laggiù si poteva fare qualunque altro lavoro: tagliatori di diamanti, lucidatori e addetti al clivaggio, mercanti di basso rango e intermediari, commercianti, venditori ambulanti, accattoni – tutto di tutto fuorché sarti e cappellai. Ma gli imprenditori ebrei non si lasciarono smontare.

«Vi insegneremo noi come si fa! Vedrete, non è affatto un brutto lavoro! Venite, e andrà tutto bene! *Chiunque* può diventare uno stiratore! Perfino un lattante lo può fare. Chiunque può imparare a far funzionare una macchina per cucire. In una settimana diventerete degli esperti!»

Alle ragazze dissero: «Anche se i calzoni non sono assolutamente perfetti, significa forse che i soldati non riusciranno a indossarli quando sono acquattati in trincea? Venite a lavorare per me, forza. Andrà tutto bene!»

Leybesh fu il primo a offrirsi volontario. Il primo giovedì il capo gli disse: «Perché mai dovresti tornare in albergo? È una scocciatura arrivare fin là! Un po' di cibo a me non cambia nulla; se sfamo dieci bocche ne posso sfamare undici. Laggiù ti danno da mangiare roba sana e fresca? Vedo che sei un bel giovanotto come si deve». Il capo offrì a Leybesh una stanzetta tutta sua, e Leybesh colse al volo l'occasione. Era desideroso di mettere la maggiore distanza possibile tra sé e l'albergo, e Gitele e la bambina.

Quella sera Leybesh depose il ferro nel preciso istante in

cui l'orario di lavoro finì, ma il giovanotto magro e scuro d'occhi cui era affidato non diede alcun segno di essere intenzionato a smettere di lavorare. E come se non bastasse il capo si stava tirando nervosamente la barba, e implorava, con occhi supplici, che si facessero un po' di straordinari.

«Non lavoro di *Shabbes*» spiegò a Leybesh, «così il tempo scarseggia e io devo consegnare al più presto».

Leybesh esitò. Era contrario agli straordinari per principio, e anche la *mitzvah* che avrebbe compiuto aiutando il capo a osservare il sabato contrastava con la sua filosofia. Però il padrone sembrava tanto una brava persona che Leybesh non poté rifiutarsi e continuò a lavorare fino a notte inoltrata.

Jack, l'istruttore di Leybesh, sbatté giù il ferro, emettendo nuvolette di fumo di sigaretta dalle narici. Era arrabbiato con Leybesh che non si applicava a sufficienza e stava facendo pasticci con i pantaloni. O li inumidiva troppo o li stirava che erano completamente asciutti.

Il padrone finse di non sentire, e canticchiò una melodia chassidica per tenersi sveglio. Disse alla figlia maggiore, Katy, di andare a letto. Ma Katy rifiutò il privilegio e insisté per continuare a lavorare insieme agli uomini, e mentre cuciva non fece che lanciare occhiate a Leybesh.

Alla fine sistemarono il lavoro sulle sedie e andarono a dormire. Al mattino, quando Leybesh si alzò e si vestì, ancora mezzo addormentato, il padrone era già in piedi e con una candela in mano stava bussando con delicatezza a una delle porte sul davanti della casa.

«Ragazze, è ora di alzarsi!» chiamò piano, con tono lievemente colpevole. «Sono quasi le sette».

«Va-aaa be-eene!» dall'altra parte della porta arrivò una voce assonnata, accompagnata da uno sbadiglio rumoroso.

«Buongiorno! Perché vi siete alzato così presto?» La moglie del padrone, che stava portando un bricco di latte, salutò Leybesh in modo cordiale. «Avete mai sentito niente di così stupido? Non sono neppure le sei, e sta già svegliando l'intera casa. Gli estranei vorrebbero dormire un po' di più, ma lui non glielo consente. Come se le nostre figlie non conoscessero i suoi trucchetti! Resteranno a letto ancora un'altra ora in barba ai richiami, quindi perché continua a fare così? È pazzo, ecco, è questo il punto!» esclamò, con rabbia.

«Ma cosa volete che ne sappia una donna!» la rimbeccò il capo. «Non riesco a cacciarle in testa che se alle ragazze dico la verità, quelle si girano dall'altra parte e alle sette mi tocca tornare lì a svegliarle per la seconda volta! Mi dicono: fa freddo, c'è nebbia, è buio, lasciaci dormire!»

«Lasciaci dormire, lasciaci dormire!» disse la moglie, imitando il marito e girando un'aringa affumicata nella padella.

«Vi andrebbe di fare colazione?» chiese a Leybesh, rivoltando un'altra aringa.

Leybesh in effetti avrebbe voluto qualcosa da mangiare, ma l'odore delle aringhe gli fece passare l'appetito.

«Grazie, sì, gradirei un caffè se ne prendete anche voi, e magari un panino dolce».

«Perché non prendete un'aringa? Sono buone! Mi piacerebbe tanto poterne mangiare in continuazione! Le *mie* aringhe non impestano di puzza tutta la casa, come quelle del vicino. A casa mia potrebbe mangiarci il re in persona, lo giuro!»

Di lì a poco si sentì del baccano in corridoio, la porta si aprì e fecero irruzione, una in fila all'altra, una serie di giovinette.

«Buongiorno! Oh no, ancora aringhe?» esclamò una ragazza d'una ventina d'anni, in apparenza la più giovane.

«Sadie, tesoro, domani preparerò qualcos'altro».

«Domani per cambiare ci offrirai aringhe intere leggermente affumicate!» rise Sadie, mettendo in mostra due file di dentini bianchi appuntiti come quelli di un cucciolo.

Quando si accorse della presenza di Leybesh si zittì e si sedette a tavola. Le altre ragazze girarono per la stanza, alla ricerca di chissà cosa, o pettinandosi e incipriandosi il naso. Jack arrivò con i capelli ritti sulla testa, in ciabatte, con le bretelle penzolanti sopra i calzoni, e la camicia sbottonata, sotto la quale si vedeva il folto e nero pelame del petto.

«Buongiorno, Sadie!» disse, abbracciando la più giovane delle figlie, che lo spinse via con entrambe le mani. Strillava estasiata e se la prendeva con lui al tempo stesso: «Giù le mani, lurido cane!»

Il ragazzo stava per ricominciare, ma vide Leybesh e si fermò.

Quando ebbero finito di mangiare, le ragazze bevvero il tè stando in piedi, gridarono arrivederci al mondo in generale, e scapparono via per salire sui loro autobus o tram affollati per andare in ufficio.

Una volta uscite tutte, la vecchia si sedette a godersi la pace e il silenzio. «Oh, Dio, ti ringrazio!» sospirò, sollevata.

Il signor Marks, il padrone, spense la lampada e la stanza piombò nell'oscurità. Lanciando uno strillo, sua moglie si alzò e riaccese il gas. Per la stanza vagavano vapori di nebbia dal malinconico colore verdastro. Il signor Marks si pettinò la barba rada e i pochi capelli grigi che gli spuntavano sulla sommità del cranio, indossò lo scialle da preghiera e i filatteri e cominciò a pregare.

La vecchia apparecchiò la tavola, tirò fuori un'aringa e un cetriolo sotto aceto e una pagnotta scura. A Leybesh venne l'acquolina in bocca e prese un pezzo di pesce.

«Ah, un vero ebreo dalla vecchia madrepatria!» approvò il padrone. Vedendo Jack uscire per andare a prendere un pacchetto di sigarette, continuò: «Ma guardate Jack, quel selvaggio! Non si degna neppure di assaggiare un pezzetto di aringa. E quello che mangiano queste ragazze non è affatto di mio gusto. Non accetterei cento aringhe affumicate in cambio di un cetriolo sottaceto».

«Insomma, non abbiamo scelta, ci tocca sopportarle!» sospirò sua moglie: «Visto che sono loro che ci mantengono, comandano anche, non lo vedi?»

Il signor Marks aggrottò la fronte imbarazzato. Non voleva far sapere a Leybesh che fino a poche settimane prima si era fatto mantenere dalle figlie. Tuttavia non fece commenti.

«Questa guerra per noi è un miracolo!» disse la vecchia, guardando con disprezzo il marito.

Il venerdì sera, il signor Marks invitò Leybesh ad accompagnarlo in sinagoga, e Leybesh accettò, perché non aveva un altro posto dove andare. Il signor Marks era al settimo cielo.

«Oh, è magnifico incontrare un vero ebreo della vecchia madrepatria! Quel Jack non verrebbe mai in sinagoga con me. Si venderebbe tutte le case di preghiera del mondo per una partita di calcio!»

Il signor Marks si mise un davantino e polsini di cartone, trovò il cilindro e si avviarono.

La sinagoga era illuminata a giorno con lampade elettriche, e davanti all'Arca Santa pendeva una tenda di velluto ricamata in oro zecchino, opera uscita dalle mani della presidentessa del gruppo delle signore. Sulla *bima*, che pareva il palco di un teatro, c'era il cantore, un tizio grasso con la faccia congesta, vestito con una redingote nera e un davantino candido e inamidato. Il colletto tondo e lucido sembrava un bagel crudo, appena sbollentato e pronto per essere infilato nel forno. Circondato dai suoi aiutanti fece un discorso per dare il benvenuto allo *Shabbes*.

Gli uomini della congregazione, che girarono all'unisono la testa per accogliere i nuovi arrivati, sembravano più pezzi di legno che ebrei normali.

«Salve, signor Marks!»

«Buon *Shabbes*, buon *Shabbes*» rispose il signor Marks, sorridendo soddisfatto, e lanciando un'occhiata a Leybesh, come a dire: "E *adesso* lo vedete chi sono? Anche se non sono ricco, in sinagoga mi onorano come se fossi il più abile e raffinato dei sarti".

«E chi è questo giovanotto?» chiese un tizio robusto che portava una grossa Stella di Davide d'oro, appesa a una catena. Senza aspettare risposta, proseguì: «A-ha, signor Marks, ora capisco. *Mazal tov*, congratulazioni!» e a Leybesh disse: «Giovanotto, con il signor Marks siete a posto. È il nostro lettore della Torah, sapete, e non tutti sono in grado di farlo. Insomma, io no di sicuro. Ah, ah, ah!» Rise allegramente delle proprie carenze.

Il signor Marks aprì bocca per dire qualcosa, ma cambiò idea: era chiaro che pensavano... ma perché no, non c'era niente di male nel lasciarglielo credere...

«Quello è il nostro presidente. È un riccone, sapete!» disse il signor Marks a Leybesh, crogiolandosi nella gloria riflessa. «Possiede una trentina di laboratori. Era un semplice sarto, ed è ancora in grado di mostrare ai dipendenti come si fa un cappotto di gran classe».

Tornando a casa dalla sinagoga, Leybesh si stupì per ciò che vide. Attraverso le finestre delle casupole sbilenche e misere, lo *Shabbes* si affacciava con aria imbarazzata. Nelle stanze sul retro dei minuscoli laboratori brillavano due o addirittura quattro candelabri in ottone sulle tavole imbandite per il pasto serale. Le fiamme tremolavano timide nell'osservare quelle mani che un'ora prima avevano coperto gli occhi delle donne mentre recitavano la benedizione sulle candele, e adesso volavano sui pantaloni e sulle giacche dell'esercito, lavorando con perizia, creando asole, cucendo bottoni, sfilando imbastiture. Gli uomini sedevano alle macchine, cucendo insieme pezzi di stoffa marcati con il gesso, e gli stiratori sollevavano i ferri, sputandoci sopra per verificarne la temperatura, e poi picchiandoli energicamente sui capi finiti, cosicché le fiamme delle candele sabbatiche saltavano e tremavano, proiettando ombre sulle pareti sudicie.

In una di queste stanze sedeva una vecchia con la faccia magra e scura, tutta rughe e solchi, con una parrucca nera. Stava giocando con un bambino. Fingeva di toccare la fiamma della candela con le dita sottili e poi toccava il collo del bambino, e ogni volta diceva «ghiri ghiri ghiri!» Il bambino rideva come un matto, cercando di imitare la vecchia. Questa stava evidentemente cercando di intrattenere il nipote in modo che i genitori potessero continuare a lavorare. Gli ebrei che tornavano a casa dalla sinagoga passavano per i laboratori ed erano interessati a scoprire quanti dipendenti all'opera avessero i loro conoscenti. A differenza di Leybesh, che guardava sbalordito, non erano affatto stupiti da quel fervere di attività.

«Perché le donne hanno acceso le candele?» chiese. «Sono religiose?»

«Ah, ah! Siete proprio il tipico immigrato arrivato da poco! Vi pare scioccante lavorare di *Shabbes* con le candele accese? Qui funziona così! Avete visto quella vecchia? Quando è arrivata dalla Polonia due anni fa era così sconvolta che se ne voleva tornare a casa. Non faceva che piangere perché la gente lavorava di *Shabbes*, e si rifiutava di mangiare a casa della figlia, ma adesso come potete vedere ci ha fatto il callo. Scoprirete presto, signor Bruckner, che a Londra è molto, molto difficile osservare il sabato!» concluse il signor Marks, con una certa aria di superiorità.

Dopo mangiato la signora Marks tirò fuori da un sacchetto di carta, scuotendolo, un mucchietto di noccioline americane, mise in tavola un piatto di arance, banane e uva, e andò a letto, stanca morta. Il signor Marks annunciò a Leybesh che sarebbe uscito di nuovo, perché l'associazione di ebrei del suo *shtetl* si riuniva ogni venerdì sera per studiare una porzione dello *Eyn Yankev.** «E un membro dell'associazione non può essere un contadino ignorante» disse, andandosene.

* *La fontana di Giacobbe*, libro religioso popolare del XVI secolo.

26.

Berman se la stava cavando benissimo. Non solo gli erano stati concessi un appartamento assai confortevole e un sussidio, ma a Hatton Garden faceva affari. Passava il tempo a comperare diamanti. Non si prendeva la briga di vendere, a quello pensavano i suoi intermediari. C'era sempre gente desiderosa di comperare da Berman, perché lui era un genio nell'annusare e strappare affaroni. Prima che gli altri mercanti si rendessero conto di avere per le mani pietre per le quali avrebbero avuto molti acquirenti entusiasti, Berman l'aveva già capito in un batter d'occhio. Si presentava, faceva smorfie, arricciava il naso e chiedeva con noncuranza il prezzo. Poi scoppiava a ridere e cercava di persuadere il mercante che non poteva dire sul serio, di sicuro stava scherzando.

E sebbene anche gli altri mercanti fossero parecchio astuti, Berman riusciva a ottenere le pietre migliori a un prezzo basso. Pagava sempre in contanti, e per quanto i colleghi si rendessero conto che comprava solo a prezzi stracciati, la tentazione offerta dalle sue sterline britanniche era troppo forte. Sapevano anche che con Berman non si correva il rischio di restare svegli la notte con il pensiero che potesse fare bancarotta, e così erano felici di fare affari con lui. Era anche risaputo che Berman comprava volentieri merci che gli altri non volevano avere per le mani, e quindi per alcuni era vantaggioso restare in contatto con lui.

Era lo stesso con i tagliatori e i lucidatori che impiegava. Esigeva un lavoro perfetto, di alto livello, ma offriva compensi infimi, sfruttando i lavoratori fino all'ultima goccia: nessun tagliatore o lucidatore si sarebbe potuto mantenere lavorando per Berman, a meno che non fosse disposto a lavorare quindici ore al giorno. Ciò nonostante i lavoranti, come ai tempi di Anversa, sgomitavano per essere presi, per il semplice motivo che con Berman non c'erano tempi morti, e lui era uno che non licenziava. Se un operaio soddisfaceva Berman, il lavoro era suo a vita. Non assumeva mai *goym*. Non gli garbava il loro modo di fare le cose e nemmeno il loro modo di pensare. Non erano capaci di prendere una decisione da soli, e perfino per le faccende più banali correvano a consultare il segretario del sindacato e non muovevano un dito senza il suo assenso. E quando quel funzionario si pronunciava, i lavoratori *goym* reclamavano i propri diritti e ai padroni saltavano i nervi per la frustrazione! (Non che quei pochi ebrei iscritti al sindacato fossero meglio). Per queste ragioni Berman schivava i lavoratori non ebrei come la peste. Per lui era un mistero come tanti operai ebrei fossero disoccupati e alla ricerca disperata di un po' di lavoro, eppure gli ebrei che possedevano laboratori assumevano i gentili. Come ebreo Berman si sentiva in dovere, prima di qualunque altra cosa, di aiutare altri ebrei a sbarcare il lunario. No, decise, Dio non lo avrebbe punito per questo.

Adesso che non produceva diamanti tagliati e lucidati, aveva tempo per curiosare in giro, e così aveva acquistato parecchia merce. Di tanto in tanto gli si insinuava nella mente il doloroso tarlo che il valore dei diamanti potesse crollare. Scacciava quest'ansia seccante con la stessa decisione mostrata in molte occasioni di vario genere, quando Berman era stato di diverso avviso rispetto ai più, e poi alla fine si era visto che aveva ragione lui.

Berman aveva fatto un unico cambiamento significativo rispetto al passato: aveva cominciato a vivere in maniera più modesta, rinunciando ai lussi di un tempo. Le tre stanze dell'appartamento le lasciò come le aveva ammobiliate il comitato, senza aggiungere o cambiare alcunché. E poiché aveva parecchio libero, e per Berman le ore di ozio erano una tortura, cominciò a occuparsi di faccende domestiche e a controllare fino all'ultimo soldo tutto quel che Rochl spendeva.

Rochl era spesso ammalata e Berman senza fare una piega si metteva ai fornelli. Il dottore gli spiegò che sua moglie era debole di cuore, quindi non avrebbe dovuto lavorare e soprattutto avrebbe dovuto evitare le preoccupazioni. E così Berman si comprò un grembiule bianco e dimostrò di possedere capacità culinarie all'altezza delle doti di mercante di diamanti. In fondo più di una volta aveva sminuzzato il pesce per aiutare la madre quando lei era impegnata in negozio. Sapeva esattamente quanto pepe, sale, zucchero e mandorle amare occorresse aggiungere all'impasto. Il pesce, aveva spiegato a Rochl, doveva essere cotto per tre ore, a fuoco basso, senza esagerare con l'acqua e, soprattutto, in un tegame scoperchiato.

Ogni giovedì preparava il pollo: lo rendeva *kasher* e lo bruciacchiava, esaminandolo con la stessa attenzione che dedicava ai diamanti, accertandosi che non gli rimanesse attaccata neppure una piuma. E raschiava con altrettanta cura il pesce, tastandolo con le dita per essere certo di aver rimosso tutte le squame. Gli tagliava la testa e la metteva in una ciotola profonda in modo che non potesse saltare fuori, lasciando colare il sangue. Se la testa del pesce cominciava a muoversi a scatti nel proprio sangue finché l'ultimo alito di vita non l'abbandonava, o saltava sul pavimento e giaceva lì, morta, allora Berman gemeva su quel po' di sangue nello stesso modo in cui gemeva quando credeva di aver fatto un acquisto incauto in Borsa.

Quando Jeannette vedeva la testa del pesce sul pavimento, cominciava a gridare, con gli occhi mezzi fuori dalle orbite: «Papà, aiuto, muoio! Non toccarlo, ti prego!»

A Jacques invece quella nuova vita piaceva. Si divertiva moltissimo a fare a pezzi le cassette di arance per avere legna da ardere, e lo estasiava vedere il padre indaffarato in cucina, con il grembiule bianco sporco di sangue. «Papà, mi sembri proprio uno *shochet*!» Al che Jeannette obiettava: «Ti sbagli di nuovo: sembra un chirurgo».

Berman godeva nel prepararsi allo *Shabbes* tanto quanto in passato aveva goduto nel distribuire cartocci di diamanti nel suo ufficio in Pelikanstraat. Rochl d'altra parte, trovò assolutamente impossibile seguire il consiglio del medico che le diceva di evitare le preoccupazioni, e naturalmente non le mancavano motivi di agitarsi. Quando riceveva una cartolina di Dovid, con metà del testo oscurata dal censore, andava in crisi, rifiutandosi di credere a Dovid che la rassicurava scrivendo che andava tutto bene. Si chiedeva che cosa avesse cancellato il censore. E se la posta tardava arrivare, era comunque preoccupata. Poi si ricordava che le era stato detto di non preoccuparsi, e questo non faceva che accrescere l'ansia.

Come se non bastasse, Jeannette aveva cominciato a comportarsi in maniera del tutto inappropriata. Rochl era terrorizzata all'idea che potessero presentarsi di nuovo problemi simili a quelli creati da Dovid. Jeannette stava diventando grande, e per parecchi giorni non tornò a casa. Rochl aveva una paura tremenda che Berman lo scoprisse. La situazione le pareva allarmante, Jeannette era una bella ragazza, e aveva un carattere cocciuto e tempestoso. Rochl era a disagio, anche perché sentiva il peso della responsabilità di tenere nascosto a Berman il comportamento di Jeannette, anche se il suocero l'aveva diffidata dal confidarsi con il marito.

«Lo sai, ha un carattere impetuoso e pronto all'ira. Con l'aiuto di Dio si sistemerà tutto. Se le proibisci di uscire, non farai che renderla più determinata. È meglio lasciarla stare. Non ho mai tenuto a freno i miei figli eppure, grazie a Dio, sono tutti diventati persone ammodo. Prendi Gedaliah: non è forse un ebreo onesto? Sì, è un po' uno zolfanello, però è la sua natura, tutto qui». Il vecchio tentò di confortare la nuora con queste parole, però non trattenne un sospiro.

Rochl seguì il consiglio del suocero e non disse nulla a Berman.

L'albergo Centrale ospitava spesso concerti, gli artisti offrivano gratuitamente i propri servigi; alcuni di loro avevano un talento considerevole, altri ne erano del tutto sprovvisti - gli organizzatori non erano molto selettivi. Tra i profughi fu scelta per gli spettacoli la sola Jeannette. Per lei fu una sorpresa enorme, e anche un onore, e la cosa le diede lievemente alla testa.

Si comprò un paio di calzoni larghi di velluto a coste verdi, cominciò a fumare sigarette con un lungo bocchino d'ambra, e girava per le tre stanze dell'appartamento con le lunghe chiome al vento, sparse sulle spalle, e gli orecchini penzolanti dalle orecchie minuscole e graziose, e una dozzina di braccialetti ai polsi. Non parlava con nessuno, ma passava il tempo ballando e ripassando la parte. Il comportamento della figlia per Rochl era scioccante.

«Non sarà per caso, Dio ci protegga, diventata matta?» chiese con terrore al suocero.

Durante uno di questi concerti Jeannette conobbe un giovanotto, violinista e scrittore, e si innamorò pazzamente di lui. Pur essendo figlio di un ricco industriale, l'amante di Jeannette di suo non possedeva neppure un *penny*. Prima di diventare un artista aveva lavorato come commesso viaggiatore alle dipendenze del padre, che era inglese e conservatore, girando tutto il giorno a bordo di una grossa automobile nera per rifornire di acqua minerale e altre bevande i ristoranti eleganti. A un certo punto però conobbe uno scrittore, un furbacchione che, essendosi reso conto che il giovanotto possedeva un talento letterario, accettò un invito a pranzo come pagamento per questa intuizione, fumò le sigarette del giovanotto, e se ne andò a zonzo con lui, a bordo dell'automobile del padre, facendo il giro di tutti i locali notturni londinesi per raccogliere materiale a beneficio del giovane commesso viaggiatore, e questi cominciò a scrivere.

Terminato il primo romanzo, il «nuovo talento» abbandonò la vettura nel grande e bagnato cortile dell'azienda di bibite del padre e piantò lì il lavoro, lasciandosi alle spalle un gran mucchio di conti in disordine, e se ne andò al caffè letterario sulla riva del Tamigi. Si sedette, allungò languidamente le gambe in posa da bohémien e aspettò lo scrittore che lo aveva «scoperto».

Questo caffè si trovava in un vicolo in cui si vendevano brocche di terracotta, dalle quali «migliaia di anni prima vari re e faraoni avevano bevuto vino speziato». Una vetrina sì e una no esponevano una messe di statuette di divinità egizie, romane e greche. C'erano anche divinità cinesi che sorridevano mettendo in mostra grossi ventri dall'ombelico sporgente; si vedevano appese collane di perline, tutte antiche di centinaia di anni, e un ammasso caotico di oggetti di ogni genere: tori, elefanti, gatti e draghi. C'era una Madonna che si reggeva le pieghe della veste, tenendo con un braccio un Gesù bambino ignudo, e mostrando i seni pieni e materni. Guardava il figlio con occhi pieni di calore e amore santo. E accanto a lei c'era il Messia, questa volta già crocifisso, il sangue raggrumato sulle mani e sui piedi. Industriali benestanti ordinavano in questo vicolo i loro «capolavori classici», che venivano intagliati o dipinti in uno studio ricavato in un sottotetto, ed erano pronti nel giro di una settimana. Gli artisti passeggiavano in calzoni di flanella, con i piedi scalzi dentro i sandali e i capelli scarmigliati.

Il caffè degli artisti completava la scena. L'amante di Jeannette, l'ex commesso viaggiatore, glielo fece conoscere, e lei divenne una cliente abituale e amica intima della proprietaria: una giovane donna dalle guance giallognole, grandi occhi grigio-azzurri, e le labbra malamente pittate. Al collo portava un mezzo quintale di perle di vetro e mentre serviva i clienti i lunghi orecchini a pendente svolazzavano accarezzandole le guance. Il vestito nero di satin aveva uno scollo profondo che metteva in mostra la schiena nuda, il solco tra i seni e diversi graffi rossi sul corpo mezzo assiderato.

La donna era grande amica di tutti gli scribacchini e artisti falliti che se ne stavano lì per giorni e giorni senza consumare nulla, riempiendo il caffè di fumo, di spazzatura letteraria, di invidia, di battute sprezzanti e maligne, e di comportamenti decadenti. Jeannette legò parecchio con quel gruppo male assortito, parlando con loro in varie lingue: un po' di inglese, un'idea di francese, una spolverata di tedesco. Gli artisti non sapevano bene che opinione dovessero avere sul conto di Jeannette. Gli uomini morivano tutti dalla voglia di baciarla. Le vecchie zitelle che frequentavano il caffè invece la detestavano. Si portavano sempre appresso i manoscritti rifiutati e ormai ingialliti, si facevano avvolgere da nuvole di fumo azzurrino, emanando scintille d'odio e rifiutandosi di accettarla come una del gruppo. Ogni volta che Jeannette cercava di parlare con loro, la fissavano con occhi gelidi e un sorriso freddo che scopriva i dentoni davanti.

Ronald, l'amante di Jeannette, con l'istinto del venditore che sa rendersi simpatico, si inserì alla svelta nel giro del locale. Aveva un sorriso attraente, era duttile e malleabile come una serpe, e soprattutto quel po' di istruzione che aveva gli tornò molto utile. Ben presto divenne amicone di quella banda di artisti, e perfino dei pochi scrittori e registi teatrali apprezzati che c'erano tra loro. Tuttavia non aveva neppure una mezza briciola di vero talento. Il suo romanzo divenne ben presto una barzelletta per gli scrittori di ciarpame e un tormento per i veri scrittori che lui aveva già scocciato a morte con quella sua opera. Aveva cominciato a rendersi conto di non essere uno scrittore, e avrebbe voluto tornare in azienda, ma il padre fu implacabile. Non era disposto a perdonare Ronald che a differenza dei fratelli non si era arruolato, perdendo l'occasione di dimostrarsi un bravo inglese. Così non si era distinto come soldato e non era stato motivo di onore per i genitori. I due crimini messi insieme avevano spinto il padre a ritenere che Ronald avesse oltrepassato ogni limite. Gli vietò di varcare la soglia di casa e si rifiutò di parlargli. Ronald non ebbe dunque scelta e non poté fare altro che ciondolare nei pressi degli ingressi degli artisti o passare giorni e giorni seduto nel caffè, facendosi prestare piccole somme di denaro, finché alla fine non trovò un nuovo modo per sbarcare il lunario... Le ragazze cominciarono a innamorarsi di lui, una dopo l'altra.

Adesso se la faceva con Jeannette, che di conseguenza nel giro di poco tempo si trovò in ristrettezze finanziarie e cominciò a lambiccarsi il cervello per scoprire il modo di farsi dare dei soldi dal padre. Questo rappresentò un nuovo problema per Rochl: doveva impedire a Berman di scoprire cosa stesse combinando la figlia, e zittire Jeannette per evitare che sbottasse e gli dicesse tutto. Così a malincuore le diede i soldi. E le necessità finanziarie di Jeannette crescevano di giorno in giorno: Ronald aveva bisogno di cenette come si deve, di biglietti per il teatro, di sigarette. Rochl piangeva e le dava i soldi.

La coppia passeggiava per l'elegante Oxford Street e a Piccadilly, mescolandosi ai ricchi che non avevano nulla da fare, a dame e signori alti e strani che portavano al guinzaglio cagnetti ricciuti, a profughi belgi e francesi che non sapevano come ingannare il tempo, a ufficiali e soldati che in attesa di essere spediti al fronte passavano le giornate amoreggiando con donne di dubbia reputazione.

Ronald non faceva che salutare i passanti con cenni del capo, e poi comunicava a Jeannette che tipi importanti fossero quelli: «L'uomo con la barba è il più grande scultore inglese vivente. Quello che ha una signora accanto è un Lord. E il tizio con i capelli lunghi e la giacca di velluto è il famoso scrittore, Pinkerton».

Jeannette era elettrizzata. Si era invaghita pazzamente di Ronald e svuotava senza pietà le tasche della madre.

Le piaceva in modo particolare camminare in Oxford Street. Non si stancava mai di ammirare i negozi di lusso, attratta dagli abiti da sera in satin con lunghi strascichi, dalle mantelle di pelliccia bianche, dai cappelli, dalle scarpe, le calze, i guanti e tutti gli accessori e ninnoli eleganti che decoravano le gigantesche, lucide vetrine. Adorava quei vestiti sontuosi e avrebbe tanto voluto portarseli a casa. Avrebbe voluto accarezzarli e indossarli. Ma non aveva i soldi neppure per comprarsi un cappello nuovo. Ronald le portava via tutto.

All'inizio la madre di Ronald gli aveva fatto avere qualche assegno, però il giovanotto li prendeva senza neppure ringraziare e ne chiedeva ancora, come fossero stati un suo diritto. Così lei smise di mandargli soldi, e cercò invece di convincere il marito che non era giusto scacciare un figlio di casa. Sosteneva che si potesse essere ancora orgogliosi di lui, in qualche altro modo. Se fosse diventato uno scrittore, per esempio, ne avrebbero ricavato un onore pari a quello che veniva dai figli ufficiali al fronte.

Le doleva il cuore. Un giorno mentre disponeva i fiori in salone, pensò a Ronald. "Avrà soldi a sufficienza per pagarsi il pranzo domenicale?" sospirò. Quel pomeriggio, sprofondata insieme al marito nelle comode poltrone davanti al caminetto acceso, cercò di convincerlo a riprendere il figlio in azienda. Il marito posò la Bibbia sulle ginocchia, si levò gli occhiali, la guardò con un'espressione indurita negli occhi chiari, spostò la pipa in un angolo della bocca e borbottò con voce roca e a denti stretti:

«Giammai!»

L'anziana donna sospirò, ed entrambi ricominciarono a leggere la Bibbia, finché il vecchio appoggiò la nuca ingrigita contro lo schienale della poltrona e cominciò a russare. La madre di Ronald si alzò, toccò il marito sulla spalla e suggerì con voce mite: «Non vorresti coricarti un poco sul letto, caro?»

Questa fu la fine dei tentativi di intercedere a favore del figlio, e fu Rochl a pagare il prezzo di quel fallimento.

27.

L'umore a casa Berman era cupo e depresso. La sera se ne stavano lì senza far nulla, con l'unico impegno di tenersi al caldo davanti alla grata in ferro nero. Jacques e il vecchio andavano a letto presto, Jacques perché gli dicevano di farlo, e il nonno perché era esausto, anche se pur coricandosi non riusciva a dormire. Restavano alzati solo Berman e Rochl, lei con le mani conserte in grembo e lui con un libro religioso sulle ginocchia, come un vecchio decrepito. Aveva il cuore pesante. Aspettavano nella speranza che per una volta Jeannette rientrasse a casa dopo le danze. Entrambi erano atterriti al pensiero delle conseguenze di quel bighellonare, ma nessuno dei due era disposto ad ammetterlo. L'esperienza con Dovid aveva insegnato a Berman che era meglio stare zitti.

Questo significava che uno doveva stare zitto anche se gli si stava spezzando il cuore? Sì, proprio così! Quindi continuava a fissare il suo libro, anche se le parole gli scivolavano addosso. La porta era il punto focale, la testa di Berman si girava da quella parte a ogni minimo rumore: la porta e l'orologio.

Passarono così giorni e settimane, addirittura mesi. A volte Berman non si tratteneva più, perdeva il controllo e cominciava a urlare. E poi Jeannette arrivava di corsa, si gettava sul padre, gli tappava la bocca con la mano, gli baciava la barba e gli parlava come a un bambino: «Il mio paparino è arrabbiato? Paparino caro, *feh*, non fare il *cattivone*!»

E poi baciava la mamma: «Povera mammina! Paparino fa il cattivone?»

Le sue pagliacciate sciocchine facevano ridere Berman, ma il buonumore durava solo un momento o due, e la risata gli moriva sulle labbra. Sua figlia era cambiata, gli scherzi e le canzonature di Jeannette non erano spontanee come lo erano state ai tempi di Anversa. Sembrava più seria e più vecchia, molto più vecchia. Questo rito dei baci e degli abbracci sapeva di sceneggiata, come si stesse fingendo apposta impetuosa e spensierata. Berman era sicuro che sua figlia avesse qualcosa da nascondere, e la cosa lo turbava assai. Quando Jeannette lo baciava non sorrideva e non si accarezzava la barba come era solito fare un tempo. Rochl era angosciata alla follia: «Una ragazzina come lei...»

Una notte, disteso nel letto, Berman decise che così non si poteva andare avanti. Certo, forse con Dovid *era* stato troppo severo, e lo aveva allontanato. Forse, se solo avesse... ma il pensiero gli era insopportabile. Ma a causa di quell'errore, doveva forse permettere a una fanciulla di vagabondare tutta la notte in una città come Londra? Forse mostrandosi così debole le stava facendo del male, più di quanto non ne avesse fatto a Dovid: «Una ragazzina come lei...»

Un giorno la pedinò. A Bloomsbury, di fronte al British Museum, la vide sbaciucchiarsi e stringersi a un giovanotto biondo, palesemente un *goy*. A letto, quella sera, non gridò con Rochl. Per la prima volta in vita sua discusse con lei delle proprie paure ed entrambi tentarono disperatamente di trovare il modo di allontanarla da quell'uomo. Alla fine Berman ebbe un'idea.

«Sai che cosa mi è venuto in mente? La faremo sposare, ecco cosa faremo!» disse a Rochl, entusiasta della soluzione. «Lo conosci Rubin?»

«Il vecchio scapolo, dici?»

«Non è così vecchio! E poi ha appena ereditato circa cinquantamila sterline, e già di suo possedeva un ingente patrimonio».

«Oh no, è vecchio, ed è anche un tipo bizzarro. Non ha alcuna intenzione di sposarsi, e in ogni caso, ti illudi forse che Jeannette lo accetterebbe senza proteste? Se qualcuno si azzardasse a proporle un fidanzato del genere, gli caverebbe gli occhi! Che idea!»

«Non si può mai sapere. Stammi a sentire, Jeannette è perfettamente in grado di apprezzare i vantaggi offerti da un marito ricco. Possiamo fare almeno un tentativo».

Rochl scoppiò in lacrime. «Come possiamo farle questo, in coscienza? È solo una bambina e lui potrebbe essere suo nonno!»

«Ma cosa stai dicendo, stupida che non sei altro! Secondo te quel *goy* sarebbe meglio?»

«Ti prego Gedaliah, non spargere sale sulle mie ferite. Sono d'accordo che lei non debba più vedere quel tizio, però per una ragazza come Jeannette potremmo trovare un marito più adatto, e pazienza se saremo costretti a concedere qualche migliaio di franchi di dote. Non deve sposare un vecchio rottame come quello! È forse una zitella, è forse brutta? Lo sai benissimo che nostra figlia è una bellezza».

«Lo so, lo so, ma cercheremo di convincerla ad accettare Rubin. In ogni caso, che ne vuoi sapere tu?»

Quando Jeannette venne a sapere dal nonno che i genitori avevano scoperto la sua tresca, in verità provò sollievo. Da tempo ormai stava cercando un modo per liberarsi dell'amante. I sentimenti nei suoi confronti erano cambiati e adesso lo detestava di cuore. A parte il fatto che continuava a scroccarle soldi, di recente aveva cominciato a fare il galletto con altre frequentatrici del caffè, e la mollava lì seduta da sola come un cane. E ogni volta che non riusciva a dargli i soldi che lui pretendeva, Ronald si infuriava e urlava, come un marito crudele. Era vendicativo e maligno. A volte la pizzicava di nascosto per farle male. E minacciava in continuazione di presentarsi a casa dei genitori di Jeannette per fare una scenata. In realtà non se ne sognava proprio, però Jeannette gli credeva e così rimaneva con lui, faceva quel che voleva lui, e si sentiva sempre più in trappola.

Quando suo padre le parlò della proposta di matrimonio, dunque, rimase stupito perché Jeannette gli gettò le braccia al collo singhiozzando così forte che gli toccò consolarla. La ragazza giurò che non avrebbe mai più rivisto Ronald: «Vedrai, papà, starò a casa tutte le sere e non uscirò mai».

Incoraggiato, Berman prese contatti con il sensale di matrimoni. Un giovedì sera nel pieno del trambusto dei preparativi per lo *Shabbes*, quando su ogni fuoco bollivano pentole colme di pietanze e la stufa lasciava intravvedere bagliori rossi, caldi e confortanti, si sentì bussare alla porta. Berman si liberò precipitosamente del grembiule, si lisciò la barba e gridò: «Avanti!»

Il sensale scese i pochi gradini che portavano all'appartamento del seminterrato e quando ci arrivò Berman era ormai seduto a capotavola, stava leggendo un testo religioso, con il capo coperto dall'elegante zucchetto in seta che gli dava un'aria tranquilla e solenne.

«Buonasera, Herr Berman! Che notte buia, fosca. Si potrebbe finire ammazzati per strada da chissà quale assassino, Dio non voglia! E queste stupide case hanno scale ovunque. Di buon senso magari non ne hanno, questi inglesi, ma le scale le hanno di sicuro. Che gente strana!» brontolò il sensale, che ce l'aveva con le case e anche con il clima.

Berman scostò una sedia dal tavolo per farlo accomodare, ma lui preferì sedersi accanto al fuoco.

«Aahhh! Che bel calduccio qui a casa vostra. Nella mia si gela; puoi gettare nel fuoco tutto il carbone che vuoi, non serve a nulla, il calore fugge in strada. Qui è una delizia!» Il vecchio emetteva vapori nella stanza calda. La barba e i baffi erano bagnati e lui se li asciugò con il palmo della mano irrigidita dall'età, e sospirò di piacere.

«E allora, che cosa avete da riferirmi, reb Beynish?»

«Non molto. Non ne vuole sapere. Gli ho già proposto parecchie ragazze, ma è come parlare al muro. Sapete che cosa mi ha risposto quando gli ho chiesto: "E come la mettiamo con il comandamento di siate fecondi e moltiplicatevi?" Che lui ha più buon senso del Re dell'Universo!»

Però l'indomani il sensale tornò correndo alla massima velocità consentitagli dalle vecchie gambe, e non aspettò neppure di essersi sbottonato il cappotto per scaldarsi davanti al fuoco per esclamare con grande soddisfazione: «Sono riuscito a persuaderlo a dare un'occhiata alla sposa!»

«Mmmh! *Riuscito* a persuaderlo, eh? Non credo a una sola parola di quello che dite! Ci scommetterei che è così eccitato alla prospettiva di vederla, che stanotte non chiuderà occhio!»

«Insomma... e quand'anche, cosa importa? L'importante è che domenica, a Dio piacendo, Rubin andrà a Bournemouth. Gli ho detto che vostra moglie e vostra figlia stanno soggiornando laggiù per questioni di salute della signora Berman. Era questo che volevate, no?»

«Sì, sì, e...?»

«E niente! Si vedranno! Nessuno dei due sa cosa stia

facendo l'altro a Bournemouth, e così se si piacciono, insomma, ci sarà il lieto fine, eh, eh, eh!» Il vecchio prese un pizzico di tabacco da fiuto dalla sua tabacchiera in osso, sternutì, diede un colpetto alla scatola per smuovere il tabacco, e l'offrì a Berman, che declinò educatamente l'offerta. Il vecchio reb Chaim Yoysef, che sedeva lì in silenzio, allungò invece la mano sana per prendere il tabacco.

«Ecco qui, godetevelo, e che Dio vi conservi in salute!»

«Etciù, etciù! Ottimo, questo tabacco!»

«Il punto fondamentale, ora» disse Berman a Rochl, «è che tu e Jeannette andrete a Bournemouth».

«E come facciamo con lo *Shabbes*? Qualcuno lo ha preparato?» chiese Rochl.

«Che sciocca! Potete portarvi dietro il pesce e la carne. Laggiù si vendono a carissimo prezzo. Stammi a sentire, Rochl, tu devi fare in modo che Jeannette si comporti come si deve e non faccia smorfie o qualche scemenza. Quel tizio si dà un mucchio di arie, e i motivi per vantarsi non gli mancano di certo».

«Oh mioddio!» Rochl rise e al contempo sospirò.

Jacques, che aveva ascoltato tutto, all'improvviso sbottò: «Bene, quel tipo è un giovanotto, ha il tempo dalla sua, no?» Berman lo guardò e stava per fargli un urlaccio per aver interrotto un discorso tra adulti, ma fu colto di sorpresa dall'espressione beffarda degli occhi neri e intelligenti di Jacques, e dall'amarezza e l'odio che trapelavano dal quel sorriso. Era in imbarazzo davanti al figlio minore. Notò che sul labbro superiore di Jacques era spuntata l'ombra dei baffi, e questo dichiarava che suo figlio non era più un bambino e aveva il diritto di interrompere i discorsi degli adulti. Berman ebbe la premonizione che Jacques crescendo gli avrebbe creato ulteriori problemi.

Jeannette era nel salone ampio e accogliente dell'albergo. Era mezza coricata contro lo schienale del divano morbido e profondo, fumava di nascosto una sigaretta, e di tanto in tanto lanciava occhiate furtive alla porta, sbuffando colonne di fumo. Si era dipinta le labbra, e ora sembravano due ciliegie dolci, succose e mature. I capelli erano così ben spartiti dalla riga in mezzo che non ne scappava via nemmeno uno, lasciando sgombra la fronte arrotondata.

Nel camino ardeva un fuoco allegro e luminoso, le fiamme gialle e azzurre lambivano i carboni, saltando e scoppiettando festose. Le luci si riflettevano in un grande specchio dalla cornice dorata sopra la mensola del camino, che proiettava pozze chiare sul tappeto scuro, creando un'atmosfera di festa nella sala lussuosa. Divani e poltrone erano disseminati di cuscini di velluto e di seta, c'erano cuscini perfino negli angoli della sala, e sulle finestre ampie erano tirate tende di broccato. Da fuori arrivava il rumore del mare. Era una giornata fredda, e per contrasto il salone dell'albergo appariva intimo e accogliente.

Sulla porta comparì Rochl in compagnia di un vecchio di una sessantina d'anni, o tale almeno parve a Jeannette. La ragazza si affrettò a spegnere la sigaretta nel posacenere, cercando di indovinare chi potesse essere quel tizio. Poi capì. "È *lui*, quel vecchio rimbambito!"

Aveva voglia di ridere: *quello* sarebbe diventato suo marito? "Oddio, basta avere i soldi e uno ottiene quello che vuole!" pensò.

La mano le si gelò al contatto con quella di lui, però riuscì a dire: «Come state, Herr Rubin?»

«Non c'è male, ma che ne dite del tempaccio che c'è là fuori? Il gelo ti entra nelle ossa!»

Jeannette lo invitò a sedersi, scostando una sedia per lui, ma come aveva fatto a casa loro il sensale di matrimoni, Rubin andò a sedersi davanti al fuoco, scaldandosi le mani rinsecchite. Gli sfuggirono degli «aahh» di piacere, in una voce rotta da vecchio. Poi ricordandosi di dover fare il giovanotto, si esibì in un sorriso amichevole.

Jeannette rise: «Avete freddo, Herr Rubin?»

Lui si morse il labbro e diede la colpa al tempo: «Si gela, là fuori» ripeté.

Non essendo capace di scoppiare in lacrime, a quel punto, Jeannette si limitò a ridere dentro di sé.

Quella mattina aveva raggiunto a piedi la parte povera della città, e trovato un ambulatorio medico. Nella sala di attesa, i sedili in pelle delle seggiole erano lucidi e strappati, e su un tavolinetto tondo c'era una pila di vecchie riviste. La sala d'attesa era vuota, a parte una giovane con la gonna tirata su, una donna magra dall'aria depressa. Accanto a lei c'era un ragazzino che pareva avere una dozzina d'anni, con il naso rosso, l'incarnato grigiastro e gli occhi da vecchio. I capelli erano cortissimi, quasi rasati, con l'eccezione di un ciuffetto biondo sul davanti.

Entrò un'altra paziente: un donnino vestito di nero con un bambino che strillava dentro la carrozzina sgangherata. Poi il bambino si guardò attorno intimorito e smise di piangere, riuscendo a controllarsi come un adulto.

La porta della sala di visita del medico si aprì, e Jeannette vide una faccia rossa, un camice bianco e una striscia di luce verdognola. Il dottore la fece accomodare. Dopo aver raccolto l'anamnesi, disse a Jeannette di andare dietro un paravento e fece entrare la donna con il ragazzino. «Allora, giovanotto?» disse al ragazzino, che guardò sua madre.

«Ha la tosse, dottore» disse, «e ha molto male al fianco sinistro».

«Allora, spogliati, ma fai in fretta perché il dottore è un uomo molto impegnato, giovanotto!»

Il ragazzino cercò di svestirsi, con dita impacciate, e il medico ripeté: «Sì, davvero, signora Brown, oggigiorno un dottore è un uomo molto impegnato» a beneficio della signora elegante in cappotto di pelliccia, la cui presenza per lui era un onore.

«Oh sì, me ne rendo conto» gli diede ragione la signora Brown, facendo segno di sì con la testa.

Posò lo stetoscopio sul petto del ragazzino, facendogli ripetere più volte «trentatré». Il fanciullo stava lì mezzo nudo, reggendosi i calzoni con le mani sporche, e guardava timidamente la madre e il dottore, tremando per il freddo. Il dottore andò in un'anticamera e tornò con un flacone di bruna acqua di cicoria.

«Dategliene tre volte al dì, e tornate tra qualche giorno».

Si fece pagare due scellini e poi passò a visitare Jeannette. «Non avete nulla che non vada, Madam, siete semplicemente incinta; tutto qui».

A Jeannette cedettero le gambe e il dottore la prese tra le braccia.

«Sedetevi, Madam! Perché siete così sconvolta?»

«Non voglio avere un bambino! Supponiamo che io voglia sbarazzarmene... insomma...» balbettò Jeannette.

«No! Io queste cose non le faccio. È un crimine, Madam!»

Jeannette si sentì svenire, vide tutto nero. Il dottore la distese sul lettino e le somministrò alcune gocce. Quando la giovane si riprese cominciò a singhiozzare con tale violenza che al medico venne l'ansia. Ma c'erano pazienti in attesa, quindi la lasciò a riposare dietro al paravento e tornò nella saletta di visita per continuare il lavoro.

Più tardi tornò e le piazzò lo stetoscopio sul petto.

«Va meglio?» s'informò.

Jeannette stava ancora singhiozzando.

«Statemi a sentire, Madam, facendo così non risolverete nulla. Dovete fare in modo che lui vi sposi!» disse il dottore, che aveva colto la situazione. «Siete di queste parti?»

«No!» pianse Jeannette. Pagò il medico, che nell'accompagnarla fuori dalla sala di visita accarezzò il pelo soffice del cappotto.

Quando Jeannette tornò in albergo, Rochl non seppe più che fare con quella figlia, che se ne stava tutto il giorno seduta sul divano nell'angolo della stanza, persa nei suoi pensieri, e si rifiutava di mangiare. Sapeva di doversi controllare, e lo fece, come avrebbe fatto una persona più anziana e navigata, come faceva suo padre quando mercanteggiava sui diamanti. Poi scoppiò a ridere, e non riuscì a smettere.

«Avete ancora freddo, Herr Rubin?»

«Quando vi guardo, mi scaldo tutto!» disse Rubin, sfregandosi le mani, compiaciuto per essere riuscito a trasformarsi con grande furbizia da vecchietto infreddolito che si scalda le ossa gelate davanti al fuoco a promesso sposo che dice paroline d'amore alla fidanzata.

«In questo caso devo avvicinarmi a voi, così che possiate vedermi bene».

Jeannette si alzò, e lisciandosi il vestito sulla pancia come se stesse spazzolando via delle briciole, si avvicinò al camino e si sedette accanto a Rubin. Lo sposo sorrise estasiato.

Quel giorno Jeannette era più bella che mai. Si era spalmata del fondotinta sulla faccia olivastra, e aveva pettinato, coccolato e accarezzato i capelli come se anche loro avessero pianto. Alla luce della lampada a stelo con il paralume verde, la sua bellezza era straordinaria. L'ansia le dava un'espressione seria e i lineamenti di quel viso giovane apparivano ancora più delicati.

"Non è solo bella, è anche intelligente" stabilì Rubin.

Una cameriera alta con i capelli biondi coperti da una cuffietta bianca annunciò che la cena era servita. Rubin la richiamò e prima di sedersi pretese che lei gli pulisse ancora la sedia, anche se neppure un granello di polvere profanava quella superficie lustra. Jeannette si curò di Rubin come fosse stato un bambino, sistemandogli il tovagliolo dentro il colletto.

«Fräulein Berman, il tovagliolo mi dà un pochetto di fastidio al collo» disse con falsa ritrosia, da giovanotto galante, per far sì che Jeannette fosse costretta a tornare da lui. Lei si avvicinò di nuovo e sistemò il tovagliolo, toccando con la mano morbida e calda il collo rachitico. Rubin cominciò a sudare per l'imbarazzo e il piacere.

"*Ay*, che ragazza! Vale davvero la pena di sposarla!"

Avendo finito il pompelmo, che era amaro e insipido, Rubin mangiò con gran gusto il piatto forte, fegato e cipolle, sentendosi al settimo cielo. Attraverso le guance scarne era possibile assistere alla masticazione di ogni singolo pezzetto di pane, e il pomo d'Adamo ballava su e giù nel collo. Il tovagliolo gli si sfilava in continuazione dal colletto e adesso ce l'aveva sulle ginocchia. Non cavava neppure per un istante gli occhi di dosso a Jeannette. Il vecchio sangue stanco aveva ripreso a correre nelle vene, si sentiva avvolto da un gradevole, luminoso alone di calore. Studiò il modo in cui Jeannette impugnava coltello e forchetta con le dita affusolate e curatissime, e le sue maniere eleganti. "È anche una vera signora" pensò.

Gli venne il sospetto che la ragazza nell'apprendere il motivo della sua visita sarebbe indubbiamente morta dal ridere, e lo avrebbe schernito senza pietà. Ma lei gli stava sorridendo con tanto calore, era così carina, e al tempo stesso aveva un'aria seria; pensò che dovesse essersi proprio innamorata. Si lanciò un'occhiata nello specchio di fronte: "Mmmh! Perché no?"

Il riflesso gli mostrò una faccia lunga e dei bei capelli bianchi. L'aria era intelligente, e non c'era di che stupirsi: non aveva forse letto un mucchio di libri? Quanto leggeva nelle notti insonni! E naturalmente questo aveva un effetto sulla faccia.

"Questa signorinella ha certamente buon gusto, parola mia. Sa quello che vuole!" E a poco a poco prese fiducia, il successo gli parve vicino.

Quando Berman arrivò a Bournemouth a metà settimana e cominciò a tastare il terreno con la figlia, non riuscì a credere alle proprie orecchie: «Rochl, andrà tutto bene! Parla con lei, batti il ferro finché è caldo. Lui è cotto a puntino, questo è certo!»

Rochl si asciugò una lacrima. «Gedaliah, pensaci un attimo! È solo una bambina. Lui potrebbe essere suo nonno!»

"Che essere senza cuore" pensò. "Sta ringraziando Dio che sua figlia non sia uscita dai gangheri e non abbia fatto la scenataccia che lui si aspettava. È l'unica cosa che gli interessa". E continuò a tentare di trattare con il marito.

Berman si infuriò: «Senti, piantala con i tuoi trucchetti, di tentare di infinocchiarmi facendomi gli occhi dolci. Vai e falla ragionare, punto e basta, ammesso che tu stessa sia in grado di ragionare. E se non ce la fai, allora quella si sposerà il suo *goy*, mi capisci? Quel tizio è molto ricco. Quindi piantala di piagnucolare, scema!»

A Rochl tremavano le gambe. Una ragazzina come lei... Berman era un bruto. Stava usando quel *goy* come scusa, ecco! Jeannette non lo frequentava nemmeno più, se ne stava a casa tutto il giorno, e lui usava questa storia come una scusa per vendersi la bambina.

Rochl ebbe una fitta al cuore. Il linguaggio brutale di Berman quel giorno l'aveva davvero ferita, anche se negli anni ci aveva fatto il callo; a parte quando erano a letto, dal marito non le veniva mai una parola gentile. Ma in qualche modo quel giorno la cosa le fece particolarmente male.

«Vai e parlaci tu, allora! Così sarà colpa tua se comincerà a fare una scenata in mezzo a sconosciuti! Se ci tieni tanto a venderla, vai, fallo tu. Cosa pretendi da me?» E poiché erano tra sconosciuti, in un luogo non familiare, Rochl osò tenergli testa.

28.

«E allora cosa gli devo dire?» chiese Rochl alla figlia, ancora una volta, sperando che si rimangiasse la decisione. Jeannette guardò la madre, con una gran voglia di aprirle il cuore, di dirle la verità e chiederle consiglio. Si rendeva conto che Rochl era costernata e addolorata all'idea che la figlia sposasse quel vecchio. Jeannette ci rifletté parecchio, ma non riuscì comunque a trovare il coraggio, e invece gridò istericamente: «Ma che cosa ci fai ancora qui? Ti ho già detto che lo sposerò. Mi piace! Mi piace! Mi piace, e se l'idea non ti garba puoi anche andartene all'inferno!» Cominciò a ridere di un riso folle, da squilibrata: «Digli che lo trovo attraente e che lo voglio! Hai capito?»

Rochl era orripilata. Era certa che la figlia fosse impazzita e scoppiò a piangere.

«Allora, che notizie abbiamo?» Berman andava avanti e indietro sul tappeto soffice della stanza accanto, in attesa. Aveva udito la risata della figlia e il pianto della moglie, e addirittura aveva sbirciato attraverso il buco della serratura, però era riuscito a cogliere solo brandelli sconnessi di frasi.

«Sono convinta che sia uscita di senno. Credimi, è malata, non sa quello che dice. Dice di volerlo, lo desidera, spasima per lui. O forse, come te, è davvero convinta di *doversi* vendere a quella vecchia carcassa» disse Rochl, riversando la propria rabbia sul fidanzato della figlia.

«Davvero? Allora a quanto pare io dopotutto sapevo di cosa avesse bisogno mia figlia! L'ho sempre detto che con l'aiuto di Dio avrei finito per essere orgoglioso di lei!»

«Orgoglioso di lei!» Rochl gli girò le spalle. «Bene, per me ora fa poca differenza. Il mio cuore è comunque spezzato. Questa è solo l'ultima goccia».

Berman andò a parlare con la figlia. «*Mazal tov* a te, Jeannette, figliola cara!»

L'abbracciò, stringendola tra le braccia muscolose con la forza di un amante, e la baciò sulle guance e sulla fronte.

«Non immagini quanto sarai felice. Sarai la donna più ricca di Anversa quando, a Dio piacendo, torneremo a casa dopo la guerra. E nemmeno a Londra ci sono molti mariti con centinaia di migliaia di sterline in tasca!»

Jeannette pianse tutta la notte e poi smise. A poco a poco cominciò a convincersi che in fondo sarebbe stato un buon matrimonio. Ciò nondimeno continuò a peregrinare da un medico all'altro, ricevendo sempre la stessa risposta: «È un reato, un crimine, Madam!»

Così cominciò a cercare il modo di accelerare le nozze, senza rendersi conto che il padre, temendo che lei potesse cambiare idea, stava già facendo la stessa cosa.

Alla festa di fidanzamento Jeannette sedette a capotavola, con un abito di seta nero che brillava sotto le luci elettriche. Il fidanzato aveva un'aria molto festosa nell'abito nuovo, con i capelli bianchi ben pettinati, il pince-nez tirato a lustro e le unghie perfettamente curate. La pelle del viso aveva una sfumatura bruna, le venuzze blu sulle tempie pulsavano e le narici allungate erano frementi. Era seduto accanto a Jeannette, e gongolava.

Una ragazza come quella, fresca e innocente, era esattamente ciò che aveva aspettato per tutta la vita. Quegli imbecilli dei sensali non avevano proprio capito cosa intendesse dire quando sosteneva di non volersi sposare perché non si fidava delle ragazze moderne. Credevano che fosse solo una scusa. Ma questa era diversa! Una bimba così dolce; appena svezzata dal latte materno, un giunco appena spuntato, snello e aggraziato, una nuova regina Esther. Sì, era davvero valsa la pena di aspettare. Una sola cosa gli guastava il piacere: ce l'aveva con il futuro suocero.

A ogni bagliore dei grossi diamanti sulle dita affusolate di Jeannette e sulla spilla appuntata sul petto, provava una nuova ondata di collera. Berman aveva insistito per vendergli le pietre, e preteso un prezzo assurdo, come se lui, Rubin, fosse stato un semplice maestro di scuola e non un mercante di diamanti pari a lui. Ma cosa avrebbe potuto fare, con Berman attaccato come una sanguisuga? *Oy*, che somma gli era toccato sborsare per quei diamanti! Oh, va bene, si consolò, era stato un duro colpo, ma per una ragazza come quella qualunque prezzo valeva. Il suocero era un bastardo, ma pazienza! E per consolarsi ancora di più continuò a passare le dita fredde e secche sulla schiena nuda di Jeannette. Lei rabbrividì.

C'era anche il sensale. In onore del grande trionfo per una volta aveva rinunciato al cappotto con il collo di pelle di pecora, e sedeva a tavola con una redingote verdognola e bisunta, con due bottoni consunti sopra lo spacco sulla schiena.

Rochl si era messa in gran tiro. Si lisciava la parrucca sabbatica, la più bella che aveva, e sorrideva timidamente a Rubin, come se la sposa fosse stata lei, mentre Berman si accarezzava la barba setosa, cercando di non vedere la mano che quel vecchio farabutto non levava nemmeno per un istante dalla schiena di Jeannette, e come sua figlia facesse vani sforzi per divincolarsi.

La proprietaria dell'albergo aiutò a servire la cena. Era un donnino pallido con un nasetto schiacciato e all'insù e occhi distanti, grigio chiaro. Un pezzo di cerotto copriva un brufolo che le era comparso sulla fronte, ma nonostante questo era una donna attraente. Non levava mai gli occhi di dosso allo sposo, pensando che un fidanzamento del genere sarebbe piaciuto anche a lei.

Il sensale la studiò ben benino, sapendo che era vedova.

«Mmmh... non è certo brutta! Dovremo fare qualcosa per lei». Quel giorno reb Beynish era sicuro che qualunque sua intermediazione avrebbe avuto successo.

Shapiro sedeva di fronte ai futuri sposi. Sospirava per l'invidia – ma tu guarda cosa non si ottiene con i soldi! *Lui* si era venduto a una brutta megera per soldi, e qui c'era un padre che vendeva una figliola deliziosa – una fanciulla bella come quella costretta a sprecarsi con un vecchio furfante!

Madame Shapiro invidiava la sposa. A suo parere una donna avrebbe sempre dovuto maritarsi con un uomo parecchio più anziano di lei. "Certo, le ragazze di oggi sono assennate" pensò malinconicamente.

«Allora siamo d'accordo. Le nozze, a Dio piacendo, si terranno al principio del mese di *Adar*. A questo punto facciamo un altro brindisi!» Berman alzò il bicchiere sopra la testa. «*L'chaim*! Alla sposa e allo sposo! *L'chaim*!»

A Hatton Garden tutti sapevano del fidanzamento. All'ingresso di Berman, l'indomani della festa, dozzine di mani si protesero per congratularsi con il fortunato padre, che ora vedeva doppiamente al sicuro la propria impresa.

«*Mazal tov*! Che il matrimonio sia felice!»

«Una fortuna del genere non capita spesso!» confermarono tutti i mercanti.

«E chi l'avrebbe mai immaginato che Rubin si sarebbe sposato!» si dissero l'un l'altro, pieni di invidia, i padri di figlie cresciute.

«Ho sentito che Rubin è stato insolitamente generoso, vero?» disse Kuper, facendosi incontro a Berman con un sorriso e un *mazal tov*. «Quei diamanti devono essere stati una sorpresa piacevole, eh?»

Berman lo squadrò: «Cosa intendete dire?»

«Oh, niente, niente. L'incastonatore me li aveva mostrati, tutto qui. Dopo tutto, nessuno affiderebbe a un pasticcione pietre di quel valore, quindi è chiaro che uno tende a vantarsi, a farlo sapere in giro».

«Davvero? Quindi quello va in giro a mostrare a tutti le mie pietre? Buono a sapersi! Questi lavoranti non hanno di meglio da fare e spettegolano!» disse Berman, tradendosi e spifferando quel che Kuper già sapeva, ovvero che i diamanti allo sposo li aveva venduti lui.

L'anziano reb Mordecai era seduto al tavolo di Berman. «*Mazal tov*, Herr Berman! Che Dio benedica questa unione! A Dio piacendo la vostra unica figlia vi darà gioia!»

Berman sorrise, pensando: "Probabilmente è convinto che io tiri fuori il mio portamonete per dargli cinque sterline, questo vecchio ruffiano".

Quando a Hatton Garden si presentò Rubin, qualche giorno dopo, si ripeté lo stesso rituale; mani protese, auguri, sorrisetti nascosti e battutine inespresse.

Rubin era raggiante. Che schiattassero pure di gelosia. Alcuni mercanti assai più giovani di lui erano finiti con mogli già gonfie, spente e anziane, e invece guarda un po' Rubin, con una fanciulla deliziosa.

Le mogli dei commercianti di pietre stavano facendo per quelle nozze preparativi più dispendiosi di quelli della madre della sposa. Ognuna ci teneva a sbaragliare le altre, e tutte quante passarono giornate intere nei negozi costosi del West End.

Intanto la guerra infuriava. Giovanotti, uomini di mezza età e perfino anziani, tra i quali parecchi ebrei, stavano assediando gli uffici di reclutamento offrendosi volontari per «il Re e per il Paese». Colonne di reclute in uniforme marciavano per le strade, le gambe magre avvolte nelle mollettiere khaki. Gli scarponi militari erano nuovi e lucidi, e gli occhi avevano una luce misteriosa – l'aspettativa della vittoria. Avevano le facce riposate e felici, come se stessero andando a un ballo, e mentre marciavano, con gli scarponi chiodati che risuonavano ritmici sulla strada, cantavano allegramente «*It's a long way to Tipperary...*»

Dai marciapiedi le ragazze e le donne, ebree o gentili non faceva differenza, guardavano i soldati con ammirazione e curiosità. Le anziane volgevano al cielo gli occhi indeboliti e invocavano piamente una benedizione, con labbra sottili che pregavano a bassa voce Dio di proteggere «i ragazzi». Le ragazze soffiavano baci e i soldati li acchiappavano con le mani, e li restituivano alla stessa maniera. E poi i loro canti risuonavano ancora più forti: «*It's a long wa-a-y to g-o-o-o-o...*»

Il cielo si era schiarito un poco, tra i nuvoloni grevi apparivano qui e là chiazze di azzurro. Nelle giornate di vento, si mostravano ampi tratti di cielo... e i soldati continuavano a marciare.

Rochl e la figlia si fecero tagliare campioni di una varietà di sete, velluti e pizzi, e Berman ispezionò tutto quanto e pronunciò il suo verdetto. Non fidandosi delle capacità di giudizio femminee, le accompagnò quando andarono a comprare pellicce. La quantità di denaro che stava spendendo non lo turbava affatto. «Deve avere una dote degna dell'unica figlia di Berman!»

Jeannette provò gli abiti, piroettò davanti allo specchio, compiaciutissima. La sua passione per i vestiti le fece dimenticare la situazione, il fidanzato e qualunque altra cosa. Veleggiò tra sete e satin, sollevò le braccia e le spalancò come se volesse spiccare il volo, facendo brillare la seta, quando all'improvviso un dolore acuto le accoltellò il fianco. Per la prima volta fu assalita dalla nausea, ebbe un conato, e cominciò a vomitare. Aveva gli occhi fuori dalle orbite e lacrime a fiumi. Il vestito si sporcò.

«Jeannette, che hai? Per l'amor di Dio, non sarai mica malata!»

«Sono...» Ma Jeannette non riuscì a rispondere, perché si sentì male di nuovo.

Il tempo di tornare a casa ed era verde e smunta, come se in quei pochi minuti avesse perso chili di peso. Un tarlo si insinuò nella mente di Rochl, che però si sforzò di scacciarlo: "*Feh*! Come posso avere sospetti del genere! Da quando Dovid se ne è andato attorno a casa nostra spirano venti del malaugurio. Devo smetterla: i pensieri funesti portano solo sfortuna".

Ciò nondimeno avvertì avvicinarsi subdolamente la sfortuna, come un serpente velenoso. «*Feh, feh!*» Per quanto tentasse di tenere alla larga questi sospetti, aveva un peso sul cuore. Senza sapere esattamente perché, all'improvviso provò sollievo all'idea che la figlia si sposasse, seppur con il vecchio Rubin.

Arrivò il giorno delle nozze. L'ampia sala era illuminata a giorno dalle lampade elettriche appese al soffitto e schermate da paralumi gialli a scodella. La luce si diffondeva gentilmente sulle tovaglie bianche, sull'argenteria lustra e i vasi di fiori disposti lungo le tavole. Indugiava sulle facce incipriate delle donne, sulle braccia, sui petti e sulle spalle nude, facendo apparire bianchissimi quei corpi sfacciatamente esposti. La luce risvegliava il fuoco che covava negli orecchini, nei braccialetti, nelle spille e nelle collane di diamanti e faceva apparire ancora più abbagliagli sparati delle camicie e i cravattini. Per contrasto le marsine e gli zucchetti di seta sulle teste degli uomini apparivano più scuri.

Jeannette e lo sposo stavano sulla porta ampia e accoglievano gli ospiti, sorridendo, baciando, sorridendo un'altra volta, baciando ancora.

Poi i presenti si sedettero a tavola. Jeannette era stretta nel suo corsetto e serrò le labbra per non vomitare.

Dopo cena le coppie andarono nella sala da ballo e danzarono, turbinando a ritmo con la musica. Uomini robusti premettero le dita grasse su schiene femminili ancora più grasse, giovanotti circondavano con il braccio la vita di ragazze snelle. Poi, senza avere il tempo di raggiungere il bagno, la sposa vomitò a getto nel bel mezzo della pista da ballo. La musica si fermò e le coppie si fermarono di colpo, come impietrite, con le braccia attorno alle vitine e le mani sulle schiene.

Il silenzio raggelato durò per un istante, poi ripresero il chiasso e la confusione. Rochl si stava torcendo le mani e lo sposo era bianco come un cencio. La gamba sinistra prese a tremargli come quella di un vecchio decrepito. La gente stava accorrendo con acqua, aceto, limonata e sedie. Rochl si sentì sull'orlo del collasso, cosa che avrebbe innescato un'altra scena. I suoi sospetti si erano tramutati in certezza e solo la paura dell'imminente scandalo le consentì di reggersi in piedi.

Berman fu l'unico a non perdere la testa. Arrivò pallido dalla sala da pranzo dove ancora seduto a tavola stava conversando in compagnia di un gruppo di ebrei devoti, che non partecipavano alle danze. Con la redingote nera nuova fiammante, lo sparato di un bianco accecante e la barba lunga ed elegante, Berman era una figura imponente. Si avvicinò con passo misurato alla sedia su cui era accasciata la sposa.

In sala calò un silenzio di morte.

«Te l'avevo detto» dichiarò, rivolgendosi a Rochl, «che non avremmo dovuto consentirle di digiunare! Lo sai che va sempre a finire così! Ma è una ragazza testarda» concluse con tono paterno, accarezzando la testa della figlia e il tulle bianco del velo. «Oh, insomma» continuò, sempre parlando con la moglie, «dopo tutto è il suo matrimonio e poiché ci teneva tanto a digiunare, la *mitzvah* sarà ancora più grande». Riuscì perfino a sorridere.

Le donne smisero di fissare la scena e sorrise anche la sposa, rinfrancata dalla rassicurazione. Le parole del padre la liberarono dal timore che la gente potesse avere sospetti. Gettò indietro il velo, si rinciprìò la faccia, e il resto della festa non ebbe altri intoppi.

Sebbene Berman fosse a quel punto abbastanza certo di sapere come stavano le cose, cominciò a torchiare Rochl come se la sposa fosse stata lei, e a insistere affinché si facesse raccontare da Jeannette tutta la verità.

Rochl protestò. Forse Jeannette non stava bene, molto semplicemente. Come poteva dichiarare alla figlia un sospetto simile? Jeannette l'avrebbe mangiata viva. Ma i timori di Rochl si rivelarono infondati, perché invece di mangiarla viva, Jeannette le gettò le braccia al collo, e tra fiumi di lacrime implorò la madre di aiutarla e di dirle che cosa fare.

Quando Rochl tornò dalla casa di Jeannette, sgusciò in camera da letto, non si spogliò neppure e pianse fino a esaurire le lacrime.

Berman quella sera rientrò da Hutton Garden con le tasche piene di biglietti di felicitazioni e il cuore pieno di apprensioni – come se al posto dei diamanti ci fossero pietre che gli gravavano addosso. Che cosa sarebbe accaduto se i suoi sospetti si fossero rivelati fondati? Avrebbe avuto un nipotino da un *goy*. E a che punto della gravidanza era sua figlia? Cosa avrebbe detto il genero? Cosa avrebbe detto il mondo intero? Continuava a sperare che Rochl gli sarebbe venuta incontro con un sorriso radioso sgridandolo per quei sospetti: questa volta sarebbe stato ben contento di fare la figura dello stupido.

Invece vedendo Rochl gettata sul letto con ancora i vestiti addosso, non si era levata neppure il cappotto, rabbrividì e la svegliò.

Rochl spalancò gli occhi e guardò il marito per un istante o due, come se non lo riconoscesse, poi cominciò a sfregarsi gli occhi arrossati.

«Avanti! Sputa il rospo! Parla! Dimmi tutto!»

Rochl continuò a sfregarsi gli occhi. Una delle guance era rossa come il fuoco, l'altra stropicciata e pallida come la morte. Nelle due ore appena passate le erano comparse sulla faccia le sofferenze patite negli anni. Si era trasformata di colpo in una vecchia.

«No! No!» urlò Berman. «E così non avrò alcuna soddisfazione dai miei schifosi marmocchi! Quando nelle altre famiglie si celebra qualcosa, si ride di gioia. In questa casa piangiamo. Ma perché quei due non ti sono morti in pancia, mi chiedo. E tu, *tu* avresti dovuto crepare prima che io ti conoscessi. Ma che nostra figlia possa cascare fulminata. Lei e il suo bastardo dovrebbero morire di una morte orribile, adesso, oggi stesso! E per quanto riguarda quell'altro, spero che non torni a casa. Sarebbe meglio per tutti se un proiettile ce lo levasse di torno!» Berman crollò e singhiozzò come una donna.

Gli occhi di Rochl erano cupi, senza vita, e ciechi; si era fatto tutto buio. Sentì solo il torrente di maledizioni contro il figlio, carne della carne – contro Dovid. Ascoltò i singhiozzi del marito.

Jeannette continuò a cercare una soluzione al problema, ma tutti medici le diedero la medesima risposta: «È un reato, un crimine!»

Cercò di introdurre con cautela l'argomento nelle conversazioni con le altre giovani spose, esprimendo il parere che fosse meglio non scodellare bambini troppo presto, subito dopo le nozze, che prima una donna dovesse godersi un po' il marito, perché a parte qualunque altra considerazione, sosteneva Jeannette, il fare figli rovinava sul serio la linea.

Le donne si dichiararono tutte d'accordo con Jeannette e le diedero un mucchio di consigli. Provò di tutto, ma non funzionò. Un pezzo di ferro a quel punto si sarebbe liquefatto ma il bambino restò placidamente sistemato nell'utero di Jeannette, come se quegli sforzi non lo riguardassero affatto. Il tempo passava e Jeannette pareva destinata a partorire sei mesi dopo essersi sposata.

Cercò di parlare con sua madre, che si limitò a guardarla in un modo che le fece venire la pelle d'oca.

In modo abbastanza inaspettato, tuttavia, la cameriera Mary salvò da una grande sventura la padrona, i genitori di Jeannette, e il marito. Jeannette ebbe l'occasione di dirle che non stava facendo bene il suo lavoro. Lo disse gentilmente, perché la sua condizione la rendeva più comprensiva nei confronti della fiacchezza della servetta. La cameriera promise che nel giro di due o tre settimane sarebbe tornata a lavorare come un cavallo, e spiegò che la sua letargia attuale era dovuta a un recente intervento medico.

«Che cosa c'è che non va?» chiese Jeannette.

«*Adesso* niente, va tutto bene» sospirò Mary, e inginocchiandosi sul pavimento con una spazzola in mano e un pezzo di sapone carbolico nell'altra, disse alla padrona che il suo «giovanotto» l'aveva lasciata per arruolarsi, quando era gravida di tre mesi. «Stava morendo di fame, quel povero diavolo, così ha dovuto partire, però mi ha lasciata in quello stato – che altro potevo fare? Ho dovuto liberarmene» spiegò la ragazza, e nell'acqua saponata cadde una lacrima.

Gli occhi di Jeannette si illuminarono. «E lo hai fatto davvero?»

«Ho dovuto!»

«E chi lo fa, Mary? Dimmi, dimmi, cara!» Jeannette fu colta da uno dei suoi accessi sentimentali e cominciò a baciare la cameriera come prima era solita fare con la barba del padre.

Mary pensò che la padrona fosse impazzita.

«Mary, se mi dai l'indirizzo di quella persona ti regalerò due sterline!» insisté Jeannette.

«Signora, è illegale, non posso!»

«Mary, non ne parlerò ad anima viva, te lo giuro! Avanti, dammelo!» e le ficcò due sterline in mano. Mary tremando le diede l'indirizzo.

«Non lo avrei fatto» continuò, cercando di giustificare le proprie azioni, «se mia madre avesse potuto badare al bambino, ma si è arruolato anche mio padre, ha piantato qui mia madre con tutti i figli ed è partito, e lei se ne deve andare in giro a lavare pavimenti. Quindi che altro avrei potuto fare?»

Jeannette andò lì accompagnata dalla cameriera. La «clinica» consisteva in una donna di mezza età con la faccia raggrinzita, i capelli grigi e radi e una luce strana e spiacevole negli occhi. In principio la donna, intimorita dal cappotto di pelliccia di Jeannette, non ne voleva sapere e sostenne di non ricordarsi affatto di Mary. «Io certe cose non le faccio!» protestò. Però Jeannette le offrì una cifra che la donna non poté rifiutare e si pattuì che sarebbe venuta a domicilio.

Quando Rubin tornò a casa quella sera, la giovane moglie era a letto. Il dottore che la vecchia aveva portato con sé spiegò a Rubin che la sua paziente era svenuta. Ora il pericolo era passato ma la malata doveva riposare, e non alzarsi per nessun motivo dal letto. Rubin era perplesso; "Una bambina come lei, così ammalata?" pensò. Fece venire un'automobile e si precipitò dai suoceri per riferire della malattia di Jeannette. Berman lanciò un occhiata a Rochl e cominciò a dire: «Ma che...» Stava per riesplodere in un'imprecazione, però riuscì a fermarsi per tempo e accompagnò il genero a fare visita alla figlia malata.

Jeannette aveva l'aria smunta, esausta. La cameriera, Mary, la stava accudendo. Aveva nascosto in seno i fiorini e le mezze corone datele dalla padrona, e rimase muta.

Jeannette sorrise debolmente ai genitori e al marito.

«Bene, perlomeno il problema è risolto, e questo è ciò che conta» ringhiò Berman quando tornarono a casa. «Ma quella sgualdrina non è più mia figlia. Non voglio più avere nulla a che fare con lei. Quella... quella...» Tremò. Era preda di sentimenti contrastanti.

Rochl non riuscì a tagliare i ponti con la figlia, e come avrebbe fatto qualsiasi madre nel periodo della convalescenza andò tutti i giorni ad accudire la figlia. Girava per le stanze lussuose della casa di Jeannette, sputando per tenere lontano il malocchio e piangendo senza sosta.

Jeannette sorrideva al marito debolmente ma con gentilezza. Gli consentiva di sbaciucchiarla in continuazione e dopo non si asciugava neppure le labbra con il dorso della mano. Era dolce e carina con lui come lo era stata appena dopo le nozze, con la differenza che allora aveva usato le sue doti femminee per mantenere il vecchio in uno stato di eccitazione perenne, mentre adesso gli negava l'accesso al letto. Aveva la scusa eccellente della proibizione imposta dal medico.

Rubin, credendole, gemeva con rassegnazione, deluso. Aveva aspettato una moglie per tanti anni, e adesso, dopo aver assaporato quella beatitudine, se ne vedeva di nuovo privato. Sperava che sarebbe guarita, e nel frattempo si consolava al pensiero di avere una casa e una moglie fedele e amorevole. Rubin era sempre stato un tipo taciturno, che non aveva mai parlato di sé, ma all'improvviso divenne loquace e tediò tutti con interminabili elogi delle virtù di Jeannette.

«Lasciatemelo dire, dopo aver aspettato tanto ho trovato una donna meravigliosa! Sapete quanto mi ama? Torno a casa e trovo mia moglie a letto, con l'aria di stare così male che per poco non svengo anche io, per lo spavento. E quando le dico: "Ma sciocchina, perché non mi hai mandato a chiamare? Sarei tornato a casa di corsa" lei si limita a sorridere come una bambina, con occhi così pieni d'affetto che il cuore mi si squaglia, e mi dice amorevolmente: "Tesoro, non volevo spaventarti". Io sono il suo "tesoro"! Anche se è l'unica figlia, non c'è nemmeno una briciola di egotismo nella sua natura. Oggigiorno non è così comune. La maggior parte delle donne ormai se ne va a spasso tutto il giorno mangiucchiando dolci, rimpinzandosi e civettando. E anche se sono sane come pesci, non fanno che pretendere vizi e correre dal medico. E invece guardate mia moglie, è a letto malata e non manda neppure a chiamare il marito per non spaventarlo. Una bambina così innocente – ignora le astuzie femminili, sa solo che è dovere di una moglie accudire il marito come facevano un tempo le nostre madri».

29.

Leybesh aveva smesso da un pezzo di lavorare per il signor Marks, il «lettore della Torah», e ora era impiegato in un grande laboratorio nel West End. Adesso era uno stiratore finito, non un semplice sottostiratore. L'azienda era fiorente. I motori elettrici e le due lunghe file di macchine per cucire nello spoglio stanzone rettangolare ronzavano e vibravano tutto il giorno. Le dita deformi e piene di punture delle ragazze volavano e gli aghi lampeggiavano nel confezionare calzoni khaki per le truppe. Il sorvegliante le incalzava.

«Svelti, più in fretta! Non importa se scappa un punto. La cosa fondamentale è: spicciarsi! I calzoni non devono essere perfetti. Servono solo per stare coricati nelle trincee – ammesso che riusciamo a finirli!»

La ragazze si consumavano le dita fino all'osso e cantavano canzoni di guerra di ogni genere, melense o ribalde, per combattere la stanchezza e per annegare lo strepito delle macchine, i tonfi sordi dei pesanti ferri, e il sibilo del vapore che si diffondeva nello stanzone. Così gli aghi volavano sopra il lavoro e le ragazze raccontavano delle loro tresche amorose con i soldati, consumate in piedi contro i muri, o distese nell'erba di Hyde Park. Ci ridevano e scherzavano apertamente, senza alcuna vergogna o imbarazzo, come se volessero sperimentare la vita in quei momenti, e sentissero di avere il diritto di farlo, perché magari i fidanzati sarebbero morti sui campi di battaglia e loro sarebbero morte zitelle. Quelle che adesso erano bambine sarebbero cresciute e si sarebbero sposate, ma loro, le ragazze che cucivano i calzoni con i quali sarebbero potuti morire i loro innamorati, sarebbero rimaste sole.

E così cantavano e ridevano e continuavano a gettare altre paia di calzoni sul mucchione dei capi finiti che stava sul pavimento al centro dello stanzone, in attesa della stiratura. Accanto a questa c'era un'altra pila di capi già stirati, che Leybesh e i suoi compagni rifornivano senza sosta. Il sorvegliante arrivava a ispezionare, e poi esprimeva il verdetto: «D'accordo, questi per combattere andranno bene. E adesso più svelti, forza!»

E mentre si lavorava e si cantava le macchine sferragliavano e i ferri da stiro si abbattevano con un tonfo e le voci delle ragazze si mescolavano con il chiasso generale:

«*Voglio subito un amo-o-o-r...*»

Leybesh lavorava tutta la settimana e la sera andava a scuola d'inglese. Era lo studente migliore dell'intera classe, e l'insegnante era assai contento di lui. Non appena lo vide entrare nell'aula verde e fredda con i finestroni alti e chiusi da sbarre, le labbra si aprirono in un sorriso che mise in mostra i denti.

«Buona sera, signor Bruckner. Siete di nuovo arrivato in anticipo!»

Leybesh ne fu insieme compiaciuto e imbarazzato, come uno scolaretto: «Insomma, non ho molto altro da fare così sono venuto qui». Leybesh si sedette a uno dei lunghi tavoli vuoti.

L'insegnante cominciò a predisporre i libri e i quaderni, ma a parte Leybesh ancora non c'era nessuno. Alla fine arrivarono alcuni profughi, tutta gente avanti con l'età, perché i giovani la sera avevano di meglio da fare. L'aula rimase semivuota e le lampade brillavano vive sotto i loro paralumi di stagno verde, rendendo la stanza simile a un ospedale.

La lezione ebbe inizio. Era molto semplice: come era possibile che qualcuno non riuscisse a seguirla?

Ricordo, ricordo,/La casa in cui sono nato...

Eppure non riuscivano proprio a impararla a memoria. Qualcuno cominciava e recitava le prime parole, ma poi non era in grado di andare avanti. Ce le aveva proprio sulla lingua, le parole, ma volavano via come un uccellino quando stai per acchiapparlo. Di tutta la classe Leybesh fu l'unico che in breve fu in grado di parlare in inglese. Era molto informato sulla politica. Leggeva tutti i giornali inglesi aiutandosi con un dizionario. Se la gente in albergo discuteva di politica, girava lo sguardo alla ricerca di Leybesh: «Peccato che il signor Bruckner non sia qui! Vi direbbe subito che ho ragione!» Ognuno era certo che Leybesh avrebbe dato ragione a lui, e non all'interlocutore.

Però il signor Bruckner non c'era mai. Stava lavorando, studiando, pensando. Negli ultimi tempi pensava moltissimo.

Quando aveva un poco di tempo libero, passeggiava per le strade e perlustrava a fondo Hyde Park. Adorava quel parco vasto e selvatico nella zona più ricca di Londra. Hyde Park ne stava lì come una governante sciatta, con tutta la sua roba in disordine. Le panchine erano sparse in giro e le sedie a sdraio non erano in fila come in altri parchi, ma distribuite alla rinfusa. Anche gli alberi crescevano a proprio piacimento, spuntavano qui e là, come capitava. C'era un'ampia distesa erbosa che nei giorni d'inverno restava vuota sotto il cielo grigio e freddo, e d'estate era piena di gente, giovanotti e ragazze, che ruzzolavano promiscui sul prato, liberi di fare quel che gli pareva, come fossero stati in camera da letto. Le risate squillanti arrivavano lontano.

Le domeniche a Leybesh pareva di essere a una fiera. Al mattino presto passeggiava per Rotten Row come un gentiluomo ozioso. Sul lungo tratto di terra battuta passavano a cavallo dame e signori in giacchette nere aderenti da equitazione, con i berretti rigidi sulle teste aristocratiche, e ai piedi stivali lucidi ed eleganti. Sia le dame sia i cavalieri indossavano brache da cavallerizzo, quindi era difficile distinguerli. Cavalcavano nell'aria fresca del primo mattino, su cavalli lustri che avevano zoccoli piccoli, musi graziosi e intelligenti e occhi in cui pareva brillare una risata. Alcuni galoppavano, altri trotterellavano piano, affiancati, mentre i cavalieri chiacchieravano e ridevano. Le loro risate erano così melodiose, felici e spensierate che avresti potuto credere che non fosse in corso alcuna guerra.

Leybesh li fissava, li fissava, poi sputava disgustato e s'incamminava verso il «manicomio» dell'Hyde Park Corner. Ascoltando gli oratori, non si trovò *del tutto* d'accordo con il pacifista irriducibile che si sgolava stando in piedi sulla sua cassetta del sapone. Il tizio stava cercando di piazzare colpi fondamentali e voleva che tutti lo sentissero. Cercò pertanto di sovrastare gli altri oratori, che erano a meno di un metro da lui. Sudava, le vene sulle tempie e sul collo lungo e magro spiccavano come corde, e la pelle raggrinzita era rosso mattone. Ma l'espressione del viso era tranquilla, e addirittura sorrideva quando dal pubblico si levavano urla di dissenso. Colse l'attimo in cui i presenti erano silenziosi e proseguì:

«Non vedete la stupidità di questa situazione? Vi arruolerete, resterete mutilati, verrete scorticati come un animale morto, o morirete. I vostri figli saranno orfani, le vostre mogli resteranno vedove o addirittura diventeranno le amanti di coloro per i quali vi siete sacrificati. È una guerra imperialista. I capitalisti stanno lottando tra di loro; quello che ogni giorno rubano a noi, adesso cercano di soffiarselo a vicenda. E sui campi di battaglia, a combattere la loro guerra, mandano *noi*, le vittime dei loro furti. Ci convincono che sia "per il Re e per il Paese", e anche se lo fosse, noi che cosa c'entriamo? Di chi è questo "paese"? Nostro non è di certo. Forse questo paese ci dà tanto? Tutto quello che abbiamo è il diritto di consumarci le dita a furia di lavorare, e di fare la fame. E se un lavoro non lo troviamo, ci lasciano crepare come cani. Si prendono la panna, a noi lasciano l'acquetta. Mandano i figli all'università – al fronte ci dovrebbero mandare i loro marmocchi viziati, massacrassero quelli. Che cosa vi possono fare, se vi rifiutate di partire? Il peggio che possono farvi è sbattervi in galera. E allora io vi chiedo, non è meglio restare in prigione per tutto il tempo della guerra, e poi tornare a casa sani e salvi dalle vostre mogli e dai vostri figli, e riprendere da capo le vostre vite? Che cosa avete da perdere?»

Dalla folla si levarono urla: «Cacciatelo via! È un traditore! Sta tradendo la patria! È una spia! Arrestatelo: vuole che il Kaiser vinca la guerra. Impiccatelo!»

«Compagni!» gridò all'improvviso Leybesh, «Amici! Una parola sola! Una!»

Il baccano era assordante ma qualcuno gridò: «Lasciatelo parlare! Sentiamo cosa ha da dire!»

Sarebbe stato impossibile dire come o perché accadde, fatto sta che all'improvviso ci fu un silenzio che si sarebbe sentito cadere uno spillo, e Leybesh prese la parola.

«Amici! Tutti stanno gridando la stessa cosa: difendete il vostro paese! Certo, dobbiamo difenderci. Però dovremmo ricordare che il mondo appartiene a quelli che faticano, a coloro che lo costruiscono. Solo queste persone e nessun altro hanno il diritto di godere i frutti del proprio lavoro».

Ci furono applausi. Il pacifista gridò: «Abbasso i guerrafondai!»

«Andate in Rotten Row» proseguì Leybesh, «e vedrete giovanotti in piena salute galoppare sui loro cavalli, fare i galanti con le ragazze, respirare boccate d'aria fresca per stuzzicarsi l'appetito in vista di tutto quel buon cibo abbondante che qualcuno prepara per loro».

Il poliziotto di servizio ascoltava con un sorriso placido. Non gli passava neppure per la testa di zittire nessuno degli oratori. Lasciate che parlino, che importanza ha? Il poliziotto inglese aveva le spalle larghe.

Accanto al pacifista ossuto c'era un altro inglese, un tizio alto, robusto, con la faccia da sbarbato e le guance rosse, in piedi su un palchetto traballante. Parlava in modo tranquillo, con voce limpida. Di tanto in tanto si tergeva la faccia con un fazzoletto pulito e sorrideva con gli occhi azzurri e scintillanti. Predicava il nazionalismo, sostenendo che fosse sacro dovere di ogni inglese degno di tal nome arruolarsi e difendere la patria.

«È vostro sacro dovere combattere fino all'ultimo uomo per il vostro Re e il vostro paese» disse, scaldandosi, «se volete essere essere degni di portare il nome di inglesi. Pensate a lord Nelson!» Si guardò attorno trionfante, con un sorriso che pareva dire: "Forse qualcuno può sostenere che io mi sbagli?"

Ci furono di nuovo applausi e urla di «senti, senti!» e «abbasso!»

Il pacifista invitò uno dei suoi sostenitori a scatenare una piccola sommossa per affogare le parole dell'avversario.

Un po' più in là stava parlando un giovane medico indiano. Aveva denti bianchi e regolari e grandi occhi neri e ridenti, con le sclere abbaglianti in quella faccia scura. Sosteneva che fosse dovere di tutti i bravi indiani cogliere questa occasione per combattere eroicamente per la liberazione dell'India.

Un po' più in là un giovane ebreo con un pince-nez

dorato sul naso pallido e largo stava parlando più con le mani che con la bocca dalle labbra carnose e rosse, femminee. Stava spiegando quanto fosse importante per gli ebrei creare una propria legione ebraica.

Un prete con il collarino lucido e tondo stava dicendo che in tempo di guerra la gente dovrebbe andare in chiesa più spesso. C'erano una suora con la faccia scura e rugosa, con il velo e la tonaca neri, e un tizio con la barba lunga e grigia, che sosteneva di appartenere a una delle dieci tribù perdute d'Israele e di essere in realtà ebreo pur non essendo ebreo. «Noi» insisté, «siamo gli unici ebrei autentici». Afferrandosi la barba, che arrivava fino alla cintura, con le mani ossute, giurò che era la verità.

Stava parlando anche la signora Pankhurst, circondata da centinaia di donne e alcuni rari uomini. Arringava con grande passione:

«Non resteremo inerti, non staremo zitte, parleremo e sobilleremo, non lasceremo cadere l'argomento e non ci lasceremo cadere noi, finché a noi donne non verrà concessa la parità. Avete visto come la nostra cara amica si è gettata davanti ai cavalli e si è fatta calpestare a morte per attirare l'attenzione sulla nostra causa? Siamo pronte a fare molti, moltissimi altri sacrifici per liberare le donne, e le libereremo!»*

Si udirono voci:

«Giusto, giusto!»

«Brava signora Pankhurst!»

* La lotta per il suffragio in Gran Bretagna fu condotta da Emmeline Pankhurst e da sua figlia Christabel. La suffragetta qui citata è Emily Wilding Davison, che in occasione delle corse di Derby, il 4 giugno 1913, alla presenza della famiglia reale, si gettò deliberatamente davanti a un cavallo di proprietà del re, gridando «Il voto alle donne».

30.

Era l'inverno prima dell'armistizio. La città rimase perennemente avvolta nella nebbia. Il cielo non si vide quasi mai. Le rare volte che riusciva a liberarsi della nebbia, sembrava un lastrone di ferro sul punto di abbattersi sulla città e sulla gente, distruggendo entrambe.

Berman aveva già acquistato una grande quantità di merci. Aveva deciso di non comprare più nulla, a meno che non si trattasse di un raro affarone, e di non vendere; avrebbe invece aspettato di vedere come andavano le cose. Non era preoccupato per una possibile caduta del mercato dei diamanti; non temeva per le *sue* merci. Ma in ogni caso era saggio vivere frugalmente.

Era a proprio agio nell'appartamento caldo, che sembrava ancora più accogliente in contrasto con il tempaccio che c'era fuori. Poiché non aveva altro da fare, cercò di trovarsi dei passatempi utili. La sera indossava il grembiule bianco e si teneva occupato cucinando per il pranzo del giorno dopo. Imparò perfino a riparare le scarpe, facendoselo insegnare dal vicino non ebreo del primo piano. Si comprò gli strumenti necessari e si mise al lavoro. Quando non c'erano scarpe da aggiustare cercava di leggere un testo religioso, ma chissà perché la cosa non lo attirava più. Ad Anversa, quando i figli erano ancora in casa, quando c'era un continuo andirivieni di gente e lui aveva un migliaio di faccende di lavoro di cui occuparsi, leggere i testi sacri gli era piaciuto davvero, perché lo calmava.

Ora di calma ce n'era anche troppa. C'era un silenzio che si sarebbe sentita volare una mosca. Nel momento in cui cominciava a consultare un libro, il rumore degli sfrigolii nella stufa di ghisa nera si affievoliva con il passare dei minuti, a Berman cascava la testa e il suo russare si sentiva in tutta la casa. Spesso, l'unica cosa che interrompeva il suo delizioso sonnellino erano il suono di un fischietto e il grido: «Al riparo!»

Berman conosceva bene quel fischio, e si sfregava gli occhi, metteva a fuoco lo sguardo disorientato, e un momento dopo era seduto nel solito angolo della cantina, con entrambe le mani infilate nelle maniche ampie della vestaglia pesante, e lo zucchetto sulla testa; il naso era teso e cinereo, gli occhi vitrei, come quelli di un pesce morto. Poi il pericolo cessava, il nemico era stato messo in fuga. Potevano risalire i pochi gradini dallo scantinato alla camera da letto. Ma Berman restava seduto lì con aria imbambolata, gli occhi scuri pieni di paura, e dolori in tutto il corpo, come se qualcuno gli avesse rotto le ossa. Rochl lo scuoteva: «Gedaliah, è finita, grazie a Dio!»

E allora lui si trascinava su per i gradini, andava a sedersi sul letto. Con l'indumento rituale a frange drappeggiato sul petto recitava lo *Shema*, e diceva solennemente: «Sessanta prodi... tra i più valorosi d'Israele». E poi andava a dormire.

E così andò avanti per tutto quel lungo inverno. Le uniche cose da cui Berman traeva ancora un poco di piacere erano il guadagnare una piccola somma durante un giorno feriale – un evento rarissimo, e fare di tanto in tanto qualche passeggiata lungo Whitechapel Road, la domenica pomeriggio. In quelle domeniche Rochl era costretta a indossare la sua costosa pelliccia nera con il grande collo marrone di moffetta, e l'orlo e i polsini alti. In quella pelliccia oramai annegava. Aveva la faccia smunta, grigia. Indossava un paio di guanti in pelle bianca, diventati troppo grandi per le sue mani scarne. Quando completava l'insieme con un cappello a tesa larga posato sopra la parrucca, Rochl praticamente scompariva.

Berman nel suo costoso cappotto nero dal collo e dal bavero di castoro, e con quella barba elegante, sembrava un re in mezzo agli ebrei, uomini e donne, venuti in quella strada ampia per la passeggiata della domenica pomeriggio. Di fianco a Berman tutti gli uomini robusti e corpulenti vestiti con il cappotto invernale buono riuscivano chissà come ad apparire ordinari, poco festivi. Il suo cappotto era ben abbottonato, mentre gli altri lo tenevano aperto e svolazzante. Sulle loro pance grasse pendevano catenoni massicci che terminavano in monete o Stelle di Davide d'oro, sulle loro cravatte scintillavano spille di diamante, e le dita tozze erano ornate da anelli d'oro con sigilli. Eppure non possedevano i segni di una vera ricchezza. Apparivano come dei poveracci che si erano fatti strada nel mondo e volevano mettere in mostra le nuove fortune. Le donne, con il loro doppio mento e la pelliccia nera anch'essa orlata con pelo di moffetta, caracollavano al fianco dei mariti, incerte sulle gambe grosse e le scarpe dal tacco alto, causa di grandi mal di piedi. Tenevano i guanti in mano per mettere in mostra gli anelli massicci sulle dita sciupate per aver pelato troppe patate e fritto pesce. E anche loro sembravano servette improvvisamente promosse, a confronto con la figura minuscola e rattrappita di Rochl.

A poco a poco i Berman divennero oggetto d'interesse per gli abituali frequentatori della passeggiata pomeridiana domenicale a Whitechapel. La gente non riusciva proprio a capire chi fossero e decisero che Berman dovesse essere un rabbino venuto da San Pietroburgo, e cominciarono a chiamarlo «rabbi».

«Guarda, c'è il rabbi» dissero le mogli, stringendosi ai mariti per fare spazio al passaggio dei Berman.

Berman non si rese conto che parlavano di lui, e si limitò a tirare dritto, stava andando con Rochl a far visita a una nipote di lei, proprietaria di un ristorante, che Berman aveva incontrato per caso lì a Londra. La nipote li accolse con un largo sorriso sulla faccia sporca d'unto. Fu felicissima e onorata della visita di Berman, e raggiante di piacere servì agli zii piatti di manzo caldo sotto sale con cetrioli sottaceto: «Mangiate, alla salute!» disse.

Fece portare da un cameriere grosse fette di torta di mele e bicchieri lucidissimi pieni di tè rosso. Ogni volta che aveva un momento libero andava al tavolo dei Berman a fare due chiacchiere, chiedendo se volessero ancora qualcosina da mangiare, e insistendo perché accettassero, per farle un piacere.

I commensali agli altri tavoli continuavano a lanciare occhiate nel tentativo di capire chi fossero quei due al tavolo privato. La nipote di Rochl non li lasciò a lungo nell'incertezza. «Sono mio zio e mia zia. Lui è terribilmente ricco, sapete, ricco ricchissimo!»

«Ma è vero che è un rabbino?» vollero sapere i clienti.

«Lo era prima della guerra» rispose lei senza esitazioni, trasformando Berman in un rabbino, così avrebbe goduto ancor più di gloria riflessa, per ripagare il costo del pasto dato in omaggio.

Berman non si trattenne a lungo nel ristorante della nipote. Questa protestò: «Ma zietta, perché siete così di corsa? Lascia che lo zio si trattenga ancora un pochino». Però Berman aveva fretta di tornare a casa: «Non vogliamo abbassarci a questo livello!» E nel caso la nipote avesse insistito, aveva pronta una scusa valida: doveva tornare a casa per via del padre, anche se in realtà aveva portato suo padre da un vicino, un tizio che avrebbe pagato tutto l'oro del mondo pur di farsi una partita a carte. Ogni domenica spediva via da qualche parte moglie e figli, e arrivava una folla di amici; si rimboccavano le maniche e cominciavano a giocare a ramino turco o a sessantasei. Erano così presi dal gioco da dimenticarsi completamente il vecchio Chaim Yoysef, che seduto accanto alla stufa leggeva un libro o sonnecchiava.

Rochl avrebbe voluto restare nell'atmosfera allegra del ristorante ben illuminato, a osservare l'andirivieni della gente. L'aiutava a dimenticare per un po' i suoi problemi. Però Berman era di fretta. Doveva sempre rientrare a casa proprio quando a Whitechapel cominciava a esserci la vera vita, proprio quando dai vicoli cominciavano a uscire fiumane di giovani. Dalle casupole scure e sghembe, che parevano sempre sul punto di crollare seppellendo gli ebrei poveri, sbucavano chiassosi e ronzanti come api giovanotti e ragazze, vestiti a festa, e le strade echeggiavano di risate allegre, e l'occhio restava abbagliato dagli abiti vivaci e dai rossetti e altri trucchi dozzinali.

Berman li guardava con disprezzo. Detestava gli abiti lunghi da sera con cui spazzavano Whitechapel Road, e le giacchette striminzite che portavano per sembrare più magre. Dall'alto della propria esperienza era in grado di giudicare la qualità delle loro pellicce di volpe argentata. E non sopportava neppure i giovanotti con i polsini delle camicie stretti e le scarpe di coppale, i guanti di pelle scamosciata gialla e massicci ombrelli arrotolati alla Principe di Galles.

«Sono convinti di poter imbrogliare chiunque!» diceva a Rochl. «Non sei mai entrata nei vicoli in cui vivono? C'è a stento lo spazio per fare passare una persona. È disgustoso il modo in cui si pavoneggiano per le strade, facendo queste scene sotto gli occhi dei *goym* in un'epoca come questa!

Berman sembrava essersi dimenticato che anche lui e sua moglie si stavano mettendo in mostra, vestiti a festa.

A Rochl però quel chiasso per strada piaceva sul serio. I negozi erano tutti aperti, e dalle vetrine uscivano fiotti di luce. Le scarpe graziose nei grandi negozi erano disposte con tanta cura che sembravano gridare ai passanti: "Forza, venite a provarci!" C'erano negozi di arredamento con camere da letto, sale da pranzo e saloni degni di un re. Tra i mobili scendevano cascate di satin e sete rosse e verdi, drappeggiate con arte come nei negozi più eleganti del West End. Gli affascinanti manichini in cera nei negozi di abbigliamento esibivano costosi abiti da sera, pellicce, o abitini di seta a fiori, che a Rochl facevano venire in mente l'estate e belle aiuole fiorite. C'erano raffinate camicie da uomo, cravatte e guanti. E altrettanto elegante era il cereo giovanotto con i capelli neri e lisci e la vestaglia di seta rosso scuro, seduto in vetrina, in posa rilassata. Il suo sorriso disinvolto e sofisticato attirava la clientela.

Guardandolo, Rochl per un istante dimenticò ogni cosa; perfino Berman lo osservò stupito.

«Chi compra tutta questa roba costosa? In fondo le stradine qui attorno sono popolate da poveracci, ebrei o non ebrei è lo stesso».

Gli ebrei elegantemente vestiti, uomini e donne, erano riusciti a fare un po' di soldi grazie alla guerra, e con i pochi scellini guadagnati lavorando come schiavi tutto il giorno e metà della notte, compravano qualche gioiello per avere qualcosa da parte «in tempi di vacche magre». E nel frattempo si vestivano in gran pompa, si coprivano le dita di anelli, appuntavano le spille sul petto dei vecchi abiti, e si facevano strada sul marciapiede affollato. Dal lato opposto il marciapiede era deserto e desolato, e i pochi negozi erano così addossati l'uno all'altro che era difficilissimo distinguerli. Da quella parte della strada la posizione preminente era occupata da un'imponente chiesa nera in stile gotico, con una guglia che si slanciava nel cielo. Sembrava circondata da un pauroso alone di mistero. Ornava l'edificio un profluvio di trafori in pietra, in cui avevano fatto il nido stuoli di piccioni scarni. Proiettava lunghe ombre che ingoiavano nel buio la zona circostante.

Perfino i vagabondi evitavano quel lato della strada. Li si vedeva trascinarsi tra la folla: un paio d'occhi infiammati, una bocca gonfia e coperta di croste, ciuffi di capelli infeltriti che circondavano uno straccio nero e stropicciato che era la faccia, e giornali vecchi, fissati da una cordicella sudicia, avvolti attorno ai lombi. Si fermavano solo per raccogliere una cicca di sigaretta o un pezzo di carta appallottolato, nel caso ci fosse dentro qualcosa. Se non trovavano nulla proseguivano lungo il marciapiede vivacemente illuminato per accaparrarsi un posto sotto un ponte, per sistemarci il fagotto di giornali che era il loro giaciglio, e prepararsi per la notte. Tra la gente ben vestita parevano mucchi di sporco, che lo spazzino avesse radunato, e poi lasciato lì.

Berman li guardava e pensava che Dovid da vecchio avrebbe avuto quell'aspetto, se lui non fosse riuscito a mentenerlo, o a trovare una soluzione ai suoi problemi. A Dio piacendo, lo *avrebbe* mantenuto. Non appena Dovid fosse tornato a casa, l'avrebbe tirato dentro nel commercio e fatto tutto il possibile per fare di lui un uomo. Gli avrebbe lasciato qualcosa nel testamento. Se solo fosse tornato a casa sano e salvo ne avrebbe fatto, con l'aiuto di Dio, una persona rispettabile. Dovid poteva ancora diventare un mercante di diamanti.

Il pensiero gli scaldò il cuore al punto che all'improvviso si sentì pieno di affetto e gentilezza nei confronti dell'umanità, il che lo indusse a tessere le lodi della nipote di Rochl: «Una donna piacevolissima!» disse, e Rochl si emozionò nel sentirgli elogiare, una volta tanto, un suo familiare.

31.

L'inverno era agli sgoccioli. Il quadrato di sole sul pavimento della cucina di Rochl si faceva ogni giorno più grande, e le ombre negli angoli ancora più piccole. La stufa nera era fredda. Non ce n'era bisogno nel periodo tiepido che porta alla Pasqua ebraica.

La faccia di Rochl, come la stufa, più le giornate si facevano chiare, più si faceva cupa e scura. Anche di lei non c'era bisogno, e così vagava senza scopo per l'appartamento. Sentiva la Pasqua come totalmente estranea, e non aveva nessuno con cui parlare, a parte l'anziano suocero. Il marito era di nuovo preso dai propri affari, e quando rientrava a casa la sera Rochl non osava fare il nome di Dovid. E adesso Dovid era l'unica cosa che le interessava.

Se andava a fare visita alla figlia, l'atmosfera allegra di quella casa la irritava. Jeannette vestiva la cameriera con un abito di satin nero e il più grazioso grembiule di cambrì mai indossato da una servetta. Aveva colletto e polsini di mussola, e la cuffia più bella di tutta Londra. Ogni pomeriggio, finito il lavoro, la cameriera si vestiva elegante e si faceva la manicure. Così voleva Jeannette.

Jeannette si era comprata un cagnetto ricciuto come quello delle eroine nei suoi romanzi francesi, e girava tutto il giorno in vestaglie di seta, satin e velluto, ricamate con cani, scimmie, fumatori di oppio cinesi, donne d'Arabia con brocche di vino in equilibrio sulla testa, e ballerine francesi.

Era l'amica del cuore della cameriera, tanto che questa quasi si dimenticò di essere una servetta. Si scambiavano confidenze di ogni genere. Ridevano e scherzavano e giocavano con il cagnolino. A volte, tuttavia, nel mezzo di un gioco qualunque, Jeannette all'improvviso veniva colta da un raptus di follia e cominciava a gridare contro la cameriera con furia tale che questa inondava la cucina di lacrime. Ma altrettanto all'improvviso Jeannette la richiamava, e facevano la pace, si scusava dando la colpa ai nervi e tornavano a essere amiche.

Rochl andava di rado a casa della figlia, ma quando lo faceva, osservava queste scene e le pareva che Jeannette fosse più incontrollabile che mai. Non si sentiva a proprio agio, in quella casa, ma d'altra parte non si sentiva a proprio agio neppure a casa sua. In ogni caso però preferiva starsene in cucina con la compagnia del vecchio suocero infermo.

Ma la figlia la tratteneva, giurando che di solito si vestiva, che quel giorno se ne andasse in giro in vestaglia era un'eccezione. Implorava la madre, chiedendole di restare, e addirittura spediva fuori la cameriera a comprare qualcosa di ghiotto da mangiare. Rochl si vedeva riflessa contemporaneamente in tutti gli specchi, sembrava più morta che viva, e pensava che non avrebbe mai avuto la forza di tornarsene a casa a piedi.

«Oh, mamma, hai un aspetto orribile, ti stai consumando». Jeannette ogni volta l'accoglieva con quello che giudicava un commento appropriato.

«Non ho bisogno di consumarmi; ci hanno già pensato gli altri. Il dottore dice che non è nulla, ho il cuore debole, tutto qui, dice. Ma ho la sensazione che non durerò molto a lungo. Se solo la mia morte potesse salvare mio figlio, almeno morirei felice!» Piangeva calde lacrime compatendo Dovid e se stessa.

Quando Jeannette sgridava la madre, dicendole di scacciare questi pensieri malinconici, Rochl singhiozzava ancora più forte, riuscendo a fatica a tirarsi fuori dalla bocca parole che Jeannette già sapeva a memoria: «Spero tanto di poter fare la figura della bugiarda! Ma ti garantisco, il cuore mi sta mandando segnali di avvertimento!»

Quando il genero la riaccompagnava a casa dopo aver cenato, lei lo supplicava di non tentare di consolarla, perché questo non faceva che agitarla ancora di più. Così camminavano in silenzio assoluto per le strade tranquille del nord di Londra. Ogni passo rimbombava sui marciapiedi vuoti. Le case erano altrettanto silenziose, tutte le finestre erano coperte da tende costose e scuri pesanti. Dai giardini frontali si levavano profumi di primavera. Nelle aiuole spuntavano le lance verdi dei tulipani, gli alberi pieni di linfa e nuova vita erano pronti a esplodere in boccioli, da un momento all'altro. Alcuni portavano già gemme grassottelle e foglioline verdi e brillanti, minuscole come capocchie di fiammiferi.

Il profumo della resurrezione infastidiva Rochl. Pareva quasi che la rinascita degli alberi le facesse un torto, e accelerava il passo, con una gran voglia di tornare a casa dalla stufa nera e dal suocero infermo. Il cinguettio degli uccellini le dava sui nervi, e si abbassava il cappello per coprire le orecchie e tirava su il colletto, cercando di tenere fuori quel canto.

«Avete freddo, suocera?»

«No, no!» rispondeva agitata la suocera (che era di parecchio più giovane del genero).

Al primo piano, sopra i Berman, viveva una famiglia che, al pari di molte altre, aveva vissuto la stessa tragedia dei Berman. Il figlio era partito per il fronte, forte e in buona salute, e al suo posto erano tornati a casa un fagotto di indumenti, un paio di medaglie e un riconoscimento del Ministero della guerra, che affermava che il giovane aveva combattuto da eroe e da eroe era morto. Da quel momento ogni volta che sentiva bussare alla porta, Rochl si convinceva che fosse il postino con la busta orlata di nero. Era inutile che la famiglia la rassicurasse, dicendole che per un soldato ucciso ce n'erano mille che tornavano a casa sani e salvi, che, come per qualsiasi altra cosa al mondo, era solo una questione di fortuna: che se era tuo destino goderti una lunga vita, saresti riuscito a tornare anche dall'Altro Mondo, e se non eri destinato a godertela ti saresti ammalato e saresti morto comunque.

Rochl ascoltava quello che dicevano, si dichiarava d'accordo, e si rendeva effettivamente conto che il fatto che fosse capitato alla famiglia del piano di sopra non significava che dovesse capitare anche a loro. Sputava per tenere alla larga il malocchio, e cercava di scacciare i pensieri funesti, ma quelli continuavano a rodere e a darle il tormento. La pietra che le gravava sul cuore non ne voleva sapere di spostarsi.

Berman preparò personalmente la cena di Pasqua. Ordinò le azzime, scelse il pollame dal macellaio, ordinò vino e bevande di ogni genere. Pulì la casa, per essere sicuro che fosse *kasher* per la festività. La sera girava con il suo grembiule bianco, lessando e soffriggendo, e mostrando a Rochl tutte le buone cose che aveva comperato; voleva che tastasse le galline, e ispezionò le uova tenendo un occhio chiuso per verificarne la purezza, con la stessa cura con cui avrebbe verificato la purezza di un diamante.

Rochl non ne voleva sapere di toccare o verificare nulla, però annuiva a qualsiasi cosa, augurandosi di essere lasciata in pace.

Quando arrivò la Pasqua, la lunga tavola della sala sul davanti fu coperta da una tovaglia bianca inamidata per la prima sera del Seder. C'erano tre composizioni floreali che Jeannette aveva fatto recapitare dalla cameriera. E l'argenteria era disposta in tavola, e su un vassoio dorato c'era, circondata da calici d'oro, una caraffa di vino che spandeva una luce calda, e accanto a questi alcune polverose bottiglie di vino venuto dalla Terra d'Israele. Nel focolare ardeva una fiamma allegra, che emanava un calore intimo e delizioso e una sensazione di solido benessere. Le luci erano tutte accese, e splendevano vivide. Alte candele bruciavano nei candelieri d'argento, rendendo festiva l'atmosfera.

Berman sedeva a capotavola con una veste bianca e uno zucchetto bianco dai ricami d'argento, e di fronte a lui il vecchio padre, vestito allo stesso modo. Sembravano due re. C'erano anche la figlia di Berman e il genero.

Rochl indossava un abito da festa, ma aveva l'aria depressa. Jacques sedeva alla destra del padre, pronto a fargli le Quattro Domande. All'improvviso bussarono piano alla porta ed entrò la vicina del piano di sopra, vestita a lutto, il viso coperto da una veletta di crêpe pesante sotto il cappello. Portava una cesta e nell'altra mano teneva una lettera. La donna sollevò leggermente il velo scoprendo la faccia pallida, e stava per dire qualcosa, ma prima che potesse dire una sola parola, Rochl si alzò di scatto, tentò di afferrare la lettera protendendo la mano, ma non riuscì ad avvicinarsi a sufficienza. Singhiozzò e gridò: «Dio mi aiuti, è mio figlio!» poi disse piano: «Non mi sento bene». Poi ondeggiò e piombò a terra come un macigno.

Ci fu grande confusione. Tutti cominciarono a gridare, a strattonarla, a versarle del brandy tra i denti serrati. La pizzicarono e tentarono di rianimarla. Il marito e i figli della vicina, tutti in nero, arrivarono scendendo di corsa le scale.

Dimenticandosi di essere un invalido, il vecchio reb Chaim Yoysef si precipitò dalla nuora, inciampò e si aggrappò alla tovaglia. I piatti sbatterono ovunque con un tintinnio argentino. Il vino schizzò fuori dai calici dorati. La tovaglia prese fuoco e bruciò sul pavimento accanto alla donna morta.

Le grida e i pianti giunsero al cielo. La cameriera di Jeannette portò una pentola d'acqua dalla cucina e cercò di estinguere l'incendio. Jacques fu l'unico che ebbe la presenza di spirito di chiamare il medico, che abitava lì nei pressi.

Questi rimase stupito di fronte alla strana scena che videro i suoi occhi: due ebrei paludati di bianco, una famiglia in nero, un cadavere in una pozza di acqua e vino, circondata dal fuoco. I vivi, che parevano cadaveri anche loro, stavano cercando di convincere il corpo a reagire, o si torcevano le mani. Una donnina in nero se ne stava in un angolo, e fissava un punto con occhi vitrei.

Il dottore non poté far altro che certificare che Rochl era morta, e che la causa probabile della morte era un attacco di cuore.

Per la durata delle feste la casa fu piena di buoni amici. Jeannette continuò ad atterrire la già traumatizzata famiglia svenendo a ripetizione. Reb Chaim Yoysef si mise a letto e ci rimase come un grumo di argilla, senza muovere un muscolo. Era rimasto completamente paralizzato, sebbene potesse parlare. Si era dimenticato le parole del medico e continuò a chiedere: «Allora, come sta? Come sta Rochl?»

«Meglio!» borbottavano gli altri, e se ne andavano.

«Meglio? Dio sia lodato!» Li atterriva la visione della faccia grinzosa e gialla del vecchio, il sorriso morto negli occhi opachi. Sembrava che a sorridere loro fosse la morte stessa.

Qualche tempo dopo il funerale Berman ritrovò la lettera che il postino aveva consegnato alla donna, incontrandola per strada. Fino a quel momento non gli era venuto in mente che era stata quella lettera a causare la morte di sua moglie e la completa paralisi del padre. Ora si rigirò la busta tra le mani, guardando il proprio nome scritto là sopra. Nell'aprirla fu colto da un brivido. La lettera esordiva in tedesco:

Sehr geerter Herr Berman,

Vi prego di informarmi immediatamente sul vostro prezzo al carato. Se siete d'accordo sul prezzo da me offerto, il pacchetto è venduto. Se non lo siete, vorrei sapere qual è il vostro prezzo. Vi prego di rispondere immediatamente. I miei migliori auguri a vostra moglie, vi auguro una Pasqua felice e kasher.

Hohachtungsvoll,

Julius Shapiro

32.

Dopo la guerra Berman tornò a casa ad Anversa. Si era in piena estate e la città pareva completamente diversa: più ampia, più luminosa. Il cielo sembrava più alto che non a Londra, più alto di quanto non lo fosse mai stato nell'Anversa di prima della guerra.

La città odorava di argilla, calce, mattoni e cemento, e quasi tutte le case erano coperte da impalcature. Operai in tuta bianca chiazzata di pittura e calce stavano stuccando, dipingendo e ripulendo ovunque. Alcuni lanciavano mattoni sulle impalcature, che i colleghi più in alto acchiappavano al volo con destrezza. Chi stava in basso gridava a quelli in alto, chi stava in alto gridava a quelli in basso. Si stava costruendo una nuova vita.

Berman aprì la porta di casa. Puzzava di tomba e l'oscurità lo riempì di terrore. Aprì le imposte, le finestre e le porte – era una rovina, non una casa. I tappeti erano stati calpestati malamente, erano strappati, pieni di bruciature di sigaretta, i colori sbiaditi. I soffici divani e le poltrone imbottite erano sparsi tutto attorno, informi, consunti, con molle e imbottiture che spuntavano dagli strappi. Il tavolo era graffiato, il pianoforte rovinato. La carta da parati si stava staccando dalle pareti, coperte da una muffa verdastra. Le piastrelle in cucina erano marroni e sudicie, qualcuna si era staccata. Le stoviglie erano spaccate e ovunque c'era polvere, polvere, e ancora polvere. Polvere e ragnatele in cui erano intrappolati mosconi. I ragni avevano infaticabilmente tessuto nuove tele.

«Papà, non mi piace stare qui, ho paura» disse Jacques. Adesso aveva l'aspetto di un giovanotto, eppure parlò al padre come un bambino: «Ugh!»

Berman affittò una casa. Si calmò rapidamente, corrispose con gli avvocati, non fece altro che scrivere e correre in giro, smuovendo mari e monti finché non ricevette un bell'indennizzo, e a quel punto cominciò a ristutturare la casa.

Finiti i lavori, arrivò Jeannette da Londra. Quando vide la casa nuova, dipinta di bianco, esclamò: «Papà, non ti azzardare a comprare un solo mobile senza consultarmi! Adesso si possono comprare mobili moderni che sono completamente diversi dal vecchio ciarpame. Tu non sai che cosa comperare. Mi hai sentito, papà? Ti devi affidare a me, assolutamente!»

Dovid tornò a casa. Era invecchiato. I capelli corvini erano striati di grigio, e la faccia era segnata come quella di un vecchio, cosa che gli donava un aspetto severo e solenne. Non si trasferì a casa del padre, ma andò a Bruxelles. In Austria, dove era stato prigioniero di guerra, aveva imparato un mestiere. Era diventato elettricista. Aveva risposto a tutte le lettere di Gitele nell'identico modo: *Provvederò alla bambina, ma tra noi è tutto finito.*

Una domenica mattina Jacques venne a fare visita a Dovid e lo implorò di consentirgli di andare a vivere con lui.

«Non ce la faccio a restare lì. Me ne devo andare. In quella casa si sta malissimo. È tutto nuovo. Quella pazza ha comprato i mobili più cari. È uscita di senno! Ha già completamente dimenticato la mamma, come se fosse stato solo un brutto sogno. E non fa che sbaciucchiarlo».

«Chi?»

«Nostro padre».

«Jacques, se resti qui mi fai piacere. Puoi trasferirti anche subito; non è necessario che tu torni a casa». Dovid si rallegrò per l'arrivo di Jacques, la solitudine gli stava diventando difficile da sopportare.

Preparò il tè e chiese a Jacques di raccontargli ancora una volta come fossero andate le cose, come fosse morta la madre. Jacques gli raccontò tutto, non solo come era morta, ma anche come era stata la vita di Rochl dopo che Dovid era partito. E così i fratelli ricordarono la defunta madre che avevano profondamente amato e rispettato. Gli occhi di entrambi si riempirono di lacrime e i due fratelli giurarono di non voler avere più nulla a che fare con il padre o con i suoi soldi.

Berman era solo in casa. Non aveva nessuno con cui parlare. Fissava i mobili, l'elegante carta da parati, gli specchi che gli mostravano un vecchio con la barba bianca. Si sentiva un estraneo, in quell'ambiente.

Tutto era così nuovo, così diverso. Era nuova non solo la casa ma anche la città, splendente e curata. Perfino il quartiere ebraico era fresco e nuovo, non vi era più traccia della cupezza di un tempo. Ma tutta questa novità infastidiva Berman. Non la sopportava.

Quando entrò nel Fortunia scoprì che anche questo era cambiato. Avevano installato certe macchine strane. I giovani mercanti di diamanti passavano le giornate a infilarci monetine, facendo turbinare pallette colorate. Se ne stavano lì addossati attorno alle macchine, come se fossero tutti quanti impazziti, e le osservavano con occhi fissi e instupiditi, ansiosi di capire dove la potente pallina sarebbe atterrata, come se questo fosse l'unico scopo della loro vita.

E così se ne tornò a casa. Si sedette e davanti agli occhi gli si materializzò l'immagine di Rochl. Ah, lei sì che si era presa cura di lui. Lo aveva trattato come un principe. E adesso?

«*Oy*! La solitudine è orribile. I miei figli non ne vogliono sapere di me, mia figlia è a Londra e vive con quel vecchio. Come andremo a finire?»

Era pieno di autocommiserazione e gli venne in mente reb Beynish, il sensale di matrimoni, con il suo colletto di pelliccia. Sì, grazie a Dio lui, Berman, era ancora un uomo vigoroso, e Gitele era davvero una bella donna. Ormai divorziare da un marito in Russia era facile come sputare. Così si sedette e scrisse una lettera a reb Beynish, con l'intenzione di spedirgliela a Londra. Il suo umore migliorò sensibilmente. Gitele sarebbe stata certamente entusiasta di trovarsi all'improvviso catapultata in tanta ricchezza!

Dopo aver impostato la lettera, camminò su e giù per la sala da pranzo elegante e moderna, e un sorrisetto gli attraversò furtivo la faccia, impigliandosi nei baffi grigi. Sì, pensò, con l'aiuto di Dio avrebbe cominciato una nuova vita.

La prospettiva lo riempì di soddisfazione, e poi gli venne in mente che doveva... no, non doveva, però l'indomani mattina *avrebbe*, a Dio piacendo, mandato a chiamare lo scultore di monumenti funebri e ordinato pietre tombali per Rochl e per suo padre. Sì, a Dio piacendo lo avrebbe fatto prima delle nozze. E un'altra cosa: avrebbe chiuso un occhio sul fatto che Dovid aveva rotto i rapporti con lui. Lo avrebbe cercato, e avrebbe cercato Jacques, e avrebbe dato a entrambi del denaro per mettersi in affari. Anche loro avrebbero dovuto avere una buona vita. Il sorrisetto nascosto tra i baffi si allargò, contagiò gli occhi e finì a riposare in mezzo alla barba. Il sorriso divenne una risata gioiosa, e Berman fu sopraffatto da un'ondata di felicità. Entusiasta di se stesso e dei propri piani, cominciò a cercare tra le cose di suo padre, che gli erano state spedite dalla «casa di riposo» per anziani di Londra. Gli venne in mente che era possibile che il padre nonostante l'infermità fosse riuscito a scrivere una specie di testamento. Berman voleva esaudire alla lettera i desideri del padre. E in effetti trovò un biglietto.

Era un pezzetto di carta stropicciato. La grafia zigzagava e le lettere erano tremule, alcune grosse e sgraziate e altre piccole e tonde, come era stata la scrittura di suo padre quando ancora era in buona salute. Scrutando il pezzetto di carta, Berman fece un grosso sforzo per leggerlo. Più guardava, più s'incupiva in viso, e gli occhi si sgranarono malinconici.

Ti chiedo di rispettare le mie ultime volontà. Nel nome di Dio, non farmi erigere una tomba. Rimpiango il giorno in cui sono venuto a vivere da te. Non voglio una tomba comperata con il tuo denaro. Chaim Yoysef ben Rivke.

Per tutta la notte Berman camminò su e giù per la sala da pranzo lussuosa e moderna, su e giù, su e giù. Non prese neppure in considerazione l'idea di poter andare a dormire. Non pensò a nulla. Il pezzetto di carta stropicciato era posato sul tavolo lucido, e lo osservava, passo dopo passo. Solo verso l'alba Berman crollò esausto sulla poltrona avvolgente e imbottita, e si addormentò. Quando al mattino si svegliò, la lettera era ancora lì, sporca e stropicciata come prima. La guardò. Gli sembrò non un pezzo di carta, ma una vita malconcia e sporca, squadernata di fronte a lui. Questo lo spinse a uscire, ad andare via di casa. Afferrò il cappello, se lo mise sulla testa grigia, e uscì nelle strade e i vicoli di Anversa.

Il pezzo di carta non smise di guardarlo.

Glossario dei termini in ebraico e in yiddish

Adar Dodicesimo mese del calendario ebraico corrispondente a febbraio-marzo.

Av Quinto mese del calendario ebraico corrispondente a luglio-agosto. Il giorno 9 di Av cade il *Tishà be Av*, giorno di lutto e digiuno.

Bar mitzvah, *bat mitzvah* (lett. «figlio/a del precetto») Cerimonia per la maggiore età maschile e femminile.

Bima Piattaforma da cui si legge la Torah in sinagoga.

Blintzes Frittelle ripiene dolci o salate, di origine russa.

Borscht Minestra di barbabietole.

Cabbala La tradizione mistica orale, in seguito codificata in forma scritta, che a partire dal XII secolo sviluppa le tradizioni mistiche precedenti in un complesso sistema che sta anche alla base del *chassidismo*.

Challà (pl. *challot*) Pane a forma di treccia leggermente dolce che viene consumato durante i pasti dello *shabbat*.

Chassid (pl. *chassidim*) Ebreo pio, seguace di una corrente mistico-popolare (*chassidismo*) nata nel XVIII secolo in Europa orientale. I *chassidim* si raggruppavano attorno a un *rebbe* o leader religioso carismatico, e ponevano grande enfasi sulla comunicazione personale ed estatica con Dio per mezzo della preghiera, della musica e delle danze.

Cheder (lett. «camera») Scuola elementare religiosa.

Elul Sesto mese del calendario ebraico, corrispondente ad agosto-settembre.

Filatteri Piccole scatole di cuoio contenenti quattro brani biblici scritti su pergamena, che vengono legate sul braccio e sulla fronte durante la preghiera dei giorni feriali.

Gabbai Persona che assiste nei servizi di sinagoga e nella sua gestione; assistente del rabbino.

Geenna Gola nella valle di Hinnom, dove venivano gettati i lapidati e le immondizie che bruciavano con fuoco perenne. Simbolo di castighi e tormenti eterni.

Ghemarà Parte del *Talmud* che raccoglie le discussioni sulla *Mishnà* sviluppatesi tra i secoli IV-VI.

Golem Indica un essere di creta animato dal nome di Dio e creato per la difesa e il servizio degli ebrei nel ghetto.

Goy (plur. *goym*) Non ebreo, gentile.

Haggadah Libro che tratta dell'esodo dall'Egitto e che viene letto durante il *Sèder* pasquale.

Kaddish, o «Santificazione» (del nome di Dio) Preghiera commemorativa dei defunti.

Halakhah La parte normativa della *Torah*, l'insieme delle leggi ebraiche, guida completa a tutti gli aspetti della vita, sia materiale sia spirituale.

Kasher (lett. «adatto») Ciò che è conforme alle prescrizioni alimentari prescritte nella *Torah*.

Ken eynore (lett. «niente malocchio») Si dice per tenere a bada la sfortuna, specie quando si fa un'affermazione ottimistica o si tessono le lodi di qualcuno.

Kheshvan Ottavo mese del calendario ebraico, corrispondente a ottobre-novembre.

Kiddush Benedizione recitata la sera del venerdì per l'inizio dello *shabbat* e in altre occasioni festive.

Kohen Sacerdote.

Kol Nidrè Formula di annullamento dei voti cantata in apertura dello *Yom Kippur*.

Kugel Sformato con tagliatelle o patate.

Landslayt Persone provenienti dalla stessa zona o dallo stesso *shtetl* dell'Europa orientale.

L'chaim (lett. «alla vita») Formula del brindisi.

Lehavdil (lett. «dividere una cosa da un'altra») Si dice quando in una stessa frase si menzionano una cosa sacra e una profana.

Mayrev Preghiera serale.

Mazal tov Espressione di augurio, di congratulazioni.

Megillah (plur. *megilloth*) Trattato della *Mishnà* che si occupa della lettura del libro di Ester durante *Purim*.

Melamed Insegnante religioso.

Mezuzah (pl. *mezuzoth*) Piccolo astuccio applicato allo stipite della porta di casa. Contiene una pergamena con passi del Deuteronomio.

Minyan È il numero minimo di dieci maschi ebrei maggiorenni richiesti affinché si possa svolgere un regolare servizio religioso.

Misnagid (lett. «oppositore», pl. *misnagdim*) Ebreo razionalista, oppositore dei mistici e dei *chassidim*.

Mishnà Codice della tradizione orale, è divenuta una delle due parti del *Talmud* (la seconda è la *Ghemarà*).

Mitzvah (lett. «comandamento») Precetto contenuto nella *Torah*.

Mohel Di solito un medico, è colui che si occupa del rituale del *Berit Milah*, il Patto della circoncisione.

Nu Intercalare yiddish, corrispondente al nostro «allora», «andiamo avanti».

Oy Una delle interiezioni preferite dagli ebrei originari dell'Europa orientale, espressione dei sentimenti più diversi.

Pèsach La Pasqua ebraica, che commemora la liberazione di Israele dalla schiavitù in Egitto. Si celebra dal 15 al 21 di *Nisan* (marzo-aprile) e prevede la consumazione di cibi non lievitati e la cena rituale del *Sèder*.

Purim È la festa che commemora la liberazione degli ebrei di Persia. Si celebra il 14 di *Adar* (febbraio-marzo).

Reb Nel mondo yiddish non era un titolo rabbinico, ma un modo di rivolgersi rispettosamente a un ebreo ortodosso.

Rebbetzin Moglie del rabbino.

Rosh ha-Shanà Capodanno ebraico, celebrato il primo giorno del mese di *Tishrì* (settembre-ottobre).

Sandek La persona che ha l'onore di tenere in braccio il bambino mentre il *mohel* lo circoncide.

Sèder (lett. «ordine») La cena rituale che si celebra a *Pèsach*.

Shabbat, Shabbes È il sabato, giorno del riposo in memoria del settimo giorno della Creazione.

Shabbes goy (lett. «gentile del sabato»). È il non ebreo che esegue quei compiti che la legge ebraica impedisce di compiere agli ebrei nella giornata di *shabbat*.

Shema' Yisra'el Professione di fede ebraica. È composta di tre passi biblici, di cui il primo comincia con le parole «Ascolta Israele (*Shema' Yisra'el*), il Signore nostro Dio, il Signore è Uno».

Shiksa Ragazza non ebrea.

Shlemiel Lo sciocco, l'idiota del villaggio, lo stupido tradizionale.

Shlimazel Lo sfortunato cronico.

Shnorrer Mendicante o accattone, scroccone.

Shochet Macellatore rituale, che uccide le bestie secondo la Legge ebraica per avere la certezza che siano *kasher*.

Shofar Corno di montone. Secondo la tradizione il suono dello *shofar* ricorda il sacrificio di Abramo e annuncerà l'arrivo del Messia.

Shtetl Cittadina, villaggio, specificamente delle comunità ebraiche dell'Europa orientale.

Shtibl (pl. *shtiblekh*) Piccola sinagoga chassidica.

Simchat Torah (lett. «gioia della *Torah*») Festa a conclusione del ciclo annuale di lettura della *Torah*.

Sukkot (lett. «capanne», sing. *sukkà*) Festa che segue di cinque giorni lo *Yom Kippur*, dura dal 15 al 22 di *Tishrì*, e si conclude con *Simchat Torah*. È prescritta la costruzione all'aperto di una capanna di frasche in cui consumare i pasti e pregare in memoria della permanenza del popolo di Israele nel deserto durante l'esodo dall'Egitto.

Talmud (lett. «studio») Designa il complesso delle discussioni giuridiche ed esegetiche sulla *Torah*. L'opera che le contiene è divenuta il massimo monumento e la norma della tradizione ebraica.

Talmud Torah Definisce l'insegnamento della *Torah*.

Taref Tutto ciò che non è *kasher*.

Tefillin cfr. *Filatteri*.

Torah La legge data da Dio a Mosè sul Sinai, e i libri che la contengono, cioè il Pentateuco.

Tzaddik (lett. «giusto») Maestro, guida spirituale di una cerchia di *chassidim*.

Yecke Termine con cui gli ebrei indicavano comunemente gli ebrei tedeschi.

Yeshivà Scuola di studi talmudici.

Yom Kippur (lett. «giorno dell'espiazione») Giorno di digiuno e di preghiera per l'espiazione e il perdono delle colpe.

Yortsayt' Candela in memoria che viene accesa nel giorno dell'anniversario della morte di un congiunto.

Le Piccole Varianti

Israel J. Singer

Di un mondo che non c'è più

Un memoir, i ricordi dell'autore: la sua famiglia, la famiglia d'origine della madre, i due villaggi che l'hanno visto bambino. E i personaggi veri che popolano Leoncin e Biłgoraj – il padre sognatore, ingenuo, fragile, affascinato dal chassidismo con la sua vena mistica, le sue danze e i suoi canti, ma incapace di mantenere la famiglia a un livello accettabile; la madre, donna colta e intellettuale; il nonno, rabbino autorevole e benestante; la nonna, regina di una cucina generosa e affollata – sono, se possibile, ancora più vivi e originali di quelli dei romanzi, come se l'autore, mentre scrive, stesse rivivendo quei giorni lontani, e li raccontasse con lo stesso sguardo critico, ironico, ma affettuoso e tollerante che gli appartiene sempre. Una storia vera, calata nell'ambiente ristretto di due villaggi d'antan, che in realtà rivela un intero universo.

Bollati Boringhieri

Varianti

Israel J. Singer

Una primavera tardiva

Tutti i racconti

Come definireste una storia lineare, inventata, che racconta vita, morte (non sempre) e miracoli di una persona dalle caratteristiche precise: aspetto, età, abitudini, problemi matrimoniali, figli, credo religioso, professione o mestiere...? Possiamo definirla romanzo, vero? Ma se sono soltanto quaranta pagine, o trenta? Allora la si definisce racconto. Però se il piacere che si prova leggendola è lo stesso di quando si legge un tomo di quattrocento pagine che racconta vita, morte (forse) e miracoli di una persona... qual è la differenza? Soltanto la lunghezza. Ciascuna di queste storie si svolge in uno *shtetl* polacco, prima della seconda guerra mondiale, un villaggio intercambiabile, riconoscibile essenzialmente dal protagonista, di volta in volta diverso, ma abitato da una serie di personaggi descritti con tanta precisione che si possono subito individuare quando riappaiono in un altro racconto, magari in veste di protagonisti.
C'è, per esempio, Hirsch Leib che, dopo aver condotto a destinazione il bestiame a lui affidato dai commercianti locali, non vede l'ora di tornare da moglie e figli con un sacco pieno di regali per festeggiare la Pasqua ebraica, e si trova davanti la Vistola, ghiacciata sì, e quindi attraversabile, ma battuta da una inaspettata, furiosa pioggia primaverile che rischia di assottigliare e rompere la superficie solida del fiume. Ci riuscirà, o dovremo dire vita, miracoli... e morte?
Ogni racconto un romanzo, ogni villaggio un mondo, ogni protagonista un personaggio, e una pletora di vivacissimi ritratti di contorno, così caratterizzati, in poche righe, da diventare indimenticabili.
Questo l'incredibile potere della scrittura di I. J. Singer, che i lettori conoscono già dai grandi romanzi epici. Ma epico non significa necessariamente lungo, e le storie dense e originali, ciascuna a modo suo, hanno lo stesso tono definitivo di quelle più lunghe raccontate da questo grande scrittore.

Bollati Boringhieri